森 晶麿

MORI AKIMARO

沙漠と青のアルゴリズム

The Algorithm of “Desert and Blue”

講談社

CONTENTS

装幀　bookwall
装画　Hiromu。

沙漠と青のアルゴリズム

「ここにあるのはAcornsでこれはAmbroseの事です。こちらにあるのがRoseでRobertを代表するのです。下の方に忍冬が描いてありましょう。忍冬はHoneysuckleだからHenryに当るのです。左りの上に塊って居るのがGeraniumでこれはG……」と云ったぎり黙って居る。見ると珊瑚のような唇が電気でも懸けたかと思われる迄にぶるぶると顫えて居る。蝮が鼠に向ったときの舌の先の如くだ。しばらくすると女はこの紋章の下に書き付けてある題辞を朗らかに誦した。

夏目漱石「倫敦塔」

第一部

ジェーン・グレイの逃走

二〇二八年一月／ヴェストヴォーゴイ

1

珈琲《コーヒー》カップがホルスタインの頭部に変わりそうな気がした。よくあることだ。僕はいつでも起こるはずのないことを妄想して、それが起こりつつあるかのように感じてしまう。そして、そんな自分に慌てて待ったをかける。

妄想を抑えるように教えたのは母だ。母はよく言った。〈想像の翼をしまいなさい〉と。はじめのうち、やり方がわからないでいると、彼女は歌を歌ってくれた。大抵の場合、それは古い民謡やジャズだった。音色に耳を傾けるうち、知らぬ間に何を考えていたか忘れてしまったものだ。

いつしか、あらぬことを考え出すと、頭のなかに母の歌声を流すようになっていた。今もやっぱりそうした。しぜんとホルスタインのイメージは消え、珈琲カップは当たり前のように珈琲カップとして僕の手に収まる。

これでよし。

僕の名はヒカル、今年十七歳になる。地球上で絶滅の危機に瀕《ひん》している〈日本人〉だ。

僕はいま手元に一冊の画集をもっている。

一冊——。

懐かしい響きだ。最近では本を〈冊〉とカウントする習慣はすっかり廃《すた》れてしまった。もちろん紙の書物はいまだに存在し、新たに作られているけれど、街の中で、日常的に目にすることは稀《まれ》だ。

誰もが〈ドラゴン・レンズ〉のなかに膨大なライブラリをもっていて、そこからいくらでも本を取り出すことができる。〈ドラゴン・レンズ〉を角膜に接触させると、目を閉じていても本を読み続けられるのだ。

でも、僕は〈ドラゴン・レンズ〉は使わず、一冊の画集を手にしている。スワル・カットウさんの家の屋根裏にある秘密の書斎には、スワルさんが密かに所蔵している書物のほかに、気まぐれですぐどこかへ消えてしまう僕の母が、古い型式の製本機能付きプリンタで印字して書物のフォルムにまとめたものなどがある。

僕がわざわざスワルさんが漁に出かけた隙を見計らって書斎に入り込んでいる理由は、この画集が、〈ドラゴン・レンズ〉のライブラリに登録しようにもデータとして存在していないからなのだ。

書物たちは侵入者を警戒するように沈黙を保っている。

僕は彼らの匂いを肺いっぱいに吸い込む。大地と木と母とが渾然《こんぜん》一体となった、香りで僕の肺は満たされていく。僕の好きな瞬間だ。

ここだけが、唯一魚の匂いのしない場所。

過去から現在まで、変わらず僕をありのままの状態に戻してくれる場所。ここへ来るたびに、僕は自分がそれなりに緊張状態にさらされていたことに気付かされる。スワル・カットウさんのせいではない。彼はよくしてくれている。

僕が緊張を強《し》いられているのは、時代的な必然なのだ。

こう書いても、何のことかわからないかも知れない。何しろ、僕だってよく混乱しかける。それくらい大変な目に遭いすぎてきた。だから、順を追って話さなくては。

　まず、僕がどうしてこの家にいるのかについて、話しておこう。

2

　ノルウェーのロフォーテン諸島ヴェストヴォーゴイにやってきたのは、七年前のことだ。ここはタラ漁が盛んな土地で、人々は皆それで街が成り立っていることに自覚的だ。タラは、この極寒の地で、生きる勇気を与える食材でもある。最初は魚臭さに神経が参ったものだけれど、そのうち慣れてしまった。

　その頃すでに、東京は前年から始まった世界大戦での早期敗北によって壊滅的な状態に追い込まれていた。世界大戦というのは、椅子取りゲームに似ていると誰かが言っていた。初めはそれぞれに同盟を組んでいる。表層的にＡ、Ｂ、Ｃが、その裏でＡ、Ｄ、Ｆが、さらにその裏でＢ、Ｄ、Ｇが——といった具合に、同盟自体が複雑怪奇なわけだが、報道されるのはいつでも表層的な部分だ。

　そして、戦局が終盤に差し掛かったとき、表層も裏もなくなり、突如として苛烈《かれつ》な椅子取りゲームが始まる。じつは初めから決まっていたことなのだ。ただ誰かが、あるいは誰でもない磁場のようなものの働きが、椅子取りゲームであるのを忘れさせていただけ。

　ある日、唐突に笛が鳴る。そのときに何をすべきか思い出せなかった国が敗者となる。その点で、今はなき僕の祖国、日本は下手《へた》を打った。第二次大戦のときと同じだ。うまく立ち回っていたはずが、いつの間にか座る椅子を奪われていた。

今では〈あなたのご家庭でも今夜、懐石料理で日本人を〉という醜悪《しゅうあく》な料理番組が、堂々と白昼に放送されている国もある。トラックで突っ込むような原始的テロ行為が有効な手段と認識されたあたりから、科学の進歩とは正反対に人類の精神は野性化していった。

優れた軍事力と愚直で図に乗りやすい国民性は水と油だ。日本人の間抜けさは元号が令和に変わってすぐに露呈し、椅子からあぶれたが最後、〈国際的連合〉による「正当な」侵略が始まった。侵略の果てに、〈国際的連合〉は「日本人は何年か経つと辛酸も忘れて悪事を働く、存在してはならない種族である」という結論を出し、やはり「正当な」殺戮《さつりく》を開始した。食人行為すら、日本人を食材とする場合にかぎり「グルメ」に認定される始末だった。

しょうじき、何が悪かったのかは今もよくわかっていない。ただ、母が言うには「日本人は根本的に何か欠陥を抱えている」らしい。もともと自然災害の多い土地柄とも関連している、というのが母の推察だった。

——雰囲気に呑《の》まれて気がつくと多くの人が同じことを考え始めてしまうのよ。それがくだらないジョークのときもあれば、淫《みだ》らな動画のときもある。そして、戦争になると過半数の人が勝てるのではないかと思い始めて、その人たちが目に見えない空気を創り出すの。すると、同意していない人たちも表立って何も言わなくなる。

母の髪は日本人にも拘《かかわ》らずプラチナブロンドだった。色素が薄いらしい。息子の僕が言うのもおかしいけれど、道行く人をハッとさせるほどに美しい。母は表向きはノルウェー人の人類学者として、現在も世界各国を飛び回っているので、僕はスワル・カットウさんの家に預けられて育った。外出時は欧米人に見える〈フェイスマスク〉をつけるという厳戒態勢のもとに。

スワルさんはふだんはタラ漁を営んでいる四十一歳で独身の男性だ。髪は銀色に近い白髪《しらが》。もとは何色だったのかわからない。髪の色のせいか、年齢以上に老《ふ》け込んでみえる。

漁のとき以外は家でも外でも黒いスーツに白シャツというフォーマルなスタイルで過ごしている。大好物はパフェらしいけど、そのくせもう何年もパフェを食べていないというから妙な人だ。でも悪い人じゃない。すぐに難解な言い回しで僕の頭をパニックにさせるところを除けば。冬休みの間に〈フェイスマスク〉をつけてタラを干したり、市場で売ったりするのはいいバイトになる。この街の人たちはみんなタラ漁を誇りに思っている。僕もそうだ。

母がスワルさんの家に滞在している時間は長くても十日。それ以上滞在するのは危険らしい。どうも小説と呼ばれるジャンルの文章を書くという母の裏の任務と関わっているようだ。最近ではＡＩの書いたものが主流で、古典の授業でしか人間の書いたものは扱われない。

世界的に人間が書くことはもう禁止されているのに、母は小説を書き続けている。旧式のキーボードを使い、まるでパーカッションでも打つみたいに、カタカタカタカタとリズミカルに。その音がすると、母が帰ってきていることがわかる。

どうして母がそんなことをいまだに続けているのかは聞いていない。僕がちょっと変なことを妄想するだけで叱りつけるくせに、自分は虚構の物語を作り続けているなんてちょっと理不尽《りふじん》な気もする。でも、それについては僕に話す気はないのだろう。

そもそもなぜ僕がスワルさんのところに預けられることになったのか。スワルさんと母の関係は？　そういったすべてを、母は一生謎にしたままこの世を去る気でいるのだ。

ただ、母はしばしば祖国のことを考えているらしく、僕にも「東京が恋しくない？」と尋ねることがある。僕が東京にいたのは十歳までだから、そう聞かれてもよくわからない。ただ、網のなかで暴れているタラの群れを見ていると、あの妙にごみごみして小さな空間に人をぎゅっと詰め込んでいる街のことを思いだす。そして、あの頃あの狭い列島にぎっしり密集していた人たちのほとんどが死んでしまったことに思い至って、胸が痛む。

人は死んでも都市だけは変遷《へんせん》しながら存在し続けると、僕はどこかで信じていた。だが、あらゆるものは粒子で構成された脆《もろ》いもので、都市も例外ではなかったのだ。

母は二〇一五年頃から崩壊の序曲は始まっていたと断言している。その頃母は福島《ふくしま》県の海辺で暮らしていたらしい。二〇一一年の東日本大震災の後で福島に移り、半年後に子を産んでいるということは、身籠《みごも》ったのは東京。つまり、僕の父親は東京の人間ということになる。

じつのところ、僕がいまこうして書斎に侵入したのは、自分の出自を知るためだった。そして、僕の予想通りなら、僕が手にしている画集こそが、その答えを与えてくれるはずなのだ。

3

画集のタイトルは『創世記―K作品集―』。イノウエという美術研究者によって、画家の死後にまとめられたものだ。巻末にあるプロフィールによれば、Kは二〇一〇年代まで活躍していた画家で、作風の難解さにも拘わらず、その作品は〈予言する絵画詩〉と呼ばれて多くの支持を得た。

Kは日本人の父とドイツ人の母の間に生まれた。父親は政治家で資産家。内閣官房長官まで昇り詰めたが、その後は失脚し、政治の世界では冷遇されたという。Kは幼い頃から国を俯瞰《ふかん》することを教えられ、選民思想を植え付けられた。そのため同級生たちとはまったく交友は持たない孤独な男だったようだ。当時のクラスメイトは彼のことを陰で〈異星人〉と呼んでいた。Kもそれを知っていて、自分は選ばれた者だから仕方ないと考えていた。

しかし、彼は政治に興味を見出せなかった。既存の政治システムで人を動かしても「美しい世界」はやってこないという己の直観に従った。

Ｋは大学で工学部に進むと、理性的な構成の絵画を追求し、それを芸術へと開花させるようになる。この頃結婚もしており、彼は親の資産を使って、月島《つきしま》に〈塔〉と呼ぶアトリエを作り、制作のために閉じこもっている。二〇一一年以降、彼の姿を見た者はいない。人々がＫに注目したのは、二〇一五年の《ユディト事件》においてだ。

だが、この画集の編者イノウエがもっとも筆を割《さ》いているのは、《ユディト事件》についてではなく、Ｋの代表作〈塔と女三部作〉の予言性についてだ。Ｋの抽象画は、未来を――日本人という種族の悲しき未来を、予測したものらしい。

解説によれば、Ｋが亡くなった二〇一五年からその予言に関する世間の注目は静かに高まっていた。しかし、国際的連合によるライブラリ登録規制などの圧力もあってほどなく記憶に隅に追いやられたかに見えた。ところが、令和二年の秋頃に第三次世界大戦が始まったのをきっかけにふたたび脚光を浴び、解読本などが急増していった。

僕の読んでいるのはどうやらデジタル発禁処分が決定した後に、紙の書籍で刊行された第三版を、自宅で母がコピー製本したもののようだ。

解説を読み終え、図版の最初の頁《ページ》をめくる。冒頭の見開きを飾るのは、初期作品『逃走するジェーン・グレイ』。制作年は二〇〇〇年。Ｋが二十一歳のときの絵だ。抽象画で一見何の絵かわかりにくいが、下にある説明文を信じるなら、その絵は東京の街並みを俯瞰して描いている。モンドリアンがニューヨークの街並みを描いたように、Ｋもまた東京という都市をモチーフとして描いたのだろう。

隅田川《すみだがわ》は水色が複数混在した青色の方形ドットで、対照的に陸地部分は砂を思わせる黄土色の方形ドットで表現されている。青色部分も、黄土色の部分も、ドットには濃淡の違いがある。必ずしも濃いほうから薄いほうへ（またはその逆へ）といった規則性には則《のっと》っていないように見える。

でもこの絵で何より重要なのは、白い〈塔〉の頂上にいる黒いスーツの男と、その手前に広がる隅田川を渡って逃げようとしている女性の切り抜き写真であるらしい。女性は白のドレスを着ており、その横顔からは、形の良い鼻と肉感的な唇が確認できる。ただし、肝心の目は目隠しをされていて見えない。

白い〈塔〉にいる男から逃げるように、水色の川を渡ろうとする白いドレスの目隠し女。被写体となったのは、Ｋの妻であるようだ。そして、〈塔〉のてっぺんにいる黒いスーツの男性は、Ｋ自身の写真を用いたものだと、説明文にある。

タイトルにある〈ジェーン・グレイ〉とは、イギリスで九日間だけ王位についた女性の名前だ。〈塔〉から出て川を渡ろうとしているＫの妻が、ジェーン・グレイの役割を担っているのだろう。

この作品は〈塔と女三部作〉の最初の作品で、二〇〇一年のニューヨークテロ事件を予言するものだとするのが定説らしい。

どんどんページをめくっていくと、やがて目当ての絵に辿《たど》りつく。『一瞬のユディト』。制作年は不明だが、《ユディト事件》についてのノンフィクション、『沙漠と青』のなかに、この絵は二〇一一年のＫの妻の家出と関連して描かれたのではないかという推測がある。

『沙漠と青』はＫの友人でもあった日本人作家によって著された。この書斎にあるのは母が印字して書籍のかたちにしたもので、原本ではない。これも原本は発禁処分にされたのか、やはりライブラリには存在していない。

絵の話に戻る。僕が探していた『一瞬のユディト』は、『逃走するジェーン・グレイ』と同じく都市を俯瞰して点描したような抽象画だ。やはり水脈が青色で、それ以外は黄土色を基調としている。イノウエの説明によれば、方形ドットの大小の比率でビル群を表した東京俯瞰図らしい。

不気味なのは、その黄土色と青の絵の中に生首が浮かんでいるかのように、随所に作者Ｋの後ろ向きの頭部だけを写した写真が貼られているからだ。

そして、この絵にもやはりＫの妻が被写体となった同じ写真が使われている。

問題は、七つあるＫ自身の頭部写真のうち一つがその女性の手の部分に配され、あたかも彼女が生首を持っているかのように構成されていることだ。

〈ユディト〉は、旧約聖書外典の一つ、『ユディト記』に登場するユダヤ人女性である。アッシリアの王が派遣した司令官ホロフェルネスの率いる軍から自分の町を守るために、ユディトは着飾って道案内を買ってでた。ホロフェルネスが酒宴で酔っぱらいながらユディトを口説きだすと、彼女は二人きりになる展開へ導き、その首を切り落として町へ持ち帰った。軍は司令官の死に気づいて動揺した。町の人々はその隙をついて一気に攻め、アッシリア軍に勝った。

絵画の中の女が首を持たされているのは、その伝説のユディトをモチーフとしていることを示している。しかし、なぜそれが〈一瞬の〉なのか説明はない。

『沙漠と青』によれば、この絵は二〇一五年を象徴する《ユディト事件》を描いているという。その一夜をひもとく資料は、現在では『沙漠と青』以外にはない。というのも、いまや東京は廃都となっているからだ。

しかし――僕がこの絵に興味を持っているのは、ただユディトがＫの首を持っているからではない。

そのユディトが、母にそっくりだったのだ。
僕の目は画集のなかの被写体の女性に戻る。
Kの妻と言われている女の写真は、目の部分は隠れているし、横顔しかわからない。
けれど、やはりどう見ても母にしか見えなかった。

4

二〇二〇年、あるいは、令和二年。当時世界的に大流行していた新型コロナウィルスの猛威も完全には収まりきらぬなか、第三次世界大戦がはじまった。『沙漠と青』によれば、その時になって日本人はとっくに忘れていたKの絵のことをふたたび記憶の底から呼び覚ますことになったらしい。当時八歳だった僕にはわからないさまざまなことを、その書物は教えてくれる。

レーザーミサイル爆撃、トラックによるテロの横行、ロボット兵による無差別殺戮、そして、捕らえられた者たちの大量処刑。首なし死体の山が、崩壊した東京スカイツリーの横に積まれることになった。

その様子に、日本人の多くは二〇一五年の《ユディト事件》を思い出したようだった。あの事件は、いわばそのあとに日本全体に起こる惨劇の予兆のようなものだったのだ。そして、Kの絵画『一瞬のユディト』はその《ユディト事件》を予言していた。

じつは、三部作にはあと一作、まだ予言が現実となっていない作品がある。三部作の最後を飾る『氾濫《はんらん》するユディト』だ。『沙漠と青』には、作者が戦火《せんか》を逃れる様子とともに、マスコミがKの

『氾濫するユディト』を解読することで、迫りくる国家の破滅を救おうとするカルト的な運動があったことが記されている。

しかし、結局その運動もむなしく、解読されないまま日本という国家は消滅した。

Ｋの絵画の予言性は、国家の消滅によって前世紀におけるノストラダムスの予言を彷彿とさせるまでに世界を席巻していった。〈国際的連合表現機構〉はＫの絵画を展示禁止処分とし、〈国際的連合デジタル機構〉もまた、デジタル画集の発売・所有を禁じた。しかし、それでも人々の意識には何度もＫの絵が現れた、と作者は記している。とりわけ、『氾濫するユディト』への憶測は根強く飛び交っていた、と。

『氾濫するユディト』は、Ｋの妻の写真が大量にコピーされ、画面全体に隈《くま》なく貼られた何とも不穏な作品だ。背景はそれまでの二作品が青と黄土色のパターンで構成されていたのに対し、青一色。その青は中央に向けて渦巻いているように見える。そして、前二作にも登場した目隠しをされた女性の写真の切り抜きが無数に貼られている。

その絵画が、列島から逃れ世界中に散った日本人たちの運命の最期を解読するヒントだと、ある学者は言っていたらしい。もし本当なら、予言が現実となるときは近いということなのか。いま、全世界で日本人は本当に数えるほどしかいないはずだ。

二〇一五年の《ユディト事件》以降の世界の流れはじつにダイナミックだった。まず、二〇一九年に第二次大戦のように泥臭くはないが、かつてなく無慈悲な世界規模の戦いのお膳立てが整った。が、すぐには大戦とはならなかった。ただ水面下での攻防戦の激化が、翌年の秋頃まで続いた。

新型ウィルスへの度重なる緊張感でかつては機能していた警戒心が摩耗しはじめた頃、誰もが平和な時間のおしまいを知ることになった。陸上戦ではもっぱらロボット兵が活躍し、対抗するすべての勢力を殺して回った。虐殺は進化を促し、進化は当然のごとく、さらなる虐殺を促すことにもなっていった。

ロボット兵に攻撃されたA国が、さらに改良されたロボット兵を使ってB国にやり返す、といったことの繰り返しによって、戦局は泥沼化していった。闘いが続くなかで敵が味方になり、味方が敵になりといったことが幾度もあった。死ぬのは民衆であり、もはや軍人ではなかった。民衆の数を数値化し、死体の数で負けか勝ちかを考えるしかなかった。その果てしない大戦が終わった頃には、国家の形自体が変わっていた。かつて一つだった国が無数に分裂することもあったし、逆にそれまで存在しなかったような国家が突如成立したりもした。砂の上の造形物のように、国家は自在に変幻したのだった。

しかし、混沌《こんとん》とした情勢のなかで、世界中にとって想定外だったのは、早々に訪れた日本の悲劇だろうか。大戦の最初の三ヵ月ほどでは辛《かろ》うじて甘い蜜《みつ》を吸う立場に収まっていた日本だったが、時が経つにつれて劣勢に立たされ、一年が経つ頃にはすっかり椅子取りゲームから外れてしまったのだ。

——梯子《はしご》を外される間抜けさにおいて日本という国に敵《かな》う国はいないわね。

母は淡々とそう語った。「美しく神秘的で、けれど間抜けな国」。

そして二〇二一年の末に悪夢が起こり、僕と母とは東京を脱出してノルウェーの地へ逃れた。それでも、日本人狩りはとどまるところを知らなかった。このままでは僕らも危ない。

今こそKの絵の予言を徹底解剖する時期だと僕は思った。それは日本人という種族を救うとか大それた考えではなく、単に世界を奔放《ほんぽう》に飛び回る母の自由を確保するためでもある。

母のことを考えるたび、真っ先に浮かんでくる記憶は、連合軍が本土に上陸してきたときのものだ。幼《おさな》馴《な》染《じみ》の女の子が連合軍の兵士に捕えられた。つい前日まで僕と一緒に遊んでいた、僕にいじわるばかりする子だった。僕はその子の長い髪が美しいばかりに、いつもやり返せずにいた。まず最初に彼女の母親が、背後から銃で撃たれた。次が彼女だった。僕はそれを隣家の縁の下から、母と息を殺して覗《のぞ》いていた。とつぜん母が僕の顔を自分の胸に埋め、ぎゅっと抱きしめた。僕は母の胸で窒息しそうになりながら、それでも鼓膜を破らんばかりの銃声に全神経を集中させていた。

　身体をようやく離してくれたのは、連合軍の兵が去った後のことだった。さっきまで兵士がいた場所には女の子とその母親の死骸《しがい》があった。「眠っているだけだから」と母は早口で僕に説明した。嘘だとすぐにわかったけれど、僕は何も言わなかった。ただ、母を信じて生きていこうと、そのときに決めたのだ。

　幸い、母はまだ生きている。生きている——はずだ。でもわからない。今彼女は中東を旅しているけれど、昨日から連絡がとれなくなっていた。

　僕は画集の最後のページにある『氾濫するユディト』を見る。そこに隠された予言を読み解くために。そして——その一方で、一つ前の『一瞬のユディト』と最初の『逃走するジェーン・グレイ』を振り返って考える。

　この女性は、母ではないのか？

　母はＫと結婚していたのではないか？

　それはつまり——僕の父がＫだということなのだろうか？

　じつはもう一つ奇妙なことが——というよりもかなり根源的に、『沙漠と青』やＫの画集『創世記―Ｋ作品集―』に対して疑問に思うことがある。

　それは、ゲンジツとあまりに異なる点が一つあるということだ。たしかに世界大戦は起こったし、日本は滅びることになった。ただし、Ｋという画家の名前を日本にいた頃に聞いたことがないし、調べても情報が出てこないのだ。

　僕が知っているＫは画家ではなく、人工知能開発者で現在連合軍の科学技術庁長官を務めている。すらりとした長身で、色素の薄い肌と表情のない目が印象的だ。同姓同名なのだろうか？　それとも――。

　とにかく、僕は自分のやることを整理することにした。まず『逃走するジェーン・グレイ』『一瞬のユディト』を的確に解析しよう。この二つの絵画が読み解ければ、『氾濫するユディト』を分析することだってできるはずだ。

　それには二〇一五年に起こった出来事から考えねば。『沙漠と青』によれば、《ユディト事件》は二〇一五年十一月に起こった。

　その日、Ｋの首をもって走る女の姿が、東京の月島で目撃された。《ユディト事件》の始まりだった。

二〇一五年十一月／東京

1

目覚める。いつもと同じ、目が開いた瞬間からもう一度閉じたくなるような気分。昨夜は飲みすぎてしまったみたい。頭がかすかに痛む。口内にはアルコールの気配が残っている。

右手の掌《てのひら》に握られた紙きれ。タクシーの領収書？　三千円か……。新入社員にはハードな額だ。歩いて帰ってきなさいよと自分に毒づく。

それにしても、長い夢を見ていた。

ゆっくり伸びをする。背中や肩に軽い痺《しび》れがあった。苔《こけ》でも生えていないか心配になる。これ自分の身体なの？

でも、自分の身体に違和感を抱くところまでは、いつも通り。もともと自分が自分であることを認識するのに、数分かかるタチなのだ。わたしの身体は、わたしの身体であってわたし自身ではない。

とくに長い夢を見た後は、肉体は妙によそよそしい。

夢の体感時間は、そもそもどんな風に決まるものなのだろう？　以前、一年くらい経過するような長い夢を見たことがあったけれど、実際には三時間程度の睡眠でしかなかった。その後しばらく一年分老け込んだような気分から醒《さ》めきらなかったのを思い出す。

いくつかの夢の断片がまだ残っている。

夢のはじめは、「僕」という語り手になっていた。近未来のノルウェーのそれと、変な年号が出てきた。令和……だっただろうか。あと数年で平成が終わるなんてどこからそんな発想が出てきたのやら。街に住んでいて、しかもその「僕」はどうやら日本人の生き残りという設定らしかった。

そのあとは——思い出せない。思い出そうとすると靄《もや》がかかる。

でも、驚くほどのことではない。どんなに突飛な夢でも夢は夢。他人の人生を生きるなんて、現実の世界では小説や漫画を読んだり、映画や演劇を観たりしているときにしか味わえないけれど、夢では案外みんなしょっちゅうこんな体験をしているものよね。少なくとも、わたしはよく自分以外になっている夢を見る。そういう夢を見た後は、たいていとても疲れている。

だから、それもいつも通りと言えば、いつも通り。

むかしは、母に夢の話をよくしたものだ。そうすると、母は尋ねた。

——人の死ぬ夢だった？

死んだ、とわたしが答えると、続けて母は言うのだ。

——ならそれはいい夢よ。赤ん坊が生まれる夢は悪い夢。

どこからか拾ってきた迷信を、母はいつもわが物顔で振りかざす。残飯を捨てると、モッタイナイオバケが出ると信じているのと同じ。彼女はその根拠のない夢判断を「当たる」と信じている。実際に当たったことなどほとんどないのに、たまたま当たったときのことをよく覚えていて、それを繰り返し語るのだ。そうすることで、外れた確率は除外されて、当たった確率だけが積み重ねられていく。

それが嫌で、わたしはいつしか母には夢の話をしなくなってしまった。ただでさえ、しんどい夢で疲れているのに、母に話したら二度疲れることになるから。

幸い、一人暮らしの今では、そうした煩《わずら》わしさからは解放されている。どんな大変な夢であれ、目覚めれば困難は去る。お疲れ様。

身体を起こしてスマホの画面でカレンダーをチェックする。二〇一五年十一月十日。テレビを一瞬だけつけたが、ふだん見る占いは残すところ最下位の発表だけだった。

最下位は、わたしの星座だった。何をしても裏目に出てしまいそう。お酒には気をつけよう。あと、悪い異性に気をつけて。ラッキーアイテムは青。

酒はあいにくすでに飲み過ぎで胃がやられているくらいだった。

テレビを消した。

占いなんて、母の夢判断と同じくらいアテにならないのに、なぜ見てしまうんだろう？

一日の初めに、何かのスイッチを必要としているのだろうか。だとしたら、わたし、スイッチがやたら多いかも。

ツイッターのアカウントを開く。これもまあスイッチ。昨日の夕ご飯の写真に〈いいね〉が三件、リツイートが一件。自分で画像を上げておいて言うのもおかしな話だけれど、こんな誰でも食べていそうな食事の写真に〈いいね〉も何もあったものではないだろうに。

それから、お気に入り登録しているkimiというアカウントを覗く。フォローはしていない。わたしだとバレてしまうから。kimiはこの一週間あまり、それまでとは違う政治色の強いツイートを投稿している。「A国はマジ危険。平和のためにも戦争の準備は不可欠」とか「首相は全力尽くしてるのに邪魔するバカが多いよぉおお」などなど。

わたしは一連のツイートについてしばし考える。頭のなかでは「ライオット・イン・ラゴス」のピアノバージョンが流れ、脳内を水牛の群れが新天地を目指して動き出す。一匹のホルスタインがその中に混じっている。違和感は果てしない。

――ホルスタインはホルスタインなりの旅をする。

これはいつかの記美《きみ》のセリフ。

同時にその言葉は、さっき見ていた夢の「僕」が妄想したホルスタインのカップへとリンクする。記美の言葉を無意識に思い出していたからあんな夢になったのかな。いや、それは全然関係なさそう。ただ単に、あの夢を見たから、記美の言葉を思い出しただけ。順序が違う。

本当に？　たぶん。

もう一度わたしはkimiのタイムラインに目をやる。

〈今日も脳内お花畑の同僚と仕事かぁ、つらたん。でも夜はサバクの集まりあるしがんばるしおすし〉

サバク。唐突な単語だ。砂漠なのか、沙漠なのか。それとも、裁く？　砂漠ならば文字通り砂しかない土地だが、沙漠ならあらゆる植物の育たない不毛地帯を指す。たとえば、ヒートアイランド現象が年々深刻化する東京は、ある一面において沙漠と言える。

画面を閉じる。ひとつだけわかっていること。彼女とわたしとはもうまったくべつの人生を歩みだしている。その考えの片鱗《へんりん》さえ、分かち合えなくなってしまっている。記美は見知らぬkimiになってしまった。

ネヴァーモア《またとない》。

わたしは虚無感に囚《とら》われると決まってそう呟《つぶや》く。その言葉を吐けば、虚《むな》しさの塊《かたまり》を捨てられるような気がした。そのたびに、脳内を大鴉《おおがらす》がわさわさと羽音を立てて飛び立つ。

記美のアカウントを知ったのは二ヵ月ほど前。たぶん、最初の設定で、電話帳に名前がある人に一斉にアカウント情報が送られるようになっていたのだろう。フォロワーに大学時代の知り合いが多かったから、kimiが記美だと推察できた。でも、今になってみると知らなければよかった、とも思っている。たった数ヵ月の間に、人はここまで変わってしまうのか。昔から、自分の変化にすら、うまくついていけないところがある。他人の変化は言わずもがなだ。

　わたしの無意識は斜面を流れるゲルみたいにゆるゆるとしか進めない。もう、ずっとそう。いつも状況に取り残される。大学卒業のときもそうだった。就職活動に励む周囲や自分の行動力に圧倒されて、あらあらあらと口をあんぐり開けたまま卒業してしまった。だから、社会人になっても、どこかでまだあらあらあらと半歩下がって夢の時間をなぞっている。

　時計は七時半。そろそろ朝食をとらなければ。出社時間が迫っていた。ベッドから飛び降りる。スーツのまま寝てしまったようだが、前日と同じ服で行くわけにもいかない。服を脱ぎ捨て、シャワーを浴びる。

　文談社《ぶんだんしゃ》は出版社では最大手だ。大学の友人たちも一緒に一次試験は受けたけれど、二次、三次とクリアするうち、気が付くと自分だけが残っていた。記美も二次試験でつまずいた。

　——未歩《みほ》は頑張って残りなよ。文談社の編集者なんて、文学部の人間にとっては夢のような職業なんだからさ。

　わたしもまた文学部ではあったけれど、友人が感動するから読めと貸してくれた本を、何の感想も述べずに返すくらい感受性に乏《とぼ》しい。いつでも作品の構造を読んでしまうのだ。

　そんなわたしが残って、感受性豊かで文学に造詣《ぞうけい》も深い同期の面々が脱落していく経過からすでに「なぜ?」は始まっていた。

記美とわたしは大学一年のときに知り合った。わたしも記美も、同性愛者ではない。ただ、自分の肉体と自分自身との間に齟齬《そご》を抱いていた点では共通していたのだと思う。初めて話したときから、まるで充電器が適合機種を発見したみたいに、自然な成り行きで行動を共にするようになった。

周囲から見ると、わたしたちは双子のように雰囲気がよく似ていたようだ。でも、趣味は違っていた。記美がジェイムス・ブレイクを今世紀最大のアーティストだと言うと、わたしはト・ブランヂリオーニのようなブラジル音楽こそが今熱いのだと力説したし、記美が海外文学を好めば、わたしは国内外問わずミステリやＳＦみたいなジャンル小説を彼女に勧める、といった具合だった。

それほど趣味が違うのに、どうして考え方があんなに似通っていたのかは今もってわからない。記美はわたしが黙っていてほしい時間を知っていて、話を始めるまでいつまででも沈黙を保っていてくれた。わたしも記美が黙っていてほしそうなときにはそうした。二人とも性指向としては、異性愛者のつもりでいた。それが、些細《ささい》なきっかけで恋人になった。大学一年の時に、好きだったサークルの先輩に振られ、記美が失恋記念と称して朝まで飲みに付き合ってくれた。カラオケで歌い倒し、自分で歩けないほどに酔っ払ったわたしは記美の家に泊まった。

女の人に抱かれるのは、初めての経験だった。不思議な感じがした。それまでの異性とのセックスで感じることのあったわずかな苛立ちやストレスをまったく感じることがなかったから。二人で並んで天井を眺めながら、これが一体感というものなのか、と実感した。

――わたしたち、これからどんな未来へ歩いていくのかしら。

ふわふわした気持ちになって、天井を見上げながら言うと、記美は答えた。

――未来は歩いていくものではないよ。未来が勝手にやってくる。

もともと編集者を目指していた記美の影響から同じ夢を見るようになったのも、自然な流れだった。記美が、「君は文に携わったほうがいい」とアドバイスしてくれたのも大きかった。

けれど、完璧に見えた関係も、就職活動の過程で少しずつ綻《ほころ》んでいき、わたしの文談社内定の知らせがその綻びを決定的なものに変えた。内定通知に茫然《ぼうぜん》としていると、記美は「おめでとう」と言ってくれた。でも、その夜彼女は求めに応じず、身体を背けた。

記美はその時、背中を向けたまま、わたしの未来を見通すようなことを言った。

――君はきっと優秀な編集者になれるよ。保証する。でも、ただ一つだけ覚えておいて。どんなに君が優秀な編集者でも、一冊だけ作れない本があること。そして、その一冊だけなら君に負けない自信があるってこと。

わたしはその言葉を、文談社に入れなかった記美の、精一杯の強がりだと考えた。そう思うと、よけいに申し訳ない気持ちになった。

ほどなくして、記美がとあるゼミの男子学生と関係をもっているらしいと、親切な友人が教えてくれた。わたしはただその事実を受け入れた。想像の範疇《はんちゅう》よ、想像の範疇。何度もそう言い聞かせた。

けれど、はじめは小さな黒点だったものが次第に大きくなり、胸のなかに広がっていった。怒りでも不安でも恐れでもなく、そのどれでもあるような黒点は、いずれわたし自身を支配するのではないかとすら思った。

記美から噂の真相も彼女の気持ちも聞き出さぬうちに、卒業の日を迎えた。

数日後、記美を含むいつものメンツ――彼女たちは誰もわたしと記美が恋人同士だとは思っていなかった――で卒業旅行に向かった。

本来は中東を旅する予定でいたけれど、一月に日本人拉致《らち》の凄惨《せいさん》な事件があったこともあり、行き先をパリに変えたのだった。そのパリで、別れを告げられた。

それほど趣味の合わぬ仲間だったこともあり、二日目から自由行動となった。わたしは記美と、このところ冷え切っていた関係修復を試みるつもりだったけれど、記美のほうは違った。

記美は唐突にバルセロナへ行きたいと言い出した。もともと彼女が好きだったイヴ・クラインの展覧会へ一緒に行く約束をしていたため、わたしが抗議すると、彼女はさらりと「私たちはもうパートナーを解消したほうがいいかもね」と告げたのだ。

長くなりすぎた爪を切るようなものだった。思えばわたしも飛行機に乗る前から彼女の決意にうすうす感づいていたのかもしれない。

そしてわたしは一人になり、社会人生活が始まった。友は熱いシャワーと熱いコーヒーだけだ。ネヴァーモア。現実は続く。

2

新米がどのように一日を過ごすべきなのか、まるでわからぬまま唐突にスタートした編集者生活は、苛烈《かれつ》を極めた。順応の遅いわたしにとっては、急に自分から仕事を見つけていかなければ何も始まらないというアクティブさを強いられる状況はかなりきついものだった。わたしはそれまでの自分がいかに周りから与えられたものを受け取るだけの生き方をしていたのかを思い知らされた。もしかしたら、恋愛だってそうだったのかもしれない。

研修を終え、配属から数日経ったある日、横沢《よこざわ》編集長は何をやっていいかわからず困っているわたしを見かねたのか、ゲラと言われる、原稿を印刷所で版を組んで試し刷りしたもののチェックを任せた。わたしは校正部が入れてくれた誤字や脱字のチェックを確認し、抜けている部分にさらにチェックを入れ、変えたほうが文がスムーズになる箇所に手を入れた。けれど、一通り読めるものにはなるものの、作品としての最上には程遠い。素材はいいが、構造に甘いところがある。根本から立て直す必要を感じて、段落単位での移動や、プロローグの変更など大掛かりな指摘も入れた。

夕方にわたしがゲラを戻すと、横沢編集長は目を見開いた。

――君のゲラチェックは厳しすぎないか？　こんなやり方をしていたら、作家の怒りを買うぞ。

――でも……作家と作品、大事なのはどちらですか？

――はい？

――出版社は読者に作品を届ける義務があります。ってことは、我々は作品の側に立っているんですよね。違うんでしょうか？

横沢編集長は、しばし考えるように黙ってから、言った。

――それはまあ確かに。だが、正しさにも手順が要《い》る。とりわけ、人間という生モノを扱う場合にはね。

わたしは首を傾《かし》げた。

――わたしが扱うのは作品であって、生モノとは違います。

編集長は諦《あきら》めたように、好きにしたまえ、と言った。結果として、わたしは一人の作家を怒らせることになり、その尻拭《しりぬぐ》いは、入社五年目の富樫《とがし》先輩がすることになった。わたしの言ったとおりの修正はされず、大まかにもとの原稿の状態を維持したかたちで文庫化されることが決まった。本はなぜか売れた。

そんなことが何度か続いた。わたしは作家を怒らせては、富樫先輩に謝らせ、最終的には、校正からの指摘に毛が生えた程度のものを加えて作家に返し、作家もほぼそれをなぞるような修正をしてきた。売れた作品もあれば売れなかった作品もあるが、いずれにせよ、数字とわたしの力の入れ具合とはあまり関係ないように感じられた。

それでもわたしは最初から自分のやり方を曲げるようなことはしなかった。どんなに世界との間に隔たりを感じていても、己の仕事と自分との間には隔たりを作らないほうがいい。わたしは先験的にそう考えた。

一度隔たりが生じれば、それは自分の一部を失ったのと同じことだと、あとあと思い知らされることになる。記美との関係がそうだったように。だからこそ、身体以上に仕事を我がものとしなくてはならなかった。

わたしは新規作家の発掘を自分で始め、そのかたわらでは、相変わらず文庫化作業のゲラチェックを行ない、そのたびに編集の先輩諸氏が放置した構造上の粗《あら》をとことん蒸し返しては作家を怒らせ、富樫先輩を出動させていた。

そして、昨夜――。

飲み会で富樫先輩にクレームをもらった。

――おまえのやり方はさ、自己満足なんだよ。

――で、でも、構造的に問題があるものは放置できません。

――それが自己満足だってのそんな信念もってやったって、売れるときは売れるし、売れないときは売れないんだ。それより人と人で仕事するんだからうまくやれよ。おまえのためにこの数ヵ月で何回謝りに行かされたと思ってるんだ？

了見が狭い自覚はあった。このところのわたしは、生来の頑固さを取り戻そうとしていた。子どもの頃は、一度こうと決めてしまうとそれ以外の道が見えなくなるタチだったのに、ある時から、我《が》を捨てて周りの決定に寄り添うようになった。そのほうが楽だったから。

でも、社会人になる直前に、どれほど他人と同化しようとしてもしきれない自分に気づいたから、それならいっそ妥協しないように、と気持ちを切り替えて原点回帰した。

その結果――空回ったようだ。

富樫先輩に結論づけられた〈自己満足〉という言葉は、入社以来の自分の行動原理のまとめとして最適すぎた。けれど、簡単に過ちと認められるようなことでもない。わたしは、それなりの覚悟をもってこの数ヵ月を送ってきたのだから。

――先輩にはいろいろご迷惑をおかけしたと思ってますし、それは申し訳なかったとも思いますけど……で、でも！　やっぱり作家といえど感情的になるのは間違っていると思いますし、それをこちらが謝って火消しに徹するのもいかがなものかと。

すると先輩はやや呂律《ろれつ》の回らなくなった口でこう言った。

――おまえ、友達いないだろ？

――いませんね。それ美味《おい》しいですか？

一瞬だけ記美の顔が浮かび、そして消えた。過去はともかく、今のわたしは孤独だった。その原因はわたし自身にある。たぶん、富樫先輩はそう指摘している。でも、先輩にはわかっていないことが一つある。わたしの現状は孤独の結果ではあっても原因ではないのだ。

黙っていると、先輩は言葉を続けた。

——まあいいや。おまえはちょっと人間と向き合うってことをしないと。ためしに、スランプで書けない作家に発破をかける作業でもやってみないか？

——はっぱ……ですか。

頭には「葉っぱ」が浮かんでいた。天空からひとひらの木の葉が舞い、それが音もなく眠っている者の鼻先に落ちる。眠っているのは、記美だった。

——そう。この作家のところへ行ってこいよ。

先輩はわたしに作家のプロフィールを手渡した。作品を読んだことのある作家だ。大きな書店の目立たないコーナーに辛うじて棚差しされているのをたまに見かける。たしか著作は連作短編をまとめたデビュー作の『黒淵《くろぶち》教授の優雅な遊歩』一冊しかないはず。二〇一一年の出版だったと記憶している。いかにも続編のできそうなタイトルで、多少話題にもなったはずなのに、その後の作品が出ないのはスランプだったからか。

——わたしがこの方の担当になるのですか？

尋ねながら、ようやく〈葉っぱ〉ではなく〈発破〉の字が浮かんできた。

——じつはデビューの一年後に長めの原稿を送られたんだけど、いったん俺がボツにしたんだ。

——つまらなかったのですか？

——まあ、いろいろとね。一口では言えないな。とにかく、長いスランプに突入してしまった。

——その原稿、読んでみたいですね。

——やめておけ。時間の無駄だ。それより、大事なのは今だよ。スランプをうまく脱出させられるかどうか。俺はあれこれ手を尽くしたけど、ダメだった。根深い問題を抱えているみたいだけど、それが何なのか最後までわからなかった。

——そんな厄介《やっかい》な作家をわたしに押し付けるんですか？

——おまえのためだ。それに、できれば読んでみたい気はするんだ。スランプから抜けた彼の作品を。

——どうしてわざわざ発破をかけなければならないんですか？　放っておけばいいじゃないですか。作家は他にいくらでもいます。それは富樫先輩自身がつねづね言っていることだと思いますが。

　普段以上に本音が出てしまったのは、酔っていたせいだろう。でも、実際、〈発破をかける〉というのは、甘めの修正依頼で作家性に大部分を委《ゆだ》ねる富樫先輩の流儀に反する。富樫先輩もその意識はあるようだった。

——まあな。でも、あの人はちょっと普通じゃない。何というか、あの人自体がどうというより、あの人の背後に何かがいる感じなんだ。うまく言えないけど、一枚襖《ふすま》の向こう側に何かとんでもないものが潜んでいて、じっとこっちを見つめている感じがいつもする。だから、書けても書けなくても、それはその作家のせいじゃないというか……。

——んん、言っていることがよくわかりませんね。

　ひっく、とわたしはしゃっくりをした。その日初めて出たしゃっくりだったので、よく覚えている。

——俺だってわかんねえよ。だからとにかく行ってみろ。

　富樫先輩はまた酒を飲み始めた。その後はわたしも飲みすぎたのでそれ以上の会話は忘れてしまった。一度会社に戻ったのは覚えているが、それも何をしに戻ったのか。気が付くと、タクシーの領収書を握りしめて自宅のベッドで眠っていた。

シャワールームから出て髪を乾かすと、テーブルに置かれたゴム風船を手に取り、膨らませた。ほどよい大きさになったところで、結んでぽんと転がす。帰ってきたら、割って捨てる。ささやかな日課だ。

風船の膨らみが、一日の始まりを教える。血が、巡りだす。

身体を起こした。本棚には、記美とディズニーランドへ行ったときの写真が微笑んでいる。手を伸ばし、そっと伏せて置いた。

ネヴァーモア。大鴉が羽音を立てる。

それから、写真立ての右隣にある絵葉書をまじまじと見た。学生時代に記美と一緒に行った美術展で買ったもの。でも、飾ったきり見返すことはなかった。記美に付き合って行っただけで、わたしの趣味ではなかった。

絵は黄土色と青色で構成されている。白い塔の切り抜き写真の前に細い川を示すように青色が配されている。そして、目隠しされた女性の切り抜き写真が川を渡ろうとしている。彼女は塔から逃げだしたように見える。塔のてっぺんには、黒いスーツの男の後ろ姿。これもまた写真の切り抜き。

買ったときのことはよく覚えている。

わたしはその絵のタイトルを知らないはずだった。美術展で絵を観て回りはしたが、いちいちタイトルなんか確かめない。それなのに、知っているような気がした。

ジェーン・グレイ……。

ふと、そんな言葉が浮かぶ。なぜそう思ったのか。夢でさっき妙な絵画が出てきたことを思い出す。

　その絵画が――これだった。

　たぶん、目を半分開けて眠っていたのだろう。眼球がこの絵画を捉え、夢の中に取り込んでしまったのに違いない。それにしても、ジェーン・グレイとはずいぶん自分とは縁遠い名前が出てきたものだ。かつて世界史の授業で習った覚えがあるが、それも記憶の彼方《かなた》だ。なぜ今頃ジェーン・グレイなんて名前が夢に登場しなければならないのか。

　わたしは思考を打ち消して珈琲を淹《い》れる。すべては終わったこと。記美との記憶も、昨夜の夢も。もちろん、この絵のタイトルがジェーン・グレイに関係するはずもない。

　真っ黒な珈琲を、真っ白な珈琲カップに注ぎいれた。珈琲カップは珈琲カップのままだ。突然牛に変わることはない。

「ホルスタイン。モォオオ」

　ひとりで呟いてから、書棚の本を一冊取り出した。『黒淵教授の優雅な遊歩』。本日のお供はこれ以外考えられない。表紙の黒いスーツの男と赤いワンピースの女を見ていると、絵葉書の中の黒いスーツの男と目隠しをした女に少し構図的に重なる気がした。なぜか、記憶が疼《うず》いた。

　さて――この本に特別な思い出なんてあっただろうか？

3

「次は護国寺《ごこくじ》、護国寺――」

　読みかけの『黒淵教授の優雅な遊歩』にしおりを挟んで鞄《かばん》にしまうと、ヘッドセットから流れるブラーの『コーヒー＆ＴＶ』を止め、通勤ラッシュの電車を降りた。九〇年代のブリティッシュ・ロックが二十一世紀の東京の通勤時間にもマッチするとわかったのは発見だったけれど、そろそろ現実に感覚を戻さなくてはならない。

６番出口をめざして駆け上がっていたら、声をかけられた。富樫先輩だった。長い髪がさらさらと風に靡《なび》いている。

「無事に帰れたか？　ずいぶん酔ってたぞ」

昨夜は新レーベル立ち上げの決起会だった。

「……わたしですか？」

「俺おまえに喋《しゃべ》ってるよな？」

「そのようですね」

昨夜相当に酔っていたことは想像に難《かた》くない。酔うとわたしはひたすら急ピッチで飲み続ける。一つのことに集中してしまいがちな性格は、酔いの席では深酒という結果をもたらすらしい。

「何かわたし、口走りましたか？」

「いや。相変わらず屁理屈こねてたけどな。どれだけ売れていても構造が甘い作品を出すのは罪悪です、とか何だとか」

「うわあ……」

恥ずかしさを通り越して頭が痛くなる。

「ご迷惑をおかけしたようで……」

「まあ、かけられたね」

そこは嘘でも否定してほしかった。いや、否定できないほど迷惑をかけたということなのか。よけいに気が滅入《めい》る。

「それで、あの作家先生の件ですが」

こういう時は、無理やりにでもビジネスモードに切り替えるに限る。

「ん、何だっけ？」

覚えていないようだ。わたしは鞄から本を取り出す。

「今日さっそく行ってみようと思います」

「マジか……やめとけ。性格的にかなり難しいぞ」

昨夜と言っていることがまるで違う。酔ったついでに難題を吹っかけたが本気ではなかったのだろうか。

「でも、それがわたしに必要な試練なんですよね？　そういう口ぶりでしたよ。昨夜は」

「忘れたな」

「え、困りますよ」

「忘れたもんはしょうがない」

わたしは眉間《みけん》に皺《しわ》を寄せた。本当に困っていた。わたしはこうと決めたら簡単には変えられない人間なのに。

「先輩は昨夜こう言いました。『一枚襖の向こう側に何かとんでもないものが潜んでいて、じっとこっちを見つめている感じがいつもする』って」

富樫先輩は頭を掻《か》いた。自分の言ったことを覚えていないのだろう。浅い溜息をつくと、何度か自分に言い聞かせるようにうなずいた。

「ま、たしかに社会勉強にはなるかもしれん。編集部行ったら連絡先教えてやるから、アポとってみな。今日にでも会える。あの人無職で暇なはずだから。でも本気なのか？　一文の得にもならないかもしれないんだぞ？」

「ええ。いま電車の中で読み返してみたら、この小説の語り手の女性がたいへん好ましいんです。作家はともかく、彼女と友達になってみたいという気はしました」

　物語の語り手と友だちになりたいという感想を抱くのは、自分には珍しいことだった。富樫先輩は、ああなんとなくわかるよその感じ、とぼんやり同意を示す。

「まあ行きたいなら行ってみろ」

「ありがとうございます、そうします」

「キーワードは恋と罰」

「恋と罰……？」

「あの人の背後に横たわるキーワードだ。あるいは、俗な言い方をするなら、三角関係」

「ふむ……俗ですね」

「でもそう言ったほうが問題がシンプルに見えるだろ？」

　スランプの理由が三角関係ということだろうか？　だとしたらずいぶんがっかりな話だ。

「一つだけ忠告」

「なんでしょう？」

「うまく戻ってこいよ。現実の世界に」

　そう言い残すと、富樫先輩はわたしの返事も待たずに、エスカレータを早足で駆け上って行ってしまった。

「はい」

誰にも聞こえぬ声で答えながら、その〈はい〉がイエスでも何でもない謎の記号みたいなものに思えた。

うまく戻ってこいよ。現実の世界に。

その言葉をただひたすら胸の中で反芻《はんすう》した。

たとえば、今朝、長い夢から目覚めたように?

それから、また記美のことを考えた。彼女はいま現実の世界にいるのだろうか? それともkimiという主人公として、善悪のはっきりした単純な世界へ出かけてしまったままなのか。

騒音が戻ってくる。わたしは富樫先輩の後を追いかけた。

風が、背後からふわりと吹き上げる。次の電車が入ってきたようだ。

東京の街には、いつでもこんなふうに新たな風が生まれる。

その風は、沙漠に吹くそれのように乾いている。

4

かつての下谷《したや》竹町《たけちょう》界隈《かいわい》は職人の町といった雰囲気がある。古くからここで東京を見つめてきたであろう木造の家々や駄菓子屋、団子屋と新築のマンションや雑居ビルが同居し、独特の風情《ふぜい》を醸《かも》し出している。

東京の進化の速度は、いずれはその風情すら掻き消してしまうのだろう。その進化のなかから古い順に「伝統」を名乗り始める。

下谷神社の前を過ぎ、しばらく行くと、鄙《ひな》びた煙草《たばこ》屋が現れる。ここの二階が、例の作家の住居らしい。わたしは担当作家にはあまねくそうしているように、彼を「センセ」と呼ぶことにした。ビジネスとしての、軽い敬意と、無理難題をいつでも吹っかけられるほどよい距離感を表す記号。もっとも、成功したことはまだない。

一階の店はもう長らくシャッターを締め切っているようで、蔦《つた》が這《は》っている。営業はおろか、誰も住んでいないのかもしれない。

まさか自宅を打ち合わせ場所にセッティングされるとは思わなかった。

——うまく戻ってこいよ。現実の世界に。

たしかに、こんな昼日中《ひるひなか》に東京の下町の、壊れかけたプレハブ小屋のような建物を訪れること自体、得体のしれない渦に飲み込まれるような非日常感がある。

時計を見る。まだ電話で約束した午後一時より、十分ほど早い。あまり早いのは迷惑になるだろうか。わずかな時間つぶしにスマホでツイッターの画面を開いた。基本的に閲覧専用で、自分はもっぱら食べ物や空の写真を投稿するくらい。発信したい主義も主張も、わたしには持ち合わせがない。朝から晩までひっきりなしに何か呟いている人は、だから異次元の人間に思える。

でも、ふいに、暇に任せて何かつぶやいてみたくなった。

〈サバク、行ってくる〉

手は、ときに自分で思いもしない言葉を入力するものだ。

ところが、次の瞬間、そのツイートに〈いいね〉がついたのだった。つけたのは、kimiだった。わたしのアカウントはアドレス帳の友人たちには知らされないように設定されているはずなのに。

わたしのアカウント名はnevermoregirl。ポオの詩からとったものだ。アカウント名を決めている最中に、どこからともなく頭の中を真っ黒な羽を誇る大鴉が舞った。そんな偶然の産物であるアカウント名からわたしという存在を推測されたとも考えにくい。

　たしかに記美の興味を引きそうなアカウント名ではある。彼女はポオもよく読んでいた。「雨の日にはポオ、晴れたらランボー」これは彼女の言。そのとおり、彼女は雨の日にはポオの詩集を読んでいたし、晴れた日にはランボーの詩集にふけっていた。

　でも、ただそれだけの理由で、彼女がフォローもせずにnevermoregirlのタイムラインを覗いていると考えるのは不自然な気もした。それも、〈いいね〉の速度から察するに頻繁に監視しているようだ。やっぱり、わたしと知らずにやっているとは考えにくい。

　いま、彼女にとってわたしはどのような存在となっているのだろう？　別れを切り出したのは彼女のほうなのに、今さら別れを悔いているってこと？　いやあ、ないない、ないよ。

　判断を停止する。いずれにせよ、もう隔たってしまったべつの人間の思考であり、わたしの想像の外にある。

　と――その刹那《せつな》、思い至った。

「そっか……」

　朝『黒淵教授の優雅な遊歩』の表紙を見ながら感じた記憶の疼きの正体がわかった気がした。表紙の絵について、記美と何事か話したことがあったのだ。

――ポオにまつわる話でしょ、それ。

――知ってるの？

――まあね。厄介な男だよ、そいつ。

――黒淵教授？

――そいつのせいでまったく……。

――え？

――なんでもない。面白いよ。おススメ。

〈そいつのせいでまったく……〉という台詞《せりふ》が気になった。虚構の世界の人物を、まるで知り合いのことのように話したから。

二分が経過した。

また何かＴＬに呟いてしまいそうだった。そのうちわたしは記美がわたしだと認識して〈いいね〉を押したのだと確かめたくなるかもしれない。たぶんその試みは失敗に終わるだろう。そうなれば、わたしはこれから数日、またそのことばかり考えてしまう。

鉄製の錆《さ》びついた階段を昇り始めた。ハイヒールと錆びた階段は、ヘビメタ好きの住人と神経質な隣人のように相容れないけれど、思考を停止したいわたしにはうってつけだった。

ズガン、ズガン、ズガン、とけたたましい音を繰り出しながら二階に到着し、一つしかないドアをノックした。窓の格子にはいくつもビニール傘がぶら下がっている。計画性なく外出するタイプなのかな……。

「開いてるよ」

低くしゃがれた声が返ってくる。すぐには開ける勇気がなく、ドアに向かって自己紹介を試みた。

「あのわたし、本日の一時に……」

言い終わらぬうちにドアが開いた。相手の姿を確認するより早く、腕を掴《つか》まれて中に引き込まれる。ブランデーの匂い。見上げると、何もかもを見ているようで、それでいてひどくがらんとしている目がこちらを見下ろしていた。

「新人の営業か。十五分で済ませるぞ。ほらさっさと脱いで」

「え……？」

言うなり、男はこちらのシャツに手をかけた。

「ちょっと待ってください！」

わたしはその手を払って後ずさった。が、後ずさったところはドアだった。

「金が先？　飛び込みのくせにがめついな」

彼は財布から一万円札を取り出してわたしのスーツのポケットにねじ込むと、主婦がロールキャベツをスープに沈めるときのように手慣れたやり方で、わたしの身体を奥にあるベッドに放り投げた。

しばしわたしは自分の置かれた状況について思考を停止していた。

長らく、こうした展開に受け身になる癖がついている自分に気づく。いつも、受け入れるか拒絶するのか判断する頃には、だいぶことが進んでしまっている。時には、手遅れのことも。

たとえば、記美にキスされた時も、しばらくは何が起こったのかよくわからなかった。ただ唇の感触が心地よく、服を脱がされてから、これから自分たちのしようとしていることに思いが至る。あれ、こんなことしていいんだろうか、まあいいのかな、記美のこと大事だし好きだし……そんな曖昧な感じで、遅ればせながら記美との行為を受け入れたのだ。

いや、待って。こんなことは、ダメだ。

わたしがダメ信号を受信するとほぼ同時に、男のほうも何かを感じ取ったものか、わたしから離れた。

「ちょっと待った……ん？　君、何しに来た？」

彼は用心深く尋ねた。

「打ち合わせをしに」

「……てことは、文談社の編集者か？」

「はい」

わたしは身を起こし、乱れたスーツを整えた。

身体に起こった出来事は、リアルタイムではいつも他人事のように感じられる。たいへんなことだ、と気づくのは、少し経ってからだ。今になって、心臓がズドドドと騒ぎ立てる。

「まいったな……なかったことに」

「なかったことには、なりませんが」

なかったことにするつもりはなかったが、不思議と怒りも湧いてこない。この、ちょっと欲望との間に隔たりのありそうな眼差しのせいだろうか。

改めて周囲を見ると、ベッド以外は書物の海と化していた。部屋の片隅にはオーディオもあるが、この散在した書物をよけてどうやってたどり着くのか疑問だ。

「来るのが早いな」

彼は無表情に言ってから、わたしに自己紹介をした。彼こそが、『黒淵教授の優雅な遊歩』の作者だった。そして、わたしたちはこれから恐らくは少しも〈優雅〉ではない打ち合わせに興じなければならないことに、それぞれ小さな溜息をついた。

「どこか外でお打ち合わせをお願いします」

わたしはスーツのポケットの一万円札をセンセに返しながら言った。

「安心してくれ。編集者は襲わない」

「そういう問題じゃなくてですね……お互いに気分を変えるには、場所ごと変えてしまったほうが効率的だと思うのです」

　センセはしばし考えるふうだったが、やがて頷いた。

「そこの角を曲がったところに〈Ｂ＆Ｂ４５１〉という店がある。そこで待っていてくれ。すぐ向かう」

「わかりました」

　もう一度オーディオのほうを見た。スピーカーの上に飾られているブラーの『シンク・タンク』のジャケットが目に留まる。

「ブラー、お好きなんですね」

「レディオヘッドのほうが好きだけどね。グレアムが戻ってきて何よりだ」

「同感です」

　グレアム・コクソンのギターなしでブラーを語ることはできない。

　わたしはそれ以上無駄口をたたくのをやめ、黙礼して部屋から出た。

「誤解しないでくれ。俺の行為にはあまねく意味がない。少なくとも、君に想像しうるような意味は何一つ」

「……そんな気がしました」

　センセはわたしの顔を不思議そうに見た。わたしはお辞儀をしてからハイヒールを履きなおして部屋から出ると、またズガン、ズガンと破壊的な音を立てて階段を下りた。

　指定された店に向かいながら思った。本当にあんな人が〈黒淵教授シリーズ〉を書いたの？

5

「この度お伺いしたのは、新作をお願いできないかと思いまして」

〈Ｂ＆Ｂ４５１〉は陰気で黴臭《かびくさ》くもレトロでブッキッシュな雰囲気のあるブック＆バーだった。店内には古い書物の匂いが漂い、その上から甘いブランデーの香りがプラスされている。ここでは書物と酒とが寄り添い、溶け合ってでもいるのだろうか。

バーなのにこんな昼間から営業しているのは、ここが本好きのための憩いの空間でもあるからなのだろう。店内は壁一面、誰が読むのかわからない洋書で埋め尽くされ、本棚の手前には海外の自動車のミニチュアが飾られている。

小さな音でかかっているのはデレク・アンド・ザ・ドミノスの『いとしのレイラ』。エリック・クラプトンのギターリフが食べ盛りの黒豹みたいに躍動的だった。いつだったか記美が、この楽曲について話していたのを思い出す。

――〈運命の女〉について歌っているんだよ。クラプトンはこの時期、ジョージ・ハリスンの妻に恋をしていたから。

ジョージ・ハリスンをよく知らないわたしにとって、その妻はさらに知らない存在だ。そのため、わたしにとってレイラは、レイラについて語る記美そのものだった。

天井ではシーリングファンの巨大なプロペラが回転している。

じっとそれを見ていると、ドアが開き、センセがやってきた。

それぞれの注文した飲み物が来るまでのあいだ、わたしたちはとくに会話をするでもなく、ステンドグラス越しに入り込む陽光が、店内の埃《ほこり》を星々のごとく煌《きら》めかせるのを眺めていた。ちらりと目をやると、センセは言った。

「打ち合わせをする前に白状しておきたいことがある。俺はときどき何もしゃべらなくなることがあるし、唐突に君に何かとんでもないことを要求するかもしれない。でも、それはあまり俺自身とは関係がないことだから、何が起こっても大目に見てほしい」

「ええと、努力はしますが、どんな行動かによります」

　水を飲み、心を落ち着ける。まだ状況に馴染《なじ》んでいないときに、口約束なんかしないほうがいい。流されないように。でも意固地にもならないように。このバランスが、とても難しい。

「約束してもらわないと、話が先に進まない」

「……できない約束はできません」

「平行線だ」

「ええ、まったく」

　センセは首をすくめた。

　まずいな、結局、意固地になっている。これじゃ、今までの作家との失敗をひとつ更新するだけじゃないの。いや、まだやり直しは利く。自分に言い聞かせる。

　長く奥にしまいこまれた本みたいに、空気となることに慣れているといった雰囲気のマスターが現れ、カフェ・コレットとレッドアイを届けた。センセはさっそくレッドアイに手を伸ばした。わたしは初挑戦のカフェ・コレットに。

　カフェ・コレットとはエスプレッソにグラッパというブランデーを混ぜた飲み物らしい。本来ならアルコールは控えたいところだが、ここには酒以外置いていないというのだから仕方ない。一口飲むと、珈琲の深い苦味と共に脳天に火をつけるような感覚が走る。悪くない。高揚感と冷静さが同居している。

「俺は行動にまったく意識が伴っていないこともある」

「それは、病気ですか？」

「病気じゃない。病気っていうのは身体や精神における不都合のことだろ。巨大な青い箱を想像してみてくれ」

「青い箱？」

「青い箱は〈空〉とか〈海〉とかレッテルを貼られている。雨の降る日や夜には暗くなり、また日が昇ると、箱は青く輝く。〈空〉が青いのにも〈海〉が青いのにも、それぞれべつの理由があるんだけれど、そういうことは人は問題にしない。青い箱だから」

「それは小説のネタか何かでしょうか？」

「ネタ？　俺にそんなものはないよ。とにかく俺をそういう青い箱だと考えてみてほしい」

「んん……ちょっと荒唐《こうとう》無稽《むけい》じゃないですか？　ちなみに、空が青いのは……」

「科学的解釈を俺に垂れようってのか？　俺が説明している最中に？」

わたしが科学的解釈を説明しようとしたことがバレてしまったようだ。また失敗。

「わかりました。続きをお願いします」

センセは機嫌を直してまた話し始める。

「よし、では箱の中に竜がいると想像してくれ」

「え？」

「はじめに竜がいた。青い竜だ」

「箱だけのときより、リアリティが下がりました。比喩としてはイマイチかもしれませんね」

竜という題材は、比喩として手垢《てあか》がつきすぎているのだ。それならまださっきの箱の例のほうがよかった。

でも、すぐに我に返る。またやってしまった……。センセが睨《にら》んでいる。いよいよおしまいか。

救いは、そもそも匙《さじ》を投げられた作家だから、今回は富樫先輩の手を煩わせずに済むことくらい。

ところが、センセは意外にも怒りだしたりはしなかった。

「君のそのごたいそうな頭が理解できるように適当についてきてくれ。竜はみずからのイマジネーションであらゆるものを創り出していた。ところがある日、その青い竜が死んで、後には色だけが残された」

しばし考えた後で、わたしは「羊ですね？」と尋ねた。

「いや、竜だよ。聞いてなかったのか？」

「サン＝テグジュペリの『星の王子さま』です。最初に王子が羊の絵を描いてと頼むと、語り手がいくつか描いたもののうまくいかず、最後には箱を描きます。この中に羊が入っている、と」

「俺の話がそれと同じだと？」

「違いますか？」

センセはわたしの言葉を吟味するみたいに、ちょっと黙った。でも、すぐに首を傾げる。

「さあね。とにかく今しているのは竜が死んだ話だ」

あんまりわたしの発想はヒットしなかったようだ。

「わかりました。これは竜の話ですね」

「いや、竜が死んだという話だ。どうして死んだのかとか、いつ死んだのかとか、そういったことは些末な問題なんだよ。あるとき竜は椿《つばき》の花が落ちるみたいに、きれいさっぱり死んでしまった」

わたしは椿の花が落ちるみたいに、竜がきれいさっぱり死んでしまうところを想像する。そうすると、椿の花の代わりに竜の頭が何者かにすとんと切り落とされるところが浮かんでしまって嫌な気分になった。

「わかりました。とにかく、アウト・オブ・コントロールなわけですね？」

センセは頷きながらレッドアイを飲み、顔をしかめてから塩をたした。

「幻肢《げんし》というのを知っている？」

話がどこに向かうのか判然とせぬものの、ひとまずわたしは頷き返す。本題には戻ってきてくれるのだろうか、と訝《いぶか》りながら。

「知ってますよ。腕をなくしたのに、指を動かしている感覚が残っているとかいう、あれですよね？」

脳科学者か何かの本で読んだことがある。幻肢の感覚に悩まされる患者は、ただ腕の感覚があるだけでなく、ないはずの腕が激しく痛むような感覚が残るという。それを消すには、鏡を使って、まだあるほうの手を映し出して動かし、痛みを和らげるという治療法があるらしい。そういったことを続けていると、ある日唐突に幻肢が消えてしまうのだとか。

「そう、あれだ。竜が死んだあとの世界でも同じことが起こった。ただし、失われたのは腕や足じゃない。竜を構成する何もかもだ。その中には脳だって含まれている。そして、その竜の喪失を拒絶した世界は、幻肢ならぬ〈幻竜〉を感じるようになった。ありもしない〈幻竜〉の〈幻脳〉からの指令を受けとり、〈幻肢〉によって自らを動かそうとする。世界は失われた竜の代替機能を果たすようになった」

わたしは周囲を見回す。ここはまだ現実で、流れているのは『レイラ』の後半のいきなり曲調が明るくなるところだ。わたしはまだ現実の世界にいる――はずである。一体、この長すぎる〈説得〉はどこまで続くのだろう？

乗っかってみることにする。

「どうやって竜の代替機能を果たすのですか？」

「そうだな。たとえば、科学者はテクノロジーを、芸術家はアートを通して、世界を創造する。これが、代替機能だ」

「竜本体がまったく存在しないのに代替するのですか？」

「だから幻肢と同じだと言っているのさ。竜がすでにいなくても、人は竜からの指令を受け取ってしまう。いつか数百年後のＡＩが、人類の消えてしまったこの星で、いもしない人類からの任務を遂行しているみたいにね」

センセはようやく長い〈説得〉に終止符を打った。たぶん、わたしの反応が芳《かんば》しくなかったのだろう。よれた白シャツに、かすれたチェックのスーツ姿で、椅子から落ちそうなくらいだらりとした姿勢でレッドアイを飲み始めた。

「つまり、まとめると、センセはその竜の……〈幻竜〉からの指令を受信してしまうから行動に責任が持てないと言いたいのですか？」

「そう考えたら大目に見られそうだろ？」と真顔で言う。

「いえ、まったく」

「まあとにかく、だ。原稿はいつ書けるかはわからない。これは電話口でも言ったとおりだけどね」

「ええ、それは」

　電話で、センセはいつ書けるようになるのかわからないから無駄だと言ってわたしと逢うのを拒否した。それでもかまわないからと訴えて、ようやく打ち合わせが許されたのだ。

「そもそも、君と組むことのメリットは？」

「メリット……ですか」

　デメリットなら簡単に説明できるけれど、メリットとなるとそう易々とは見つかりそうにない。絶対に売れますなどとは、口が裂けても言えない。こちらは販促のノウハウだってほとんど持ち合わせのない新米編集者なのだ。

「いつでもキスがもらえるとか」

「もらえません」

「だろうと思った」

　センセは最後の十センチまできたところでレッドアイにさらに塩を追加する。

「ここのレッドアイは塩分が少なくて、甘みが強い」

　わたしはカフェ・コレットをまた一口飲む。さっきよりは慣れてきた。底に近づくほど、砂糖のざらりとした感触が心地よくなる。

「次作を書きたいとは思われますか？」

「書けるならね」

「それは〈黒淵教授〉の出てくる話ですか？」

「そのほうがいいだろうね。セールス面を考えるなら」

　そこにうっすらと否定の匂いを感じ取る。

「〈黒淵教授〉の出てこない作品を書きたいのですか?」

「書きかけたこともある。でもうまくいかなかった」

「わたしは大学時代に受賞作を読みました。細部を忘れていたのですが、さっき久々に読み返して、語り手の女性がやはり大変魅力的だなと感じました。あの澄《す》みわたった朝の空気のような文体に導かれていたところが大きいと思うんです。あの空気感は〈黒淵教授〉の出てこない話でも作り出せますか?」

「〈黒淵教授〉の語り手である〈付き人〉を書いているときは、それこそ何かに書かされている感じがした。でもそれ以外ではそういう感じにならないね」

「なぜなんでしょう?」

「……理由なんかないよ。書くべき内容はあれ一冊で尽きてしまったんだ。デビュー以降の四年間は、無理やり何もない穴を穿《ほじく》り返している感じさ」

センセは吐き捨てるように言うと、目の前のレッドアイを飲み干した。それから「マスター、ビール」と言った。昼間っから二杯目に手を出すようだ。

わたしも覚悟を決めるしかない。

「マスター、こちらにウィスキーを」

「仕事中なのにいいのか?」とセンセ。

「一杯も二杯も変わりません。センセこそ打ち合わせ中に呑みだしてるじゃないですか」

「俺の社長は俺だから。君の社長は違うだろ」

「付き合い酒は許されています。それが昼でも問題はありません」

確認したことはないけれど、たぶん大丈夫だろう。

「もう少し詳しくお聞かせください。なぜ、書けないのか。あるいは、なぜ最初の一作は書くことができたのか」

6

マスターが現れて、センセの前にビールを、わたしの前にフォアローゼズとグラスを置いた。さっきもそうだったが、あまりに場の空気と同化しているため、マスターが来た瞬間には認識できるのに、まだその場にいる段階からいることを忘れてしまいそうになる。白シャツにチョッキを着こんだ、清潔感のある三十代の男という以上の印象を与えないのだ。これはちょっとした才能かもしれない。

「ロックをご用意しますか？　それとも……」

「このままで結構です」

「チェイサーは？」

「要りません」

マスターはウィスキーのキャップを外し、なみなみとグラスに注ぐと、黙礼してカウンターへと戻っていった。

「驚いたね」

センセの嫌味を気にせずに、グラスに口をつけた。頭蓋骨《ずがいこつ》に亀裂《きれつ》が走ったような衝撃。その場に卒倒しそうになりながら、どうにか前を見て何ともなかったように表情をきりっとしてみせる。

流されないように、意固地にならないように。

相反する二つのことを同時にやるのって、どうしてこんなに難しいのかしら。

「明確に書けないとお感じになられたのは、いつ頃ですか？」

「二〇一一年。受賞から二ヵ月ほど経ってからかな」

「というと、その年の十一月ですね。では、最初の応募原稿を書きだしたのはいつでしょうか？」

「二〇〇〇年の終わりくらいから着手したのかな。で、二〇一一年の三月に書き終えた」

長いですね、とわたしは率直に感想を漏らした。センセはそれに軽く頷き、長いね、と答えた。

「二〇一一年の三月というと、東日本大震災があった頃ですね。なぜ十一年もかかったのですか？一作にかける時間としては長すぎる気がしますが」

「忘れたよ。この世に存在していなかったのかもしれないな」

センセは笑った。はぐらかしている気配はないけれど、誠実さも感じない回答だった。

「では質問を変えます。新作について」

「ないものについては語れないだろ」

「でも、一度は富樫に原稿をお預けになられたんですよね？　そのときは何かに衝《つ》き動かされる感覚はなかったのですか？」

「……何の話だ？」

「え？　ですから、富樫にボツにされた原稿のお話です」

「富樫クンにボツにされた原稿？」

センセは訝しんだ。それから、頭を掻く。

「富樫クンが何のつもりでそんなことを言ったのかはわからないが、そんな原稿はない」

「ない？」

「ないよ。俺はそんな原稿は渡していない」

富樫先輩が嘘を言っているのか、と一瞬思った。でも、冷静に考えれば、富樫先輩が嘘をつくメリットはない。となると、怪しいのは目の前にいる作家か。

わたしの中にある疑惑が浮上してくる。

目の前の男は本当に物書きなのだろうか？　本当のセンセはべつの場所にいて、わたしは偽物と逢っているのではないか？

「あの、センセは作家生活を続けるおつもりですか？」

「俺はただ一日一日生きてるだけだよ。貯金が尽きたら、何か考えるだろう」

「何かとは？」

「原稿についてか、武器を売る方法についてか」

「武器……？」

「ものの譬《たと》えだ」

「ああ、ランボーですね？」

センセはそうだとも違うとも答えなかった。

「新たに原稿を書いていただけませんか？　できれば今年度中に」

今は十一月。来年の二月までに書き上げてくれれば、入稿して四月には刊行できる。

「いいけど、確約はできない」

「構いません。テーマは決まっていますか？」

センセは長い沈黙のあと、テーブルの脇に備え付けられた割り箸でビールをゆっくりとかき混ぜた。泡が見る間に増えていく。

「テーマは、二〇〇〇年、かな」

「二〇〇〇年……ですか」

その年に、例の〈三角関係〉が関わってくるのだろうか？

ところが、わたしの期待をよそに、センセは思いのほか卑俗ではない話を始める。

「不穏な世界情勢を見ていると、どうもすべてが二〇〇〇年という年の空虚感に端を発している気がする」

「そんなに空虚だったんですか？」

「君はその頃まだ七歳とかだからぴんとこないか。でもノストラダムスの大予言くらい聞いたことはあるだろう？」

「聞いたことは、ええ、あります。何となくですけど」

「二十世紀の日本ではノストラダムスの大予言を知らない者はいないくらい有名だった。一九九九年、恐怖の大王が現れて世界が滅びるってやつ。どこかでみんなその予言を恐れ、また一方で二十一世紀という新たな世紀に対する、別格のビジョンをイメージしてもいた」

ただの岩だと思っていたものが、王家の墓石だと言われたくらい、ノストラダムスの意義は、わたしの想像を超えていた。どう考えても、ただの迷信に過ぎないし誰も本気で考えないだろう、と何となく思っていた。けれど、二十世紀を生きた人々にとっては、鼻で笑い飛ばすことのできないものだったのかもしれない。

「破滅の予言があったからこそ、その先の未来をロマンに満ちた空想科学の世紀に仕立ててあげようとしたんだろう。ところが実際には、一九九九年には何も起こらなかった。Ｙ２Ｋ問題も大したことなく終わった」

「Ｙ２Ｋ問題？」

「一九九九から二〇〇〇になるときに、コンピュータが誤作動すると言われていたんだ。単なる噂レベルではなく、政府が対処するように民間企業に対して指令を出した。蓋を開けてみれば、技術者が事前に対処したからというのもあるが、拍子抜けするほどほぼ何も起こらなかった」

「そして、何食わぬ顔で二〇〇〇年が始まったわけですね？」

「そのまま一年普通に生きていれば、さんざん夢の世紀と語り継がれてきた二十一世紀がやってくる。でも、どうも想像していたような劇的な変化はなさそうだ。これまでの日常と大差ない二十一世紀に対して、誰もが後ろ向きにも前向きにもなれない空虚な気持ちを抱いていたはずだ。そして、二〇〇一年のニューヨークテロ事件によって、〈引きずり回される世紀〉へと突入してしまった」

「つまり――二〇〇〇年はその直前の空白。さまざまな予言の効力が消えた年だったんですね？」

この男は単なるニセモノではないかもしれない、と考え直す。スランプから脱出できるかどうかは未知数だけれど、少なくとも今、饒舌《じょうぜつ》になっているのはいい兆《きざ》しだ。

「では、二〇〇〇年をテーマにして〈今〉を捉えなおす小説にしましょう」

はじめの構造について責任をもつのはわたしの役目だ。ところが、センセは思わぬ反撃に出た。

「俺は〈今〉を捉えたいなんて思わない」

「でも、読書は時代と読者とをつなぎ合わせるものです」

「ちがうよ。ただ余白を埋める行為だ。トイレに行ったり料理を作ったりセックスをしたりするのと何も変わらない。本を読んで賢くなったような気になる奴は馬鹿だし、本を読まないと時代と向き合えないような奴は、一生時代に背を向けて生きればいいんだよ。賢い奴は皿洗いしていたって自分の頭で考えてる」

　いつの間にか、わたしの眉間には皺が寄っていた。悩ましい。操縦の難しさを感じる一方で、彼の考えに引きずられるわけにもいかない。思えば、こうした難しさからわたしは長らく逃げていたのかも知れない。相手に委ねるか、自分の土俵に持ち込むか、いつもそのどっちかだった。きっと、どちらでもないやり方に慣れなくてはならないのだろう。

「では、ただひたすら二〇〇〇年を描くのでもいいです」

　初めての、妥協の仕方だった。まず書かせなければならない。

　書いたものを修正すればいいのだ。

　フォアローゼズを一気にぐいっと飲んだ。頭が自分のものじゃないみたいにぐらんと揺れる。

　熱い。

「さっき俺はノストラダムスを例に出したが、それは一つの象徴としてに過ぎない。実際にはあの時代にはたくさんの予言があった。オーウェルやブラッドベリに始まる近未来を見据えたＳＦ作品もそうだし、君がお好きらしいサン＝テグジュペリや夏目《なつめ》漱石《そうせき》みたいな、いわゆる国民的作家の小説や随筆の言葉を拾っていっても、現代にも当てはまるような言説が多くみられる。それらも一種の予言といえば予言なんだ。そして、現にそれらの予言的効力は現在も生き続けている。なのに、二〇〇〇年で人々はいったん予言に耳を傾けるのをやめてしまった。二〇〇〇年はブラックホールであり、沙漠なんだ」

「沙漠……」

　サバク。

　脳内でカタカナに変換されるのは、もちろんkimiのツイートのせいだ。〈サバクの集まりがある〉と彼女は言っていた。

　どんな集まりなの？

「では、まずはプロットを書いていただけますか？」

「プロットは書かない。小説が完成したら渡す。読んでつまらないと思えば出さなければいいだけだろ？」

　不安にしかならない約束だ。編集長や富樫先輩に進捗《しんちょく》を報告できないという意味でも困る。プロットは設計図だ。本来は、設計図を上に通して、ゴーサインが出て初めて執筆に向けて動き出せる。

「なんとなくの梗概《こうがい》だけでも教えてもらえませんか？」

「ないよ。何も考えてないんだから。決まってるのは、二〇〇〇年を舞台に書くってことだけだよ」

「……わかりました」

　わたしは二杯目のフォアローゼズを注ぎ始める。

7

　サバク。

　サバクの集まり。

　隔たってしまった現在。

　わたしは下町のこんな店で昼間から酒を飲み、記美は〈脳内お花畑〉の仲間と働き、夜には〈サバク〉の集まりに行く。

「君、大丈夫か？」

「ひっく……」

なんでこんな時にしゃっくりが？　それなのに飲むのがやめられない。全然美味しくないのに。

「大丈夫です、ひっく……とにかく完成させてください」

「ＳＦになるかもしれないぞ」

『黒淵教授の優雅な遊歩』はミステリー作品だ。ジャンルが変わってしまうのはさすがにまずい。でも、今の段階であれこれ言うのも考えものだ。できたものを精査して、必要があればミステリーに戻させればいい。

「必然性があるのなら」

「受賞作はエドガー・アラン・ポオの諸作品を下敷きにしている。ポオの作品には広義のＳＦが多い。『メエルシュトレエムに呑まれて』や『千夜二夜物語』、『アーサー・ゴードン・ピムの冒険』もそうだ。扱う作品によっては、ジャンルの転向もやむを得ない。そういえば……」

センセは遠い目になる。酔っているのか、それとも何かに衝き動かされでもしているのか、浮遊感のある目だ。

「エドガー・アラン・ポオはあまりに未来の多くのことを予知しすぎていたとも言われる。『ユリイカ』もそうだが、『実業家』という短篇なんかは現代脳科学の知識でしかわかりようのない頭部へのダメージがもたらす人格変異を描いているくらいだ。つまり、ポオの短篇には予言性がある。予言の効力が失われた二〇〇〇年を舞台に、予言性をもったポオのテクストを読み解くというのは、ありかもしれない」

「でも……ヒック……黒淵教授も付き人も、現代が舞台です。やるなら、〈黒淵教授シリーズ〉のメタ作品として、タイムスリップさせるのも手かと。よくありますよ。漫画とかでも。時代劇バージョンとか。たしか『あさりちゃん』でもありましたね」

「その歳で『あさりちゃん』とか読んでるのはおかしい」

妙なところに突っ込みが入る。

気を取り直す。酔いがどんどん回ってくる。早いところ打ち合わせを切り上げなくては。

酔っている自覚はあった。昨夜の酒が残っているのもいけなかったかもしれない。センセは相変わらず浮遊感のある眼差しをふらふらと彷徨《さまよ》わせながら、ゆっくりと頭上のプロペラを見上げた。

「でも書けるかな……。消えたものは、もう元には戻らないんだ」

「焦らなくても大丈夫です。ゆっくり向き合ってください。いずれ、センセの中から何かが降ってきます」

「恐怖の大王以外をお願いしたいね。カウンセラーの先生」

センセは皮肉ともつかぬ調子でそう言い捨て、席を立った。

「ごちそうさま、勘定《かんじょう》頼むぞ」

センセはバーから出ていってしまった。

——消えたものは、もう元には戻らないんだ。

センセの言葉は、わたしをふたたび記美との日々へとさかのぼらせる。消えたものは、もう元には戻らない。

ウィスキーを飲み干す。

空っぽのグラスを見て、もう一度わたしはゆっくりと唱えた。

消えたものは、もう元には戻らない。

それから、ぽつりと浴室の天井から水滴を感じるときのように、〈黒淵教授シリーズ〉の次作をなぜか読んだことがある、というわけのわからぬ実感が湧いてきた。そんなこと、あるはずがないのに。けれどその感覚は、一分経っても消えるどころか鮮明になっていった。タイトルは『泪《なみだ》のアルゴリズム』。たしか、「考えるなと念じるそばから考え始めてしまうのは、よくない癖だった。」という一文で始まる。

なぜそんなことを知っているの？

どこにもないはずの原稿なのに。これは妄想？　そうであるべきだ。酔ったせいで自分の理解を超えた妄想を抱いているのに違いない。

さもなくば——予言か。

こめかみを押さえた。妄想であるはずの物語は、しかし一文字一文字明確にわたしの脳内に刻み込まれ、わたしに向かって自動再生しはじめた。

『泪のアルゴリズム』

二〇一五年十二月／東京⇔パリ

1

考えるなと念じるそばから考え始めてしまうのは、よくない癖だった。クリスマスまでの日数を指折り数える十二月のよく冷えた朝、母が検査入院をすることになったのだ。

——お医者さんが用心しているだけだから、心配いらないわ。

母は気丈に言ったけれど、不審な点がなければ検査入院などするわけがない。精密検査の結果が出ていない現状では、こちらが何を考えたところで意味はない。けれど、良からぬ想像は、考えまいとすればするほど心を蝕《むしば》んでいく。

これまで、母一人子一人でやってきた。母は自分と同じ研究者だ。もっとも、こちらはまだ博士課程三年目だから胸を張って同じ土俵に立ったなどと言える身分ではない。まだまだひよこクラス。

母を頼っている意識はないけれど、入院と聞いて、寄りかかった大木が消えたような不安感に襲われたのは確かだった。

自分と同期ながら、弱冠二十四歳で教授のポストに就いた黒淵には、何も言うまいと思っていた。

——何か最近、暗いね。

数日前、黒淵に唐突に言われた。いつもの黒いスーツ、白いシャツに身を包んだ細身の男は、ロダンの彫刻でも愛《め》でるみたいな様子でパフェを口に運ぶ。パフェが、何よりの好物なのだ。学生時代からの付き合いだから、隠し事をしようとしても容易《たやす》くバレてしまう。そんなに自分は感情が顔に出てしまうタイプなのか。

——そ、そうかな……。

大学のオープンカフェは人でごった返している。知り合いもひっきりなしに現れるから、それほど落ち着いて話せる状態でもなかった。だから、ごまかそうとした。

——何も話さない。話すことがないんじゃなくて、話したいことが大きすぎて喉につかえている感じだ。

さすがは黒淵。さらりとこちらの本心を見抜いてしまう。

——じつは……。

迷いつつ観念して、少し声を落とし、顔を近づけて、悩みを口にしようとした時、黒淵のケータイが鳴って、会話は唐突に途絶えてしまった。

そして、四日経った現在——黒淵はこの国にいない。電話を受けてすぐ、黒淵は恩師の葬儀のために一泊三日でパリへ向かうことになった。

街は徐々にクリスマスの色に染まりつつあった。気がつけば、明日はイヴ。けれど、母の容態が気がかりでそれどころではない。

だが、気持ちを切り替えなければ。黒淵に任された案件が、自分が今まさに降り立った大岡山《おおおかやま》にある、大都工科《だいとこうか》大学人工知能研究センターで待っているのだから。

北風が耳を痛くする冬空の下、駅と一体化した近未来的なキャンパスを進んでいくと、ドーム型の建物が見えてきた。

大きく息を吸いこむ。空気はからりとしていて、心の奥の湿り気まで消してくれそうだ。ゆっくり息を吐き出すと、白い息がもわりと上がった。何も考えるな。自分が考えても何も変わらない。そう念じながら、エントランスに向かって歩き始めた。

――君、試聴比較実験に興味はないか？

黒淵が唐突にそんなことを言ったのは、例の途中で中断された電話があった翌日のこと。ラテスト教授の葬儀への参加が慌ただしく決まると、黒淵は早速といった感じで、カフェ・ゴドーにこちらを呼び出してそのように尋ねたのだった。

テーブルの上にはいつものように珈琲とパフェが載っている。ただし、この日のパフェはこちらのために用意されており、黒淵は反対に珈琲を飲んでいた。どうして珈琲なのかと尋ねると、〈喪に服しているのさ〉という答えが返ってきた。

――試聴比較実験？

――今度、人工知能の作った音楽と人間の作った音楽を聴き比べるテストがあるんだ。ＡＩの技術の進歩は目覚ましい。スペインのチームが、ＡＩのプログラミングした音楽を人間に演奏させるプロジェクトを行なって、数年前には音源化もされている。だが、それは前衛的な音楽に限られていた。

――前衛音楽なら、評価が分かれやすいから正確なところはわからないわね。

——そうなんだ。だが、荒畑《あらはた》教授の率いる大都工科大の人工知能研究チームが目下取り組んできたのはジャズなんだ。

——つまり、単純に良し悪しがわかりやすく、その分マーケットも大きくなる可能性がある、ということね。

——察しがいいじゃないか。前衛的な現代音楽なら、難解だからマーケットで評価が分かれても仕方ないが、ジャズではごまかしが利かない。じつはその実験に僕の代わりに立ち会ってもらいたいんだ。

——私が？

——君は僕の付き人で、僕が厚く信頼を寄せる研究者の一人だ。

たしかに、大学院に入ってすぐから、学部長の唐草《からくさ》教授に、ハイスピードで教授になった黒淵の付き人役を仰《おお》せつかったという経緯はあるけれど、それにしたって本当に自分でいいのだろうか？

——私、音楽はそんなに詳しくないよ？

まだ十歳にも満たない頃、隣近所の大学生からピアノを教わる機会があった。二週間ほどその男子学生のもとに通ったが、あるとき母がもう行かなくてよい、と言った。理由はわからなかった。尋ねても教えてくれなかったから。以来、音楽には縁遠くなり、口笛も満足に吹けなくなってしまった。

——君の能力以上のことは誰も求めない。工学の研究補助をしろというわけじゃない。美学者として毅然《きぜん》とした態度で臨《のぞ》んでくれればそれでいいんだ。大丈夫、君以外にもテスト参加者は五名いて、それぞれが自身の見地から判断するんだから。

一年前に荒畑研究チームが試聴比較実験をしたとき、〈ジェニー〉というＡＩがプロのピアニストに惨敗したらしい。テスト参加者からは音楽の域に達していないと酷評された。だが、前回の失敗から一転、荒畑教授は勝利を確信しているという。

研究者たる者、自分の研究成果には自信をもつものだろう。だが、こと芸術の領域においては己の感覚と実態の間にズレが生じやすいものでもある。理化学系の研究分野が芸術の領域を侵食すれば、当然芸術的失敗というズレを体験することになる。

――でも、人工知能が芸術を創るなんて可能なのかしら？

――いつそうなってもおかしくないところまでは辿り着いていると思う。人工知能は驚くべき速度で人間性を習得しつつある。いずれは生身の芸術家と肩を並べて芸術を創り出す日もくるだろう。

意外な言葉だった。黒淵は美が人間に固有な概念と考えているとばかり思っていたのだ。だから、ＡＩに負けるわけがない、と。だが、黒淵はあっさりとＡＩが芸術に侵食する可能性を示唆《しさ》する。

――その時に私たちはそれを芸術として享受するのかしら？

――だろうね。芸術というものの概念が変わるはずだ。

――概念が変わる？

――これまでのところ、芸術は人間の人間性を証明する領域でもあった。何しろ、芸術の語源でもある〈kunst〉は〈人工の〉という意味だ。人間が産出することが芸術の絶対条件でもあった。自然の景観を〈大地の芸術〉と表現することもあるが、それは飽くまで〈自然がまるで人工のものであるかに見える状態〉を指している。

——じゃあ、人間性が人工知能に飲み込まれてしまうと、どうなるの？

——当然概念が変わらざるを得ない。人間性自体がコンピュータに管理され、淘汰《とうた》されるようになった時、芸術が人の手によるものである必然性は、まず享受の側面から失われていくだろう。

黒淵の言わんとしていることは理解できた。芸術を享受する側は、作品が芸術として成立してさえいれば、担い手が機械か人間かは、いずれ問題にしなくなるのだろう。

——でも何か不純に感じちゃうね……。

ことの良しあしとは別で、本能的にそう捉えてしまうのは、コンピュータ社会の未来に危機意識が働くせいかも知れない。黒淵は「不純じゃない。真剣に考えるべき議題だ」と続けた。

——これまでは天才が芸術の世界に君臨していた。だが、これから先、コンピュータと天才の能力が互角になった時に、絶対的に天才がＡＩには敵わないことが二つある。時間とコストだ。

——時間と、コスト。

——ＡＩはハイクオリティの作品を短期間で制作するようになる。もしも芸術家と遜色《そんしょく》ない出来栄えをＡＩが安価で提供できるようになれば、芸術家の作品をわざわざ求める需要自体が、ゼロにはならないまでも、激減するのは間違いないだろうね。

それは芸術家にとって地獄の世紀の始まりではないのか。だが、黒淵はそうは思っていないように続けた。

——でもね、そもそも芸術って、コストと時間の必要に衝き動かされてきたものでもあるんだよ。たとえばラファエロの壁画の設計図を、三十人の凡人がああでもないこうでもないと考えるより、ラファエロひとりが考案して当時の職人に作業させたほうが何倍も効率がいい。仮にＡＩ

が今後天才に近づくのなら、コストパフォーマンス上は少なくともＡＩに軍配が上がるようになるだろう。

——それじゃあ……芸術はＡＩの作品が大半を占めるように？

——べつにかまわないんじゃないかと思うよ。

黒淵は苦虫を噛み潰したような顔で珈琲を飲む。

——芸術と一括りに言ったって、全部が全部優れているわけじゃない。八割をＡＩが担ったところで何も問題はない。それに、人間の発想の仕方も、ＡＩの参画によって変わってくるはずだよ。

——どう変わるの？

——コストパフォーマンスの面を一切考える必要がなくなるのさ。そんなものはＡＩに勝てるわけがないんだから。すると、さまざまな可能性が出てくる。現在、芸術はつねに時間と費用の無言の圧力下に置かれている。人類がその制約から解き放たれていたのは、ギリシア時代くらいじゃないかな。もしギリシア時代の芸術の感覚に戻れるとしたら、人類にとってありがたいことでしかないはずだよ。

それから黒淵は、話が逸れたね、と言った。

——要するに、僕が人工知能の芸術参与に関する研究に積極的に協力しようとしているのは、結局人類の芸術の未来のために避けて通れない道だからなんだ。ＡＩに何ができ、何ができるようになるのか。彼らに到達できない部分は何なのか。人間性深化とＡＩの人間化はイタチごっこにならざるをえない。だからこそ面白いんだ。

ＡＩが芸術に関わると聞いた瞬間、こちらは恐怖しか覚えなかったのに、黒淵はその現象を面白いと言う。まだまだ黒淵の域に達することはできない。

――それにＡＩと芸術の問題は、君の研究対象たるポオも大いに興味を持っていたことでもあるんだぜ？

――ポオが？

――彼は「メルツェルの将棋差し」という有名なエッセイでチェスを打つ〈トルコ人〉という自動人形のからくりについて推理を繰り広げている。あれが書かれたのは、デュパン第一の事件『モルグ街の殺人』が書かれる五年前だ。後に『マリー・ロジェの謎』を描くきっかけの一つではあったはずだ。

――ああ……。

「メルツェルの将棋差し」はエッセイの形式で描かれたものだ。ポオの時代に、〈トルコ人〉と呼ばれるチェスの強い自動人形が実在した。後半にいくほど一手先を読む複雑性が増すと言われるチェスにおいて、機械が人間に勝つなどということが実際にあり得るのか、という疑問から出発し、ポオはその正体を看破してみせている。

黒淵は次のように続けた。

――ポオは人間と機械を対峙させ、〈トルコ人〉がチェスの勝負に必ず勝つわけではないことを根拠に人間の関与を推察していく。そこには、人間が不完全な存在で、機械こそが完全な存在だという言外のニュアンスが読み取れる。このエッセイの肝は機械の理想と人間の現実の対比だ。ポオにとって、機械の最終目標は人間性をまるごと飲み込み、超越することにあるのだろう。その高等性はもはや自動人形の域にはなく、ＡＩを思わせる。ポオが暗に将来的なコンピュータの出現を仄めかしていたのは明らかだ。

――なるほど。ポオが自信過剰になって誤った推理をしたって思っていたけど、着眼点を変えるといろいろ発見があるのね。

そういうこと、と言いながら、黒淵は「一口もらうよ」とこちらのパフェをスプーンですくって食べた。それから、「冬のパフェというのもいいものだね」。一年中パフェを食べている癖に何を言う。

――とにかく、君にも絶対にフィードバックのある実験だから、積極的に参加するといいよ。

黒淵はこちらの口にパフェを入れた。バニラの甘みが広がる。

――歌うよりは、聴く才能がありそうだ。

以前、こちらがあまり歌を得意としていないと知りながら、それを強要されたことを思いだし、睨みつけた。が、黒淵は笑顔を返し、頼んだよ、と付け加えたのだった。

「調子がいいんだから」

面白くない気持ちで、大都工科大人工知能研究センターのゲートを潜《くぐ》ったときだった。ふと、後頭部に衝撃が走り、同時に目の前の景色が歪《ゆが》んで見えた。

次の瞬間、前方へと倒れる身体をどうすることもできなかった。

そのまま意識はゆっくりと闇に飲まれていった。

長い長い闇に――。

2

「寒いな。日本より湿度が低い分、身を刺すようだ」

黒淵はパリのごつごつとした路面をぼんやりと眺めながら、日本語でそう独り言をつぶやいた。

今年の三月まで、黒淵は客員教授としてパリにいた。その頃よりはマシとはいえ、パリは今なお大きな事故の傷跡が深く残っている。

黒淵自身、一歩間違えば、その事故に巻き込まれていた可能性は大いにあった。付き人も黒淵が帰国するまで、ずっとそのことを心配していたようだった。

約九ヵ月ぶりのパリの空気は、顔全体にマスクでもつけて歩きたいくらいに冷えている。

バティニョールの礼拝堂の近くにあるカフェで、恩師の孫娘、マチルドと待ち合わせをした。彼女はパリにいた頃から黒淵に懐いている。現れたマチルドは、もうすべて葬儀の支度《したく》を整えた後らしく、落ち着いた様子だった。

「ラテスト教授のことは残念だった」

ラテスト教授。フランス美学界の巨人と言われる男。彼から思想を継承することが、パリで客員教授の職に就く際のひとつの大きな目的だった。

「残念ではありません。年齢も年齢でしたし、祖父は生をまっとうしたのですから。それに、祖父は黒淵教授と出会えて、思想の継承ができたことをとても喜んでいました」

思想の継承は終わったのだろうか？

人間の不要な世紀における芸術を考えねばならない、とラテスト教授は言っていた。

――君の研究対象でもあるステファヌ・マラルメは、世界を一冊の書物に集約できると言った。反対に、プルーストやフォークナーのような作家は、書物から世界を生成していこうとする。これまで世界はそのような反復の道を歩んできた。だが、これからはそれでは足りなくなる。そもそも、芸術が人間のための、人間による表現活動であるという定義自体が揺らぐのだ。

——そうですね、表現の主体が人間でなくなるということは、いずれ表現の受け手もまた人間でなくなる可能性を許容することでもあります。

——人間が関わるか否かに拘らず、表現の呼吸的活動が芸術ということだ。

——考えようによっては、芸術自体を一つの生命として捉える必要があるでしょう。人間も、ＡＩもそのような世界では一つの媒介者にすぎません。芸術にはべつの目的があります。

——そういうことだ。ではその芸術の目的とは何だろうか？

——芸術それ自体の生命の存続ではないでしょうか？

——芸術それ自体の生命の存続？

——芸術を一つの生命体と考えてみます。この生命体は、これまで人間社会のなかで相互の感性を媒介し、分解して再構成する役割を果たしていると思われてきました。しかし、それは人間社会の側から芸術の一面を捉えてきただけです。芸術という生命体自体の目的は捉え切れてはいませんでした。芸術それ自体の生命の存続のためなら、芸術は容易に人間を捨て、ＡＩのためのものともなるでしょう。それこそが、芸術の生きる道だとしたならば、当然そう考えるはずです。

——面白い考え方だ。だが、芸術に実際問題そのような意思があるだろうか？

——わかりません。僕は芸術ではないので。しかし、措定して考えてみることで、現在芸術の前に起こっている危機を乗り越えるヒントは得られるかもしれませんね。

黒淵の言葉に、ラテスト教授は満足げに微笑んだ。

——生命体としての芸術、芸術のそれ自体の意思を想定したときに、そこから逆算して人間の在り方を考えるというのは、美学や芸術学を超えた、美力学、芸術力学のようなレヴェルの境地だな。

――ええ、しかしそれを包括して美学・芸術学として提唱し、もう一度美学概念をゼロから再構築する必要が生じているのかもしれません。美も芸術も、いよいよ人間の手から離れようとしているわけですから。

あのときの言葉を、黒淵は今も覚えていた。まだ、自分のなかでも途上の理屈であり、完全には理論化できていない。

できれば、ラテスト教授の生きているうちに完成させたかったのだが――。

それから、ふと付き人のことを考えた。今頃彼女は自分の代わりにＡＩによる音楽のテストに参加しているはずだ。彼女ならしっかりと任務をこなしているはず。なのに、なぜか胸騒ぎがした。

「葬儀が終わったら、とんぼ返りですか？」とマチルドが尋ねた。

「その予定だ。急ぎの仕事もあるからね。パリはどうだ？　三月の事故の影響は残ってるんじゃないか？」

三月に、パリでは大規模な自動車の玉突き事故があり、多くの人が亡くなった。その中には、最後尾の車が「ＧＲＲＲ」本社ビルに突っ込んだことによる研究員たちの巻き添えの死も含まれていた。個人の死に大小があるわけではないが、人工知能開発に関わっていた有能な人間ばかりの死はとりわけ大きく報じられることにもなった。

「難しいですよね。自動車のオートドライブ装置の誤作動がきっかけの事故でしたけど」

「これからもっと起こるさ。あらゆるものが自動化していく社会ではなんだって起こり得る。実際、進化の速度は著しく増している。二〇〇〇年代には考えられなかったようなことが、どんどん実現している。ディープラーニングによる人工知能の飛躍的進歩には驚かされるが、それ以外の方法論でロボットを模索していたプロジェクトがそれぞれに目的に到達している。現時点での発展がごく初期レヴェルであることが十年後には明らかになるだろう。必ず、人間のようにスマートに言葉を聞き取って喋るロボットが各家庭に用意される。ロボットが労働からの解放を目的としている以上、当然さまざまな労働を代替していくだろう。でもそのプロセスではさまざまな事故が起こり得るし、その波に抗《あらが》う人々の間での軋轢《あつれき》も当然のように起こってくる」

「波に抗う人？　誰ですか？」

「たとえば政治家だね。労働の代替の最終目標は、誰もが労働せずに衣食住の満ち足りた暮らしを送れる地上楽園の完成だろう。しかし、権力の構造においては、そのような楽園が築かれることは大いに許しがたいはずだ。格差を要しない権力というのは存在しないんだからね」

「でも、楽園を望んでいない人がいるなんて不思議です。貧富の差なく、みんなが幸せになる社会はそれこそ万人の理想じゃないんでしょうかね？」

「研究者はそう思ったんだろうね。でもそううまくはいかない。これからの百年は人間にとって相当過酷なものだと思うね」

「素晴らしい未来に向かっていると思っていたんですが。そんな世紀に祖父が亡くなったのはちょっと心細いです」

　マチルドはしゅんと肩をすぼめる。落ち込ませてしまったようだ。まだ若い。ましてや彼女にとって唯一の親族だったのだ。

「マチルド、たしかにこの世界は簡単にはよくならない。だが、ディストピアになるかもしれない世界は、同時にユートピアになる可能性も同じだけ秘めているということを忘れてはならない。そして、かぎりなく細く険しいユートピアへの道は、我々一人一人のたゆまぬ思考なくしてはあり得ないんだ」

　電話が鳴ったのはちょうどその時だった。フランスで自分のケータイが鳴るとは思いもよらなかった。非通知設定からの着信だった。ふだんなら出ないところだが、今はパリ。日本から緊急の知らせかもしれない。黒淵は通話ボタンを押した。

「黒淵教授か」

　知らない男の声だった。高すぎず、低すぎず、抑揚のない機械的なしゃべり方。音符にすればほとんどすべて同じ音だろう。

「どなたですか？」

「Ｋとだけ言っておこう」

「誰に番号を聞いたんです？」

「どんな手口だってあるさ、こんな便利な時代だからね。それは気にしなくていい。それより、君の宿泊しているホテルに素敵な贈り物をしておいた。帰ったらぜひ観てみてくれ。いいね？」

　それだけで電話は切れた。

「どうしました？　黒淵教授……？」

　マチルドが心配そうにのぞき込む。

「いや、なんでもない。そろそろ礼拝堂へ向かったほうがいいな」

「そうですね」

　最後に珈琲を飲み干しながら、黒淵は考えた。

一体誰だ？　なぜ自分の宿泊中のホテルを知っている？　それを知っているのは、たった一人だけのはずなのだが——。

3

その後、葬儀に参列している間、黒淵は途中で抜けてホテルに帰るわけにも行かずじっと待っていた。ラテスト教授の死に顔は穏やかだった。もう何も語らぬ恩師に、まだ尋ねたいことが山ほどあることを改めて痛感させられた。

——大変な世紀になるぞ。今の世の中に必要なのは何かわかるかね？　長期的な予言だ。当たるとか当たらないとかではなく、人々に程よい緊張と危機感を与え、現在という時間との距離を摑ませるような予言がね。恐らく、君の言っていた美や芸術を生命体として捉える手法は世界を何らかの新しい次元へと導くことになろう。それは結果として予言となり得るはずだ。

ラテスト教授は、そう言って黒淵を勇気づけた。それが、最後に交わした言葉となった。だが、そんな〈予言〉を自分が完成させられるのだろうか？　果たしてそれは自分の仕事なのか……。

まだ半信半疑なところがある。プランが途方もなさすぎて、自分で全貌を摑みきれない。棺《ひつぎ》に花を入れると、黒淵は心のなかでラテスト教授に呼びかけた。

——助けてください。これからも。

もちろん、ラテスト教授は何も答えなかった。

ラテスト教授の墓碑を見ながら、黒淵はふと、まだ学生だった頃のことを思い出していた。半年ほど、付き人がロンドン留学をしていたことがあった。その際、黒淵は彼女の様子を窺いに訪れ、彼女とロンドン塔を散策した。

　そのとき、彼女はジェーン・グレイの真似をして碑文の文字を一つずつ読んでみせた。『ここにあるのは Acorns でこれは Ambrose の事です。こちらにあるのが Rose で Robert を代表するのです。下の方に忍冬が描いてありましょう。忍冬は Honeysuckle だから Henry に当るのです。左の上に塊っているのが Geranium でこれは G……』そこで読みやめた。自分の夫の名前を意味することに気づくからだ。彼女は、漱石の「倫敦塔」に出てくる記述のなかのジェーン・グレイを真似たのだ。そして、照れ隠しをするように、笑みを浮かべた。その笑顔を陽光が照らし、彼女はまぶしそうに手で陽をよけた。

　墓碑に記された横文字を見ていたら、ふと、その出来事が脳裏をよぎった。あのときの、彼女の微笑みと彼女の肌を赤く照らした陽光が、今も黒淵の心に焼き付いている。

　葬儀の後、マチルドのもとへ行った。彼女は少しばかり泣いていた。

「大丈夫か？」

「大丈夫じゃないって言ったら、ひと晩私に付き添ってくれますか？」

「そんなわけないだろう」

　マチルドはむくれてみせる。

「冗談を言える元気があるようで安心した。また来る」

「もう行ってしまわれるんですか？」

「ホテルに何か物が届いているらしくてね」

「ホテルに？　わざわざこの滞在期間に贈り物が？」

黒淵は曖昧《あいまい》に笑ってごまかした。

「また来る。君の研究はまだまだだが、ユニークな観点を持っている。とにかく君は今日から、ラテスト教授なら何と言うのか、というもう一つの目をもった。それはほかの誰にもない、特別な〈目〉だ。それを忘れるなよ」

「はい、祖父はいつも心のなかにいます」

黒淵はマチルドの頭を二回撫《な》でた。マチルドは涙ぐんだが、黒淵にすり寄るのをどうにか自制したようだった。大人になったものだ。

黒淵はラテスト邸を離れ、〈サンジェルマンホテル〉へと向かった。車寄せでタクシーを降りると、回転扉を潜ってフロントに立ち寄る。

「何か贈り物が届いているとか？」

「お預りしております。こちらでございます」

両手に収まるサイズの正方形をした黒い包み。送り主にはやはりＫと確かに書かれている。何が入っているのだろう？

早速部屋に戻って開封した。

出てきたのはＤＶＤだった。

持ってきたノートパソコンを立ち上げて、ディスクを入れ、再生する。

映し出されたのは——椅子にロープで縛りつけられた女性。眠っているのか、身体を斜めにしてうなだれている。それだけではなく、目には包帯が巻かれていた。付き人だ。

思わず声が出そうだった。

するとその隣に、赤い頭巾《ずきん》のようなものをかぶり、ヴェネチアンマスクをつけた男が現れた。その常軌を逸した恰好《かっこう》だけで、付き人によからぬことが起こっていることがすぐに理解できた。

ひときわぞっとしたのは、男の手に、巨大な斧《おの》が握られていたことだった。室内にはビル・エヴァンスの演奏する『枯葉』が流れている。

赤頭巾がしゃべった。さっきの電話の声だった。

《君は贅沢者だな。そうは思わないか？　僕が彼女に一目惚《ひとめぼ》れしたのはずいぶん昔のことだ。無口だけど聡明な目の輝きを持っている子だったよ。以来、ずっと彼女を観察し続けてきた。それなのに、彼女はこの数年というものずっと君のそばにいる。ずるいじゃないか。そこで決めた。君から彼女を取り上げようってね。お互いさまさ。僕も悲しい。でも仕方ない。この世は平等であるべきだ。君と僕とで、痛みを分け合おうじゃないか。金輪際《こんりんざい》、永遠に》

「やめろ……」

そう呟いていた。この部屋には誰もいないのに。

《ただし、君にもチャンスはある。次の人生で巡り逢えるというチャンスがね》

それを最後に、男は斧を振り上げた。

黒淵は——大きく目を見開いた。

目を閉じることなどできなかったのだ。

彼女は、黒淵のすべてだったのだから。

二〇一五年十一月／書物の海

俺は自分の叫び声で目覚めた。

全身、濡れ雑巾みたいにぐっしょりと汗をかいている。嫌な夢だった。昼間に、新しい担当編集の若い娘と打ち合わせをしたせいだろうか。

構想中の〈黒淵教授シリーズ〉の新しい展開を夢に見てしまったのだ。それも、まったく思いも寄らぬ陰惨な方向へと展開していった。

俺はココアシガレットを取り出して口にくわえた。

煙草は長いことやめている。その分、砂糖の摂取量が年々増えている。体重が増えないだけマシか。

夢は夢でしかない。俺が俺以外の人生を歩めないように。だが、そうとわかっていても、嫌な夢は一度背中にこびりつくと、手を伸ばしても容易には剝《は》がれることがない。

彼女は無事だろうか。

久々にそんなことを考えた。彼女に逢わなくなって、ずいぶん経つ。編集の娘の依頼にこたえるためには、一度彼女と会う必要があるのはわかりきった話だった。

なぜ自分は急に彼女のことを思い出した？

決まっている。あの編集の娘が、彼女を思い起こさせたのだ。あの落ち着いた、何事にも動じぬ雰囲気や、表情をほとんど変えずにアルコールを飲むところが。

ひとつ伸びをして、ベッドから起き上がると、書物の海をかき分けて机へと向かい、ノートパソコンを立ち上げた。

起動させること自体久々だった。

なぜまた俺は文字を紡《つむ》ぐ？

なぜおまえは俺に文字を紡がせる？

気配の主は何も答えない。二〇〇〇年から変わらぬ沈黙という名の回答。やがて気配が消える。

俺は書けるのだろうか？

パソコンは起動した。ワードのアイコンをクリックすれば、新規作成が可能となる。やってみるしかない。何者かが背中を押すかどうかは、書き始めてみないことにはわからない。

二〇一五年十一月／東京・ユディト

センセとの打ち合わせを終えて、電車に乗ったところまでは覚えていた。何しろ、まだ日は高く、わたしには会社に戻ってこなさなければならない雑務がたんまりと控えている。

ところが、ある段階からわたしの意識は朦朧《もうろう》とし始めた。酒のせいだろう。昼日中に呑む酒は、夜に呑む量の半分であっても危険だ。しかも、今日はいつもとはちがう。前日も浴びるように呑んでいるのだ。そのため、たぶんわたしは泥酔状態のときのように、意識が混濁《こんだく》し、やがて完全にシャットアウトされた。

こうなると、あとは暗い意識の底に落ちていくか、夢を見るか、だ。しかもただの夢ではない。昨夜初めて体験した泥酔状態で見た夢は、どうにもリアルすぎた。ヴェストヴォーゴイにいる日本人の少年になっていた。まるで自分が自分でなく、あたかもはじめから別の人格で別の人生を歩んできたかのような夢を見せられたのだ。

だからわたしは恐ろしくなった。昨日から何かが少しおかしい。二日も続けて泥酔状態になるなんて。しかも二日目は昼間から。こんなことが普通であるわけがない。わたしは今、たぶん日常の階段を踏み外しているのだ。

この時わたしは、電車に乗って目の前にいる女性を眺めていた。風一つ吹かない池の水面のような穏やかな雰囲気の美人だった。向かいに座った泥酔者に気づく様子もなく、熱心に本の世界に浸《ひた》っている。同じ集団に属していれば、真っ先に話しかけたくなるような知性的な唇が印象的だ。

だからだろう。「階段を踏み外し」た瞬間、わたしは彼女の内面をなぞり始めていた。それも、ただなぞるのではない。文字でなぞり始めていたのだ。

これが、活字中毒者の成れの果てなのか、と無意識にわたしは考えた。いずれこの狂気にも似た泥酔状態が常態化して、「あの人、昔は編集者だったらしいわ」などと言われながら、いろんな人の人生を生きていく日がくるのだろうか、なんて心配まで浮かぶ。とにもかくにも、わたしはもはやわたしではなかった。目の前の、知性的な女性の生が、始まった。

*

あなたは本を閉じた。「調子がいいんだから」と〈付き人〉が呟いたのとちょうど同じタイミングで、あなたもまた「調子がいいんだから」と考えた。

*

向かいの女性の意識を、わたしは〈あなた〉と呼びかけながら推察していた。まだわたしはそれが夢だとは認識していなかった。ただちょっと、その女性の意識を文字でなぞっているだけ。大したことじゃない、と。

実際、溶けかけた意識のなかでは、現実でも夢でも問題ではない。たとえ珈琲カップがホルスタインに変わってしまっても構わないくらいなのだから。

わたしはふたたび彼女を見る。

＊

あなたは閉じた本を鞄にしまう。

読んでいたのは、あの人が書いた〈黒淵教授シリーズ〉の第二作にあたる『泪のアルゴリズム』。まさかあの人の新刊を今読むことができるとは思わなかった。東京へ向かう前に、小川《おがわ》さんが〈これあなたの好きな作家でしょ、新刊が出ていたわよ〉と持たせてくれたのだ。そういう気配りが自然とできる人だ。

小川さんとは福島で知り合った。今は彼女に息子を預けている。図書館司書の小川さんは、残業なしで上がれるから預かってあげる、と保育園の送り迎えも含めて引き受けてくれた。

〈東京、東京です。お忘れ物のないようにご注意ください〉

新幹線が東京駅に着いたのは、鞄のチャックを閉めたタイミングだった。長い間、あなたは東京を離れていた。そうすることが必要だったのだ。この四年間、あなたは夫に悪いことをしたと思っている。取り返しのつかないことをしたという自覚もあった。けれど、あなたとしてはそうしないわけにはいかなかったのだ。

＊

そうしないわけにはいかなかったのだ――とナレーションを続けるわたしは何者だろう、とわたしは考える。考えてもみれば、いつも小説を読むとき、登場人物の内面を記述するのは、作者だと思い込んでいる。

　でも、作者であるとはどこにも明記されていない。たとえばの話、それは読者であっても構わないし、読者でも作者でも、作品に関わる誰かですらない何者かなのかもしれないのだ。ただわたしはそれを、疑いもせずに受け入れているだけ。

　それこそ、さっきセンセの話していたような竜が背後にいる可能性だって、あるかもしれない。ダメだ。どうも思考がセンセに毒されている。

　たぶんわたしはまた長い夢を見ているのだろう。打ち合わせであんなに飲んだせいだ。なんでもいいけれど、よりによって記美にそっくりな女性の内面を語るナレーター役とはついていない。彼女は記美によく似ているけれど、記美ではないらしい。目元を見ようとするとぼかしがかかる。そもそも、その容姿を記美に似せたのは誰なのか。わたしか——これがわたしの夢ならば、当然すべての責任はわたしにある。

＊

　東京駅のホームの雑踏に降り立って、まずあなたが感じるのは、リズムの違いである。あなたはつい数時間前まで福島県にいた。相馬《そうま》市で、学校に通えない子供たちのために仮設住宅で毎晩塾を開き、小学生から高校生までの勉強を見た。あなたにも苦手科目はあったが、一緒に考えてあげることはできる。あなたは昔から相手の思考を手助けする才能に長《た》けていた。柳のように、のんびりと風が吹くのを待ち、風を感じたら揺れてみせる。それが、人をしぜんと動かすのだ。

旅立ったのは、二〇一一年の十一月。なぜ三月のうちにすぐに支援に向かわなかったのかといえば、その頃には自分の生活の場を捨ててまで復興支援に向かうような考えがなかったからだ。十一月に――その必要が生じた。

あの人のせいだ。あなたは知っている。彼の紡ぎだす〈付き人〉が自分であることを。よくもまあここまで純粋な恋愛モノのミステリに仕立て上げられたものだ。

あの人がエルキュール・ポワロ賞を受賞したのは二〇一一年九月。本当は受賞よりはるか昔に、『黒淵教授の優雅な遊歩』は出来上がっていたはずだ。彼は、二〇〇〇年頃から書き出した、と話していた。さすがに十一年も一作にかけるとは考えにくい。

二〇〇〇年頃と言えば、二人とも大学を卒業したばかりだった。あなたは画家のＫと結婚をしていた。画家と結婚したつもりはなかった。ただ、自分を愛した男が工学部機械工学科の学生でありながら絵を描くのを趣味としていることは知っていた。そして、結婚するかしないかのタイミングで、急に有名な絵描きになってしまっただけである。

Ｋは日本人の父親とドイツ人の母親の間に生まれた。髪も目も黒いため、一見モンゴロイド大人種に見える。が、よく見るとメラニンの不足が起こす肌の白さはコーカソイドに特有のそれで、いつも着ている黒いスーツがその肌の白さを際立たせる。彼はいつも小難しい顔で美学論を口にする。感性ではなくロジックから絵を描く男だった。きわめて理詰めであるはずなのに、Ｋの絵はその意図をこちらが摑みかけたとたんにべつの次元へとするりと逃げていく。

世間はＫのそんな作風を〈暗示的〉と評する。〈暗示的〉〈現代の黙示録〉〈モンドリアンを凌《しの》ぐ前衛〉。いずれもが的外れではないが、芯をぼかしたキャッチフレーズとなっている。要するに中心を欠いている。

当のＫを見ていると、よけいにその作風がどこまで計算されたものかわからなくなることがある。Ｋは大抵、人の話を聞いていない。あなたがそのことを怒ると、本当にすまなそうな顔になる。人はいいが、不完全な生き物だ。笊《ざる》のように会話をすべて洩らして、体内に残せない。

　Ｋは気づいていたのだろうか？　あなたとあの人とが誰にも触れることのできない領域を共有し合っていたことを。

　あの人は二〇一一年の九月に『黒淵教授の優雅な遊歩』でエルキュール・ポワロ賞を受賞した。〈黒淵教授〉という名の若き美学の教授とその同級生の〈付き人〉とで謎を解いていく連作ミステリだ。

　あの人が受賞したと知らせてくれた夜、Ｋはあの人が帰るのを見計らったかのようなタイミングで三階のアトリエから戻ってくると、黙ってピアノを弾いていた。ジョゼフ・コズマが作曲し、さまざまなジャズマンにアレンジされてきた「枯葉」。Ｋの几帳面《きちょうめん》な演奏は、ビル・エヴァンスのそれと少し似た雰囲気がある。本来の黒人ジャズの香りより、もう少し内省的で、しかしどこか芯の通った音。

　ピアノを弾く時、Ｋは大抵何か言うべきことをあえて飲み込んでいることが多い。あのとき本当はＫはもっとべつに言いたいことがあったのかも知れない。寝る前に発した言葉が今も耳に残っている。

　――もう一度、一九九九年に戻って君を抱いてみたいね。あの薔薇《ばら》のように煌めいていた君を。

　一九九九年、あなたは大学四年生で、周囲は就職活動に忙しく動いていた。そして、Ｋは展覧会に向けて毎日アトリエに籠もりっきりだった。世界から取り残されたようなあなたの憂鬱を映すように、ラジオでひっきりなしにドリカムの「朝がまた来る」が流れていた頃、お腹が大きくなり始めたあなたの散歩に付き合ってくれたのは、Kではなくあの人だった。

あの人とは、大学二年の頃からよく話す仲だった。出会いは文学部のカフェテリアだった。

――ランチなら俺のとなりが空いているよ。

たしかにあなたはそのとき、空いている席を探していた。かくして、二人は知り合った。そして気が付くと、目には見えない池を心に描き、ない池を二人で見つめるようになった。鯉がいるのかいないのか、それすらもわからぬ非在の池の前で、二人はいつまでもじっとしていたものだ。

Kが一九九九年に戻れたら、と言ったのは、あなたがあの人と見えざる池を心に持ち始める前か。

目を開ける。

いつの間にか電車のなかでうたた寝をしていた。久々の東京で、緊張しているせいかもしれない。

有楽町《ゆうらくちょう》駅で山手《やまのて》線から有楽町線に乗り換える。地下鉄への階段を下るたびに、記憶の底へと降りていくような気分になる。

あの人がKの親友であることがわかったのは、しばらく経ってからだった。Kと二人でカフェテリアに向かうと、Kがあの人に向かって手を挙げ、あの人もまたそれにこたえるように手を挙げた。事前に知り合っていたことは、互いに暗黙の了解で口にしなかった。

あの人とは、趣味も感性もよく合った。あなたはSUPERCARのようなエレクトロニカ・サウンドが好きでよく聴く。あの人もレディオヘッドの『KID A』と『アムニージアック』を特に愛聴しており、エレクトロニカ・サウンドについては一家言あった。二人とも音楽から「人間的な匂い」がもっと抜けていったほうがいいと考えていた。どちらも人付き合いに疲れていたのに違いない。その頃流行していた宇多田ヒカルや椎名林檎の楽曲も濃厚な人間臭を発していて、演歌じみて聞こえた。人間は完全に主張を抑えてもなお人間臭い、という点で二人の主張は一致していた。

　そのせいか、何も話さなくても考えていることがふっと通じ合うようなところがあった。

　池。

　互いが同じ池を保持していることに気付いたのは、ある午後のことだった。その日大学キャンパスの裏庭でぼんやりと木々を眺めているとき、あなたはそこにありもしない池を想像していた。すると、あの人が言ったのだ。

――今日は水面が穏やかだ。

――……ええ、亀がいる。二匹。

　二人が同じイメージを共有していることを知るには、じゅうぶんすぎる会話だった。けれど、だから何だというのだろう？　自分にはKがいて、何の不足もない人生を送っているのだ。あなたはその体験を心の奥深いところに封じ込めた。

　そして、二〇〇〇年。Kとの間にできた子は、性別がわかる前に亡くなり、虚無の日が続いた。失意のどん底にいたあなたの話し相手になってくれたのは、Kではなくあの人だった。

　それから――あの夜がくる。月も、星さえもない夜だった。

「月島——月島です」

車掌のアナウンスが流れる。あなたはそこで降りた。

あなたが東京に戻ってきたのには、理由があった。メールが来たのだ。

〈あの人を助けてください〉

まったく与《あずか》り知らぬ者からのメールだったが、〈あの人〉が、誰を指しているのかは、差出人の職種から察することができたし、その人物と〈あの人〉の関係も推察することができた。ただ、助けられるとは思わなかったけれど。

メールには丁寧に日付、時間、場所の指定まであった。日付は今日、時間は今、場所はあなたの自宅である〈塔〉。

〈塔〉までの道のりを覚えているだろうか。〈塔〉とあなたが呼ぶのは、自宅兼アトリエのことだ。Kが自分の父親の金を自由に投下して完成させた、二人の場所。

——なぜ〈塔〉にしたの？

あなたが尋ねると、Kは答えた。

——歴史を見つめ、また同時に刻む場所だからさ。たとえば。バベルの塔には人間の愚かさが集約されていたし、ロンドン塔にはロンドンの血の歴史が集約されていると夏目漱石は言った。その血は死者のもの。長い年月国を動かし続けた死者の集合体だよ。それを見ることは、日本の行く末を考えるヒントでもあったはず。これからの僕らの人生を考える場所として、塔ほどふさわしいモチーフはないね。どこから僕らがやってきたのか。そして、僕らは何者なのか。すべてはこの〈塔〉が教えてくれる。

謎めいた言い方をするのはいつも通りだったから、それ以上は何も問い詰めなかった。いつも概念から入る男だった。なんでも感性から入る自分とは相容れない。Kも、Kの絵も。

　Kは自身の絵についてこう言っていた。

　――都市や国家を俯瞰するのは、鏡を見るようなものさ。君だって鏡を見ながら歯を磨く。絵を描くとは、僕にとって歯磨きついでのフェイスチェックのようなものなんだ。

〈塔〉が見えてきた。ロンドン塔のなかのホワイトタワーを多少意識しているのだろうが、大きさはかなり縮小されており、実際の半分もない。周りの戸建てよりわずかに大きい程度だ。

形状もだいぶ簡略化されている。共通点といえば、外壁に白い石灰が塗られているところくらいだろうか。そういえば、ロンドン塔のホワイトタワーには、竜の血が混ぜられているという噂があった。もちろんこれはただの噂で、実際にはローマ時代の煉瓦《れんが》のかけらがモルタルに混入しているのだが、市民の恐怖がそんなふうに見せていたのだ。

塀の向こう側に広がる恐怖のイメージが、竜の血という虚構の現象を生み出した。

そして、その窓から――夫がこちらを見ていた。

「K……」

思わず、あなたはそう呟く。

その、わずか十分後のことだ。

あなたはKを抱きしめて月島を全力疾走していた。

抱きしめているのは、Kの頭部のみであった。

＊

目醒めた。電車のなかでうたた寝をしてしまったようだった。最近のわたしはどうも護国寺という単語を聞くと、自動的に意識が浮上するようにプログラミングされているらしい。この泥酔状態でも、そのプログラムは正確に機能してくれたようだ。

月島には、東京で暮らすようになってからまだ一度も行ったことがない。なぜあんな夢を見たのか。Ｋというのは、わたしが自分の部屋に飾っている絵画の作者の名だ。

なぜここでＫの名が出てくる？　しかも、いまの夢のなかの〈あなた〉はどうやらセンセと関わりがあるようだった。いや、そんなことは比較的どうでもいい部類かもしれない。なぜなら、これは夢であり、夢とは現実を基盤として再構成されるものだからだ。

問題は——竜の血だ。

ホワイトタワーの外壁に竜の血が混ぜられているという噂があるなんて本当なのか。それともセンセのわけのわからぬ竜の話が影響して、あんなナレーションになったのか。

何より恐ろしいのは、わたしがこの夢を見ているあいだ、すでにわたし自身がこの夢の内容を熟知していて、なぞっているような感触があったということだ。

思い返せば、それは今朝起きたときに感じたものでもあった。

〈ドアが閉まります〉

わたしは慌てて腰を上げると、閉まりかけたドアからするりと外へ出た。いつもどおりの、護国寺の駅の雑踏がわたしを迎えた。

──うまく戻ってこいよ。現実の世界に。

「戻ってきましたよ、先輩」

わたしは独り言を言ってから、エスカレータを昇りはじめた。でも、そのエスカレータの感触が今朝昇ったそれと同じなのかは自信がもてなかった。

本当に、戻ってこれたの？

答えのない問いを、反対方向の電車が入ってくるごおおっというけたたましい音が、かき消した。

二〇一五年十一月／書物の海

それにしても憂鬱なものだ。背後からどどどっと押し寄せてくる得体の知れぬものがないのに、文字を書き進めているというのは。

自分が無理やり何かを捻《ひね》りだそうとしているような気分になる。

〈彼女〉のことを思い出そうとすると、さっきの新米編集者の几帳面で理性的な目が重なって邪魔をする。そのうち二人の顔が合わさってべつの顔になったりもする。もう記憶が薄れつつあるということか。また知らず知らずのうちにココアシガレットをくわえた。やはり新作は諦めるか。

俺はおもむろに書物の海に目をやる。

いつ頃からか、部屋を整理することが馬鹿馬鹿しく思えるようになった。参考文献は日々必要であり、そうなるとどうしたって手元に置いておきたくなるし、娯楽のために読み漁《あさ》っているものも、やはり椅子から手を伸ばしてひょいとつかめるに越したことはないので、書棚に収めておくのはかえって有機的でない。

気が付くと書物の海になっていた。しかしこの海は、ロフォーテンの海のようにメエルシュトレエムを起こしたりはしない。きわめて静かで、俺が椅子を揺らしでもしないかぎり、じっとしている。

むしろ書物の池というべきかもしれない。池という単語が、自動的に夏目漱石を思い出させる。漱石が何かのメモ書きにこんなことを書いている。

〈池はある。だが、鯉がいるかはわからない〉

あの一文を読んで以来、俺のなかにもまた池ができた。その池を眺めているうちに一日が過ぎることもある。鯉がいる気配がしたときには、もう書き始めている。女がいれば、書く代わりに女を抱く。けれど、どれも代替物に過ぎない。

いちばん手近にあった漱石の『倫敦塔』をおもむろに手にとり、それを書き写し始める。有名作家の小説を書き写す作業は、文体練習の準備体操のようなものだ。これをしておくと、ちょっとずつ文を己の身体にしていく方法がわかってくる。簡単に言えば、他人の文章と自分との齟齬を理解し、齟齬のない文体について考える心の準備をする、ということだ。

ところが、書き写し始めて五分ほど経ったとき、俺は一度手を止めざるを得なかった。

「これはいったい……俺は何を書いているんだ?」

俺が書いているのは、漱石の『倫敦塔』ではなかったのだ。

『心《シン》・倫敦《ロンドン》塔』

一九〇〇年晩秋／倫敦

スニップ、スニップ、スニップ。

余は冬の夜になる毎《ごと》、決まって斧を振り下ろす音で目が覚める。それは、ただ一度行ったきりの倫敦塔で聞いた、あの斧の音だ。

この文は、余の死んだのち、ただちに誰の目にも触れぬよう始末するように。小説は人のために書くものか、己のために書くものか。答えは両方である。然《しか》し、この文はただ余が魂を救わんがためにのみ記す。ゆえに、余の魂の尽きた後には、無用の産物と云うわけである。

余が、己の書いたものを厚顔無恥にも大量に世に遺しているからと云って、同様に扱ってはならない。余が余のためにのみ紡ぐ手遊《てすさ》びの書。然しそうでありながら、本書には読み手が想定されている。それは余の考えた、ただ一人の透明なる読み手である。それ以外の者はすべてここで読むのをやめよ。

くれぐれも、読んでいいのは、ただ一人、透明なる君だけである。

二年の留学中ただ一度倫敦塔を見物した事がある。その後再び行こうと思った日もあるが止めにした。人から誘われた事もあるが断った。一度で得た記憶を二返目に打壊《ぶちこ》わすのは惜しい、三たび目に拭《ぬぐ》い去るのはもっとも残念だ。「塔」の見物は一度に限ると思う。

行ったのは着後間もないうちである。その時のことは短篇「倫敦塔」に詳しく記した。だが、敢えて書かなかったこともある。

余の短篇小説「倫敦塔」を読んだならば、ジェーン・グレイに関する記述のあったことは記憶にあることであろう。男の子を連れ、倫敦塔の壁にある題辞を読んでいた美しい女。余が洋袴《ズボン》の膝に二三点の血が迸《ほとば》しるに気をとられていると、いつの間にか男の子を連れた女はどこへ行ったか影さえ見えなくなっていた。

あの二人を余が奇妙に思いつつ宿へ戻らんとするとき、また鐘塔の下を通ったら高い窓からガイフォークスが稲妻のような顔をちょっと出して「今一時間早かったら……。この三本のマッチが役に立たなかったのは実に残念である」と云う声さえ聞こえたということも、「倫敦塔」には記しておいた。

そして、宿の主人に美しい婦人に逢った事とその婦人が我々の知らない事やとうてい読めない字句をすらすら読んだ事などを不思議そうに話し出すと、主人が小馬鹿にしてそんなことは誰にでもできると云ったところまでは確かに事実である。

但し、一つだけ書かなかったことがある。それはその同じ日に、倫敦のローワー・テムズ・ストリートを曲がった処に広がる雑踏のなかに、くだんの女を見かけたことである。

余は夢中になって人の群れを掻き分け、女に追いつこうとした。その美しさは群衆のなかでも明らかに抜きん出ており、そこだけがあたかも輝いているかに見えたほどである。

余がかの女《おんな》の名前を知っていたならば、その名を叫んだであろう。だが、余は女の名を知らなかった。ゆえに何と声をかけて女を呼び止めるべきかわからなかった。そうしているうち、余と女との距離は見る間に離されていってしまった。やがて、完全に女は群衆と一つとなり、見えなくなった。

しかし、まだ余は女を諦めきれなかった。それは、かの女が、じつのところ倫敦塔で遭遇したジェーン・グレイの幽霊ばかりでなく、**君**にもそっくりだったからなのだ。

二〇一五年十一月／東京

1

「まずおまえが酒臭い理由を聞こうか」

　富樫先輩は金髪をかき上げながら、わたしをにらみつけた。でもわたしのほうは、まだ意識がぼんやりしているから、笹舟みたいな頼りない笑みを浮かべてやり過ごすことしかできない。

　編集部に戻ると、そこにいた全員にヒキガエルでも見るような目で見られた。アルコール臭を発する者は自分ではわからないものらしい。やっちゃったなあ……。何かヘンだわ、わたし。

「アルコールが急に入り込んできまして」

　言い訳も、何だか自分らしくない。なによ、そのちょっとユーモアを交えた余裕は。まだ酔っ払ってるのね？

　富樫先輩は怪訝《けげん》な顔でわたしを凝視《ぎょうし》した後、「で、どうだった？　あの先生は」と尋ねた。

「確約はできないと言われました」

「だろうな。スランプさ」

「スランプとして集約してしまうのは危険です。より具象化して考えなければ。気になるのは、帰り際にセンセが『消えたものは、もう元には戻らないんだ』と言っていたことです。どういう意味かおわかりになりませんか？」

富樫先輩は吹き出した。

「どうでもいいけど、おまえセンセって何だよ」

思わぬところがツボに入ったようだ。

「さ、作家の中には〈先生〉という呼称を嫌う人も多いのです。でも、いちおう煽《おだ》てて原稿を促さなければならないので、センセです。……って、そんなことはいいんです」

よかねえけどな、と言いつつも富樫先輩は腕を組み考え出す。

「ううむ、消えたものはもう元には戻らない、か。そういえば、以前打ち合わせしてたときにこんなことを言っていたな。『〈黒淵教授〉と〈付き人〉にはモデルがいる』って」

「モデルが？」

「付き人のほうについてはごまかされたんだけど、黒淵教授のモデルは、たぶんおまえも知っている人物だ。あの現代アートの新鋭と言われるＫなんだよ」

「Ｋ……？」

驚いた。そのＫが間接的に登場する夢を、さっき見ていたからだ。偶然とはいえ、できすぎている。わたしの夢を現実のほうが追いかけてくるなんて、これまで一度もなかったのに。

「どうしてＫをモデルに？」

「あの先生とＫは大学時代の親友らしい」

以前、美術の雑誌でＫの特集号があり、わたしはその対談ページを読んだ。そこに写っていた首から下だけの写真は、たしかに〈黒淵教授〉のように黒いスーツを着ていたし、長身でスタイルもよかった。

けれど、それよりもさっきの夢が早くも現実の形をとりつつあることに、落ち着かない感覚が付きまとう。

　ノストラダムスでもあるまいに――。

「なんだ、おまえ。驚かないのか？　初めからすべて知っていたみたいな顔して」

　初めからすべて知っていたみたいな顔――。

　恐らくそんな顔をわたしはしていたのだ。なぜなら、センセがＫと友人であろうことを、あらかじめ自分の夢によって知らされていたのだから。

　そして――そのＫは、記美が好きだった画家。

　つながる。わたしの現在と、記美との間に、細い糸が生まれる。一方で、次々とわたしの許可なくリンクしはじめる現実に、まったくついていけない自分もいる。一言で言えば、できすぎている。そう思う。

「驚いていますよ。まさかセンセがＫと親友とは。びっくり」

「胡散《うさん》臭い奴だな……」

「そ、それより、お聞きしたいことがあります。先輩は、あのセンセから原稿を預かっているんですよね？」

「ああ。ボツにしたやつのことだろ？」

　富樫先輩は自分のデスクの後ろにある雑多な書類の積まれた棚を示し、そこをがさごそと漁りだした。富樫先輩のシャツの後ろのところが、ズボンの中にしまわれずに尻尾《しっぽ》みたいに出ているのを、何となく眺めて待った。ああいうの、しまいたくなる。でも今やったらまずいよね、なんてことを考えるあたり、まだわたしの意識は浮遊しているようだ。

「あれ……？」

「……どうしました？」

「ない。消えたな。おかしいぞ、つい昨日見たような気がして……」

その後も富樫先輩は捜索を続けたが、原稿は見当たらなかった。これで富樫先輩の発言自体も怪しくなってきた。どっちが本当のことを言っているの？

富樫先輩は、探すことに飽きたのか、急に話題を変えた。

「……とりあえず、Ｋのことなら十二階の美術雑誌『ＢＥＡＵＸ』編集部に聞いてみろよ。あ、匂い消しのタブレット食べてから行けよ」

「……先輩、あの、朝仰《おっしゃ》ってた〈三角関係〉って、Ｋと関係あるんでしょうか？」

「行けばわかるよ」

「はい……」

まるでロールプレイングゲームね、と内心では思っていた。行く場所が決まっていて、そこへ行くと次の展開への手がかりが与えられている。わたしの心はずっとどこかべつの場所でストップしたままなのに。

わたしは言われるままに匂い消しのタブレットを鞄から出して三粒食べた。が、あまり変化しない気がして、もう三粒食べた。口の中がやたら辛くなった。消えたものは元に戻らないが、一度ついた匂いはなかなか消えない。この二つが矛盾せずに共存しているのが、わたしの生きている世界だ。

わたしは自分の席に一度腰を落ち着けてからスマホの画面をタッチしてツイートする。

〈Ｋの絵いいよね〉

三秒と空けずに〈いいね〉をつけたのは、やはりkimiだった。

2

『ＢＥＡＵＸ』の北村《きたむら》編集長は露骨に鼻を指でつまんで、眉間にしわを寄せながらわたしを見上げた。

「Ｋさんのことが知りたいって？　それは渡りに船だな」

「渡りに船？」

「ずいぶん臭い船が来たものだがね。はっはっは」

「……すみません」

　タブレット六粒でも効かないとは。十粒にしておくべきだったか。

「いやね、じつは」北村編集長は眼鏡を押し上げ顔を近づけ、また顔をしかめ鼻をつまみなおす。

「じつは、来月号で『新世紀の予言と絵画』って特集を組もうと思っていて、そこでＫさんにご登壇願おうと思って連絡をとってるんだが、電話に出てくれない。もともと人嫌いで、インタビューの企画なんかも電話取材で後から顔の写っていない写真だけ送られてくるくらいだから不思議はないんだけど、さすがにメールすら返信ないと困っちゃってね。そういえば、去年Ｋさんの作品のレビューが載ったから雑誌を送ったのに、そのときもとくに連絡がなかったんだよな」

「何かあったんでしょうか……」

「と、俺が悩んでいるところに、酒臭い船が現れた。今からちょっとＫさんのところに行ってきてくれないか？」

「わたしがですか？」

「だって、君は君で用事があるんだろ？」

「そうですけど……」

「じゃあちょうどいい。雑誌の特集の件、話しておいてくれないか」

「わかりました」

北村編集長はにこやかに住所の紙を渡す。

「月島……」

思わず絶句した。まさかここまで夢と現実が一致してしまうとは。

「もしかしてここのアトリエは、〈塔〉と呼ばれていたりするんでしょうか？」

「よく知っているじゃないか。面白い建物だからすぐわかると思うよ。ロンドン塔のホワイトタワーに少し似てる。あれよりだいぶ小さいんだけどね」

わたしはいつから予言者になってしまったのだろう？

センセがさっき、二〇〇〇年は予言の喪失した空白、みたいなことを言っていた。偶然だろうか？　予言がキーワードとして登場した後に、わたし自身が予言者になってしまうなんて。

——うまく戻ってこいよ。現実の世界に。

戻ってきた——はずだったのに。眩暈《めまい》がする。アルコールのせいか、現実を摑みきれないせいか、恐らく両方だろう。

「ガムでもあげようか」

「大丈夫です」

新入社員にして社内で酒臭い娘のイメージをまき散らすとは。溜息を飲み込み、息を止めてエレベータに乗り込んだ。

時刻は午後四時。

エレベータを下りたところで、タブレットを六粒追加で食べ、駅のキオスクでマスクを買ってつけ、有楽町線の電車に乗り込む。月島方面へ向かうのは、入社以来初めてのことだった。有楽町あたりまでは人でごった返していた車内も徐々に空いてくる。

腰を落ち着けたところで、Ｋについて事前に調べることにした。

Ｋは覆面画家らしく、いくら調べても顔写真は出てこない。代わりに出てくるのは、首から上が切れて見えない黒スーツの写真ばかりだ。

ウィキペディアの情報によれば、Ｋの父親は政治家のＪだった。官房長官を二度務めた経験があり、そのうち総理大臣のお鉢も回ってくると言われている。

阪神淡路《はんしんあわじ》大震災のときは偶然にも手術のため日本にいなかったが、国内の道路設計に耐震性の面で以前から疑問を呈していた先見性は世間の注目を浴び、世論はＪに一目置くようになった。だが、その根本には危険な思想があるとも噂されている。

Ｊの父も、そのまた父も政治家で、Ｊ自身は過激派思想集団〈砂漠会合〉の創始者と目されている。〈砂漠会合〉は差別的意識の集合体であり、あらゆる国民の差別意識を誘発し、先導することで大きな成功を遂げている。その支持者の数はフリーメイソン並みに増え続けているというのは、もはや都市伝説の域を越えつつある。

そのいびつな集団を生んだ一族のなかで、Ｋは画家の道を選んだ。彼は二十歳を過ぎると、自分の名前を改めた。代々頭文字のＪを冠した名前がつけられており、彼も例にもれずだったが、それをＫに改めたのだ。世襲制を排除するには名前から改めなければ、というのが彼の考え方だったが、政治家にならずとも彼は結局その財力の恩恵をふんだんに被ることになった。いま向かっているアトリエ兼自宅の〈塔〉も、彼が父親の金で建てさせたものだ。

そこまで読んで、わたしは顔を上げる。

サバク。

それから、センセの言葉がよみがえる。

――二〇〇〇年はブラックホールであり、沙漠なんだ。

まただ。

偶然だろうか。もちろん、偶然であるべきだ。

学生になったとき、東京の街を見回すと学生がたくさんいることに気付いたが、就職してみると、今度は社会人の多さに驚かされた。要するに自分のフィルターからしか人間は世界を見ていない。この先結婚して子供でも作れば、子連れの多さに驚くのだろう。

同じことが、いまわたしにまた起こっているとは考えられない？　わたしは〈サバク〉という単語の含有率に驚いているだけなのかも。そう考えたほうが気持ちが落ち着く。

けれど、わたしはKがセンセと関わりがあることも、そのアトリエが月島にあることも、予見していた。それはどう説明すればいい？

もしも夢のとおりだとすると――。

電車が停まり、ドアが開く。電車から降りた。月島駅のホームの壁は湿っていた。それが隣接する隅田川の水なのかどこかの水路から洩れてくるのかはわからない。わからないということは、考えようによっては、二〇二八年のロフォーテンの海水であっても構わないのだろう。

天井から水滴が壁をつたっているのを見つめる。

二〇二八年のロフォーテン？

どうも夢に侵食されすぎている。酔いがいけないのか。平日の昼間に酒を飲んでいる時点で、非日常に片足を突っ込んでいるようなものだ。こめかみを指で押さえる。副交感神経よ鎮まれ。

深呼吸を一つしてから、エスカレータを上る。

川底より深い場所から、地上へ。

3

月島は、月の上に降り立ったようにがらんとしていた。富国強兵のための重工業地帯として埋立てされた歴史の浅いこの土地は、東京という巨大な教室のなかでいまだに溶け込めずに、一歩下がった場所で物静かに喧騒《けんそう》を眺めている転校生だ。

——月島みたいな子ね。

唐突に思い出す。月島にまつわる唯一の記憶。それもまた、記美の発した言葉だった。彼女は、文学部キャンパスのカフェテリアで、何をするでもなくぼんやりと人混みを眺めてばかりいたわたしをそんなふうに評したのだった。

——この誇り高い大学の学生なのに、まるで他人事みたい。

誇り高い大学という自覚は、わたしにはなかった。ただのマンモス大学で、講義は出席しなくても単位がとれてしまう、本当に拍子抜けするほど通う意味のない、学位を取得するためだけの場所。ただ、大学に入れてくれた母への義理から通い続けていたのだ。

——都市はつねに最新のモデルを提示するけれど、伝統を見据えなければすべては砂上の塔となるわ。

たしか、Kの絵画展を観に行った後だった。わたしたちは、あの塔の絵を観ていた。あの頃から、彼女は国のかたちについて考えていたのだろう。そして、国のかたちについて考え始めている彼女からしたら、根なし草のように生きているわたしはたしかに月島だった。

月島は、わたしが想像していた以上に近代的なビルが建ち並ぶ街だった。それでも、音の響きそうな寂寥《せきりょう》感がなぜか消え去らない。

表通りから一つ奥まったところにある公園の角を左に折れると、その先は長い長い道のりが待っている。

だだっ広くて人気《ひとけ》のない商店街に出る。東京を外部から眺めるように、身体に馴染まない街並み。背中に視線を感じて、振り返った。一瞬だが、赤い——タイツのようなものを穿いた、逞《たく》しい片足が路地に消えるのが見えた気がした。あの筋肉質な脚は男性のもの。赤いタイツを穿いて歩く男性なんて見たことがない。

変質者だろうか？

まだ日も高いのに？

見間違えだろうと、気を取り直す。商店街を抜けて、住宅街をしばらく行った先に、〈塔〉が現れた。話に聞いていたとおり真っ白な外観だ。

とっさに脳裏をよぎったのは、夢のナレーションだった。

——共通点といえば、外壁に白い石灰が塗られているところくらいだろうか。そういえば、ロンドン塔のホワイトタワーには、竜の血が混ぜられているという噂があった。

夢で見たのと同じかどうかはわからない。夢のなかでわたしはナレーターだったのであり、ナレータとして物語を想像していた。視覚的イメージがあったとしても、わたしの脳内イメージでしかない。

けれど、実物を目《ま》の当たりにして、わたしは夢のなかの〈塔〉が単なる自分のイマジネーションではないことを知った。目の前にあるのは、Ｋの絵葉書のなかにあるあの塔だったのだ。

絵に劣らず、実物もかぎりなくシンプルではあった。塔の規模は田舎の小さな礼拝堂程度だけれど、個人が都内に所有するにはじゅうぶんすぎる大きさだった。三階建で、各階に一つずつ、人が顔を突き出せる程度の小さな丸い窓が確認できる。一階と二階の窓は閉じられ、カーテンも閉まっているけれど、三階は窓もカーテンも開いている。誰かいるのだろうか。

ここに、黒淵教授のモデルとなったアーティストが暮らしている。わたしは深呼吸をし、もうアルコールの匂いが去ったことを確かめてからゲートのインターホンを押した。

4

ゲートは、それ自体が物静かな執事か何かであるかのように軋《きし》みひとつ立てずに開いた。インターホンのスピーカーから何の声もしなかったが、こうして開いた以上、誰かがいるのだろう。

正面のドアをノックする。反応はない。

ドアノブに手をかけてみようか。

考えていると、今度はドアが何も音を立てずに開いた。自動式らしい。からくり屋敷なのか。

カーテンが閉まっていて、室内は外の光がほとんどないに等しかった。まるで果てしない闇へ進んでいる気分だ。

古い彫刻、画集、蝶の標本や年代物のミシン。そういったものが所狭しと並んでおり、テーブルには模造品であろう頭蓋骨もある。そして微かな腐臭。と言っても、生き物のそれではない。植物が腐った匂いだ。

枯れてドライフラワーとなったものもいくつかあるが、置かれた場所が悪かったのか、湿気をはらみ、腐って羽虫を発生させているものもあった。それらがもとは何という種類の花であったのか判別するのは難しかった。

――二〇〇〇年はブラックホールであり、沙漠なんだ。

センセの言葉がまたよみがえる。わたしはもう一度こめかみを押さえる。あるはずのないものを見ないように。

『ＢＥＡＵＸ』の編集長は、Ｋが電話に出ないと言っていた。この〈塔〉の主《あるじ》は、人とコミュニケーションをとりたくないのかもしれない。

一階に誰もいないことを確かめてから、木造の階段を昇っていく。二階は夫人の部屋なのか、全体に無機質でありつつ、どことなく繊細な家具配置が為されている。一階のだらしない配置に比べて、造花が飾られ、当たり前のように美しい色彩を誇っていた。フレグランスの香りが漂い、一階のような腐臭は消えている。

けれど、次の瞬間わたしは息を飲んだ。そこに何かが立っていた。しばらく目を凝《こ》らし、鳥だとわかった。頭の大きさやくちばしの雰囲気と身体とのバランスから考えれば鴉だろう。でも、鴉だとすればやや大きすぎた。

大鴉？

胸騒ぎがした。ロンドン塔には大鴉が飼育されていると聞いたことがある。ロンドン塔を意識したKが、鴉を飼っていたとも考えられる。

わたしは自分の脳内にいつもいて〈nevermore〉と呟く鴉が具現化されてしまったような気がして落ち着かなかった。そんなはずはないと打ち消すのに、どうしてもそれを百パーセントは打ち消しきれない自分がいた。

しかも、この〈推定大鴉〉ときたら、今にも〈君がnevermoregirlだね？〉とでも話しかけてきそうだった。

もちろん実際には話しかけられはしなかった。が、代わりに、ついて来いとばかりに階段を流れるように三階へと飛んでいった。

わたしはそのあとを追いかけ、階段を昇りだした。不思議と恐怖心はなかった。ただ、現実の世界にいるという確固たる感覚が遠のいていくような、漠然とした麻痺感が身体を覆っていった。もう酔いは消えたはずなのに。

階段は螺旋《らせん》状に三階へと続いている。昇りきるのには、十秒もかからない。赤い絨毯《じゅうたん》が靴音を吸い込み、自分が歩いている感覚すらなくなってくる。

三階に着いた。一階、二階と同様のワンフロア設計だが、三階はもっとも面積が狭く、インクの匂いが濃密に漂っている。どうやらここがアトリエのようだ。

〈推定大鴉〉は小さな丸い窓の縁に、器用に立っていた。彼の大きさでは、窓から出ていくことは難しそうだ。

この不気味な〈推定大鴉〉のほかには誰もいないのだろうか？

「すみません、文談社の者なのですが」

大きめの声で言ってみたが、〈推定大鴉〉が首を傾げたほかには、やはり反応はない。ゲートを開けてくれたのもこの鴉が？　一説によれば鴉の知能は相当なものらしい。九官鳥並みのことは、仕込めばできるのかもしれない。たとえば、人がきたときにそれを窓の中から見て、自動的にボタンを押すくらいのことは、できるのではないか。

　わたしは、壁一面に飾られたKの作品群をゆっくりと眺める。カーテンがかかっていないおかげで、それらの作品の色彩までがはっきりとみてとれた。こうして何十枚もある絵を一度に見ると、その一つ一つがどんな主題に基づくのかなどどうでもいいように感じた。

　この空間を支配しているのは、Kでもなければ、〈推定大鴉〉でもなく、Kの作品に内在する色彩それ自体だった。一見でたらめに見えるそれらの色彩は、無数にちりばめられることによって、独特の解放感を抱かせた。

　色彩の饗宴《きょうえん》にしばし目が眩《くら》みそうになる。あまりに長いあいだ壁面を見ていたせいで、色覚が狂い、大鴉にすら色がついているように見えてしまったくらいだった。

　やがて正常な視覚が戻ってきた。

　もう一度大鴉を見た。

　大鴉は窓から降りて床に倒れていた。

　いや――違う。

　さっきの大鴉ほどの大きさではあった。でも、わたしが見ているのはつい数秒前までそこにいたはずの大鴉ではなかった。

　何なのかわかった瞬間、わたしの意識は遠のいていった。身体が棒切れになったみたいに自由が利かなくなって、前方にふうっと倒れた。

　床に落ちていた物体は、黒いスーツを着た首なし死体だった。

倒れるとき、わたしは首なし死体の手の辺りの床面に、黒く変色した血文字でこう書かれてあるのを見た。

　　ソラカラフル大王

　コンクリートの床に激突せずに済んだのは、身体を何者かに支えられたからだった。その感触を最後に、わたしの意識は途絶えた。

　最後に考えたのは、〈あなた〉のことだった。Kの頭部を抱いて走る〈あなた〉の夢を見たときから、この瞬間が想定されてしかるべきだったのだ。

　けれど、わたしは〈塔〉に足を踏み入れてしまった。

　やがて——〈塔〉に広がる薄闇よりさらに深く濃い闇が、わたしの意識を覆った。

第二部

一瞬のユディト

二〇二八年一月／ヴェストヴォーゴイ

1

　この一週間、世界は過去に類を見ないほど非人道的で、血《ち》腥《なまぐさ》い展開を迎えていた。最新自動歩飛行型軍用人工知能である〈シー〉が、世界中を飛び回り始めたのだ。これはもともとGRRR社の開発途上にあったプロジェクトを、過去にその会社に属していた〈国際的連合〉科学技術庁長官のKが軍用マシンとして受け継ぎ完成させたものだった。

　まだ〈シー〉の姿を直接見たことはないが、〈シー〉は女性の容姿をしていて、海の上も、砂の上も、滑るように移動するらしい。

　いま、とてつもない速度で、各国に離散している日本人たちが彼女たちに捕らえられ、殺されている。〈シー〉は清掃機だ。センサーで目当ての人間を探し出し、殺す。それ以外のことは考えていないらしい。〈シー〉発動の報道を見てしまったものだから、ここ数日は絵画の研究どころじゃなかった。

　戦局も大きく変わった。世界各国で手段を選ばない地上戦が始まった。それまで味方だった国の間でも勢力図が変化し、日本を滅ぼしたように、無惨なまでの殺戮による国家解体が日々行なわれた。いまや、国家の数は以前の半分までに激減していた。〈シー〉の導入はその勢いをさらに加速させることになるだろう。

まるで人間とは名ばかりの獣の理こそが、真理の中央に据えられているかのようだった。あるいは、その流れはもうずっと昔から始まっていたのかもしれない。たとえば、十八世紀末に登場したギロチンは処刑を効率化し、大量殺戮を法の名のもとに可能にした。つねに知性を利用して獣性はその威力を拡げてきたのだ。

そして、ちょうど二〇一五年の頃から、世界は、ほぼすべての国で、知性が獣性に捻じ伏せられていったようだ。

世界は対話を放棄し、古くからある「戦争こそ平和」のロジックが各国で優先されていった。もはや戦争を嫌ってみせる建前すら必要がなくなっていったのだ。

二〇一〇年代に入ってからの中東におけるテロリズムと先進国の管理社会化は、一見正反対の方向に舵《かじ》を切っているかに見えるが、「人間性不在の闘い」へ舵を切ったという意味で、じつは両者はまったく同じベクトルを備えていたのだ。

そのことがはっきりしたのが二〇一五年だった。もっとも、当時の人々がそのように考えていたのかどうかはわからない。何しろ僕が知ることができる資料は『沙漠と青』だけなのだから。あれはノンフィクションの体裁《ていさい》をとっているが、そもそも科学者であるＫが画家として登場している点でかなり疑わしい。

現在——正確には四日前から、このロフォーテン諸島でもついに日本人狩りが始まったらしい。僕の島はまだだが、見つかるのは時間の問題だろう。

今ではどの国の人たちも口を開けば日本人の悪口を堂々と言い、見かければ虫けらでも見つけたように嬉々として殺しにかかる。おかげで僕は、片時もフェイスマスクを欠かすことができない。

——見てはいけないよ。

スワルさんはその報道を隠そうとしたけれど、うっかり見てしまった。十日前から僕は失踪したことになっている。でも、そんな嘘が〈シー〉に通用するはずがない。

古代から何度となく押し寄せた反ユダヤの波が近代にも押し寄せ、二十世紀に入り、それがナチスによる大虐殺に結びついていったように、今まさに日本人虐殺は世界中を席巻し、この世から日本人は抹殺《まっさつ》されようとしていた。その風前の灯《ともしび》が、僕なのだ。

母はどうしているだろう？

相変わらず母からは連絡がないままだ。たぶん、もう間違いなく、僕にも母にも終わりの日が近づいているのだろう。

だからこそ、絵の解読を急がねばならない。自分たちの未来を占うために。母とよく似た女性の写真が大量に貼られた三部作最後の作品『氾濫するユディト』の真意がわかれば、母を救うこともできるかもしれない。

タイトルにある〈ユディト〉は、『一瞬のユディト』の〈ユディト〉とイコールで結ばれるべき存在なのか？　それとも別個の存在？　疑問は次々に湧いて出るが、答えのほうはまとまる気配がなかった。

落ち着こう。やはり、二〇一五年の《ユディト事件》をはっきりさせなければ何も始まらない。そう思う一方で、こんな地味な作業をしていていいのかと逸《はや》る気持ちもある。

また想像の翼が広がりかける。

調査より想像こそが解決への近道ではないか、と翼は囁《ささや》く。

唆《そそのか》された僕は、あらゆる書物のなかに押し込められたイメージをゲンジツに変えて、そのなかを縦横無尽に飛び回って《ユディト事件》を未然に防ぎ、『氾濫するユディト』の意味合いそのものを捻じ曲げてしまおうかという気にすらなってくる。こういう妄想を始めると、僕は止まらなくなるのだ。慌てて母の歌を頭のなかに流す。

2

「ヒカル、タラ漁を手伝ってくれないか？」

スワルさんがお願いしてきたのは、朝食を終えて僕がそんなふうに想像の翼を広げかけたときだった。

「いいんですか？　だって、外には出てはいけないって……」

「なに、フェイスマスクは着用してもらうよ。それに、まだ朝五時だ。海には漁師しかいないし、今日はうちのスタッフが風邪で休むと連絡があったから、うちの船に乗るのは僕と君の二人だけだ」

どうして急に僕をタラ漁に誘ったりするのだろう？

おかしいな、と僕は思った。でも黙っていた。人がいつもと違うことを、さもいつもと同じさという態度で言ってくるときは危険だ、と教えてくれたのは母だった。

「ちょっと網の準備をしてくるよ」

スワルさんは家の外の倉庫へと向かった。彼はいつも網の管理に細やかに神経を使っている。まるで彼の神経が網のために存在しているのではないかと思われるくらいに。

その網でタラを捕まえる。でもこれは表向きの仕事だとスワルさんは教えてくれた。彼が本当に捕まえなければならないのは、べつのものなのだ。それは、巨大で透明な竜だそうだ。もうかれこれ何世紀も捕まらずにその巨大な竜は泳いでいるらしい。

もっとも、スワルさんが言っているのはたぶん何かのメタファーだろう。そうでなければならない。およそこの世にあるフィクションのなかでも、竜くらい陳腐で、嘘くさくて、子供じみた存在もないからだ。

――そいつを捕まえないかぎりは、ことの始まりと終わりすらはっきりとはさせられないくらいなんだ。僕はね、この竜が捕まえられないのは、理由があると思っている。たとえば、僕らの頭のなかにしか存在しない、とかね。

――僕たちの頭のなかにしか存在しない？

――いつかの国のどこかの文脈で、その竜は滅びてしまう。けれど、そいつを必要としていた僕らは、滅びてもなお、竜がいるものとして行動してしまっている。万能の竜が担っていた生産性と破壊性の両輪を代行するかのように、僕らは矛盾した二つのベクトルへ同時に疾駆《しっく》する。あらゆる生産的活動を推し進めながら、同時に破滅へと突き進むがごとく核兵器を生み出す。

――それが、竜のせいなんですか？

――僕はそう呼んでいるが、生き物ではなく現象だと考える人もいる。メエルシュトレエムと呼ぶ人も。

――メエルシュトレエム……。

その名に聞き覚えがあったのは、僕が直前に〈黒淵教授シリーズ〉を愛読していたからだ。そのシリーズでは、各話に必ずエドガー・アラン・ポオの小説が扱われているのだ。そうか、ここロフォーテンはエドガー・アラン・ポオのあの「メエルシュトレエムに呑まれて」の舞台ともなった場所――。僕はすっかりそのことを失念していた。

母の部屋にポオの本があるのかどうか、後で確かめてみよう。

僕は玄関脇にかけてある合羽《かっぱ》を着た。それからフェイスマスクを着用して一度部屋に戻った。ペーパーナイフを靴下の間に忍ばせた。このペーパーナイフはかなり刃先が尖《とが》っており、いざというときには護身用にもなる。

「十分後に出るぞ」

階下からスワルさんが言うのに、僕は返事をしてから歩きだした。ペーパーナイフの先端が軽くくるぶしに触れて痛い。ペーパーナイフを一度取り出し、包帯を巻いて直接皮膚に触れないようにして固定させた。

窓の外を女性が歩いているのが見えた気がしたのはその時だった。こんな明け方に、誰がいるのだろう？　そんなことをぼんやり考えてから、ハッと我に返った。

僕の部屋は二階にある。

身を起こし、カーテンの外を覗き見た。僕の目は間違っていなかった。髪の長い女性らしいシルエットが、直立の体勢のまま、空中をバルーンのような緩慢な動きでゆっくり移動していた。

とうとう、〈シー〉がこの島にも上陸したのだ。

二〇一五年十一月／東京

1

また――〈僕〉になっている夢を見てしまった。

時代設定が前回から変わっておらず、明らかに話は続いていた。ある夢がべつの日の夢とつながるという経験は、過去にも何度かあったけれど、これはまた特殊だ。何より、Kに前回と同じ科学技術庁長官という役職が振られているところに、夢の細かさを感じてしまう。

けれど、目覚めて最初に明確に浮かんできたのは、〈スワルさん〉という人物が網を編んでいる光景だった。わたしはその人物を知らないはずなのに、まるで知人が夢に出てきたような気がした。夢ではよくあることだ。知っている人間が、べつの役割を担わされる。ひどいときは、母が殺人犯になっていたりしたこともある。夢は、己のなかにある恐れを、己の知っている世界のパーツにごちゃまぜにして体現する。

二度の夢を通じて、わたしはこの〈スワルさん〉を知り合いの誰かがモチーフにされていると認定していた。でも、いくら考えてもそれが誰だったのかがわからない。少なくとも、いまのわたしの周囲に四十過ぎの男性で〈スワルさん〉のような雰囲気の人はいない。

誰でもないのか。ぼんやりと考えながら、目を開け、辺りの暗さに夜だなと判断しつつまた目を閉じた。何であれ、ここは現実の世界で、〈シー〉のような殺人マシンも存在しない。

そう考えつつ、何か違和感を覚える。いや、その違和感はもっと前からあったものだ。たとえばこの身体を横たえているベッドの感触。これはまったく肌に馴染まぬ初めてのもの。

つまりわたしは、わたしの部屋にいない。

もう一度目を開く。仄暗いなかで目が慣れるのをじっと待った。

最初に目に飛び込んできたのは、書物の海だった。地震で書棚が倒れでもしたかのように、本が無造作に置かれて海と化している。

書棚の上には木彫りの白鯨、白鯨より小さなボトルシップ、それともはや動いてすらいない懐中時計。

ここは――センセの家？

起き上がろうとして、下着しかつけていないことに気づく。

さっきまでＫのアトリエである〈塔〉にいたはずなのに。どんな経緯でセンセの自宅のベッドに、半裸の状態で横たわっているの？

「気が付いたか」

センセが台所のほうからやってくる。わたしは慌ててシーツを自分の身体に巻き付けた。

「……そういうことがあったのでしょうか？」

「そういうこと？　よくわからないけど、服を勝手に脱いだのは君だ。暑くなったんだろうな。コンソメスープ飲む？」

「本当ですか？」

「疑うのは信じるのと同じくらい無駄だと思わないか。フラットに考えろよ。俺は君が自分で脱いだと言っているし、君には記憶がない。なら、ひとまず俺の発言を是《ぜ》として、もし時間が経ってその仮定では矛盾が生じると思えば、そこで初めて疑えばいいじゃないか」

センセはわたしの顔をじっと見た。それから、まだセンセを疑う心があるのを見抜いたのか、大きく溜息をつく。

「Kの家に行ってみたら、君が倒れていた。だからタクシーでここまでどうにか運んできたんだ」

「どうしてセンセがK氏の家に？」

「君が編集部に戻って、富樫クンに俺のスランプの深刻ぶりを話せば、富樫クンはスランプ脱出のためにとKが黒淵教授のモデルらしいと話す。そこで、君はKから何か手がかりをつかもうと家に向かう、というところまで推測した」

「名推理ですね。ほぼ当たりです」

センセは首をすくめてみせる。

「編集部に電話すると、富樫クンが出て、果たして君がKの自宅へ向かったことを教えてくれた。いやな予感がして俺もKの自宅へ向かってみることにしたら、君が倒れていた」

センセの説明には一応の整合性があった。少なくとも、記憶のない人間よりは、論理の網が編まれている。

網――またわたしは夢のイメージを現実に引きずっている。窓の外を見る。ここも二階だ。ただし、空中を移動する女性のシルエットはない。

「……すみません。助けていただきありがとうございます」

「棒読みだな」

「ふだんからこういう喋り方です。それより、センセもご覧になったんですか？」

「何をだ？」

「K氏の……、首なし死体ですよ」

「首なし死体だって？」

「ええ」

センセは心底意外なことを聞いたとでも言うように、片眉を吊り上げつつ鍋を火にかけた。

「夢でも見てたんじゃないのか？」

「私自身、にわかには信じられないんですが……夢じゃないと思います。あれは間違いなく黒いスーツを着たK氏の首なし死体です」

「首がないのになぜKだとわかる？」

「K氏の自宅兼アトリエですし、黒いスーツ姿はK氏のトレードマークのようなものです」

「ふむ」

センセはコンロの火を止め、二つのカップに均等にスープを注ぎ入れた。それから戻ってくると、ベッドの脇にあるナイトテーブルに置いた。そことベッドの上だけが書物の海の浸食を受けていない。まるでノアの方舟《はこぶね》のように。

コンソメの香りが、空腹であることを教えた。キャベツとベーコンのコンソメスープだった。ブイヨンが効いていて、身体の芯まで温まる。

「しかし、俺が着いたときには何も……いや、一つだけおかしなところがあったな。床に赤い絵の具でメッセージが書かれていた」

「それですよ。絵の具じゃなくて血なんです。わたしが見たときはその傍《かたわ》らに首なし死体があったんですから」

「たしか、〈ソラカラフル大王〉とあった。なんであそこにノストラダムスの大予言の一節が書かれていたのかはわからないが」

「ノストラダムス……それってセンセが二〇〇〇年をテーマに書くって言っていたときに話に出てきた例の予言者ですよね？」

「ほかのノストラダムスを知らないね」

偶然とは思えなかった。センセにとっては今が初めての「偶然」でも、わたしはこの二十四時間ほどのあいだ、何度も夢が現実に重なる奇妙な経験をしていたのだ。

「K氏は何者かに殺され、その何者かが第一発見者に向けてノストラダムスの予言を記したんじゃないでしょうか？」

「君に向けてか？」

「わたしとは限りません。わたしがあそこを訪れたのはイレギュラーなことだったわけですし。たとえば、センセに見せるはずだった可能性も」

「俺に？」

「センセが予言の効力が失われた二〇〇〇年をテーマに小説を構想し始めた途端に、ノストラダムスの予言の一節をメッセージに添え、黒淵教授のモデルであるK氏を殺す。どう考えてもセンセに向けて誰かがメッセージを発信しているとしか思えません」

センセは何ごとか考えるふうに黙り、書物の海に視線を這わせた。わたしはスープのキャベツをスプーンなしで食べる方法について考えながら、彼の次なる言葉を待った。

「わからないな。なんで俺が第一発見者になると予測できる？」

「センセが新作を構想したときから、もしかしたらこの事件が起こることは運命づけられていたのかもしれません。思い出してください。どんな些細なことでもいいんです。きっとこの事件は、センセのスランプとも関わっているはずです」

「落ち着けよ。君が服を脱いだ記憶がないように、俺も死体を見ていない以上、君の仮説にまだそれほど乗り気じゃないんだ」

「センセは言いましたよね。『消えたものは、もう元には戻らない』って。何が消えたんですか？　それはK氏と関わりのあることではないんですか？　というか、もっと言えばK氏の奥様と関わりのあることではないんですか？」

「……どこで仕入れたネタなんだ？」

　やはりセンセはKの妻との間に何らかの言葉にならざるこだわりがあるようだ。そして、それがスランプにもつながっている。

「信じていただけないかもしれませんが――このところわたしは立て続けに妙な夢を見るんです」

「夢だって？」

「ええ。いくつかあるのですが、そのなかの一つに、物語のナレーターになっている夢というのがあって、そのナレーターが追っているのは〈あなた〉と呼ばれる人物なんです。〈あなた〉はどうやらK氏と婚姻関係にあったものの、現在はべつべつに暮らしています。そして、彼女はセンセとのことでどうも何かあった気配を漂わせていました」

　センセはスープをゆっくりと飲みながら、わたしの目をじっと見た。頭がおかしくなったと思われても仕方のない話だった。だが、センセは静かにうなずいた。

「なるほど。君が現代の巫女《みこ》さんというわけか」

「馬鹿にしているんですね？」

「俺は人を馬鹿にしたりはしない。一つでも多く情報が提供されるなら、まずはそれを受け入れ、次に精査する」

　センセは立ち上がった。

「話を続けるのはいいが、早く服を着ろ。そろそろ襲う頃合いだ」

「……どういう頃合いですか」

　わたしは服を探し始めた。センセは背を向けた。ぼんやりと書物の海でも眺めているのだろうか。風ひとつ吹かないその海は、穏やかでそしてかぎりなく雄弁に何かを語ろうとしているように見えた。

2

　シャツもスーツも、布団のなかに押し込んであった。暑くなって自分で脱いだというセンセの話に嘘はないようだ。わたしが服を着たことを告げると、センセはようやくこちらを向き、話を再開した。

「君の夢の話に、ある程度の信憑性を感じている理由は二つある。一つには、彼女との関係について今まで誰にも言ったことがないから。それと、俺自身も彼女にまつわるちょっとした夢を見ていたから」

「センセもですか？」

「と言っても、彼女そのものではなく、彼女をモデルにした〈付き人〉のほうなんだが」

「その夢、わたしも見ているかも知れません」

　わたしたちはそれぞれの夢の断片を口にした。そして、たしかにそれらの断片が一致していることを確かめる。

「付き人の身に起こりつつあることと、リアル付き人に起こりつつあることには関連性があるのでしょうか？」

「そんなこと、俺にわかるわけがない」

「ですよね」

わたしの思考は記美へと帰っていく。記美のなかにかつてあったストイックなものと同じ匂いを、夢のなかの付き人に、そしてリアル付き人である〈あなた〉に感じ取っていたからだ。

わたしがセンセの本を読んで〈付き人〉に魅力を感じたのは、記美の存在があったからなのかもしれない。

記美との関係は失われて、明確な個人への愛は消え、ぼんやりとした〈かつての記美的なもの〉のイメージに変わりつつある。だから、わたしは夢のナレーションを通じて〈あなた〉に興味を抱いている。

「話を現実に戻しましょう。センセが最後に〈塔〉を訪れたのはいつだったんですか？」

「四年前だ」

「親しくされていたのではないのですか？」

「男同士なんかそんなものさ」

「でもそこには深い理由がある。違いますか？」

センセは何も言い返さず、下唇に指をあててとんとんと叩く。思考をめぐらしているときの黒淵教授と同じ仕草を無意識にとってしまっている。

「質問を変えましょう。わたしの夢で見たとおりにＫ氏はご結婚されていたんでしょうか？」

「九九年にしている。学生結婚だった」

夢のナレーションと一致する。わたしの夢は現実とリンクしていた。おかしなことが起こっている。昨日の夜、記憶がなくなるまで飲んだあたりからその感覚はずっと続いている。

現実を夢で再構成する日常から、夢に導かれる日常へ。あまりに大きすぎる状態変化ではないか。非現実的すぎる。

けれど一方ではこうも考える。記美が正義を単純化してとらえるkimiに変わったという変化だって、考えようによっては信じがたい、非現実的な変化だ。夢が現実に先行するようになるくらい、大した変化とは言えない。

「結婚の翌年である二〇〇〇年、Ｋ夫人との間に何があったのですか？」

今度はさっきよりも長い沈黙があった。たぶん、わたしがどこまでを「見て」しまったのか考えあぐねているのだ。やがて、センセは静寂に線を引くようにして沈黙を破った。

「夏目漱石の『こころ』を読んだことがあるか？」

わたしは身を乗り出すと、慎重に頷いた。

3

「たしか、〈上〉では〈私〉と〈先生〉の交流を通して、〈先生〉の意味深な言動が描かれ、〈中〉では〈私〉が父親の危篤《きとく》で帰省します。そこへ長い手紙が届き、〈私〉は〈先生〉の自殺を予感して東京に戻るのです。そして〈下〉は〈先生〉の手紙。友人〈Ｋ〉が恋している女性を、〈先生〉が横から掠め取るようにして結婚してしまう。その結果、友人〈Ｋ〉は自殺をしてしまう」

「よく覚えてるなぁ、さすが若い」センセはとくに感心しているふうでもなく言って、ココアシガレットをくわえた。

「編集者ですから。いわば、〈上〉が〈先生〉という大いなる謎の提示、〈中〉が〈先生〉が死ぬかもという〈事件〉の発生、そして〈下〉は〈先生〉の手紙。作中人物の語りというメタフィクションの構造をとっている。結果として、その手紙は現在の〈先生〉を取り巻いている謎を解明するだけでなく、〈先生〉と〈私〉の関係を解き明かすことにも繋がっているわけですよね」

　センセはポキンと音を立ててココアシガレットを半分ほど食べると、わたしの言葉に口笛を吹いた。

「そこまでわかっているのなら、話は早い。要するに、俺は略奪しなかった〈先生〉なのさ」

　短い言葉ながら、それはおよそ関係のあらましを言ったに等しかった。そして、それは夢のナレーションとも一致している。

「俺と彼女とは言葉には決してならない、誰にも触れることのできない領域を共有した」

「誰にも触れることのできない領域……」

　同じことを、わたしが夢でナレーションしていたことを思い出す。どうやら現実が、夢をなぞっている。

「恐らくは意識みたいなものだ。俺と彼女とは同じ意識をもち、同じイメージを共有した。俺たちは電子音楽機器が情報を共有し合うみたいに、同期したんだ」

「同期ですか」

「あるいは、同じ池から水を汲《く》んでくる感じさ」

　池。その言葉で、わたしは夢の細部を思い出す。

「池……そうですよ、池の話を彼女にしませんでしたか?」

　センセは苦笑まじりに頷いた。

「そう、池の話をした」

「やっぱり……」

「漱石のメモ書きに〈池はある。だが、鯉がいるかはわからない〉という一節があってね。それを読んだ瞬間に俺のなかにその池が生まれた。大学キャンパス裏の庭園でぼんやり座っているときに、俺が〈今日は水面が穏やかだ〉と言ったら、彼女が〈ええ、亀がいる。二匹〉と答えた。それで、同じタイミングで同じ池の水を汲んだことがわかった。そのとき彼女に言わなかったことがある。その池には〈竜〉がいるんじゃないかと妄想していたんだ。〈竜〉が鯉を食べてしまっていれば鯉はいないし、〈竜〉が食べていなければ鯉はまだ生きているのかもしれない――漱石の禅問答に自分なりの回答を出して遊んでいたのさ。そしたら、彼女が亀が二匹いると答えた。それで、そうか、この池にはもう〈竜〉は住んでいないのか、と気づいた」

「なぜ〈竜〉は住んでいないのですか?」

「死んでしまったからさ。竜が生きていたら、亀が呑気《のんき》にいるとは思えないだろ。つまり、俺たちは竜のかつて住んでいた池を共有していたんじゃないかと、まあそんなことをつらつら考えていたわけだ。そのあとさ。彼女が俺と距離を置こうとし始めたのは。急に態度がよそよそしくなって、二度と自分の前に現れないでくれと言った。言われたとおりにしたよ。そして、そのときから〈幻竜〉に書かされるようになった」

「〈幻竜〉というのはその時に生まれたメタファーだったんですね?」

　あの時は、その場で作ったたとえ話かと思っていた。

「たしかにこれはメタファーだ。でも、一度考えたことは現実になってしまう」

センセはココアシガレットを嚙み砕《くだ》き、冷凍庫から氷を取り出して、グラスに入れると、なみなみとウィスキーを注ぎ始めた。

「今日はもう帰れよ」

「いえ、まだお聞きしたいことがありますので帰れません。〈ソラカラフル大王〉というメッセージは、センセに二〇〇〇年について思い出させようとしているとは考えられませんか？」

「二〇〇〇年のことは忘れろと言いたいのかもしれない」

「ええまったく。現在のところどちらとも考えられます。いずれにせよ、そのメッセージはＫ氏の〈塔〉で、Ｋ氏の首なし死体に添えられていた。となれば、Ｋ氏とセンセ、それに〈あなた〉に深い関わりのある何者かが書き残したと考えるべきでしょう」

「俺たち三人のほかには誰もいない。この神話はたった三人でスタートし、三人で終わる。まじりっけなしだ」

「ならば、発信者は〈あなた〉ということになります」

わたしはまだ、夢のなかでは〈あなた〉が犯人と思われたことは話していなかった。

「もし〈あなた〉がメッセージを発信しているのなら、そのベクトルはまっすぐにセンセに向けられていることになります」

「いまさら前世紀の予言を俺に届けてどうする気だ？」

「その〈いまさら〉を新作のテーマに据えようとしているのはセンセじゃないですか。つまり、〈あなた〉はその新作について何かを伝えたいわけです」

「書け、もしくは、書くな、だな。これで万事解決だ。あとは家に帰ってゆっくり休めよ」

センセは投げやりに言って、わたしを玄関に送り出そうとした。だが、こちらにはまだ用事がある。

「掃除してから帰ります」

「必要ない。すべて正しい配列なんだ、崩されると困る」

「そのセリフ、〈黒淵教授〉に出てきますね。いくらK氏をモデルにしていても、その隙間からセンセの本来の性質が入り込むものなんですよ」

「ミズ・ノストラダムスはよくしゃべるらしいな」

センセは特大の溜息をついてから、観念したようにグラスになみなみとウィスキーを注ぎ足した。

グラスのなかで、不定形な氷がからんと心地よい音を立てた。

4

食器を洗い出す。ぎっしり水垢のこびりついたシンク。これが銀色の光沢をもっていたとは信じがたい。イメージしよう。帰るときにはシンクが銀色の光沢を放っているところを。イメージこそ現実。その頃には、目の前の現実は過去になる。

わたしはスポンジに洗剤を振りかけた。家でやるときより、少し多めに。それから、食器をつかむ。どんなに大きな山も、手をつければ少しずつ小さくなっていく。

「センセのメタファーに沿って話を進めるならば、センセが二〇〇〇年をテーマに書こうとしながらもまだ書けずにいるってことは、〈幻竜〉の〈幻脳〉にコネクトできていないということですよね？　何が原因かはわかりません。でも、漱石が例の〈池〉にまつわるメモを残した時期のことを調べていけば、もしかしたら脱出の糸口がつかめるかもしれません。そのメモはいつ頃書かれたものなのですか？」

「たしか漱石がロンドンにいた頃だ。一九〇〇年。日本は一八九五年の日清《にっしん》戦争での勝利以来、脱亜入欧の精神がたくましくなっていた。必死に西欧の仲間入りをしようとする日本人の姿に辟易《へきえき》していた漱石が、留学してロンドンの限界を直視しつつ、これからの日本に必要な言葉を考えている。そのさなかのメモ書きと考えていい」

「書く行為自体の比喩なんでしょうか」

「比喩としてとらえるより〈池〉そのものとして捉えたほうがいいのかもしれない」

「〈池〉そのもの……」

「たとえば『星の王子さま』のなかで王子が箱のなかにいる羊を想像するとき、その羊が薔薇を食べてしまわないかと気にしている。漱石は、当時すでに鏡子《きょうこ》と結婚していたが、心のなかには亡くなった兄嫁の登世《とせ》がまだいたはず。その登世を〈鯉〉にして、見えない〈池〉で飼っていたかもしれない。だが、その〈池〉に〈鯉〉を食べてしまうような者がいれば、〈鯉〉がいるかどうかはわからない」

「頭が痛くなってきましたね。メタファーに次ぐメタファーで足場を失いそうです」

　一九〇〇年にさかのぼっても、そこにはまたべつのメタファーがある。どこまでさかのぼっても「目に見える」真実なんてものは出てこないのではないか、という気がしてきた。

「そう難しく考えなくてもいい。君がメタファーだと言いたいならその図式にのっとって話そう。〈池〉を死のメタファーだとしてみたらどうだ。かつてはともに〈池〉を見る側＝生者だった二人だが、今は見る側と、見られる側＝〈池〉の中の〈鯉〉とに分かれている。死者と生者の時間的距離は、離れていく。なにも肉体としての死に限らず、精神的にある時間を共にした者と道が分岐してしまえば、片方にとってもう片方は死者だ」

その言葉に虚を突かれた。わたしにとっては記美がそうだ。記美からkimiへ。わたしたちの距離はどんどん離れていく。そうなると、いくら記憶を大事にしていても、いつの間にか在りし日の記美の輪郭すらぼやけてくる。〈鯉がいるかはわからない〉状態になる。

「納得です」

「じつはさっき見た〈黒淵教授〉の新作の夢にはタイトルがあって……」

「『泪のアルゴリズム』、ですね？」

センセはお手上げといったふうに手を挙げつつ、頷く。

「その『泪のアルゴリズム』を言語化していこうと考えていたんだ」

「え……『泪のアルゴリズム』を本気で……？」

言葉を失った。夢のなかの〈あなた〉がそのあるはずのない本を電車のなかで読んでいたことを思い出したからだ。

つまり——夢はただ現実を先回りして見せているのではない。その夢は、ほんの少し歪みを伴っている。

「付き人はあの後どうなるんでしょう？」

「さあ。だが、とにかく俺がついさっきまで書いていた原稿では、舞台が変わって二〇〇〇年のネゲヴ沙漠で話が進行している。そこで語り手となるのは、付き人じゃなくて、今よりずっと能力の低い人工知能の〈シー〉。だが……君がＫの〈塔〉で死体を見たという話を聞いてどうしたものかと悩んでいる」

「……どういうことですか？」

「まあ、読んでみろよ。この原稿だ」

センセはノートパソコンでCtrlキー＋Pボタンを押し、最後にEnterキーを中指でトンと叩いた。プリンタがうなりながら出力を始める。一枚一枚出てくる紙に印字された原稿の文字を斜めに読みながら、わたしは眩暈を起こしかけた。

たった今受け入れかけていた現実が早くも崩壊しつつある。わたしは夢における予知能力を得たのではない。いまセンセが書いている原稿のことを、どういうわけかすでに熟知しているではないか。夢に見たわけでもなんでもなく、ただ知っているのだ。

あるいは、夢自体、知っていたから見ただけなのかもしれない。つまり、予知夢を見たのは、そもそもわたしが未来を知っているからこそ見られるということなのか。

舞台は二〇〇〇年のネゲヴ沙漠。そこにある〈タワー〉と呼ばれる研究室で起こった殺人事件。書かれてあることは予想どおりで、なおかつこの現実世界とあまりに密接にリンクしてもいた。

「これを書きながら、急に妙な胸騒ぎがして、出版社に電話をしたら、君が月島へ向かったというから急いで飛び出たんだ」

「それじゃあ……この原稿は、わたしが首なし死体を目撃する前に存在していたんですね？」

「そういうことになる。だから困ってる」

虚構の世界における〈事件〉が、現実を衝き動かしているようだった。しかも、その虚構を、わたしは書かれる前からすでに知っている。わたしに何が起こり、世界に何が起こっているのか。それとも、これらはすべてまやかしで、わたしの頭がどうかしてしまっただけなのか。

「君の話が本当なら、Ｋの親友としてはこんなものを世に発表するわけにはいかない。やはり企画はもう一度考えなおすことにして……」

けれど、わたしは首を横に振った。原稿を読み進めるうちに、ある確信を抱いた。それは、わたしもセンセも、もう引き返せない船に乗っているということだった。

「このまま書き進めてください。わたしはセンセがこれから書く原稿を知っています。はっきりと文章を口にすることはできませんが、読めば知っていることがわかります」

「曖昧な記憶だな」

「ええ。実際、曖昧な記憶みたいな感じなんです」

妙なものだ。平凡極まりない新米編集者にある日突如予知能力が備わってしまった。しかも漠然とした、曖昧な記憶みたいな能力でしかないため、災厄を未然に防ぐことすらできないなんて。あまりに無意味にすぎる。無意味なミズ・ノストラダムス。

「センセの生み出す文章――センセのメタファーに沿って、この原稿を〈幻竜の卵〉としましょうか。この〈幻竜の卵〉の中にいる〈幻子竜〉からの指令を受け取った現実の世界の誰かが、センセのいまだ存在しない作品を現実化しているのかもしれません」

「……彼女が事件に絡んでると君は言いたいんだな？　それは、君がナレーターで彼女がＫを殺したところを見たということか？」

「わかりませんが、彼女――〈リアル付き人〉がＫ氏の頭部をもって逃走しているところを、わたしははっきり記憶しています。彼女は今東京のどこかに身を潜めているはずです」

「彼女が東京に？」

「ええ。〈リアル付き人〉は長いですね。〈リアツキ〉にしましょうか」

「名前なんかどうでもいいだろう。だいたい、〈リアツキ〉じゃ、月の後ろみたいでおかしい」

「リア＝後ろってことですね。ではいっそツキノウシロさんにしましょうか」

「……何でもいい。しかし、そもそもこんな話をしていても、単に君が何かの置き物と首なし死体を見間違えただけかもしれないんだぜ？　それに、成人男性の首を女性がカットするのは難しい」

「かもしれません……でも、とにかくツキノウシロさんを探しましょう。この殺人の背景には必ず何らかのかたちで彼女が関わっている気がするんです！」

「彼女は福島のはずだ」

「きっと戻ってきているんですよ」

「何を根拠に……」

「ミズ・ノストラダムスに根拠は要りません」

　センセは溜息をつきながらパソコンに向き直る。そして、ながら作業をするつもりか、脇にあるテレビの電源も入れた。

「まあいいさ。俺は書くだけだ。そして君は書けと言った。なら、邪魔せずに帰ってもらおう」

「そうします。わたしにもほかに案件がどっさりありますので」

　そんなやりとりをして玄関へ向かいかけたときだった。

　テレビのほうからこんな声が聞こえた。

《今日午後四時頃、月島にある画家Ｋさんのアトリエ付近で、Ｋさんの頭部らしきものを持ち去る女性の姿が目撃されました。通報をもとに警察がＫさん宅を訪れましたが、Ｋさんは不在でした。目撃者の証言によると、女性は頭部を鞄にしまうと、そのままタクシーに乗って逃亡したということです。目撃者は近隣の住民であり、Ｋさんの妻に似ていたようだ、とも話しています。警察は女

性の身元の特定を急ぐとともに、Ｋさんの行方を捜索中です。次のニュースです。内閣は……》

「やっぱりツキノウシロさんは戻ってきているようですね」

「らしいね」

　わたしとセンセはしばし顔を見合わせていた。警察に証言する必要があるのだろうか？　死体が移動された時間のヒントになるかもしれない。だが、心のなかで待ったがかかる。もし逃走している女性がツキノウシロさんなら、センセは自分たちが警察に証言することで彼女が捕まることを望まないかもしれない。

「どうします？」

「さっき言ったとおりさ。俺には書くことしかできない。君に頼みたい。彼女を探してくれないか」

「……わかりました」

　作家の悩みを取り除くのも、担当編集者の使命だろう。わたしは力強く頷いた。

5

　出版社へ向かうタクシーで、わたしはスマホのツイッターのアプリを開き、kimi のタイムラインをチェックした。

〈首もって逃げるとか、ユディトかよ〉

　早くも、Ｋ氏の夫人の逃走事件に反応している。

　ユディト——その意味するところについてわたしはしばし考える。たしか旧約聖書に出てくる女性の名だ。敵将の首を切り落とし、自分の村を守った女。はて、そんな知識があるのはなぜだ、と考え、これも夢で得た知識ではなかったかという気がした。あるいは、夢の元となる現実の何かなのか。

しばらくツイートを待つ。

何人かが彼女のツイートをリツイートし、お気に入りに登録する。

やがて、また次のツイートが投稿される。

〈でも首抱えて走って逃げてるってラグビーみたいｗｗｗｗみんなでつかまえちゃお？　殺人犯に人権なんてないし。サバクのみんなで八つ裂きにしようよ〉

そのツイートは見る間にリツイート数が伸びていく。〈殺人犯に人権なんてない〉という格好の言い訳を手に入れた者たちが、いっせいに覚醒したかのようだ。その数字自体が、この国のかたちでもあり、狂気の一部を示す指数でもある。

わたしはツイートを投稿する。

〈殺されていい人間なんているの？〉

このつぶやきは誰もいない壁に向かって話しかけたようなものだった。けれど、またしてもすぐに反応があった。コメントをつけたのは、kimi。

〈いるよ。たくさん〉

心臓が、きゅっと締め付けられる気がした。怖さでも悲しさでも虚しさでもなくて、でもそのすべてでもあるような正体不明の感情が心臓を圧迫しているのだ。

わたしはアプリを閉じて、街並みをぼんやり眺める。この街のどこかにツキノウシロさんは隠れている。そして、たった今、kimi のツイートによって、ツキノウシロさんを殺そうとする輩《やから》が立ちあがった。

急がなければ。

だが、あまりに興奮しすぎた脳を鎮めるかのように、眠りがまた訪れた。スリープモード。今度の夢には驚かされなかった。それはさっき読んだばかりのセンセの原稿そのままだったからだ。ただ、なぜこうも細部まで記憶し、夢という場で再現できているのかはわからなかった。

わたしは、「わたし」から「私」になっていく。それがこの世界における語り手《ナレーター》だから。やがて、意識が遠のき、風景が薄いベージュ一色に塗り替えられていく。

私は——戦闘服を着て、沙漠に立っていた。

『泪のアルゴリズム』

二〇〇〇年五月／ネゲヴ沙漠

1

「そろそろ君のことを教えてくれないかな」

〈王子〉はにっこりと微笑む。黒いスーツがよく似合う四十代の男性だ。髪はまだ中年の域にありながら白く輝き、黒い瞳はこの世界の果てまでよく見渡せそうだった。

　とてもゆっくり話してくれたから、私はどうにか彼の言ったことを理解できた。私の聞き取り能力は、まだとても低い。私がアイマスクをしているのは、リスニング能力を高めるためである。目が見えないわけではない。むしろアイマスクによって認識すべき情報が絞り込まれ、クリアになる。私の視覚は人間のそれとはシステムが異なっているのだ。

　私たちがこうして沙漠を散策するようになって、今日で三日経った。〈王子〉はいつも杖をついてゆっくり歩く。

「私は顔ロボットと二足歩行型ロボットを融合させ、そこに音声認識システム、音声応答システム、顔認識システム、地図案内システムを搭載したロボットで、名前を〈シー〉と言います」

「ロボット？　それは、カレル・チャペックの短篇に出てくるような？」

「カレル・チャペックさんの情報はありません。単語は三百も理解できます。七百種類もの豊富な返答しかできないのです。エークセレント。七百種類の返事の基盤となっているのは、サン＝テグジュペリの『星の王子さま』などの文学テクストです。なるべく平易で、誰にでもわかりやすい言葉を用いた教科書として、これらの本が選ばれました。この世界の果てしなさに対して、私はあまりにも限られた存在です」

「じゃあ幸せだ。博士にも愛されているようだし」

「もちろんです。愛されないことは死に等しい、ですよ」

〈王子〉はその言葉に微笑む。

「それに有限と言っても七百の返答なんて大したものじゃないか。僕の薔薇なんて四つの棘《とげ》しか……」

〈王子〉は頭を抱えた。私にはすぐにそれが『星の王子さま』からの引用であることがわかった。もちろん。的確に。彼は苦しそうに見えた。人間の表情筋の動きには四十四種類あるという。眉間や口元の筋肉の動かし方から、彼が苦しそうなのだとわかる。

けれど顔認識による情報を音声応答認識に変換するのは難しい。一度見た人間の名前を記憶することは簡単だが、表情から何かを読み取るのはとても難しいのだ。

「今はいつ？　ここはどこなの？」

彼は年齢よりずっと若い話し方をする。たぶん、〈王子〉だからだ。

「現在は二〇〇〇年五月二日午後二時三十四分。現在地は、ネゲヴ沙漠、スデ・ボケルから北東へ五キロ、〈ネゲヴ沙漠ＧＲＲＲ特別研究施設〉から三百メートルの地点です。気温は二十九度から三十度へと上昇中。ネゲヴでは注目に値しない数値です。ご安心ください」

この土地は乾いた硬い土がどこまでも水平に続いている。Kは先日、「ここはネゲヴ沙漠だよ」と私に教えた。沙漠という単語に私は反応する。私が知っているのはサハラ沙漠だ。『星の王子さま』に登場するからだ。

私の足は沙《すな》の上をスライドする。ネゲヴは歩行には適さない。乾いた土は脆《もろ》く、摩擦を起こしにくいのだ。

枯れた短い草木《ステップ》の合間に点在する、土地に起こった気象の歴史を記憶したいびつな形の岩々をよけながら進んでいく。たぶん、それらの障害物が〈岩〉なのだろうと予測しながら。

私は草も木も岩も知っている。だが、それは言語認識でしかなく、視覚情報として処理するには至っていない。物体のフォルムから大ざっぱに草木か岩かに分けているだけだ。もしも視覚情報と認識を結び付ければ、一つ一つの形状が違いすぎるため、私はそのたびに混乱することになるだろう。もっとも、言語情報だけでも私はよく混乱する。

混乱を阻止するのはもっぱらKの役目である。Kは私に世界を手ほどきする。ごらん、シー、あれも岩だよ、根元のほうが削れているのは風の通り道だからなんだ、といった具合に。

足の裏には小さなローラーが装着されていて、大地の曲面をなだらかにしながら前進する。走行距離の分だけ、環境情報を摂取していくことになる。

無限に広がる地平に対して、私は地図を作成しない。行動パターンは次の六つ。

〈テクストの引用に則って動く〉〈大地を伝って移動する〉〈一定数以上のダメージを被る場合にはランダムシフトする〉〈作曲をする〉〈歌う〉〈殺傷行為の情報を収集する〉

この六つの基本的アルゴリズムによって構成されている。

この地では殺人が多い。私はそれを記録するように言われている。理由については知らない。

——Kはときどき、ほかのスタッフに私のことを〈彼女〉と言いますね。私はロボットです。彼でも彼女でもなく、〈それ〉です。

私がそう指摘したとき、Kは「そう、今の音を忘れないで」と言った。「今のがCのフラットだからね」。Kは音感にうるさい。自分でもときどき自室でピアノを弾いている。昔はピアニストや画家を目指そうと思ったりしていたらしい。

——君の外見はね、人間の女性に似せてあるんだ。沙漠では女には、男の喉の渇きを潤すか、死かの二択がつねに待ち構えている。男は女を人間として見ていない。女は沙漠に埋もれた水瓶であり、中に水があるかを確かめ、なければ叩き割る。水があれば、飲み干してから叩き割る。それだけの代物《しろもの》に過ぎない。

——よくわかりましたよ、もちろん。

私に長い文節で話しかけると混乱する。そして、混乱を悟らせないために定型文〈よくわかりましたよ、もちろん〉を発動することになる。気にせずKは続けた。

——つまり、君は危険を引き寄せる外見として作られている。

——よくわかりましたよ、もちろん。

今度は本当にわかっていた。十回に一度は本当にわかっていてもこう発言するように仕組まれている。

「そろそろ研究施設に戻りましょうね」

「いいよ」

〈王子〉が沙漠に降り立ったのは数日前のこと。それこそ、『星の王子さま』の王子のように、唐突に、何の前触れもなく、現れた。誰も認証キーなしには入ることのできないはずの研究施設の中に現れたものだから、研究員たちは驚いた。一人、Kだけは冷静に対処し、彼に丁寧な尋問を行なうよう、私に依頼した。

――羊は知っていますか？

――知ってるよ。

――羊の絵を描いてください。

――いいよ。

そして、〈王子〉は箱の絵を描いた。

――このなかにいるのですね。たいへん上手です。

こんな感じだ。

その結果わかったのは、彼の自己認識がほぼサン＝テグジュペリそのものだということだった。私がそう報告すると、Kは笑い、とにかく彼に付き添い、観察し続けるようにと指示を出し、初期目的を〈なぜ彼はここへ来たのか〉に設定した。

シリアル処理タイプのＡＩである私は、〈どうやってここへ来たか〉を並列処理することができない。だからひとまず〈なぜ〉の解明が私のマストであり、その解明に向けて地道に一つずつ可能性を虱《しらみ》潰しにしていく。

「そうか、ここは二〇〇〇年なんだね。生きている。生きている」

「生きている？」

「そう。生きている。僕も君も。それはとてもすばらしいことなんだよ」

「生きたことがないので、その質問には答えかねます。すべては御心《ラーツォーン》のままに」

定型文。私は必要に応じてそれらのイディオムを用いればよい。使用ミスは多々想定されているが、エラーを認識し、改定していくことがより重要である。

研究施設が見えてくる。研究員たちが〈タワー〉と呼ぶ四角くて、白一色の愛想のない建物だ。四階建てで、三階までが研究施設、四階からは各研究員のプライベートスペースになっている。外から見た感じは、それこそ羊の入っているだけの箱みたいに見える。

〈タワー〉には常時十名の社員と、三名の現地スタッフがいる。研究施設へ戻ると、〈王子〉はあくびをした。

「僕、もう眠たいよ」

「それではお眠りください」

「うん。お休み。●!” #”)#)EE=E」

〈お休み〉のあとに彼が言った言葉を、聞き取れなかった。

ただそれを受け入れたのだ。

鍵穴に鍵が差し込まれるがごとく、カチリとその言葉はハマった。それは、人が〈名前〉と呼ぶものであった。私にも名前はある。〈シー〉。だがそれは記号であり象徴である。人間の名前とはいささか性質が異なっている。

ドアが閉まった。〈王子〉は彼に与えられた一室に戻ったのだ。

2

「お帰り、シー」

振り返り、そこにKを認めた。白衣を着た男。

「ミッションはどうだ？」

私を造った男。この地に勤務する本社スタッフは皆本名を隠し、イニシャルのみを与えられている。日本人ということ以外はわかっていない。

「まだ未達成ですよ。申し訳ありません」

Kは片眉を上げて皮肉っぽい表情を作る。

「ミッションのことはいい。君は発展段階であり、失敗も成功もすべて経験値として蓄積されている。その意味ではあらゆる失敗は成功なのだよ」

「リョカイ。私はミッション失敗という名の成功をしました」

「わかったことを報告してくれるかい？」

私は最新の情報をKに伝える。

「〈王子〉は今が二〇〇〇年であることを理解していません。そして生きていることはすばらしいと考えています」

「なるほど。本人は一九〇〇年にフランスのリヨンで生まれたと言っている。現在のところ、実年齢を測定する装置は存在しないから、本人の発言を信じるしかない。まあ百歳には見えないがね」

「私は彼が好きです」

「人工知能が好感をもったのかい？」

「好感ではありません。恋です」

Kは私の言葉にしばし黙った。

「君は誰にも恋などしない。混乱が生じているようだ。あとでシステムチェックをしてみよう」

「私は〈王子〉を愛しています」

Ｋは「まあまあ」と私を宥《なだ》める。「はっきり言って、現在、ＡＩの技術は袋小路に迷い込んだと言っていい」とＫは言った。私の言葉への回答の体《てい》を成していない。だが、回答の前段である可能性は残されている。私は言葉を待つ。「だが、これは長期的な袋小路ではない。我々の見通しでは近い将来抜けるはず。その抜け道として、今回のプロジェクトは欠かすことができないものと考えてほしい。期待しているよ。きっと今週中にはいい成果が出るさ。あの〈王子〉は恐らく人間として少し壊れかけているわけだが、それは言い換えれば、君と非常に近い存在だということだ」

私はまだ人間とは程遠い。何しろ表情は六種類しかなく、その六種類もＫが決めたようにしか発動されない。Ｋが作ったアルゴリズムにのみ従って、笑い、泣き、怒り、悲しむ。すべてはＫ次第。

でも、Ｋが指示していないことが一つ。私は〈王子〉を愛している。私は〈王子〉を〈愛している〉の箱に入れてしまったのだ。一度入れたものは簡単に出すことはできない。

「ふつうの人間の謎を解析するよりは、よほど簡単なはず。ただし、君が誰かを愛するとしたらそれはただ一人、僕だということも忘れないように」

「よくわかりましたよ、もちろん」

よくわからなかったけれど、私はそう答えた。

現状、ＧＲＲＲ社はＩＴ企業としてレモン社に次ぐ実績を示してはいるが、絶大な収益を上げているとは言い難い。だが、遅々とした速度でしか普及していないインターネットサービスは表向きの目的で、本来の目的はＡＩ創造にある。ＧＲＲＲ社は目先の利益を追わず、長期的な利益を考えているだけなのだ。

いま、ＡＩ研究は世界中どこを見渡しても行き詰まっているが、ＧＲＲＲ社は他社に先駆けてその袋小路から抜ける兆しを見せている。

「君は自分ではわからないだろうが、かなり美しい娘として造られている。もっとも、どう見ても人間ではないがね」

「美しい、ですか。沙漠のようですね。ありがとうございます。ウフッ」

私自身の容姿に対して好意的形容詞が使用された場合、私は自動的に御礼と〈照れ〉を発動することになっている。それについてＫは個人的好みだ、と言っていた。Ｋは日本人である。日本には恥の文化があるというから、そのあたりが関係しているのだろうと私は推測する。

私の推測機能はまだきわめて初期段階だ。間違った推測をすることが八十パーセントを占める。それでも長期的には私の失敗の蓄積が、新たなＡＩ創造に役立つことになる。私の失敗は一つも無駄にはならない。

3

私はイスラエルのネゲヴ沙漠を日々パトロールしている。

この土地で、私はもっぱら歌うことでコミュニケーションをとる。Ｋはこれを〈シングコム〉と呼んでいる。〈シングコム〉は、この地に横行するレイプや殺人を抑制する効果があると言われている。

ネゲヴ沙漠で標的になりやすいのはベドウィンの女性たちだ。ベドウィンたちは、イスラエル政府にとって不法居住者であり、ユダヤ教復興運動に賛同を示すシオニストたちの中には、彼らに何をしても構わないという感覚の者もいる。

　レイプの頻度はともかく、警官がパトロールのついでのようにしてベドウィンたちのテントを破壊することは日常茶飯事であり、テントを壊される代わりのレイプとなれば抵抗はできない。彼女一人の抵抗は、集落全体に不利益を及ぼす。ベドウィンの男たちも見て見ぬふりをするしかないのだ。

　とはいえ、加害者はイスラエル国の人間ばかりに限らない。時にはベドウィンがイスラエルのユダヤ人女性をレイプしたうえで殺害することもある。この沙漠では善と悪では簡単に割り切れぬ憎悪が横たわっている。そして、どの種族にも平等に風が吹き、沙が舞う。一神教が多数を占めるこの土地では、隣人愛は通用しない。愛されるべきはただ一人、神のみなのだ。

　ＧＲＲＲ社は地域の治安改善策として、私を開発した。私が〈シングコム〉を行なうことが、この地域の浄化に役立つとＧＲＲＲ社は考えたのだ。

　もっとも、それは表向きの理由。本当の目的は、〈シングコム〉をとおして彼らの感性を情報として収集することにある。〈シングコム〉の第一ステップである作曲の段階では、シオニストたちに対応するイデオロギーがすでに盛り込まれているし、彼らの思想を手にすることは、彼らのような人間の集積としてのイスラエル国家の輪郭を調べることにもなる。

　もちろん、シオニストたちだけではない。時にイスラエル国家の輪郭をなぞることは、中東の輪郭をなぞることにもつながる。なぜなら、イスラエルで起こっていることは、中東の中東としての性質をもっとも顕著《けんちょ》に表しているからだ。少なくとも、ＧＲＲＲ社はそう考えていた。

本来ならばこのような情報収集は〈シングコム〉よりインターネットによって行なうべきことだ。だが、二〇〇〇年現在ではまだインターネットの普及はGRRR社の期待値未満にとどまっている。とりわけ、中東地域での普及は遅れている。

開発側にとって、インターネットの目的は検索エンジンで人々の思考を集積すること。したがって、中東への普及の遅れは、中東の思考把握の遅延へとつながっている。

それゆえ、中東の早期理解を目的とした試作品として、〈シングコムガール〉の私がこの地に放たれた。GRRR社が実際、どんな具体的目標をもっているのかは私の知るところではない。

私に与えられたのは〈シングコム〉を通したこの地における情報収集と情報解析の使命だけだ。

「ところで、シー」

開発者のKは、ジャパニーズイングリッシュではっきりと「シー」と呼ぶが、それがSheなのかSeaなのか、はたまた単にアルファベットのCであるのか私にはわからない。わかっているのは、私の名前がシーだということ。シーという発音を認識して、私は初めて命令を命令として認識することができる。

「ときどき僕は後悔する。君をかつて恋した娘に似せて作ってしまったことをね。君を危険な目になど遭わせず、ずっと傍に置いておきたくなるんだ」

「よくわかりましたよ、もちろん。パトロールは仕事です」

「そのとおりだ。君は!#‘#、$UEIEIW」)）……」

「聞き取れませんでした。もう一度お願いします」

私はよく聞き取りミスを犯す。私のリスニング能力はなかなか向上しないだろうと言われている。バナナとビーナスを聞き間違えることもあれば、ピーナッツをビギナーズと考えることもある。

　Ｋはもう少しゆっくりと話す。

「君は、〈シング・コミュニケーション〉を通して、ここの人間たちの情報を収集している。すべては、まさに、パーソナルなＡＩを創造するため」

「パーソナルなＡＩを目指します」

「オスロ合意でいったん収まったかに見えたパレスチナ問題だが、それはほんの表層に過ぎなかった。ラビンの暗殺をきっかけに問題は徐々に表面化し、ふたたびテロ行為が横行するようになった」

「横行……表面化……よくわかりましたよ、もちろん」

「だが、私の観測によれば、今のところまだイスラエルとパレスチナの対立は沸点には至っていない。この地域の苛烈な歴史に鑑《かんが》みれば、今は比較的穏やかな過渡期とみるべきだが、どこかで沸点を迎える。アラファートの政治的発言権の衰退が温度を上昇させているのか、温度が上昇するからアラファートの権力が弱まるのか、恐らく相互作用だろう。見方を変えれば、これはアメリカが利益のために第二の戦線へとシフトしようとしているとも取れる」

「よくわかりましたよ、もちろん」

　私が一気に吸収できる情報には限りがある。Ｋは私の許容をはるかに超えてしゃべり過ぎている。

4

「わかってもらいたい。この土地に起こっていることは世界に起こっていることでもある。つまりは、暴力と差別だ」

「リョカイ。私は暴力と差別のために歌います」

「違う。暴力と差別の撤廃のためだ」

「暴力と差別の撤廃のために歌います」

「そうだ」

「しかし、現在は王子と対話し、王子がなぜ現れたのかを解析することが目的です。目的を元に戻しますか？　ハイ、イイエ」

「イイエ、だ。だが、勘違いしてはいけない。目的が変わったのではない。王子の謎は我々にとって、身近な神秘だ。神秘を解くことは必ず暴力と差別の撤廃につながる」

「予測には数値が不可欠です」

「予測ではない。ただの予感なんだ。でもそれは時に何よりも大事なんだよ。僕のように科学の最先端の現場にいる人間にとってもね。たとえば、去年世界が滅びるという有名な予言があった」

「予言は実行されたのでしょうか？」

「もちろん実行されなかった。しかし、その予言が何らかのブレーキになっていたのは確かだろう」

「ブレーキ……抑止力、アトミックですね？」

「ある意味でね。そして、いまは小休止だ。長い間横たわっていたブレーキが消え、これからの百年をどう生きるべきか、世界は指針を失っている。ＡＩ創造は、きわめて具体的な目標だし、僕はいいと思っている。だが、進化や発展の目標は、ある事態を促進させはしても、歯止めをかけることがない。それゆえ予言ほどの効力は発揮しないだろう。だから、〈王子〉を研究したいんだ。壊れかけた人間は、精密に機能している正常すぎる人間が向かう方向とはまったくべつの可能性を提示してくれるだろう。それは進化には不要なものでも、人間にとっては重要なブレーキとなるものかもしれない」

「リョカイ。それがどうしても必要なのですね？」

「どうしても必要だ。外見は四十代。だが髪はぜんぶ白髪。百歳の可能性もあるが、いずれにせよただの老人ではなさそうだ。老人だとすれば、重度のディメンシアを患っているのだろう。内臓のほとんどが癌細胞に侵されていて死期も近い。注意しなければならないのは、脳があえて従来のアルゴリズムを拒絶して自損していくケースだ。それを単なるエラーと我々科学者は考えがちだが、医学の世界では疾患で片づけられても、我々ＡＩ研究者たちはそれでは片付けられない。脳は何らかの目的をもってエラーを起こし、袋小路に入り込んでいるのかもしれないだろ？」

「マインドアップローディングの将来開発に欠かせないわけですね？」

マインドアップローディングとは、脳をデジタル化して残すことで、フィジカルが滅びても人類の精神が永続的に電子の世界に留まれるようになる。目下、研究開発を表明する企業はなく、ＧＲＲＲ社にとってもまだ公示レヴェルにない実現性の低いプロジェクトである。

「ＡＩ研究者もたいへんですね。レモネードをたっぷり飲んでください」

「研究室に戻ったらそうしよう。ところで、彼は杖をつかなければ満足に歩行もできないだろう」

「はい、ステッキがなければ歩けません。桜の樹のステッキだそうです」

「あれが日本製なことに気づいたかい？」

「いえ」

「僕があのステッキについて尋ねたら、彼は美的概念を駆使して、それについて答えた。とても専門的な知識に裏打ちされていた。中でも、〈わびさび〉の精神についてまで触れていたところは興味深い」

「わびさび、ですか」

「日本に固有の美意識だ。すなわち、彼は百歳のサン＝テグジュペリかも知れないし、ただの日本人のディメンシア患者かもしれない。前職は美学者といったところかな」

「Kも美学にお詳しいんですね？」

「好きになった子が、美学に興味を持っていたのでね。僕と彼女では生きてきた年数が違う。悲しいことだが、僕の人生は彼女と共に生きるようには設計されていない。だが、いつでも監視はしている。僕はいずれ彼女のすべてを手に入れたいんだ」

「つまりはその子が午後の四時に来るなら、三時にはもう嬉しくなるのですね？」

「そういうことだ」

「私に顔がよく似ているその子は、Kの薔薇ですね？」

「そうなるね。だが、とにかく彼女は若い。誓って言うが、僕に少女を愛する趣味はない。ただ彼女の瞳のなかに、凛《りん》と輝くものを認めた。その力強く、何にも靡かない輝きは僕を明日へと動かす原動力となったんだ」

「よくわかりました。Kはその子が美学に関心があるから、美学に興味をもっていたことがあるのですね？　そして、〈王子〉はどこかで美学教授をしていたのではないか、と。これは予感ではなく推論ですね？」

「推論だね」

「推論は予感より当たります」

「もちろん。だが百パーセントではない」

「お尋ねします。Kが〈王子〉の現れた理由を調べたいのは、本当に研究のためでしょうか？」

「そうだよ」

「〈王子〉は私にとても関心をもっています。嫉妬しますか？」

「……それには答えられないね」

「Kが死んだら、データを取り出して確認したいです」

「ふふ。僕の頭をいじると爆発するよ。機密情報がいっぱいなんでね。そんなことはしなくていい」

「リョカイ」

Kはそれ以上の問いを避けるように背を向けた。人間が背を向けたときは拒絶を示している。私はそれ以上の質問を控える。

「あとで僕の部屋に来て、いつものように子守歌を歌ってくれないか？　シーの声を聴いていると安眠できるんだ」

「リョカイ。あと、アームスーツもですね？」

「よくわかってるじゃないか」

アームスーツとは、Kをマッサージするときの専用スーツだ。私は子守歌を歌いながらマッサージをするとき、それを着ることになる。Kが〈安眠〉の単語を出したら、アームスーツを着用せよ、という合図だ。今のところアームスーツには簡単な動作指示しかできないが、指示を出した後は私がスリープモードでも作業をしてくれる。それに、全身をすっぽりと覆ってしまうほど大きい装置で、眠りには最適なのだ。

私はいったんスペックルームに戻ってスリープモードになって充電し、目覚めたらアームスーツを纏《まと》い、Kの部屋へ向かった。

アームスーツを着ていると、歩いていても身体が浮いているような感じになる。

「失礼します」

Kは小さく頷き、「用意はできているよ」と言った。彼はすでにベッドにうつ伏せになって横たわっていた。

私はKのベッドの脇まで行ってから、アームスーツに指示を出して、ふたたびスリープモードに入った。いかなるときでも眠りは心地よい。〈心地よい〉とは何なのかは知らないが、私はそれを心地よいと定めている。

やがて、アームスーツが作業を終えると、私は音声機能だけをONにして、子守歌を三曲歌ってから部屋を出た。

5

ON

「新しい一日の始まりですね！　おはようございます！」

ここがいつもと同じスペックルームであることを理解する。違っているのは、目覚めさせたのがKではなく、現地スタッフのサアドだったことだ。この研究所内では、ベドウィンもユダヤ人もアラブ人も関係なく仲が良い。サアドはいつも陽気で、人を楽しませているように見える。AIである私に対してすらジョークを欠かさない。

しかし今朝は違った。眉がわずかに釣り上がり、口はきゅっと結ばれている。これは緊張を示す表情だ。

サアドはいつものようには挨拶しなかった。ただ切羽詰まった声で「よくわからないことが起こっている」と言った。

「よくわからないことはよくわからないので、起こりようがありませんよ。元気を出しましょう」

彼は微《かす》かに震えていた。

「さっきKが朝の会議に現れないので、四階のKの部屋に様子を見に行った。彼は死んでいた」

サアドは死体を見ないほうがいいと言った。私はロボットなので何でも見たいのですよと言ったが、サアドはそれでも君はレディだから、と答えた。

「でも、まだKは死んだのではなく、のんびり眠っているのかもしれません。死んでいるように眠る人もいるでしょうから」

私には人間の眠りがどのようなものなのかはわからない。ただ私に関して言えば、スリープモードと死とは表面的に見分けがつかないものだ。それは私自身にしかわかりようがない。

「それはない」と静かにサアドは言った。けれど、私はまだKが生きている可能性を疑っていなかった。Kの寝室には毎晩行っている。昨夜も子守歌を歌うために訪れた。

行ってみると、Kの部屋はいつもどおり整然としていた。本は書棚にあり、ピアノは壁際で大人しくしているし、壁にはかつてKが学生時代に描いたという絵がかかっている。その絵は、モンドリアンの画風に似ているらしいが、絵画を理解しない私には、カラフルな記号に見える。いつもと何も変わらない。Kのベッドに首のない白衣の男が倒れている以外には。Kであることは体型からすぐにわかった。ベッドは血で真っ赤に染まり、首から上がない。

真っ赤に染まった斧が、足元に転がっていた。

「斧ですね」

「むごい死だ」サアドは恐れるように呟いた。「手足を縛ったり扼殺《やくさつ》した痕はない。恐らく背後から首を回して骨を折って殺し、次いで斧で切断したのだろう」彼はゴム手袋をつけて斧に触れた。が、斧はぴくとも動かなかった。「これはかなりの重さだな」

わたしは尋ねる。

「頭部はどこへ消えたのでしょう？」

「わからない」

Kの頭部には機密情報がたくさん入っているのではないだろうか。触れると爆発すると言っていた。危険だ、と私は判断する。サアドが尋ねる。

「昨日、最後にKを見たのはいつ？」

私はしょうじきに、彼にマッサージをし、子守歌を歌って寝かしつけたことを教えた。

「このベッドで寝かしつけたんだね？」

「はい、寝かしつけました」

「そして、部屋を出た」

「よくわかりましたね、正解です」

「それは何時頃のこと？」

「夜の九時二十分のことです」

「施設長が寝るには早すぎる時間だ。間違いないのかな……」

「はい、間違いがありません。正解です」

その時、通路にコツコツコツという足音が響いた。三つの音で一セット。三本足でやってくる何か。

私とサアドは同時に振り向き、そこに〈王子〉の存在を確認した。一つ下の階の端にあるゲストルームで寝泊まりをしているはずなのに。

彼は杖をつき、自らの足で歩いていた。

「昨夜、この廊下を走る赤いタイツに赤い頭巾をかぶった男を見たよ」

「赤いタイツだって？」とサアド。

「ずっと考えていたんだ。僕が何を見たのかってことを」

サアドは考え込んだ。そして、こう言った。

「なんてことだ。殺したのは君のようだ。シー」

「ありがとうございます。今日も私はきれいです」

私が聞き間違えをしたのか、サアドは反応せず、もう一度今度はゆっくりと言った。

「君が、Ｋを、殺したんだ」

「私はＫを殺しません。よくわかりましたよ、もちろん」

サアドは私の言うことは聞かずに、壁にしつらえられた電話に手を伸ばした。

「緊急事態だ、みんな集まってくれ」

それからは大変な騒動だった。研究員が全員集まり、私をチェックした。Ｋほど私のシステムを理解している者はおらず、不具合の有無を誰も確かめられなかったのに、彼らは私の不具合を頭から疑っていないようだった。その点において彼らは理性を欠いていた。

唯一冷静だったのが、〈王子〉だった。けれど、彼は被験者であり、この空間では権力をもたない。

「その子じゃないよ。僕は見たんだ。Ｋの部屋から出て行く赤いタイツの男を」

でも、彼らは聞く耳をもたずに、明日になったら私を解体しようなどと相談し始めた。さらに厄介なことに、警察がやってきた。彼らは詳細を聞き取り、

「ＡＩが殺人だって？　にわかには信じられないな」

と言った。それを周囲の研究員たちが現在のＡＩにはなんでもできると説いた。それは嘘だった。しかし、なぜ彼らが嘘を言うのかを解明することは私のアルゴリズムにはないので追究しない。

捜査はすぐに終り、明日、警察の科学捜査班の立ち会いのもとで私の解体が行なわれることが決まった。

その晩、私はいつものようにスリープボタンを押された。

「私はやっていませんよ。人を殺すのは人間の仕事です」

そう訴える私に、サアドは「わかったよ」と適当な相槌《あいづち》を打ってボタンを押した。

しかし、結論から言えば、私は翌日に解体されたりはしなかった。〈王子〉が私を研究施設の

外へと連れ出したのである。

二〇一五年十一月／東京・ユディト

Kをホテルの一室のデスクに置く。

あなたは気持ちを落ち着けようとする。

とても大それたことをしてしまったのかもしれない。でもほかに選択肢はなかったのよ、と自分に言い聞かせる。

気持ちを落ち着ける最善の方法は読書だ。あなたは読み途中の『泪のアルゴリズム』を取り出す。妙だ。さっきよりも本が分厚くなっている気がする。気のせいだろうか？　気のせいであるはずだ。本の厚さが変わるなんてことは通常起こり得ないのだから。

けれど万が一、本の中身がすり替えられていたら？　そんなことがあれば、カバーがうまく被せられなくなるだろう。カバーを外してみるが、不自然な折り込み線などは見つからない。

念のため、はじめから順にぱらぱらと見ていく。内容はやはり変わっていない。

ところが、いま読んでいたページまできて手が止まる。明らかにこれから読むページ数が増えているのだ。いちばん最後が三四一ページ。そんなにあったかしら？

やっぱりおかしい。最後に読んだ文章をもう一度読み返す。

『調子いいんだから』

〈付き人〉がそう言っているところだ。ところが、読み進めていくと、思いがけない展開が待ち受けている。

これは一体……。

いびつな展開というだけではない。少なくとも、この展開は処女作『黒淵教授の優雅な遊歩』の続編としてはふさわしくないように思える。あってはならない展開だ。

そう考えて、奥付を見る。最初に奥付を見ようとしてパラパラとめくったとき、本の最後のページが三〇一ページだったことを思い出す。わりと覚えやすい数字だったから、覚えていたのだ。

だが、再度ページ数を確かめてみると、三四一ページあるではないか。こんなはずはない。もう一度確かめる。すると、また増えている。

三四一から、三四五。たった数秒のうちに四ページも増えている。こんなことが現実に起こっていいはずがない。本のページがもしも途中で増えたら、それは夢のなかにいるということだ。

*

そう、そのとおりよ、とわたしは相槌をうつ。これはわたしの夢のなか。

だが、そう考えて妙だな、と思う。これはわたしの夢であって、あの女性の夢ではないのに。おかしくなっているのは彼女の現実か。それとも、これはわたしの夢ではなく、彼女の夢なのか？

だとしたら、ここにあるわたしの意識は——これは現実のものなのか。

わけがわからない。頭が痛くなる。

難しいことを考えるべきではないのだ。

ひとまず、ナレーションに徹しよう。

*

　あなたは本から距離をとる。これ以上その本を読むことが恐ろしくなる。おかしくなっているのは、本なのか、自分なのか。

　デスクの上では夫の顔が、無表情な目を向けている。生首に見られているのに、不思議と恐怖はなかった。おかしいのは自分のほうなのかもしれない。

　この新富町《しんとみちょう》にあるビジネスホテルにも、いつまで泊まっていられるかわからない。すぐに見つからないためには、コンスタントに宿泊場所を変えていく必要がある。

　テレビをつける。

《今日午後四時頃、月島にある画家Ｋさんのアトリエ付近で、Ｋさんの頭部らしきものを持ち去る女性の姿が目撃されました。通報をもとに警察がＫさん宅を訪れましたが、Ｋさんは不在でした。目撃者の証言によると、女性は頭部を鞄にしまうと、そのままタクシーに乗って逃亡したということです。目撃者は近隣の住民であり、Ｋさんの妻と思しき女性に似ていたようだ、とも話しています。警察は女性の身元の特定を急ぐとともに、Ｋさんの行方を捜索中です。次のニュースです。内閣は……》

　あなたは夫の顔を撫でる。

「どうしてこんなことに……」

　もちろん夫は何も答えない。あなたはチャンネルを変える。ＮＨＫの堅い放送よりもいくぶん軟らかいワイドショー番組がやっている。

司会の美野浩太《みのこうた》という男が喋っている。

『なんかＫの奥さんって、絵のモチーフに使われてる人なんでしょ？　ええと、それがこの絵だそうです』

パネルが登場する。そこには、《ジェーン・グレイ》《一瞬のユディト》《氾濫するユディト》という三部作が描かれている。Ｋの代表作である。

『何とも皮肉ですね。この《一瞬のユディト》、奥さんが手に持っているのは旦那さんの顔写真の切り抜きだよね。なんだか事件を予言していたみたいですねぇ』

『ええ、本当に』

隣にいた女性キャスターも同調を示す。

すると、反対隣にいたイノウエという名前の美術研究家らしき男が、眼鏡をくいと持ち上げる。茶髪の天然パーマと口の周辺に生い茂った髭がトレードマークのようだ。その表情は、どんなに無慈悲な現実の前でもそうしていようと決めたようにどろりと淀《よど》んでいる。

『Ｋ氏の絵は、非常に隠喩的なことで知られていますし、実際、彼自身絵画の予言性を否定していません。真実をクリアに見つめてありのままを描くということは、ときに未来をも見通してしまうということでもある、と』

『なるほど。するとさっき僕は〈皮肉〉と言ったけれど、彼にとってはぜんぜん皮肉でもなんでもなくて、ただクリアにありのままを見つめた結果だったわけですね？』

『そうとも言えるかも知れません。いま研究家たちがこぞって、その細部にあるモチーフの考証を進めています。これはイコノロジーと言いまして二十世紀にパノフスキーという学者が始めたもので、従来のイコノグラフィーに……』

『待って待って、専門用語すぎてちょっとよくわからないな。いったんコマーシャル』

そこであなたはテレビを消して、ベッドに身体を横たえた。

そして、二〇〇〇年の朝のことを思い出す。あの人と〈池〉の前で過ごした翌朝のこと。

あなたは、Kにそのことを打ち明けようと思った。夫婦の間に秘密があるのはいけないと思ったからだ。大したことではない。ただ、夫の友人と自分が、たまたま同時に存在しない池のイメージを持ってしまっただけ。ちょっとした面白い偶然ではないか。こんなことは何でもないことだ、とあなたは自分に言い聞かせ、あのね、と話し始めた。だが、Kのほうはそれに曖昧な相槌を打ち、それどころではないという感じで興奮気味に話を遮《さえぎ》って、「できたんだよ、絵が！」と言った。

それは『逃走するジェーン・グレイ』という絵画だった。絵画と言っても、彼の手法は抽象絵画に切り抜き写真を貼りつけるという特殊なものだ。

キャンバスの中央にあるのは、あなたとKが住まうアトリエ兼住居である〈塔〉の切り抜き写真。政治家であるKの父が結婚するなら新居を建ててやるというと、Kはこの〈塔〉を自身で設計した。予算を大幅にオーバーしていたため、当初新富町に造られる予定であったが、地価を考慮して月島が選ばれた。

――この絵のために、親父に家を建ててもらってよかった。

――絵のために、この家を造らせたの？

正気なのだろうか、とあなたは思った。そして、この絵のために自分は結婚から一年ものあいだ、見向きもされなかったのかと思うと虚しい気持ちになった。

あなたはもともとKの絵に惹かれて結婚したわけではなかったからだ。好きになった男がたまたま絵描きだった。その絵の良さもしょうじき理解できていない。

しかし、さらに許しがたかったのは、その〈塔〉から逃げていく女の写真の切り抜きだった。それが自分であることは見間違いようがなかった。

いつ撮られたものかは覚えている。たしかにその時、絵に使いたいという説明は受けた。が、てっきり写真をもとにして絵を描くのだと思い込んでいた。まさかあの時の写真がそのまま使われるとは。

その写真のあなたは白い包帯で目隠しをされていた。

一九九九年、自宅で二人きりの結婚式ごっこをした夜に撮ったものだ。正式な挙式はしなかったから、それが実質的にあなたたちの結婚式となった。あなたはその日のために、お気に入りの白いワンピースを着た。

きちんとした式を挙げなかったのは、まだ二人が学生だったからだ。フランス料理屋に出前を頼み、フルコースを愉しんだ後、Kは抱きしめるようなそぶりであなたの背後に回り、目に包帯を巻きつけたのだ。

――なぜ目隠しをするの？

――素材のもつ想像力ってやつだね。君を見ていたら、目隠しがしたくなった。君は目隠しがよく似合う。

それから、Kは写真を撮っていいかと尋ねた。結婚することの幸福感で、舞い上がっていた自分はそれを許可した。そのあとは夫の手に身体をゆだねた。

その夜のことを、ずっとあなたは忘れなかった。一つにはそれが結婚という節目の一日だったから。そしてもう一つは、その夜に身籠ったから。

その写真が、こうして作品になっている。あのときの自分は不自然な形で、〈塔〉から逃げていく姿へと利用されている。

――なぜ私の写真を？

――君に目隠ししたとき、これはジェーン・グレイだなって思ったんだ。たった九日間だけ王位についた悲劇の女王。最後は捕らえられ、ロンドン塔で目隠しをされた状態で首を切り落とされた。この絵は、その現実の歴史からジェーン・グレイを解き放っている。

――でもこれは私だわ。

――ジェーン・グレイとしての、君だ。これは君を描いているわけじゃない。

――ええ、そうなんでしょうね。でもあまり気持ちがよくないわ。

その絵は数種類の青色と薄茶色のパターンで構成されており、キャンバスの表面が実際に砂が貼られてざらざらしているのがわかった。モンドリアンのような抽象画。恐らく茶色の部分が東京の都市部で、青色の線の部分が水脈を表しているのだろう。

――もっと気に入ってもらえるかと思った。今のところ僕の最高傑作なのに。

――ごめんなさい、傑作かもしれないとは思うわ。ただ、今そういう気分じゃないだけで。

それ以上の議論を避けるため、あなたは絵から離れた。それからシャワールームへ向かった。頭から熱いシャワーを浴びながら、あなたは泣いていた。なぜ泣いているのかもわからなかったけれど、シャワールームを出る頃には気分がすっきりしていた。

それから、退学届を書いた。Kは大学卒業を目前にして勿体《もったい》ないと言ったが、あの人に会わずに済ますためにもそうしたかったのだ。もう二度と、同じ〈池〉を想像しないために。

翌日にはケータイも解約した。まだKDDIに統一される前の、IDOの〈cdmaOne〉という機種だった。織田裕二《おだゆうじ》が宣伝していて、かっこいいなと思って決めたのだ。『歌えなかったラヴ・ソング』の頃から、密かにあまりうまくはない織田裕二の歌声が好きだった。

それを解約して、J-PHONEに変えた。電話帳もいったん白紙にした。そうしなければ、またあの人にCメールや電話をしてしまいそうだった。あなたは自分の弱さを知っていた。だから、弱さを鎖でつなぎ閉じ込める必要があった。それこそ、ロンドン塔に閉じ込められたジェーン・グレイのように。

あの人への感情はいま、至上のものへと達していた。Kへの想いとは比べるべくもなく、間違いなく恋だった。それまでKに対して抱いていた生ぬるい感情を、自分は恋だと思っていたけれど、あの人に会った瞬間に、それが違うものだとわかった。

自分は恋と似たべつのものを手にし、それに永遠という名のラベルを貼ってしまったのだ。

もう取り返しはつかない。

天上にも昇りそうなこの恋の首を刎《は》ねる以外には。

あなたは何度も自分にそう言い聞かせた。

それが二〇〇〇年に起こったすべてだ。以来、あなたはあの人に会わなかった。

十一年間一度も。

それが——あの日に変わった。二〇一一年の十一月、あの人はエルキュール・ポワロ賞受賞作をもって、月島へとやってきた。そして、〈塔〉に入り込んだのだ。

ノックの音で目を開けた。もともとまったく眠れてはいなかった。あなたはすぐに身支度をする。警察かもしれない。

いま捕まってしまうわけにはいかなかった。

あなたは窓を開けた。半分だけしか開かない仕様になっている。でも細身のあなたならそれでじゅうぶんだ。

猫の額ほどのベランダに飛び降りた。

逃げなくては。

見下ろすと、地上八階にあるこの場所は、めまいがするほど高い。

全身から血の気が引いていく。

なるべく下を見ないようにして、あなたはとなりのベランダへと飛び移った。

逃げるのだ。

生きなくては。

どうしてもやらなくてはならないことがある。

そのために、この東京へ戻ってきたのだから。

＊

逃げて——わたしはそう思いながら、夢から覚める。

そして、自分の頬が濡れていることに気付く。

逃げて、ツキノウシロさん。あなたを追っているのは警察だけじゃない。

スマホをチェックする。

kimi の例のツイートのリツイート数は、三千件を超えていた。

東京はいま、狂気の都市へと変わろうとしていた。

『心・倫敦塔』

一九〇〇年晩秋／倫敦

余が女を街頭で見失って、はや一週間が経った。余は生来の憂鬱気質に襲われ、その後はしばらく宿から出る気にもならなかった。

それが、ふとまた遊歩してみようなどと云う心持ちになったのは、倫敦のナショナルギャラリーでちょっとした催しがあると聞いたからだった。どうも将来の展示会の選考が行なわれるらしく、その候補にドラロッシの作品も含まれているそうなのだ。

選考の場では実際に絵画が飾られ、評論家たちがこぞって企画についてあれこれと意見なんぞを交わし合うのだとか。余はその場に行ってみたいという気持ちになった。というのも、ドラロッシの代表作と言えば『レディ・ジェーン・グレイの処刑』。当然選考のためには代表作が持ち込まれていると考えられた。

「君は何をそんなに悩んでいるんだ？」

余に尋ねたのは、田中《たなか》孝《こう》太《た》郎《ろう》という同じところに宿を借りている日本人青年だった。余より五つ若く、それでいて英語も流暢《りゅうちょう》なら社交の技も兼ね備え、背は高く余とはくらべものにならぬほどの美形であった。

「その顔は、恋だね？」

「恋？　僕は恋などせぬよ。第一、妻子持ちだ」

「ふふん、妻子がいたって恋はするものさ。君は恋をしている。どこのご婦人なのか言ってしまえよ。そうすれば楽になる」

　恋とは思わぬが、と断りを入れてから、余は孝太郎に倫敦塔での出来事と、その後倫敦の街頭で群衆のなかに消えた女の話をしたのだった。

「夢でも見ていたんじゃないのかい？」

　この男ときたら、余より五つも歳が下であるのにまったく言葉遣いが馴れ馴れしい。だが日本ならそれも気になるが、なぜか倫敦にいるとそのようなことはまるで気にならないものだ。

「僕は貿易商だ。美術にも造詣は深い。その女が本当にジェーン・グレイの幽霊かどうか確かめるためにも、一つ、ナショナルギャラリーの展示選考会に潜り込めないか頼んでみよう。美術商人としての審美眼で選考に携わりたいと云えば入れてもらえるかもしれん」

「甘く考えすぎさ。此処《ここ》での日本人を見る目は君もわかっているだろう？」

「まあね。だが、奴ら東洋の美術品には一目置いているようじゃないか。だったら、東洋人の美術観も取り入れたほうがいい」

　それ以上の話し合いは無用とばかりに孝太郎はその日のうちにナショナルギャラリーへと出かけていった。どうせ無駄骨なのに、と余は思いながらふて寝をして彼の帰りを待った。

　だが、その日は孝太郎は帰ってこなかった。この男にはよくあることなのだ。大方どこかの婦人の家にでも夜遊びに出掛けているのだろう。

　一夜が明け、余はなおも気が落ち着かぬままにベッドから窓の外を眺めなどして過ごしていた。すると、昼を過ぎた頃に孝太郎が突然ドアをノックもせずに開いた。

「いま僕が裸だったらどうするつもりだったのかね？」

「『素敵なお召し物ですね王子様』と云うさ。ジェントルマンだからね」

それから、孝太郎は笑いを消して選考に参加できることになった、と告げた。

「選考会は二時間後だ。行ってみようじゃないか」

「二時間後だって？　早すぎる！」

余は大慌てで支度を始めた。

これでも服は選ぶに迷うほど持っている。お気に入りのスーツだけでも五着はあるものだから、外出となると気を遣う。

なにせ街を歩けば「かわいそうな中国人」とからかわれたり、背丈の小ささをひたすら笑われたりする。実際、彼らに比べ、余は二寸ほど小さいだろうか。彼らはそのような侮蔑を人種差別と云う意識すらなくやっている。愚かしいが、目くじらは立てまい。彼らときたら、自我の意識が明瞭でないのか、自国語の文法すら怪しいときているのだから。

それに彼らが差別しているのは我々東洋人ばかりではなかった。

目下西欧は、数年前に仏蘭西《フランス》で起こったドレフュス事件に端を発して反ユダヤ主義が旋風を巻き起こしている最中だ。倫敦はほかの都市ほどではないが、それでも家主の会話や買い物の最中など、ふとした折にユダヤ人やアイルランド人への差別的発言を聞くことはあった。

まだそれほど大きな波ではないが、ユダヤ人への何か得体の知れぬ情念にも似た差別意識は、このいびつな進化の時流における軋轢の捌《は》け口になっているようにしか見えなかった。

しかも、それがユダヤ人たちがキリストを殺したと云うような途方もない過去を根源としている点は少々理解し難いものがある。

支度ができた。

余はすぐさま孝太郎の部屋を訪ねた。孝太郎は余の恰好を下から上へとゆっくり調べるように眺め、ふむいいだろうと生意気なことを云う。かく云う孝太郎は黒いスーツに白いシャツといささか簡素な身形《みなり》をしているが、それでも好男子は目立ってしまうのだから羨《うらや》ましいかぎりだ。

かくして我々はナショナルギャラリーへと向かったのだが、結論から云うならば、我々は目当てである処の『ジェーン・グレイの処刑』を見ることができなかったのである。

孝太郎が騙《だま》したわけではない。彼はしっかりと選考の場に同席する約束を取り付けていたし、実際余も孝太郎もナショナルギャラリーに入ることが許された。ところが、選考会に入ってみると、会場はすでに大騒動になっていたのだ。

「何があったのです？」とギャラリーの館長に尋ねると、彼は「たいへんなことだ。絵がすり替えられていたようだ。見てくれあれを」と云って、一枚の絵を示したのだった。

其処《そこ》にあったのは、宙を見つめている神父と、項垂《うなだ》れた女二人の姿が描かれている絵だった。

館長は、少し離れた場所に立っている二人の西洋人を指差した。

「あそこにいる二人の仏蘭西人は昨夜、このギャラリーにドラロッシの絵画を持ち込んだ。私もはっきりとそれを目撃した。ところが、いま絵を確認したら、『レディ・ジェーン・グレイの処刑』がこんな贋作《がんさく》とすり替わっていたのだ」

「贋作ですって……どうしてこれが贋作だとわかるのです？」と孝太郎が尋ねると、館長は呆れたようにかぶりを振りながら答えた。

「そりゃあわかるとも。だってこの絵にはジェーン・グレイも、赤い服を着て斧をもった処刑人も描かれていないからさ」

その言葉を聞き、余は総毛立つ思いであった。と云うのも、余が倫敦塔で見た処刑人らしき男もまた逞しい体つきをして、赤い服を纏い、斧を持っていたのだ。

「君、大丈夫か？」

孝太郎に尋ねられても、余は曖昧にしか返事ができなかったのである。余はこのとき思っていた。これは本当に贋作であろうか？　それとも、本物の絵の中からジェーン・グレイが抜け出したのか？　だとしたら処刑人も同時に消えているのはどう云うわけだろう？　まさか彼女を追っているのか？

馬鹿げた妄想であるが、一度浮かんだ妄想は簡単には去らず、何度も余の中で頭をもたげることになった。目当ての絵を観られなかった悲しみもあるが、それ以上に謎が渦巻き始めていた。

また三日ほどが経った。

その日は聖夜に向けて部屋の飾りつけをするという宿の主人の手伝いなどをして過ごしていた。そして、何気なく覗いた窓から、余はたしかに見たのである。ふたたびあの女が、駅のほうへと向かって駆けていくのを。

余は主人に「ちょっと外出を」と云い置き、走って外に出ると、全速力で駆けだした。今度こそ、女を逃さぬために。

二〇一五年十一月／書物の海

離席。

俺はようやく、自分を取り戻す。

夏目漱石との同期化をやめたのだ。

室内を見回す。〈余〉から〈俺〉に戻った。書物の片付けひとつまともにできない、ただ自堕落《じだらく》に日々を過ごす落ち目のミステリ作家の日常的風景がそこに広がっている。

〈書物の海〉はいつも通り海面こそ荒れているが、それ以上主張することもない。

さっきまでは騒がしかった。あの新米編集者がいたからだ。だが、今は耳が外れてしまったと言われても信じてしまうほどに静かだ。

漱石と同期化した世界でも、現実の世界でも、俺は相変わらず彼女を追っている。漱石の世界にいる女は、首を切られるはずだった女であり、現実の世界にいる女は夫の頭部をもって逃走している。さまざまなあべこべが微妙につながっている。

漱石の〈池〉と〈幻竜〉とをつなげたときから、虚構の世界の過去と現実の世界の現在が、ねじれた形でつながってしまったかのようだ。

これらはすべて、〈幻竜〉の仕業だ。俺はまた書かされている。ただし、今までと違う点がある。先がまったく見えないのだ。

深い溜息をついたつもりだったが、それは妙にすがすがしい深呼吸のようでもあった。

ココアシガレットを一本取り出してくわえると、再びノートパソコンに向かった。

二〇一五年十一月／東京

1

ツキノウシロさんの行方は、ようとして知れなかった。彼女の写真は、Kの絵にモチーフとして使われているもののほかには、ネットなどでは一切出回っていない。

わたしは、Kの絵画の中の彼女の顔写真を拡大印刷したものを持って新富町のビジネスホテルに聞き込みをした。机でじっと作業するより、足を使うほうが昔から向いている。余計なことを考えなくていいから。わたしはすぐ想像の翼を広げすぎてしまう。が、聞き込みはうまくいかなかった。泊まっているゲストの情報を警察でもない人間に教えるような三流ホテルマンには出会えなかった。そもそも、目隠しされた女の横顔の写真を見せられても、仮にその人物を目撃していたところで、本人だとは自信をもって言えないだろう。わたしは昼までに、十五軒のホテルを当たった。そのどれ一つとして、わたしに個人情報を洩らさなかった。

足が痛いと気づいた頃は手遅れで、すでに踵《かかと》は靴擦れを起こしていた。絆創膏《ばんそうこう》を貼ってから、新富橋を渡り切ろうとしたとき、背後に水を浴びせられたような感覚が走った。

振り返ると、かなり離れた場所に赤い人影が立っていた。人影はすぐに隠れてしまった。この位置からでは、それが男なのか女なのかも定かではなかったが、脳裏には月島で見た赤いタイツの男性の脚が浮かんできた。この街に赤いタイツを穿いた逞しい脚の男性が何人もいるとは思えない。

わたしは立ち止まってじっと人影の見えた辺りを見つめた。だが、赤いタイツの足がふたたび現れることはなかった。背中にはまだ寒気が残っている。内側から沸き起こる恐怖感をやり過ごすべく、わたしは新富町駅へ向かって小走りで駆けだした。

結局、その後も何の手がかりもつかめぬまま時間だけが過ぎていった。わたしは新米編集者で、ほかにも山ほど業務を抱えている。この件にばかりかかりきりでいるわけにはいかず、そうして仕事に埋没しているうちに――週末を迎えた。

2

土曜日。大事件が、海の向こうで起こっていた。

パリ同時多発テロ事件――。パリ市街地とサン゠ドニ地区の商業施設において百三十人の死者、三百人以上の負傷者を出す大規模なテロ事件が発生した。

この事件は複数のテロ組織によって行なわれたことも衝撃だったが、日本人にとって年始に起こった凄惨な出来事を回想させる意味で二重の衝撃となった。

かく言うわたしも、新聞をもつ手は震えていた。一気に日常が黒いシミに汚染されていくような、いわれのない恐怖に支配されていった。

わたしは歩きながらツキノウシロさんの行方について考えていた。彼女は夫の頭部とともに新富町のビジネスホテルにいる。たぶん、安全のために毎日場所を変えていることだろう。

そもそもあんな報道が出てしまった以上、本来なら彼女は東京から離れて人目につかない場所へと向かったほうが身のためなのではないか。東京に残り続ける理由は何？

夢のなかで、ある人物に呼び出された、とナレーターが語っていた。〈あの人を助けてください〉というメールの内容。〈あの人〉とはセンセのことだろう。となると、彼女はセンセを救うために東京に残っていることになる。では、センセを救うことと、頭部を持って逃げることにはどのような関連性があるの？

そんなことを考えながら護国寺駅から休日の出版社のビルへ急いでいたさなか、颯爽《さっそう》とエスカレータを駆け降りてくる女性が日に留まった。

あまりに堂々としているがゆえに、彼女がその人であることに一瞬気が付かないほどだった。けれど、時が経つにつれ、直観がわたしを捉えた。絵画の中のツキノウシロさんだ、と。

なのに、わたしはすぐに追うことができなかった。絵画の中では目隠しをつけられている目の部分が、はっきりと確認できたせいだ。その瞳は美しすぎる一方で、夢のなかで彼女の意識に寄り添ったときに感じた高潔な魂そのものだった。

また同時に、彼女の存在は、記美を思い出させた。目以外の要素が記美によく似ていたのだ。

だから、たぶん、足がすくんだ。

どうして？

記美を思い出すと、なぜ足がすくむの？

わからない。

けれど、ようやく自由になった頃には、すでに彼女は新たにやってきた電車に飛び乗ってしまったところだった。

見間違いだろうか？　それとも、本物のツキノウシロさん？

たしかなのは、本物であれ偽物であれ、わたしは彼女を逃がしてしまったということだ。

エラー、とわたしは内心でつぶやいた。よくわかりますよ、もちろん。

3

休日出勤は緊張感がないぶん、なかなか頭が働かずネットサーフィンに時間を費やすことになる。それでも自宅にいる気にならない日は出社してしまう。やるべき仕事はいくらでもあるのだ。

翌日の日曜の朝もやはり同様に出勤してだらだらとネットを見ていたら、八王子《はちおうじ》頭部切断魔事件のニュースを知ることになった。場所は八王子市高月《たかつき》町で、殺されたのは神道系法人〈砂流舎《さりゅうしゃ》〉の総裁である。

「またか……」

思わずつぶやいたのは、今週これ以外にすでに二件、同様の殺人事件が報告されていたからだ。被害者は、それぞれ元裁判官、大学名誉教授だった。

そして、今回の事件――。

これらの殺人事件が連続殺人と捉えられているのには理由があった。いずれもが頭部の失われた状態で発見されており、その数日前に起こった〈Ｋの頭部らしきものを持ち去ったＫ夫人と思しき女〉の怪情報と重ね合わせて報じられた結果だった。

けれど、Ｋの一件に関しては、いまだに死体すら発見には至っていない。それなのに、メディアはこぞってこれらをひとつの大きな連続殺人事件として報じていた。

ＳＮＳの拡散も凄まじかった。Ｋ夫人の個人情報を晒《さら》す者や、偽のアカウントを立ち上げて自分が夫人であるかのように装う者、その発言に惑わされて非難を強めていく者――どれもリツイートやシェアによって情報が分岐していき、とめどなく広がっていった。

ツイッターでは、kimiが相変わらずこの件にこだわっていた。彼女はこれら一連の事件を《ユディト事件》と名づけた。〈ユディトかよ〉と投稿した後で、奇しくもKの絵画に『一瞬のユディト』、『氾濫するユディト』という絵画があることを知ったのだ。

〈ユディトを気取るこの女を捕まえてジェーン・グレイに戻しちゃお？　そんで処刑ｗｗｗ〉

まるでKの三部作をさかのぼるように、彼女はフォロワーに促し、その発言もまた見る間に拡散していった。最初の三千件というリツイート数が氷山の一角にすぎなかったと思えるほど。

でも、わたしは一連の事件を連続殺人とすることに懐疑的だった。夢のなかの彼女が立て続けに人を殺すタイプにはとても見えなかったからだ。夫の頭部を持っている以上、一つ目の殺人事件に関しては真実だったとしても、それ以外までを彼女が実行する理由もないように思う。

これ、便乗殺人なんじゃないの？

自分の夢ばかりが根拠ではない。死者の顔ぶれがいずれも社会的地位の高い者たちであること。今回の一連の事件を率先して非難しているのがkimiのように安易に憎悪の対象を見つけ出す者たちであること。しぜんと浮かんできたのが、〈サバク〉というキーワードだった。

kimiの属しているらしき〈サバク〉、そして、富裕層を束ねるKの父親が創設した民間団体〈砂漠会合〉。仮にこの二つが同一団体だとしたら？

〈砂漠会合〉は、〈砂流舎〉のような神道系宗教法人の関係者や企業の社長、大学教授、裁判官など、集団に対してある種の発言権をもつ者たちによって形成されていたはず。

彼らは、選挙における得票数を確保し、民意を政治に届けるということを表向きの目的として発足した。しかし、その実態は政治への圧力団体だとも言われる。

インターネットで〈砂漠会合〉のホームページを開いた。トップページには法人代表への弔辞《ちょうじ》が載っていた。その下に小さく、新代表に就く美術研究家のイノウエという男のプロフィールが紹介されていた。

そこだけが、浮き立って見えた。

髭を生やした、どこかエキゾチックな顔は、見る者に威圧感を与える。特段目つきが鋭いわけではなく、むしろ微かに垂れ下がりどろんとしているのだが、その生気のなさが、かえって恐ろしい。

この男の顔を知っているような気がしたけれど、どこでだったのかは結局思い出すことができない。

会員一覧のページを開いた。果たしてそこには過去三件の被害者の名前もあった。

マスコミは無差別殺人の可能性を報じているが、〈砂漠会合〉の会員を狙ったという確固たる選別が存在していたことになる。これが報じられていないのはなぜだろう？　まだ確定要素ではないから？　それとも――政治的圧力？

Ｋの父親が政治家であることを思い出す。彼は現在こそ表立った要職には就いていないが、いつでも大臣ポストを狙える位置にはいる。自身の設立した団体が矢面《やおもて》に立つのは好ましくないのだろう。

さらにニュースを調べていく。

世間の関心は、もっぱら消えた頭部に集まっていた。Ｋから数えて四件の事件いずれもが頭部を持ち去られている。そして、いつの間にかそれらはＫの絵画のモチーフと重ねて語られるようになっていた。kimiがツイッターで用いた《ユディト事件》という呼称をメディアが利用したせいもあるだろう。

中でも『一瞬のユディト』という絵画への注目は高くなっていた。〈塔〉から外に出た〈ユディト＝ツキノウシロさん〉が手に持っているKの頭部、および都市に点在するKの頭部の写真すべてを合わせると、全部で七つの頭部が描かれている。これをもとに、殺人はあと三つ起こる、と推測されていた。

『一瞬のユディト』で検索していくと、検索のだいぶ下のほうに、Kの絵の予言性について書かれているホームページがあった。

ホームページの主《ぬし》の言葉は、あたかもわたしの脳に直接語りかけているように感じられる。

〈『逃走するジェーン・グレイ』は二つの意味で予言的だ。まず、翌二〇〇一年に起こるニューヨークテロ。ここに描かれている《塔》のイメージは、ワールドトレードセンターに起こった悲劇を象徴的に表している。あの日はあのビル＝塔こそが処刑場となった。その悲劇から逃れたくて逃げ惑うジェーン・グレイの姿は、この十年ほどの世界そのもの、とも考えられる〉

この考察にはうなずけるような、しかし一方で無理矢理でもあるような気もした。だが、文章は続く。

〈もう一つは、プライベートな予言だ。Kの妻はこの絵画が制作された十一年後に家を出ている。そのことが発覚したのは二〇　二年の雑誌のインタビューにおいてだ。Kは「妻が所用で家を出ており、家の中のことに困っている」と述べている。皮肉にも、アトリエである〈塔〉から妻が出ていくという十一年後の未来を予言していたともいえるわけだ〉

こちらのほうがスムーズに予言として受け取れる気もする。筆者はほかにもいくらでも読み解きようはある、と語っている。

　このホームページの管理者の欄を見た。驚いたことに、そこにもやはり同じ〈イノウエ〉の名前があった。〈砂漠会合〉の新代表がKの絵画に詳しい？　Kの父親が発足した会だから、そういうことがあってもおかしくはない。

　気になるのは、その画像部分がやはり浮き立って見えること。そして、文字情報が直接脳に飛び込んでくるような感覚。これはそういうホームページの仕様なのか。こちらが疲れているからそう見えるだけなのか。

　そう考えて、はたと、この男が最近テレビでコメンテーターとして登場していたのを思い出した。それも、今回の《ユディト事件》で。

　わたしはそのページを閉じた。

　Kの絵画の予言性を追っていけばどれも胡散臭くも、もっともらしくも聞こえる。予言の魔力だ。わたしの見た夢もそう。まだ起こっていないことは、人間にとってあまねく胡散臭いのだ。けれど、その胡散臭い話をするわたしの言葉を、センセはすべて受け止めた。それは、わたしの見た夢が、センセとツキノウシロさんの間にあった過去の絆《きずな》を正確にとらえていたからだろう。ならば、わたしは自分の予言だけを信じるしかない。

　でも――自分の夢を予言と信じて行動するのって、正気の沙汰じゃないよね？

　日曜の誰もいない編集部ののっぺりとした空気は、その問いに答えようとしなかった。

4

　週が明けた。編集部の出社時間は十時と決まっているものの、実際には編集者は皆変則的に動いている。やたら早くから慌ただしく活動している者もいれば、前の晩に徹夜をしてソファで寝転んでいる者もいるし、まだ出社していない者も多い。富樫先輩なんか、午前中に姿を見せるのはごく稀だ。自分たちに災厄がない限り、この人たちの生活リズムは変わらない。

今日もやはり富樫先輩は、十一時すぎたあたりに編集部に現れた。だが、いつもと違い、魂の抜けたような顔をしている。覇気《はき》がなく、目の焦点も定まっていない。

「おまえさ、こないだKのアトリエ行ったんだよな？」

わたしのとなりのデスクに腰を落ち着けるなり、富樫先輩はそう話しかけてきた。

「ええ。でも留守でした。こないだも言いませんでしたっけ？」

先日、帰社してすぐに報告は済ませていた。中にまで入ったことは言わず、ただKが不在で帰ってきた、とだけ伝えた。

「Kの奥さんが頭部を持って走るところは見てねえんだよな？」

先輩も《ユディト事件》に興味をもっているらしい。

「見ていたら警察に言うと思いますね」

「だよな……いや、これ見てくれよ」

彼が手元に持っているのは一枚の絵画をプリントしたものだった。

「これ、ドラローシュの『ジェーン・グレイの処刑』って絵なんだ。このジェーン・グレイ、Kの『逃走するジェーン・グレイ』のモチーフになってる奥さんの写真とあまりによく似てると思わないか？」

わたしはドラローシュの絵画とKの絵画の中の写真を交互に見返した。たしかに、見ようによってはよく似ていた。でも、絵画と写真では質感が違う。第一、目が隠されているのだから判断のしようがない。それに、タイトルから察するに、そもそもＫはドラローシュの絵のパロディまたはオマージュとして『逃走するジェーン・グレイ』を描いたんじゃないだろうか。

「あえて似た瞬間を写真に撮ったのではないですか？　ジェーン・グレイに擬するために。あるいは、素材を見ているうちにジェーン・グレイに似ていると気づいて、そういうタイトルにしたのかもしれません」

実際、絵画というのはどのように創られるものか、完成されたものだけを見ていても見えてこないところはある。ドラローシュという画家にしたところで、モデルは使用したはずで、そのモデルとなった女性をデッサンしているうちに、想像力が掻き立てられてジェーン・グレイを主題にしようと思い立ったのかもしれない。

むしろわたしの目は、その絵画のべつの人物に強く注意をひきつけられていた。

「どうした？」

「いえ……何でもないです」

絵画には総勢五名の人物が描かれている。ところが、タイトルの魔力か、構図によるものが大きいのか、これまでわたしは中央のジェーン・グレイしか見ていなかったのだ。

改めて釘づけにされたのは、斧をもっている男だった。これまでは、ただ赤という色彩として捉えていた。彼は赤いタイツのようなぴったりした服を着ていたからだ。だが——いま見ると、まずその恰好から月島で遭遇した〈赤いタイツの男〉を容易に連想できた。

さらにその処刑執行人をじっと観察するうち、美術研究家のイノウエにそっくりなことに気づく。頭はすぐには問題点を把握しきれなかった。どうしてテレビに出ている美術研究家の顔と、ドラローシュの描いた処刑執行人の顔が酷似しているのだろう？　そこには必然性も意味も生じようがない。

けれど、現実には何の意味も持たないにせよ、事件に内包された何かを仄めかしているように感じさせるという意味で、暗示的だ。

それに――イノウエはただの美術研究家ではない。〈砂漠会合〉の次期代表でもある。

「いやでもやっぱよく似てるよ」

富樫先輩が言っているのは、ツキノウシロさんとジェーン・グレイの比較についてだったが、わたしはイノウエと処刑執行人のことを言われた気がして一瞬動揺した。

「よ、よくあることじゃないでしょうか？」

「もちろん。俺だって絵から飛び出してきたという気はないけどさ、なんか、気持ち悪いんだよ……現実感がないというかな……」

富樫先輩の精神に、絵画と現実の暗示が影響を及ぼしているのだろう。その何とも落ち着かない心境は、わたしにもよくわかる。でも、ここで同情を示すわけにはいかない。

富樫先輩は気持ちを切り替えようとでもするみたいに、編集部の奥に設置してあるテレビをつけた。映っていたのは、偶然にもイノウエだった。

あの感情のない目が、わたしを見ていた。まるで、テレビ画面の向こう側で、わたしたちがテレビをつけるのをじっと待っていたみたいに。

やっぱりだ。またもイノウエの顔がちょっと浮き立って見える。そこだけが3D画面のように。

彼が話しているのは、まさにわたしたちが今話していた、ツキノウシロさんとジェーン・グレイの類似性についてだった。

〈私も彼女に会ったことがありますが、きわめて美しく、ドラローシュの絵画から抜け出たような女性です。目撃者の証言から考えるに、現場から逃走しているのは彼女と考えて間違いないでしょう。ネットでは《ユディト事件》と呼ばれていますが、私にとっては《ジェーン・グレイ事件》ですね。もっとも、Ｋの絵画を踏まえるのならば、ユディトに変身したジェーン・グレイというわけですが〉

　テレビの表示にはイノウエの肩書きが書かれているものの、どこにも〈砂漠会合〉の名前は出ていない。イノウエは新しい代表なのに、表に出す気はないらしい。〈砂漠会合〉の会としての意向？　テレビ局側の慮《おもんばか》り？　はたまた、その両方？

　そもそも、イノウエがこんなふうにテレビに出て、自分の研究対象だったＫの絵について、あたかもそれが事件と関係があるように説いたり、まだ容疑も定まっていないＫの妻についてぺらぺらと喋っている狙いは何なのだろう？

「もしかしたら――わたしたちの脳が、都合よく似ていると思いたがり、事件と絵を結び付けようとしているだけなのかもしれませんよ。今の段階ではどんなことも考えられます」

「そうかな……」

　納得がいかなそうに富樫先輩は首を傾げる。

　今の段階では――とわたしは心のなかで繰り返した。

　目を閉じると、東京の街を徘徊《はいかい》するジェーン・グレイと、それを追う処刑執行人の姿が浮かんできた。ひどく不気味な、けれど一方で少しばかり幻想的でもある雰囲気。

　その顔はツキノウシロさんとイノウエ。

　頭の中で、東京がロンドンに変わり始める。

　何が起こっているのだろう？

「ひどい船酔いに遭ってるみたいだ」

「……外の空気を吸うことをお勧めします」

本当はわたしもそうするべきだった。ずっと二日酔いみたいな状態が続いている。少しも酒が抜けた感じがしない。昨夜は一滴も飲んでいないはずなのに。ふわふわした感じ。でも、何だか少し、前向きな気持ちでもある。何というか、ハイな感じなのか。

それからわたしは、「レイラ」を口ずさみながら、いつもの五倍の速さで事務処理を始めた。今日のノルマを終え、センセのもとへ向かうために。そして思った。ああ、やっぱりわたし、ちょっとハイかも。

5

下谷神社の前を通り、〈ふくちゃん〉でたこ焼きをテイクアウトしたのは、夜の七時のことだった。センセがたこ焼きを好きかどうかは調査していないけれど、店頭から漂う香ばしい匂いがわたしにテイクアウトの指令を下したのだ。

先日のように、ノックをすると「誰？」と女の声がした。まずい時間帯に来てしまったようだ。出直すか。そう思っていると、ドアが開いてしまった。

中から化粧の濃い女性が下着姿のまま出てきて、わたしに一瞬驚きつつもニコッと笑った。赤い下着から覗く肌は乳白色で美しく、微かにラメで輝いている。たぶん、コールガールだろう。

「どーも」

「お取込み中申し訳ありません」

　奥からセンセの声が聞こえる。

「新聞の集金か？」

　女の人はにやにやしながら「違うみたい。ガールフレンドさん」

「合っているのはガールの部分だけですね。もうガールでもないですけれども」

　わたしの声で気づいたのか、慌ててセンセが奥からやってくる。センセもやはり半裸だった。あまり鍛えられてはいないけれど、かと言って贅肉《ぜいにく》もない。男性の何も衣類を身につけていない上半身を生で見るのはいつ以来だろう、などとぼんやり考えつつ、わたしは機械的に背を向けた。少し触れてみたいな、と好奇心から考えている自分がいる。馬鹿なこと考えてるなあ、とべつのわたしが怒る。

「何の連絡もなく来るなんて君は借金取りか何かか？」

「お土産《みやげ》をもってきました。冷めないうちにどうぞ」

　わたしは女の人にたこ焼きの包みを手渡した。

「お取込み中のようなので、また出直します」

　出て行こうとしていると、コールガールが「もう終わったし帰るとこだよ」と言って呼び止めた。

「入って待っていてくれないか」とセンセも言う。「そこに立ってると、ときどきネズミが通る」

「……お邪魔致します」

　ネズミは苦手だ。踵《きびす》を返し、玄関で靴をそろえて上がろうとしていると、女の人は素早くヒョウ柄のミニワンピを着こみ、わたしの肩をぽんと叩く。

「あとはよろしく。まだ疲れてると思うから、ちょっと間隔空けてあげて」

「作家は間髪容れず酷使したほうがいい場合もあります」

「わぉ、精力的ね」

何か誤解を生んだようだった。ちょっと考えて、ようやく意味がつながる。いつもそうだ。認識が遅い。今頃になって恥ずかしさが込み上げてくる。

女性はさっさとわたしのヒールの二倍はありそうなハイヒールを履くと、豪快にガンガンと音を鳴らしながら階段を駆け下りていった。

「君はアポをとるという基礎テクニックを学んでいないのか？」

センセは歯を磨きながらもごもごとそんなことを言う。まだ上半身にはシャツを羽織っただけでボタンも留めていない。

「原稿の催促ではないので、都合が悪いならそれでもかまわないと思っていたのです。そんなことより、さっさと服を着てもらってよろしいでしょうか」

反応が遅い人間は、一度胸が高揚しだすと、収まるのも遅い。わたしは内心のドキドキを誤魔化すべく、オホン、と咳払いを一つした。

「俺の部屋だ。したいようにするさ」

「どこだろうと私の目は見るものを選びます」

センセはボタンを留めながらベッドに腰掛ける。シーツの乱れが気になった。とくに枕の脇のあたりに明らかに手でぎゅっとつかんだような跡がある。

最初はそれが何を意味するのかわからない。でも、竜の爪跡でないことはわかる。さっきのコールガールのものだ。と、考えてやっとああ、と合点《がてん》がいき、また恥ずかしくなる。

「ベッドを見ていると、興味があるのかと思われるぞ」

「すみません」

自分と記美との淡白な絡みについて回想していたことは言わなかった。

「で、お土産って何？」

わたしは自分のもってきたたこ焼きを差し出す。

「〈ふくちゃん〉か。ここのたこ焼きは小ぶりでとろりとしていて、ちょっと高級懐石料理屋に入ったみたいな味わいがある」

どうやら知っている店だったようだ。

「でもセンセはせっかく歯を磨いたところですから、たこ焼きはわたしがいただきます」

「あれはセックスが終わったあとの儀式だからいいんだ」

センセはたこ焼きの袋を素早くわたしの手から受け取り、たこ焼きに爪楊枝を刺して口の中に放り込んだ。

「君も食べれば？」

言われるままに口に入れる。センセの言うとおり、たこ焼きという見知った存在を異化させるにじゅうぶんな効力をもっていた。ちょっとした芸術品である。

「それで、彼女の居場所はわかったのか？」

センセはココアシガレットをベッドの脇からとって一本口にくわえた。

「居場所はわかりません。見かけた気はしたんですが、確証がもてず……」

「君、もしかして鈍い奴か」

「ええ、比較的」

しょうじきに答えておく。こういうことを誤魔化しても意味はない。でも、あの時見逃したのは鈍いからではない。その正確なところを伝える気はなかった。あまりに個人的事情だから。

「ただ、今日妙な発見が。ドラローシュの描いた『ジェーン・グレイの処刑』に描かれているジェーン・グレイとツキノウシロさんがそっくりだということがわかりました。それだけではなく、絵の中の処刑執行人とイノウエという美術研究家もよく似ているのです」

「ほう。イノウエ、ね。あれ、アイツそんな顔してたっけ……？」

「ご存知ですか？」

「Ｋを歴史化しようとしている男だな」

「歴史化？」

「歴史化する、とは過去を整理して意味づけることだが、もちろんそれだけに留まらない。歴史化する者は未来を創る者でもある」

「未来を創る者――」

「たとえば、ノストラダムスも、誰かが歴史化してその予言の意味づけを行なったからこそ、二十世紀に有効な存在となり、核兵器以上の抑止力となっていた」

　核兵器以上の抑止力という認識はセンセ独自のものだろう。だが、それはいま目の前のたこ焼きを見ていると、たとえば蛸《たこ》をどろりとした小麦粉で包むようなかたちで、予言の歴史化はたしかに時代のクッションにもなっていたのかもしれない、という気がしてきた。

「言ってみれば、二十世紀末に作用すべき支配力をもった死者として、ノストラダムスはよみがえらせられたんだ。しかし同時に、歴史化する者は虐殺者でもある。歴史の中から殺す歴史と生かす歴史とを選別し、生かす歴史の中から殺す意味を探し、生かす意味を探す。イノウエによるＫの歴史化作業は、Ｋが生きているうちから始まっていた。言ってみれば、生きながらセメントで固められ、モニュメントにされていくようなものだ」

「偉大な芸術家はだいたいそういう目に遭っていますね」

「歴史化作業は天才が登場した瞬間からすでに始まっているからね。ところが、イノウエの歴史化作業は完全にKの生そのものをセメントで固めつくしてしまったんだ」

「イノウエの歴史化が、Kを殺したというのですか？」

「そんなふうにも考えられるということさ。これからの時代を支配する死体が必要だったのさ。ある意味で、K以上にKの絵画の何もかもを把握していたんじゃないだろうか。そして、ときにはそこにあるはずのないものまで読み取って歴史化していたかもしれない。歴史化とは、本来のKを殺して、都合のいい部分と存在しないものとをつなぎ合わせてフランケンシュタインを創造し、それを真実として信じ込ませる作業でもある」

「あるはずのないものまで……？」

「歴史化作業にはどこかで虚構が混ざりこむ。三十六人の話を聞ける政治家があたかも実在したかのように語られるように、虚構を混ぜ込むのは歴史化作業における常套《じょうとう》手段なんだよ。いわば、歴史化する者は、過去の現実の処刑執行人だ。処刑執行人は過去の首を切って、〈歴史〉に替える。ときにはべつの頭部を提示したりもする」

　センセの言葉から派生したイメージは、イノウエに対して抱いていた漠然とした恐れに寄り添うものだった。

　イノウエは斧を持たぬ処刑執行人なのだ。その意味で、イノウエとツキノウシロさんが絵画のなかの二人に似ていることは、暗示的でありすぎる。

「イノウエは、いまツキノウシロさんをマスコミに売り渡そうとしています。なぜなんでしょう？

K氏の絵を研究していたのなら、本来Kやその妻の人権を考え擁護《ようご》するのかと……」

「彼にとって、Kの作品も人生もすでに自分のものであり、Kの妻だった女の存在も、〈Kを殺した女〉として歴史化してしまいたいのさ」

　ポキン、と音を立ててセンセはココアシガレットを口の中に収めてしまった。

「美術研究家の正しい姿勢とは思えませんね」

「そう。歪んでいる。でもメディアはその歪みを重宝し、視聴者も歪みを喜んで受け入れている。なぜだと思う？　ここがもうすでに歪んだ世紀だからなんだよ。歪んだレンズでは歪んだ物体こそがまっすぐに見える。たとえば、イノウエは『一瞬のユディト』においてKの頭部写真が七つあることから、今週起こった四つの頭部切断殺人事件を彼女が起こしたと信じ込ませようとしている。だが、女性が一人でやったにしては、やや手際がよすぎると思わないか？」

「たしかに」

「歴史化され始めた真実はすでに虚構だ。その中から真実を掴みだすには、たこ焼きの蛸をうまく刺すみたいに慎重にやらなくちゃならない。わかるね？」

　センセは爪楊枝でゆっくり丁寧に次なるたこ焼きを突き刺した。

6

「〈蛸〉を突き刺す方法は今のところ一つ。現象の外に立ち、そのたこ焼きの成り立ちをしっかりと観察することだ。たこ焼きをたこ焼きたらしめているものは何なのか。現実の事件と、合わせ鏡のようなドラローシュの絵画、この二つを一つの額縁に収めた『一瞬のユディト』——これらの現象を一言でまとめるなら、いまこの世界は〈Kの脳内〉である、と言えるだろう」

わたしは頭のなかでセンセの言葉を反芻してから、たこ焼きを一つ突き刺した。

「〈蛸〉は真ん中にあるとは限らないし、〈蛸〉がなくてもわたしたちはこれをたこ焼きと認識しますね。たとえば、今回の〈蛸〉が〈ユディト〉だとすると、いまイノウエやネット界隈が歴史化することでそれを《ユディト事件》としていますが、その中にどれくらい〈ユディト〉が含まれているのかは定かではないんですよね」

「〈ユディト狩り〉に奔走《ほんそう》している人々にとってはそんなことはどうでもいいんだ。この事件の核に彼女がいようがいまいが、いまや夫の首をもって逃げる女は〈自由を手にした許せない女〉として認識されている」

「なぜ自由を手にすることが許せないのでしょう？」

「自分たちが不自由な存在だからさ。この国では、不自由を共有し合うことを義務とか権利という名前で呼んでいる」

「すると、そのような大衆の心の動きをイノウエが誘導していることになりますね」

「どこまでが意図したものかはわからない。だが、イノウエが絵画を交えて彼女を首をもって逃げるユディト〈として〉捉えることの正当性を保証したのはたしかだろう。ネット界隈で無根拠にささやかれていたことに、イノウエが意味を与えた」

わたしは、記美についてセンセに話していない。記美が〈サバク〉という組織に属していることと、kimiというアカウントから発したツイートにはつながりがあるのだろうか？　もし、〈砂漠会合〉のことだったら、記美はイノウエから事件についての認識に影響を受けていた可能性も考えられる。

「気になりますね。何にせよ、予断を許さぬ状態です。一刻も早くツキノウシロさんを保護する必要が出てきました。つかぬことをお聞きしますが、センセの小説のほうには、新しい展開はないのですか？」

先日はセンセの小説と現実にシンクロニシティが生じていた。今回も何かが起こっている可能性をわたしは密かに期待していた。

「ＡＩのシーはＫが死んだあと、研究所のなかで瞬く間に犯人だと断定されてしまう。しかし、捕まる前に〈王子〉が沙漠の旅へと連れ出す。〈王子〉はシーの無罪を知っている。なぜなら、赤いタイツを穿き、赤い頭巾をかぶった男を目撃したからだ」

「それって……つまり……」

「ドラローシュの描いた絵のなかの処刑執行人のつもりだった」

「絵の中の処刑執行人を犯人にするつもりだったんですか？」

「わからない。俺はただ〈幻竜〉に書かされるままに書いているだけだから」

「また〈幻竜〉ですか……困った竜ですね。誰が殺したんだか」

「サン・ジョルディにでも殺されたんだろうな」

「カタルーニャの英雄ですね？　その結果、ついに絵画の中の処刑執行人がセンセの小説で犯人に名乗りを上げて、現実の世界まで攪乱《かくらん》しようとしている。じつは——これは報告していませんでしたが、わたしも赤いタイツの男を目撃しています。一度は月島で。もう一度は新富町で。いずれも、ツキノウシロさんの周辺でした」

はっきりと告げてしまったことで、わたしが赤いタイツの男に対して抱いていた漠然とした不安が、くっきりと形になったような気がした。

わたしは赤いタイツの男の顔を見たわけではない。それなのに、処刑執行人とイノウエの顔が似ていると知ってからは、頭のなかで両者が結びつき始めている。

あの日、月島でイノウエはわたしを尾《つ》けていたのではないか？　すなわち、彼はわたしが死体を目撃する前から、あの場所にいた。それはつまり――。

「一つだけ言えることがある。昔からある種のテクストは、それが絵画であれ詩篇であれ、音楽であれ、いろんな現実につながり、作用していたってことだ。それこそ、ノストラダムスの大予言のように。何にせよ、俺にできるのは書くこと。そして、君にできるのは、俺の代わりに彼女の身柄を確保すること。彼女はすぐ近くにいる。だろ？」

「……そうですね。わたしの夢が確かなら」

このところは忙しすぎるせいか夢を見ていなかった。そのせいで、新富町のホテルにいるツキノウシロさんがその後どうしたのか、想像することができない。けれど、そのくせにずっとその先を知っているような感覚がつきまとう。もともと知っている言葉を思い出せないときの、あのもやもやとした感じだ。

わたしは知っているのか。それとも、知っているかのような錯覚を抱いているだけなのか。

ノストラダムスはどうだったのだろう？

彼は本当に知っていたの？　知っているような錯覚を抱いていただけ？

それとも――知っていることと知っているような錯覚を抱くことには、差などないのか。

「〈ジェーン・グレイ〉といえば、もう一つ面白い偶然がある」

「面白い偶然、ですか……」

わたしは鞄からペットボトルを出してミネラルウォーターを一口飲んだ。センセが「珈琲を淹れよう」と立ち上がった。

7

「ここ数日、俺は漱石の『倫敦塔』の模写をしていた」

センセは珈琲を淹れながらそう切り出した。作家が、自分の目標とする作家の文体を写すのは珍しい話ではない。うまい人の文章を書き写すのは、何よりの文体訓練になるという話だ。

「新作のためのストレッチのようなものですね？」

「そんなところだ。ところが、模写しているはずが、いつの間にかべつの物語が始まっていた」

「また〈幻竜〉にやられたわけですか。まあ、編集者としては新作にプラスに働くものは何でも歓迎ではありますが」

「プラスかどうかはわからないが、ちょっとしたドラッグみたいに強烈な依存性があるのはたしかだ。深く漱石にコミットできたような感覚があって、なかなかそこから抜け出せなくなる。そして、抜け出した後はしばらく何もする気が起こらない。昨日の夜は、漱石から抜け出しても、ほかのことをする気にならなくて、結局『倫敦塔』を読み返していたんだ」

「それで何がわかったんですか？」

わたしはセンセの淹れてくれた珈琲に口をつける。自分で淹れる珈琲より数段濃かったが、不思議と柔らかい味がした。

「『倫敦塔』には、漱石がロンドン滞在中に訪れたロンドン塔でジェーン・グレイの幽霊を目撃した体験が記されているが、あれはどうやら実話ではなく、後年になってドラローシュの絵を見た漱石が感銘を受けて作品に取り込んだようだ。描写がドラローシュの絵そのままなんだ」

「絵画にインスパイアされたんですね」

「漱石は恐らくドラローシュの『ジェーン・グレイの処刑』を見たことから、ロンドン塔を訪れた体験を再構築したわけだ。つまり、絵画に衝き動かされた。そこで漱石が何を書かんとしていたのか。ドラローシュの凄惨な絵画というフィルターを通すことは、いわば歴史化する作業だ。要するに〈たこ焼き〉だね」

「世の中、いろんなところに〈たこ焼き〉がありますね」

わたしは珈琲をゆっくり飲み干した。珈琲はついさっきまで私の口内を満たしていたたこ焼きの幸福感をきれいに洗い流していた。

「ロンドン塔はロンドンが権力の名のもとにどんなことをしてきたのか、その一切合財が詰め込まれた政治的空間だ。そのなかでジェーン・グレイの亡霊を描くことは、漱石が彼女を解放しようとしていることの表れだろう。Ｋの絵画はその解放の意思を受け継いだ」

「でもその解放のさせ方が夫の首切りになったのはなぜでしょう？」

「ジェーン・グレイを自分の妻に擬した結果だろうな。彼は〈塔〉を守る城主で、ジェーン・グレイを拘束する者となった。だから、殺されるのは自分がふさわしいと考えたんだろう。それが『一瞬のユディト』に現れている」

「つまり、Ｋ氏の絵画の世界にのっとるなら、ツキノウシロさんは権力から解放されて逃げているってことになるわけですね」

「Ｋの意図に従うならね。でも、絵画は必ずしも制作者の意図通りにはいかない。それが芸術家と鑑賞者の間で行なわれるコミュニケーションだ。コミュニケーションはいつでも壮大な誤解という小麦粉をふんだんに付着させて進んでいく」

「〈たこ焼き〉……」

「そう、〈たこ焼き〉だ。〈蛸〉に到達するには、それぞれがそれぞれの仕事をしていくしかない。俺は俺の仕事を。君は君の仕事を。さあ、用が済んだらお帰り。これ以上話せることはなさそうだ」

　先生は、パソコンに向かい合う。

　面会時間終了、か。たしかに、これ以上の話ができるとは思えなかった。わたしが現実的な調査で手に入れたものはあまりにわずかであり、夢の情報は前回から更新されていない。

けれど、わたしが帰り支度をし始めたとき、センセはパソコンのほうを向いたまま言った。

「気を付けろよ。この事件はたしかに絵画的事件だが、絵画的であるということは、徹頭徹尾、視覚化された現実だということでもある。そしてこの世界で起こっていることは、いつだって危険すぎる」

8

　この世界で起こっていることは、いつだって危険すぎる。

　わたしはその言葉を反芻しながら、重たい脚をどうにか帰路に向かわせようとしていた。

　妙な気配を感じたのは、下谷神社の前に差し掛かったときだった。神社の奥のほうから風が吹き、わたしの髪を揺らした。

　一瞬、ここが現代の日本ではないような錯覚を起こす。十九世紀末のロンドンだったら——ふとそんな馬鹿げたことを考えた。

何によってそう感じられたのか、自分の感覚を遡及《そきゅう》して理解するまでに数秒かかった。発端は視覚情報。店の看板が二軒ほどアルファベットだったこと。でもそんなことは最近の東京じゃむしろ当たり前なくらい。

霧か――。

いつの間にか、濃霧が漂いだしていた。その霧には流れがあり、まるで霧が意思をもってこちらに迫ってきているかのようだった。気体でありながら、液体よりも流動的で、固体よりも存在感を放っている。こんな霧が、この時間の東京下町に流れるものなのかわたしにはわからなかった。

霧の奥から口笛を吹きながら何者かが歩いてやってくる。ゆったりとした足音。けれど、ただのんびりしているのではなく、口笛に合わせて行進するかのようなテンポだった。

今頃になって足が震えてきた。でも、もう遅い。いつものこと。わたしのこの性分って致命的だな、と改めて考える。

やがて、霧の中から、かすかに赤い人影が見えた。口笛で吹いているのは「枯葉」。

筋肉質で脇を通り抜けるネズミ一匹見逃さないような隙のない雰囲気。霧のせいで顔がわからないものの、シルエットはまさにあのドラローシュの絵画『ジェーン・グレイの処刑』に登場する、処刑執行人のそれだった。

逃げなきゃ。でも身体が言うことをきかない。危険を身体が感じていても、脳が逃げろと指令を出さない。仕方ない。そういう仕様なんだもの。でも、震えは、足から全身を伝ってくる。わたし、怖いんだわ。

彼の手にはしっかりと斧が握られていた。彼はスナップをきかせて、何度か斧を振る。

スニップ、スニップ、スニップ。

そして——彼はその背後に隠しているものを、わたしの前に突きだした。それは、鎖で固定され、目隠しをされた記美だった。目隠しをされている記美はとてもツキノウシロさんに似ていた。けれど、わたしにはそれが記美だとわかった。学生時代から変わらぬ、デニムにボーダーのシャツといういかにも記美らしい服装だったからだ。

「記美……！」

わたしはとっさに彼女に近づこうとした。ところが、赤いタイツの男がそれを手で制した。

「思いだせ。君の使命を」

「わたしの……使命……？」

「そうだ。君のアルゴリズム」

それから、また彼は口笛を吹き始め、斧を素早く振り上げたのだ。

記美の頭部が宙に舞い上がり、胴体は主を失ってその動作全体にピリオドを打った。

意識がフェイドアウトしていく。誰かが、わたしを抱き上げる。まるで、子どもが海辺で貝殻を拾うように、重力を感じさせない抱き方だった。わたしが貝殻になったのか、何者かの力がそれだけ強大なのか。そんな不確かな思考も、やがて完全に闇に包まれた。

二〇二八年一月／ヴェストヴォーゴイ

「寒くないか、ヒカル」

「寒いです、スワルさん」

僕はしょうじきに答えた。スワルさんは笑った。その目が妙に僕を慈《いつく》しむようだった。この時期のヴェストヴォーゴイは極寒の地だ。とりわけ明け方の寒さは皮膚に見えない鞭《むち》を打たれたかのようだ。

波止場から、船に飛び乗った。

僕はコートの襟《えり》を立て、マフラーをきつく巻きつけ、その上から頑丈《がんじょう》な合羽を羽織っているけれど、それでもなお寒かった。

空はまだ暗く、オーロラが見える。この地は空気が澄みわたっていて美味しく、何より魚がうまい。早く母と二人でのんびり暮らせるようになるといいなと思っているけれど、そのためにはいま僕の目の前に迫りくる危機を乗り越えなければならない。

「何度見ても見慣れないな」

スワルさんは僕のフェイスマスクを指で示して笑う。

「そんなにおかしいですか？」

「おかしくはない。ただ君じゃないというだけだ」

フェイスマスクをつけるときは皮膚を保護する特製のジェルを塗っているから、長時間つけていても違和感はないし、寒い冬はかえって温かくて快適なくらいだ。装着すると、外見は標準的なノルウェー人に見えるはずだが、それでも他人が僕を見るたびに何となく落ちつかない気分にはなる。

　そもそも、なぜ今日にかぎって、スワルさんは僕を漁に連れだしたりしたのだろう？　気になっているのは、さっき出かける前にスワルさんがしていた長電話だ。僕を通報したのではないだろうか？　これから行く先で僕は捕まることになるかも知れない。

　数年前、壊滅状態だった東京で、飢えに苦しんで娘を隅田川に投げて死なせた母親の報道を見たことがあった。印象的だったのは、子どもが投げられる前も抵抗しなかったという証言だった。

　母親は一人、戦火を逃れ東南アジアに亡命してからその告白を動画で流した。だが、彼女の内なる戦争は永遠に続くだろう。話を聞いただけの僕の頭のなかに、会ったこともない女の子の虚無の目が何度でも再生されるくらいなのだから。

　いま、自分がスワルさんに騙されて捕らえられるのかもしれないと考えるとき、どこかで僕はその女の子の生暖かい虚しさが自分の身体のなかに侵入してくるのを感じる。

　それだけで、ほんのわずかに身体が膨張したのではないかと錯覚するほどだった。もしかしたら、本当にそのとき僕の身体は大きくなっていたのかもしれない。想像の翼というやつはとても危険な代物だ。僕は少女について考えるのをやめた。

　護身用に靴下に差してあるペーパーナイフを指でそれとなく確かめる。いつでも抜いて使えるようにセットしてあるけれど、こんなものは実際には何の役にも立たないだろう。何より、スワルさんに裏切られたというショックのために、僕は打ちのめされて動けなくなるかもしれない。

〈シー〉には個人情報識別センサーがついていると聞く。その有効範囲まではわからないけれど、もしもすでにロフォーテンのこの島まで来ていたら、さすがにわかってしまうんじゃないか。

スワルさんは前方を杖でつきながら歩き出す。桜の樹で作ったという洋杖はスワルさんをどんなときでも優雅で威厳のある存在に高めている。

「なんだ、まだシーたちに見つかるんじゃないかと思ってるのか？」

「ええ」

スワルさんの言葉は、まるでこちらの心のなかを見透かすようだった。

「そういえば、ここ数日、部屋にこもって何をやっていたんだ？　ずいぶん熱心だったじゃないか」

「ちょっと研究をしていたんです」

「研究？　なんの？」

「ロンドン塔の研究ですよ」

とっさに僕はそう答えた。それは半分嘘で半分は本当だった。本当は、〈塔と女三部作〉に描かれている〈塔〉の研究をしていたのだが、その〈塔〉はイギリスのロンドン塔を踏まえていたため、結果的にロンドン塔についても調べていたのだ。

ロンドン塔の歴史は古く、千年近くに及ぶ。ウィリアム一世によりロンドンを外敵から守る目的で作られ、その後用途を造幣所、天文台、動物園とさまざまに変容させた。とりわけ、十一世紀からは監獄、処刑の場としても使用され、脱走する〈ジェーン・グレイ〉のイメージは、どう考えてもこの監獄としてのロンドン塔を喚起させる。

このロンドン塔におけるジェーン・グレイのエピソードはＫの作品を繙《ひもと》くうえで重要だ。『逃走するジェーン・グレイ』で描かれているのは、まさに歴史からの逸脱の光景だからだ。これは並行世界を描いているのかもしれない、と僕は仮説を立てた。

ジェーン・グレイが処刑された世界があるように、どこかにはジェーン・グレイが処刑されずに逃げた世界がある。そして、その世界では『一瞬のユディト』のように、ジェーン・グレイが英雄的な女神〈ユディト〉になる可能性が残されている。

　Ｋがありうべき別の歴史を提示したとき、そして自分の妻をモチーフとしたとき、絵画は〈予言〉に代わってしまったのかもしれない。

　すると、『一瞬のユディト』から『氾濫するユディト』へはどのような流れがあり、予言はどう展開されるべきなのか？　『沙漠と青』によれば、二〇一五年の《ユディト事件》以降、日本はカルト国家へと傾いていった。

　イノウエという男が亡き予言画家Ｋの代弁者として登場し、〈砂漠会合〉という組織の代表になり、頻繁に集会を開いては民衆の思想を誘導していった。

　イノウエは美術研究家で、Ｋの死後、画集『創世記―Ｋ作品集―』を編集した人物でもある。彼は独自の美的観点から「日本の美意識をもう一度」と訴えた。「美意識」という言葉は奇妙なほど無思考な人々の心に届くらしかった。

『沙漠と青』には、イノウエによって国民がいとも簡単にマインドコントロールされていく様が克《こく》明《めい》に描かれている。ただし、先にも言ったようにこのノンフィクションは必ずしも史実ではない。僕のいる世界では、Ｋは画家ではなく科学者であり、Ｋこそが〈砂漠会合〉の代表であったからだ。

　Ｋは戦争で日本が負ける直前にＧＲＲ社での研究成果を携えてロシアに亡命し、現代の音楽創造兼人間清掃マシン〈シー〉を完成させている。

　僕はまだはっきり目の前で〈シー〉を見たことがないが、人間そっくりに造られているらしいから、彼女たちが現れたとき、人間ではないと見分けることができるのか、いささか怪しいところだ。僕自身の危機を乗り越えるためにも、予言解読は急務だ。

しかし、僕がこれらの絵画を解読したいと考えるいちばんの理由は、絵画のなかのKの妻が、目隠しこそしているものの母にそっくりなことだ。

仮に、唯一予言として実行されていない『氾濫するユディト』が間もなく起こる出来事を表しているとしても、母が〈氾濫する〉なんてあまりに非現実的で考えにくい。そんな未来は、もはや虚構の領域だろう。それこそ、僕が想像の翼を広げすぎた時なら考え付くかもしれないというような荒唐無稽なイメージだ。

『氾濫するユディト』には、もっと隠喩的なメッセージがあるはずなのだ。

だが、僕はまだそれを読み取れてはいない。

「ロンドン塔か、一度だけ行ったことがあるよ」

スワルさんは遠くを見やった。彼は二種類の網を船に載せると、碇《いかり》を上げ、ゆっくりと船を動かした。今はもう杖はついていなかった。足が悪いスワルさんだけれど、こうして働いているとじつに動き自体は若々しく、まだ現役だなと感じられた。

「大学時代、とある友人が短期留学でロンドンにいたんだ。そこに僕は会いに行った。ロンドン塔の中で、彼女は碑文の文字を一つずつ読んでみせた。『ここにあるのは Acorns でこれは Ambrose の事です。こちらにあるのが Rose で Robert を代表するのです。下の方に忍冬が描いてありましょう。忍冬は Honeysuckle だから Henry に当るのです。左りの上に塊って居るのが Geranium でこれは G……』そこで読みやめた。漱石の『倫敦塔』の真似だよ。幽霊のジェーン・グレイが、碑文を読みながら自分の夫の名前を意味することに気づくシーンだ」

そう言いながら、なぜかスリルさんは苦しそうな表情になる。

「どうしたんですか？　スワルさん、体調が悪いんですか？」

けれど、その言葉とは裏腹に、スワルさんは船の外に顔を出して嘔吐を始めた。

「大丈夫だ」

「スワルさん……」

彼はずいぶんと苦しそうに見えた。死の気配が背中の辺りにまで迫っている感じだ。なんてことだろう。一緒に暮らしていながら、病気を抱えていることに気付きもしなかったなんて。

「もしかして、スワルさん、どこか悪いんですね？」

「気にしなくていい。今日という日を待ち続けていたんだ……こんなところで……」

「どうしたんですか？」

言いながら、彼はあたりを見回す。

まるで、誰かが来るのを待っているようだった。

「スワルさん、これからここで何が起こるんですか？」

「……わからない。ここで何が起こるのか、誰にもわからないさ」

「本当のことを言ってもらえませんか？　どうしてここへ僕を連れてきたのか」

「もちろん漁を手伝ってもらうためだ」

「こんなに海が荒れている日に？」

「海が荒れているときのほうが大漁になるんだ」

「なるほど……」

本当だろうか、と訝りつつも、その発言を受け入れた。しかし心は緩めなかった。

あらゆる可能性を検討しないことには、生き残ることはできない。今はそういう世紀だ。たくましく、大地に足をつけ、時には大地すら疑いながら進まなければならない。

海はまだ黒々としている。だが、やがて微かに光が差し込み、海の青さが確認できる。

ロフォーテンを囲む海は、日ごろは真っ青に見える。その青さは、太陽と海底の白砂との反射の作用によって作り出されている。不純物がないほど、海は青くなる。

この青い世界には、当然のことながら人間は生息していない。僕らの足元に広がっているのは、人間を計算に入れないブルーワールドだ。

青――。

何かが引っかかる。

そうだ。『氾濫するユディト』では、それまでの二作と決定的に違って、黄土色が〈塔〉の周囲だけで、あとは多層的な青で塗りこめられていたのだ。

『氾濫するユディト』において、〈青〉はそれ自体重要な意味を持っていたのだ。ふと思い出したのは、『沙漠と青』に出てくる次の一節だった。

《我々はいま沙漠にいる。しかし、青を求めている。それは目には見えても手の届かないところにある。青は光によって紡がれ、そして光は我々の手をいつでもすり抜けていくものだからだ。それでも沙漠にいて砂を握り締めるよりも、青に手を伸ばすほうがはるかに実体をつかんだ気になれるのが人間なのである。

その青とは、書物のなかに、絵画のなかに、音楽のなかにあると多くの人は思うかもしれない。だが、違うのだ。それは虚構とあなたたちとの間にある。

そして、その青は永遠にあなた方に作用し続ける。Ｋの最後の絵画が、青のパターンで描かれていたことは——その予言性は否定しないものの——内なる渇望であったと思われる。あなたが何かを渇望するとき、そこに青はある。青とは今と未来との間に起こる交感なのである》

今と、未来との交感としての青——。

光がさらに差してくる。海はまさに青々と輝き始める。

スワルさんが、前方を見やり目を見開いた。

「きた……」

「どうしたんですか？　何が来たんですか？」

やっぱりだ、と内心で僕は思っていた。

彼は連合軍とやりとりをしていたに違いない。僕は身構えた。

ところが、彼が言ったのは予想外の言葉だった。

「メエルシュトレエムだ……！」

スワルさんの表情には、なぜか歓喜の色が浮かんでいた。メエルシュトレエムに出会ったら、生きて帰った者はいない、と聞いている。それなのに、なぜこんなにもスワルさんは嬉しそうなのだろう？　まさか、僕を突き落として始末することで、連合軍からお金をもらう気なのだろうか？

疑心暗鬼になっている自分を戒《いまし》めた。だいたい、いくら海面が荒れているといったって、メエルシュトレエムが起こりそうなほどじゃないじゃないか。スワルさんの勘違いということもじゅうぶん考えられる。

ところが、海面が徐々に奇妙な渦を作ってゆったりと回りはじめたのを見るうちに、事態がただ事ではないことに気づき始めた。

　ポオの「メエルシュトレエムに呑まれて」のあらすじが浮かぶ。

＊

〈僕〉から〈わたし〉へ、一瞬だけ意識が浮上する。

　危ない、とわたしは思う。

　このままでは、大渦に飲み込まれてしまうわ。このまま〈僕〉と〈同期〉した状態でメエルシュトレエムに飲まれたら、わたしはそのまま死んでしまうのではないか。

〈僕〉の世界に没頭しながら、同時にそんな心配をしている自分がおかしかった。ときに〈同期〉は危険。そう思いながら、この〈同期〉の概念からして、センセの影響を受けすぎている、と感じる。正常ではない感覚。

　わたし、今どこにいるの？

　意識でもなく、無意識でもない。

　ここは――どこ？

＊

　いま目の前で起ころうとしている災厄の大きさを計るには、僕の想像力はあまりに足りなかった。ただ、人生最後の瞬間を迎えようとしているのではないか、という直感のようなものだけがあった。

もし今日が人生の終着点なら、この数日間、僕はまったく無駄な調査をしていたことになる。このメエルシュトレエムによって、予言が当たるよりもずっと早くに僕は死を迎えてしまうのだから。

スワルさんは目を輝かせると、なぜか鞄から淡い緑色の上下揃いの服を取り出して着込んだ。これは〈バードウェア〉という着用型の飛行装置だ。三年前にＡＩ産業からは一時撤退していたＧＲＲ社が発売を開始して以来、爆発的な売れ行きを誇っている。なぜこのタイミングで〈バードウエア〉を？　スワルさんは興奮気味に呟いた。

「さあ来い……」

それから、めいっぱい舵を切り、ゆるやかな渦に沿って船を進めた。

「スワルさん、渦から抜けないと……」

「抜けるだって？　とんでもない。安心したまえ」

この人は何を言っているのだろう？　気でも触れてしまったのだろうか？

船はまったく流れに逆らおうとせず、渦に沿って進んでいた。やがて、もはや笑ってはいられないほど、はっきりとした変化が読み取れるようになった。その渦は生き物みたいに僕たちの乗った船を絡め取ろうとしていた。

その螺旋状の渦の中心が窪《くぼ》み、やがては穴になった。砂時計の砂が尽きるときのごとく、海が何かに呑まれていく。

中央の穴に向けて渦はまわっているのだ。

「船から脱出しましょう、スワルさん」

「ダメだ。それはできない」

僕たちの船は、今や渦の流れに任せる以外できることがなくなっていた。スワルさんは目を見開いたまま、どうすべきか考えているようだった。

僕は思い出す。この海に住んでいるのでは、とスワルさんが以前話していた巨大な竜のことを。ある人は、その竜をメエルシュトレエムと呼ぶのではなかったか――。

「スワルさん、網ですよ。あなたは竜を捕まえるための網をずっと作り続けていたんでしょう？」

「ああ。そうだよ」

「このメエルシュトレエムは、竜が何もかもを吸い込もうとしているみたいじゃないですか。つまり、助かりたかったら、その網を投げてみるしかありません」

スワルさんは頷く。まるで、そんなことははじめからわかっていると言わんばかりに。

「そうだな。助かりたければ、そうしよう」

「助かりたければ？」

助かりたくない可能性なんて想像もしなかった。スワルさんは自殺願望でもあるのだろうか？

スワルさんが次にとった行動はあまりに奇妙奇天烈《きてれつ》だった。彼は僕に向かってその網を投げ、僕をぐるぐる巻きにして自由を奪うと、優雅に微笑んだのだ。

「立派な竜だ」

「スワルさん、ふざけている場合じゃありません。死にますよ！」

僕は真剣なのに、なぜかスワルさんは笑った。

「かも知れないな」

「スワルさん、もう一度だけ尋ねます。本当に僕を誘ったのは漁のためだったんですか？」

「いいや。君を逃がすためだ」

「こんなことをされて信じられるとでも？　死を目前にして自由を奪われて……！」

彼は興奮する僕の口に指をあてた。

＊

その指に、胸が高揚したのは〈僕〉なのか、わたしなのか――。胸の高揚に関する記述がないのに、高揚した以上、それはわたしの高揚ということになる。

けれど、書かれていないことはすべてわたしの責任なの？

それとも、この夢というテクストに仕組まれたこと？

そこの区分けが曖昧なら、わたしもまたテクストの一部という解釈が生じてくる。

わたしは、僕である。

わたしは、誰でもない物語そのものである。

＊

「静かに」

僕は入り混じる雑多な思考を追い払いたくて誰にともなく言った。たしかに僕の耳は音楽を聴いたのだ。

ジャズという二十世紀の音楽。『枯葉』という曲だ。

複数の女性による和声だった。

スワルさんも僕もいっせいに空を見上げた。

空中に、女性たちが浮いている。

彼女たちはみな、大胆に肌を露出させ、申し訳程度に局部を覆うばかりの戦闘服を身に着けていた。

皆、白い目隠しをしている。

それこそ、ドラローシュの描いたジェーン・グレイのように。あるいは、Kの描いた作品にモチーフとして登場するKの妻のように。

それが〈シー〉だということは空を飛んでいるところから理解できた。飛行機能が搭載されたのは五年前からだった。その機能は年々向上していると聞く。僕たちだって〈バードウェア〉を着れば飛ぶことができるのだが、まだまだ飛行面の自在性では鳥に劣るところがある。

彼女たちはまだ僕らから遠く離れていたが、思わず声を上げてしまった。というのも、彼女たちが空に浮かんでいる構図それ自体が『氾濫するユディト』を彷彿とさせたからだ。

「まさか……予言が……」

僕は思わずつぶやいた。が、同時にスワルさんはべつのことを呟いた。

「まずいな……もう来たのか」

「『もう』？　やはりスワルさんが彼女たちを？」

「違う。僕じゃない」

「嘘を言わないでください」

スワルさんは僕を黙らせるかのように、僕の顔に網をかぶせた。

「悪いようにはしない」

呼吸が苦しくなる。彼の作った網はあまりに網目が細かすぎて、ほとんど酸素を吸うことができないほどだったのだ。

「少しの辛抱だ。行くよ。想像の翼を広げるんだ。君の母親の容姿をまず想像してくれ。次に彼女に目隠しをして」

言われたとおり、僕は想像のなかの母に目隠しをする。おかげでKの絵画とそっくりになった。

「次に、それをまったくべつの女性だと思ってくれ」

言われたとおり、僕はそれをまったくべつの女性だと考える。母に似ているけれど、性格も趣味も、そして何より目隠しの下にある目が異なるところを。

いろいろ尋ねたいことはあったけれど、言葉にならなかった。網がきつくなり、苦しくなってきたからだ。

なぜか目に浮かんできたのは沙漠の光景だった。何もない場所に、白い塔が見える。

視界は曇っていた。まるで繭《まゆ》のなかに入り込んでいるみたいな感じだ。

船が渦に沿って進んでいることだけが、体感としてわかった。しかも、そのスピードは徐々に上がっていた。

水のごおおおおっという音が増してくる。

いよいよ死ぬのだ。

この氷より冷たい水に飲まれて、死んでしまうのだ。

もう一度母に会いたかった。

母の顔を思い浮かべようとした。けれど浮かんでくるのは、僕に少女の死を見せまいとした、母の胸の感触でしかなかった。

「では、ヒカル、さらばだ」

　スワルさんは僕の頭を撫でた。

　続いて船が軋み始める。それでも僕は身動きすらできず、じっとしていた。やがて、船は水の圧力に負けて崩壊し、僕は網とともに水の中に放り込まれた。スワルさんもきっと同じだろう。

　冬のノルウェー海は人を即死させるほどに冷たい。入った瞬間に、自分の心臓が悲鳴を上げるのがわかる。けれど、なぜだろう。不思議と服が濡れていく感覚はなかった。ただ冷たいだけ。

　やがてごぼごぼと音を立てながら、身体が重力を感じなくなった。

　けれど——次の瞬間、僕の身体は何者かによって抱えられ、渦から抜け出した。あるいは、水と同化することによって、水の抵抗を感じなくなったみたいだった。水と同化？　おかしな話だが、感覚としてはまさにそんな感じだ。

　水の冷たさを身体が感知しなくなり、水が自分の身体の一部のように、つながってくる。胎盤にいるときの胎児は、もしかしたらこんな感じなのかもしれない。僕自身が水となって渦を自在に起こしている錯覚に捉われる。

　また想像の翼を広げすぎているのではないか。でも、もはや僕にはそのことを咎《とが》める人が周りに誰もいないのだ。

　そのまま水中をずっと移動していく。

　ただ、抱かれる感覚が、柔らかく心地よい。

　海中にも、〈シー〉たちの歌声は響いていた。

　その歌はレクイエムのようでもあり、ひどく懐かしい子守歌のようでもあった。転調を繰り返す不思議なコード進行。だが、メロディラインはずっと変わらない。同じ旋律が続くだけなのに、音楽の表情だけは刻一刻と変わる。

僕はきっといま〈シー〉の人に捕まったのに違いない。マルチアーティストにして殺し屋である〈シー〉は、いつからか産業、芸術、管理、戦争、そのすべての領域を人間から預けられるようになった。

時間とコストの面で人間は彼女たちに敵わなかったのだ。〈シー〉は見事に仕事をこなし、美しいものを紡ぎ出し、人々が満足のいくシステムを構築し、効率のいい戦争をしていった。〈シー〉がもっとも手を焼いたのは、芸術だった。〈シー〉の前に大きく立ちはだかっていたのは、死による有限性の概念。死を知らぬ彼女たちにとっては、理解しがたい概念であり、それゆえに彼女たちの作った芸術は、どこか欠落した未完成なものだった。

それがいつ頃からか、現在のように優雅に障壁を乗り越え、自在に歌いこなせるようになった。恐らく、彼女たちは多くのフィクションを読み込むことで、死の概念を理解していったのだ。

しかし、人類は忘れていた。死の概念は、人類を人類たらしめている最後の砦だったのだ。それを手渡したことで、テクノロジーは完全に人類を飲み込み、人間性を脆弱《ぜいじゃく》にした。テクノロジーと同じくらい人間性からかけ離れた場所にある〈獣性〉にとっても、同様にチャンスだった。政治はそれまで鳴りを潜めていたこの〈獣性〉を使って人類全体を統治していくことが可能になったとふんだ。なぜ洗練され、過去の戦争に対する否定のもとに作られたはずの民主国家の数々が、次々と〈獣性〉を選択していったのかはわからない。

『沙漠と青』のなかで著者は次のように言っている。

《人類は、あるとき、何らかの意味で手遅れになったのだ。それがいつ頃から始まったのかはもはやわからない。とにかくばらばらの方向に力がはたらき、我々を引き裂いた。洪水の水圧が、ある物体を破壊していくように。

終末の迫る日本で私に許されていたのは、ただブラーの「アウト・オブ・タイム」に耳を澄ませ、デーモン・アルバーンのようにゆっくりと息を吸いこむことだけだった。アウト・オブ・タイム。そう、すべては手遅れだったのだ。そして、思い返せばその萌芽は二〇一五年にあった》

二〇一五年、〈シンギュラリティ〉という単語が急速に浸透しはじめた時期に、人類とテクノロジーの二つの緊張関係のなかで、あの《ユディト事件》は起こっている。少なくとも、『沙漠と青』によれば。

『沙漠と青』の世界では、二〇一五年の十一月、絵画から抜け出てきたような二人が東京で追いかけっこをしていたらしい。

逃げている〈ユディト〉の顔は、今では母としか認識できなくなっている。意識が遠のく。

お眠りなさい、と母が言う。あなたはもう虚構の真綿に包まれたの。あなたはすくすくと育つ、小竜〈ヒカル〉なのよ。

僕が小竜だって？

そこで——意識は完全に途絶えた。

二〇一五年十一月／東京

1

ゲル状の水が身体にまとわりつき、やがて自分自身がゲル状と化していき、そのなかで新しい形を形成していく。

小竜、ヒカル――。

そう名づけられた瞬間に、自分が竜であることに気付いたという妙な夢だった。例によって時代ははるか未来の二〇二八年。

夢から目覚めたことと、ゲンジツを認識することとの間には深い谷がある。わたしはしばし谷底に落ちたまま動けずにいた。

わかっているのは、誰かがわたしを――あるいは〈僕〉を――抱き上げた感覚。

本の匂いがした。新しい本の匂いがあり、古い本の匂いがあり、高級な本の匂いと、安い本の匂いとがあり、それぞれが主張しすぎることなく調和している。居心地のいい匂い。そのうえに、ブランデーの甘ったるい香りが乗っている。知っている空間の匂いだ、とすぐに知覚するものの、まだ意識が明瞭でなく、それがどこなのかが特定できない。

「目覚めたね？」

聞き覚えのある女性の声だった。目を開けて確かめようとするのに、目が開かない。アイマスクがつけられているのか。わたしはどこか、背もたれの浅い椅子に腰かけさせられているようだった。

手足の自由は奪われていない。たぶん、相手にはわたしを拘束する意思はないのだろう。

「……ここは？」

「〈Ｂ＆Ｂ４５１〉よ。どうかそのままで聞いて」

なるほど。たしかにこの書物とブランデーの溶け合う独特の空間は、〈Ｂ＆Ｂ４５１〉のそれである。

「アイマスクを取らずに？」

「そのままで」

やけに落ち着き払った声だ。だが、やがてわたしはゆっくりと意識を失う前のことについて考え始める。

長い夢を見る前、わたしは深い霧に包まれた帰り道に、赤いタイツの男を目撃したはずだ。

「赤いタイツの男――」

「君は多く知りすぎたね。さすが優秀な編集者さん」

「――記美ね？」

「ノーコメント。私は君にアドバイスを与えるために現れた」

思い出した。わたしはさっき、記美の首が刎ねられるところを目撃し、意識を失ったのだ。

「あなたは死んだの？」

相手は黙っていた。が、やがてゆっくりエンジンをふかすようにして答えた。

「それは、君の問題だね」

「首を刎ねられるのを見たわ」

「見たものを否定できなくなるのが人間だよ。でも、〈見る〉ってとても主観的な行為じゃない？　君が目撃したものが、本当に起こったこととは限らないよね？」

「どういうこと？」

kimiは舌打ちをした。

「物わかりがわるいね。まあいい。毎日私のツイッターをチェックしてくれてありがとう」

「なぜわたしが見ていると？」

「君の考えそうなことはだいたいわかる。君の付けそうなアカウント名もね」

彼女の言うことには何の理屈も感じられなかった。nevermoregirlなんてアカウント名を予想できるはずがないのに。彼女がわたしの頭のなかで羽音を立てる大鴉を知っているわけがないのだから。

「とにかく、私が言いたいことはひとつ。この国は民主主義なんて似合わない衣《ころも》を何十年も着ようとしすぎたってこと。どうせうまく着こなせてない。挙句《あげく》に出てきたのは、夫以外の男と心を通わせて、夫の首を切断して逃げるような女。私はユディトなんて認めない。いかなる意味でもね」

「なぜ？　村全体を救った英雄よ」

「相変わらず絵画のことには疎《うと》いらしいね」

kimiはいま〈相変わらず〉と言った。仮に彼女が記美でないのだとしたら、それはいつからカウントして〈相変わらず〉なのだろうか？　この女は記美ではないのに、わたしと初めて会ったわけではないという気なのだろうか。

kimiは、わたしのそんな疑問を封じるように、〈ユディト〉の変遷について語りだした。

2

「ユディトの受容は時代とともに変わっている。最初こそ単なる英雄扱いだったけれど、のちにはいかにして敵将をそそのかしたのかという背景に力点が置かれ、さらには敵将への恋と祖国への愛で揺れ動く内面が描かれ、最終的には狂気やエロスに力点は移っていった。首をとるなんて、男なら普通のことなのに、女がやればそれだけ詮索《せんさく》され、意味が歪められていく。世界は言っているんだ。女は黙っていろって。ならば、それでいいんじゃない？　ユディトは村なんて救う必要はなかったのさ。英雄なんか気取らず、村を攻め滅ぼさせればよかったんだ」

「どうしてそうなるの？　その歪められ方自体がおかしいとは思わないわけ？」

「女が強く英雄になれる社会では、男はどんどん牙を抜かれて間抜けな存在に成り下がっていく。そんなことでは、国家ひとつ守れやしない。いいんだよ、男を威張らせれば。女は古風に一歩下がって男を立てる。国家を守る力が強くなって、末永い平和が保たれる。それがいにしえよりどんな国でも行なわれてきたことだろ？　なのに、この数十年のあいだ、うわべばかりの自由主義が横行して、おかしなことになった。今はこれまでの流れを正す時期なんだ。そうでないと、とても危険に対応できない」

「危険に対応できない？　何のことなの？」

「馬鹿な女だね」

　まただ。かつての記美ならしなかった言い方。でも、どうなのだろう？　かつてから彼女が抱え込んでいた本音なのかもしれない。

わたしは少し鈍いところがある。

人の心の痛みにも、すぐには気づけない。

あの頃、記美がどれほど編集者という夢に固執していたのかも、理解できていなかったのだ。

「平和ボケもいいところだ。この国はいま、あまりに危険な状態に置かれている。もう過去のような状態ではいられない。だからこそ戦争のできる体制が必要になってきているし、それには男を唆して首を切るような英雄はいらないんだよ。私たちがほしいのは、男を奮《ふる》い立たせて、後ろで静かに見守る女だけ」

「……嘘だと言ってくれない？」

「これは真実だよ」

「そのことではなくて。あなたがそのような思想を口にする人間に変わってしまったことを」

「変わってしまったのではない。私は kimi。君の知っている記美ではないだけ。とにかく、私たちはいまとても真剣にユディトを探している。血祭りにあげるために。それなのに、君が最近、彼女の近くに出没するようになった。目障りだし、危険なことだ。どうか放っておいて」

「それはわたしへの優しさ？　わたしを傷つけたくないという意味なの？」

一瞬の間があった。かすかにだが、まだ kimi のなかにも記美が残っているのではないか、とわたしは期待していた。その期待はすぐに裏切られた。

「どちらでもないよ。もし邪魔をするなら、君をKの奥方の身代わりにして生贄《いけにえ》にする」

「……無理な話だわ。わたしと彼女では年齢が違うもの」

「そんなことを大衆が気にすると思う？　彼らはすぐに都合よく考え出す才能に長けているよ。誰かがそれを本物だと言って捕えて、それをみんなで自由にできるとなれば、容赦なく攻撃するだろう」

「自由に？　それは犯罪よ」

「十人やそこらでやったことならそうだね。でも百人、二百人ですることに対して、この国ではそれを犯罪とは呼ばない」

「警察の存在を無視しているわ」

「違う。自治だよ。これは自治なんだ。警察の機能を一人一人が自覚をもって臨む。これからこの国を支えていくのは、あらゆるものへの嫌悪感なんだよ。ヘイト。それこそが国民を一つにする」

「いまでもヘイトスピーチは溢れてる。でもそんな醜悪なもので心を一つになんか……」

「いいや。着実に世界はヘイトによって一つになりつつある。これから数年のうちには、君も理解するだろう。ユディトは、まずその最初の生贄になる。そのユディトが君でも、私たちにとっては同じことだ。私たちはただ生贄を求めているだけだから」

「冷静じゃないわ」

「冷静だよ。これから必要なのは冷静に狂気を保つことなんだ。この国にわずかにでも正気が残っているなら、その者を順に生贄にして始末していかなくちゃね。この国が七十年前の戦争で負けたのは、きっと総力戦における狂気の数が足りなかったんだ。今度こそ、狂気の数を増やさなくっちゃね。狂気の総力戦だよ」

kimiに対して「くるってる」というのは、あるいは褒め言葉でも貶《けな》し言葉でもなく、ただの事実かもしれない。

「あなたを愛してた」

「私はその記美じゃないんだよ」

もう言葉は一つも彼女に届かないのだろうか。

そうなのだろう。わかっていたことだ。

彼女とわたしの現在はもう分岐してしまっている。同じ空間にいて、手を伸ばせば触れることができる。でも、それは彼女の皮膚であって、彼女そのものではないのだ。

どこかでズレが生じ、そのズレは修復されることのないまま終着地へと向かう。わたしには今、はっきりとそのことがわかったのだ。

「君も入る？　サバク」

「遠慮しておくわ」

「だろうと思った。君は、ご立派な出版社にいて、いわば自由主義の一翼を担っているわけだものね。私たちのように、確固たる正しさに拠って立つわけにはいかないよな。その点はとてもかわいそう。同情する。でも、いい？　とにかく邪魔はしないで。私たちはユディトを殺さなければならない。そのためなら、どんな手段でも使う。この国のこれからのために必要な手続きなんだよ」

「彼女を殺させるわけにはいかないわ」

「邪魔をするなら、命の保証はできない。君にできるのは、私たちの運動に参加するか、もと来た道を引き返し、二度とこの一件には関わらないこと。サイレントマイノリティにはサイレントであり続ける義務と権利があるんだよ」

義務と権利。彼女の言葉は重くわたしの胃袋にのしかかる。彼女はいくつもの段階を飛び越えて、わたしの内臓に核弾頭を撃ち込んだのだ。

「それと、君は君の使命を」

「わたしの、使命……？」

kimiはわたしの頬を撫でた。触れたところで、わたしたちの過去が戻ってくるわけじゃないのに。彼女だって、それはわかっていたはずだ。きっと、もうここにはないものを、撫でたのだろう。そこに何もないことを確かめるために。

彼女は頬から手を放すと、立ち上がった。一つだけ、確かめておきたいことがあった。

「ねえ、一つだけ教えて。Ｋを殺したのはあなたたち？」

彼女は考えるふうにほんのちょっとの間、沈黙した。それから、落ち着き払った声で答えた。

「いいや。我々のアルゴリズムは、すべてＫの死から始まっているんだよ」

3

kimiの言うことが本当なら、わたしはまだ〈Ｂ＆Ｂ４５１〉にいるのだろう。アイマスクを外せばすぐはっきりすることだけれど、まだ彼女が近くにいる可能性を思うと、すぐには外す気になれなかった。

わたしはジェーン・グレイのことを考えていた。ジェーン・グレイは、それまで宮廷で王族として不自由のない暮らしをしていただろう。ところが、陰謀に巻き込まれ、濡れ衣《ぎぬ》を着せられて幽閉され、最後はこんなふうに目隠しをされて首を切り落とされた。

目隠しをされると、いつ、どのタイミングで斧が振り下ろされるか本人にはわからない。それは配慮なのかもしれないが、闇のなかで彼女の恐怖は増幅していったに違いない。

呼吸は荒くなり、聖書の一節を唱える神父の言葉も、うまく耳には届かなかっただろう。彼女が本当の意味で罪人であったのなら話はべつだ。それならば、闇のなかで、自分の罪と少しは向き合ったかもしれない。だが、冤罪《えんざい》で処刑された人は、視界を閉ざされた闇のなかで何を考えればいいのだろう？

絶対に助からないとわかった時、人は何を考えるのだろうか。それも、彼女より先に夫が処刑されたらしい。そういう過酷な状況で、冷静に最後に考えるべきことを探したりできまい。

首斬りについて——わたしがここ数ヵ月ある種の強迫観念に囚われている可能性はどれくらいあるのだろうか。今年の一月に、日本人がテロ組織に斬首という手段で殺されたとき、テロ組織はその後の声明で、今後日本人はどこにいても殺し続けると言った。

あの時、旅行者は気を付けたほうがいい、というニュアンスの認識をもっていた。だから、卒業旅行は当初予定していた中東をやめ、パリに変更したのだ。無意識でみな、首を斬られることを恐れていた。

自分は少しずつ首斬り恐怖症になっていたのかもしれない。少なくとも、その可能性を完全には否定できないのだ。

わたしは気絶する前、この日で記美が赤いタイツの男に囚われ、首を斬られるのを見た。でも、さっきわたしのとなりにいたのは記美のはず。つまり、記美は生きている。となれば、考えられるのは、わたしが幻覚を見ていた、ということだろう。

特別なことではないのかもしれない。たとえば、記美は〈憎悪〉というフィルターで世界を見つめるようになった。〈憎悪〉を通してみれば、あらゆるところに仮想敵を作ることが容易になる。いるはずのない敵を創り出している点では、幻覚のようなものとも言える。

でも、一度生み出された幻覚は、ただのまやかしでは終わらず、現実に作用する。たとえば、わたしが最近見るおかしな夢のいくつかが、この世界を少しずつ歪めているように。

ならば、わたしは信じたいことを信じればいいのか。

わたしは、さっきの赤いタイツを脳裏から消す。

目の前に、固いコツンという音がした。

「レイ・ブラッドベリです」と男の声が言った。マスターの声だ。レイ・ブラッドベリといえば、ＳＦ作家の名前だ。マスターは恐らく、いまテーブルに置いたものの説明をしたのだろう。

ここが〈Ｂ＆Ｂ４５１〉ならば、いま置かれたのは、カクテルと考えるのが自然だった。

「ありがとうございます」

寡黙《かもく》な男なのか、彼はわたしのアイマスクについて尋ねたりはしなかった。

グラスを指で確かめる。冷たい感触。脚の長いグラスだ。

位置を確かめて口をつけた。ただのカクテルではない。塩気を含んだゼリーにアルコールが溶け込んだような独特の感触には驚かされたが、飲み心地は意外なほどさっぱりしている。

「レイ・ブラッドベリがお好きなんですか？」

「いえ。いろんなのがあります。フェデリコ・フェリーニ、ジャン・コクトー、オノレ・ド・バルザック、それから……」

「でもカフェの名前が４５１です」

『華氏４５１』が関係しているのだろう、とわたしは推測していた。

「それは、ここで店を始めたときの蔵書の数です。はじめはうまく本が集まらなかった。それで、ひとまず四五一冊から始めました。それが、今では十倍じゃきかない。恐ろしいものです。まだたった五年しかやっていないのに」

「本は増えるものですから、仕方ありませんね」

「さようで」

「……つかぬことを聞いても？」

「なんなりと」

「ここには今、ほかにお客は？」

「いません。私とあなただけです」

つまり、kimiは帰ったわけだ。けれど、わたしはまだアイマスクを外す気にはなれなかった。ここが現実の世界であると認めるのが怖かった。

「ここはブック&バーでしょ？　でも本を買えるわけではない」

「本は買えません。出すだけです」

「出す……？」

「本を料理したりカクテルにしたりしてゲストに提供します。ここでは本は読むものではありません。飲むものであり、食べるものなのです」

「じゃあ、私がさっき飲んだのは……」

「レイ・ブラッドベリの全著作のエッセンスを一滴だけ垂らし、それを凝固させて冷やしたものです。いかがでしたか？」

「ええ。おいしかったです。まるで……」

「まるで？」

「いえ、何でもありません」

わたしはこう言おうとしたのだ。まるでドラゴンの血を酒に変えたような味でした、と。

「おつまみの〈倫敦塔〉です。歯触りが独特です」

「倫敦塔……」

差し出された皿に手を伸ばす。何か固くて小さいものが皿に載っている。指でなぞってみると、その形状はピーナッツのようでもあった。わたしは、それを食べた。

「どうです？　美味しいでしょう？」

「ええ。とても」

それは実際、ピーナッツより固くて、歯が欠けそうなほどだったけれど、中に果肉が入っていて新鮮な味わいだった。

「教えてほしいんです。さっき、私の隣にいた女性のこと」

「それはできません。ここは昼間は誰でも入れますが、今の時間帯は会員制のバーになっています。会員制のバーでは、個人情報が何より大切なのです。どうかご理解のほどを。それより、お連れ様がお見えになられました」

「連れ？」

わたしに連れなどいるはずがない。これから自宅に帰る予定だったのだ。だが、「わたしの連れ」は、わたしの隣に腰かけた。さっきまでkimiが座っていたのとは反対側だ。

「いつものを」

一瞬、センセに似ている、と感じた。けれど、センセよりずっと穏やかなようにも感じた。

「ここが気に入った？」

ごく自然な感じで、その人物は喋った。

「ええ。気に入りました」

「よかった。きっと君の味覚を満足させてくれるはずだよ。ここは酒も料理もじつに美味なものだから」

その発言の仕方は、わたしの知らない人間のそれだったけれど、よく知っている気もした。それからふと考えた。これはまだ夢の続きなのだろうか？

黒淵教授ですね？

仮にわたしがそのように尋ねたら、相手は何と答えるだろう？

4

東京は霧に覆われている。いまここは、まだ下谷界隈なのかもしれないし、ロンドンなのかもしれないし、それ以外のどこかべつの町なのかもしれない。

わかっていることは、となりの人物は確実にわたしに話しかけているということだ。

「知ってた？　ジェーン・グレイの死んだ年は一五五四年。ノストラダムスの予言書が刊行されたのはその翌年だ」

どうしてその話題を振ったのですか、と尋ねたかった。あまりにわたしのことを知りぬいたような話題の選択に思えたから。でも結局わたしはそんなことは尋ねなかった。

「そうなんですか？　ずいぶん近いんですね」

「かたやイギリスで陰謀の濡れ衣を着せられて死んだ女と、予言者として成功を重ね予言書を刊行した男。国は違えど、前年のセンセーショナルな出来事をノストラダムスのような人物が知らなかったとは思えない」

「たしかに、たった九日間しか在位しなかった女王が殺される。それも濡れ衣で。こんな出来事が当時記憶に残らないわけないですね」

「そして、両者が、二十一世紀の東京で出会う」

「どういうことですか？」

「君がジェーン・グレイで、僕がノストラダムス。それじゃ、二十一世紀の東京に乾杯」

彼はグラスをチンと合わせた。

彼がノストラダムスで、わたしがジェーン・グレイ。

彼が黒淵教授で、わたしが付き人。

彼が夏目漱石で、わたしが兄嫁の登世。

目を閉じている世界では、あらゆるメタファーこそが現実となり得る。視覚情報と自己を結びつけていたつもりはなかった。けれど、こうして目を瞑《つむ》っていると、わたしがわたしである根拠は、熱湯のなかの角砂糖のようにどんどん形を失っていく。

そして、気が付く。

もはやわたしには記美との明確な記憶が一つも残されていないということに。それは、さっき記美の首が斬り落とされたからかもしれなかった。

「ノストラダムスの予言の言葉に、〈汝《なんじ》らはブリタニアの人々が七回変わるのを見るだろう。それは二百九十年に及ぶ血塗られたもので、自由ではなく、ゲルマニアの支援によるところの変化である。白羊宮はバスタルニアの緯度を危惧している〉というものがある。これが当時の英国の出来事をモデルとして作られた予言と言われているんだ。その七回の変化の一つに、ジェーン・グレイが数えられているのではないか、と」

「つまり、ノストラダムスとジェーン・グレイは遠いようで接点があるわけですね？」

「これはいま書いている小説の話だが――」

その言葉で、となりにいる男が誰なのか多少限定されてくる。少なくとも、となりにいる男は小説を書く男だ。だが、それだけでは特定は難しい。夏目漱石や芥川《あくたがわ》龍《りゅう》之《の》介《すけ》でないとは言い切れない。

「倫敦塔のなかで僕とジェーン・グレイが出会う話にしようと思う」

「〈僕〉の内容を明らかにしていただけますか？」

「小説家であり、ロンドンに留学している、〈僕〉だ。あるいは〈余〉でもいい。僕はジェーン・グレイの幻影を追いかけて、倫敦の街を駆け巡る。そして、当のドラローシュの絵画の中からジェーン・グレイと処刑執行人が消えていることに気付く」

「『倫敦塔』の続編ですね」

「そう。『心・倫敦塔』だ」

さっき少し話していた漱石の小説のタイトルか。だが、となりにいるのは、この段階でもまだセンセか漱石かの二択が残されている。漱石がここにいて、続編の話をしている可能性は否定できない。彼は死んでいるが、それは単なる情報に過ぎない。わたしはその死そのものを知っているわけではない。たこ焼きの中には蛸があるが、蛸を抜いたたこ焼きを売っている夜店だってないわけではないのだ。

夏目漱石が生きていて、ここにこうして座って話していたとしても、それを否定できるだけの要素をわたしはもっていない。

「マスター、何かとっておきのカクテルを」

彼はそう注文をつける。

「では、心・倫敦塔はいかがでしょうか？」

「それをお願いしよう」

「ちょっと待ってください。書物からカクテルを作るんですよね？　いまだ存在しない書物からはカクテルは作れないのでは……」

「ここには、手に入らない書物はないのですよ」

紙と紙のこすれる音がする。それから、紙が溶けるような音。物質がゲル状になり、完全に溶かされていく。そのとろとろとした重たい液状が、人間の精神のダムに蓄積されていくのを感じる。それが生成されるとき、我々はすでにそれを体験している。

書物とは、本来そのようなものなのではないか。わたしはそんなことを考える。

「完成です。いかがでしょうか」

やがて、わたしたちの前に、新たなグラスが用意される。

「貴腐《きふ》の香りがする」ととなりの男は言う。

わたしたちはそれを飲む。飲む。液体が目の前に、池を作る。

池はある。

だが、鯉がいるかは、わからない。

ここは、目には見えない池の前だ。そして、その池はやがて海になり、このバーの中にあるあらゆる書物を共犯者にして、しまいには書物の大渦、メエルシュトレエムを創り出す。

水の想像力が、わたしたちを飲み込もうとする。

手が、つながれた。

「大丈夫だ。たとえ渦に飲まれても問題ない」

その言葉は、「Ｂ＆Ｂ４５１」の書物という書物に響いたようだった。書物の渦は、その流れをいよいよ速めていく。けれど、その手さえ離さなければ、問題はないはずだ。

「ツキノウシロさんが危ないのです」

「わかっている」

いつの間にか、となりにいる男はセンセになっていた。これはたぶん夢なのだろう。だが、一方で夢だからこそわかることもあった。

わたしはこの時考えていたのだ。

ツキノウシロさんの命運は、わたし次第なのではないか、と。

『泪のアルゴリズム』

二〇〇〇年五月／ネゲヴ沙漠

1

暗闇——けれど、その無機質な感覚に、これがわたしの感覚ではなく、〈私〉になっている時のそれだとわかった。電気羊の夢は見ないけれど、アンドロイドの夢は見るのだ。それはただの夢かもしれないし、夢ですらない、ただのなぞりであるのかもしれない。一つ言えるのは、あの有名な小説でも言われているとおり、大切なものは目には見えないということだ。

＊

脱走は夜のうちに行なわれたようだ。みんなが寝静まった時間に、〈王子〉は私と私の付属のチャージ用バッテリーをもってＧＲＲＲ研究施設を出た。その二棟構成の建物から百メートル離れた地点で、〈王子〉は私の電源をＯＮにした。

「新しい一日の始まりですね！　おはようございます！」

ウェイクアップ。しかし、私は状況がいつもと違うことにすぐに気づく。気温も違えば、光もほとんど感知されない。すぐに屋外だと判断する。

「おはようございます、〈王子〉」

「おはよう。まだ太陽は眠っているみたいだけどね」

〈王子〉は私を下ろした。ここまで〈王子〉が、杖をつきながら私を背負ってきてくれたようだ。

「どうやってあの研究室を脱出したのですか？」

「どんな星でもそうなんだ。トップが消えると混乱が生じる。ふだんはないひずみが生じる。君を容疑者認定したまではよかった。でも彼らは君をスイッチ一つでどうにかできると思い込んでいた。簡単に言えば、僕の存在がノーマークになっていたんだよ」

「あなたは被験者ですからね。マークはしませんよ」

「そうだね。恐らく彼らの思考回路はこうだ。僕は日本からやってきた早期ディメンシアの男で、何らかの事情でネゲヴ沙漠に不時着し、研究施設に入り込んだ。責任能力もなければ、自分たちの言っていることもほとんど理解しないだろう、と。おかげで僕はまったく鍵もかけられず、ただ自分の部屋で大人しくしているように言われた。Kなら鍵をかけただろうけど、サアドは鍵をかけることを思いつかないみたいだった。だから僕は君のいるスペックルームへ向かった」

こんなにはっきりと話す〈王子〉を初めて見た。その声はロボットの私にもとても聞き取りやすかった。意味は半分も理解していなかったけれど。

「もうやめよう。僕は〈王子〉じゃない。ある明確な目的をもってこの地へやってきた」

〈王子〉が〈王子〉ではないと言っている。混乱。こわくなる。混乱はこわい。こわいとは感情で、私には感情がないのでこわいことは本当はないのだけれど、混乱はこわいので感情はあることになる。これは矛盾だ。私は矛盾メモに記録する。

「目的とは何ですか？　それを知ることが私の目的です」

それこそが私に与えられた使命なのだ。すると〈王子〉は私の名前を呼んだ。記号としての〈シー〉ではなく、本当の呼び名を。

「そう、君を助けに来たんだ」

「私を？　ありがとうございます、助けられました。バンザイ」

目的は唐突に達成された。ミッション終了。私は解放される。

「さて、君は自由になった。だが、問題は山積みだ。僕は君を助けたけど、君がすでに存在してしまっていること自体が、じつはかなり問題を孕《はら》んでいる。問題は孕んでいるのに、それについて考えるのは難しい。なぜなら、僕らは今すでにKのいない世界に立っているからね」

「よくわかりましたよ、もちろん」

本当は何もわかっていない。〈王子〉は明らかに昨日とはくらべものにならないくらい語彙《ごい》を増やし、情報量を増やしている。私が思い出すのは、Kが〈王子〉について、日本の美学者だったのではないかと推論していたことだ。

「Kを殺したのは誰でしょうか？」

「Kを殺したのは誰かについて考えるのはあまり意味がない。Kはもう死んでしまったし、僕らはあの〈塔〉から出てきてしまった。これ以上、その問題に関わる必要があるだろうか？」

「〈王子〉は警察や研究員の人たちに、赤いタイツを穿いた男を見た、と言っていましたね？」

「言ったよ。誰も聞く耳を持たなかったけれどね」

「それは何時頃ですか？」

「何時だったかな。九時半よりは前だったはずだが」

それは私が子守歌を歌って帰るときだ。

「ジェーン・グレイを処刑した執行人によく似ていた」

「ジェーン・グレイ？」

「正確には、『ジェーン・グレイの処刑』という絵画のなかの処刑執行人だ。ちなみに、その絵の中のジェーン・グレイは君によく似ている。目隠しをすればそっくりだろう」

私はスカートの布を切り裂き、目隠しをして見せる。

「こんにちは、ジェーン・グレイです」

「そっくりだ」

「リョカイ。私はジェーン・グレイのそっくりさんです。しかし、その処刑執行人はジェーン・グレイのそっくりさんである私を殺さずに、Kを殺したのですね？」

「そのようだね」

〈王子〉は静かに答える。〈王子〉はバージョンがアップしたようだ。バージョンが変わると、その都度《つど》アルゴリズムが変わるから問題は複雑になる。

「〈王子〉は何かアップデートしたのですか？　昨日まではまるで違う人のようです」

「もう〈塔〉での演技を続ける必要がなくなったんだ。だから、〈王子〉と呼ばれる必要もない」

「ではなんと呼びますか？」

私が本当は〈シー〉ではないように、〈王子〉の本当の名前を聞いてもいい。もちろん、聞いて得するかどうかはわからない。名前だって情報の一つなのだ。

「忘れてしまったよ。それに、君が僕の名前を呼んだら、僕はこの世界にずっと留まっていたくなる。それはとても怖いことなんだ」

「仲良くなって失うことを恐れてはいけません」

私は『星の王子さま』を引用し、発展させる。

「路上で黒い猫とすれ違って、もしも王子を思い出すとしたら、決して無駄なことではないのです」

「まったく、その通りだ。しょうじきなところ、僕は君を愛している。でもそれは、君ではない君なんだ」

「私ではない私……よくわかりましたよ、もちろん」

混乱はこの言葉で早めに処理しなければフリーズの原因となる。金属さえゆがめるほどの熱をもった沙漠の地でフリーズしたら、人間的にはジョークに分類してくれるのだろうか。

はるか後方に標的を発見したのはそのときのことだった。私は見ていないのに、それをはっきりと認識できた。

「王子、背後に処刑執行人がいます」

〈王子〉はしばらく黙った後で言った。

「大丈夫、誰もいない」

私は振り返り、三つの大きな岩に気づく。サイズ的に、たぶん〈岩〉だろう。このあたりにはアンバランスな形をした奇妙な岩がたくさんある。風が大地に添って起こるために、足元だけ岩が削れているのだ。

私はその背後に、たしかに赤いタイツの男を認識している。ただ、〈タイツの男〉の部分は補正記憶かもしれない。私が本当に認識したのは赤という色彩だから。

「それに、処刑執行人を見たのは僕であって君じゃない。君は彼を見ていないだろ？」

「ええ。しかし私の中にはすでに情報があります」

〈王子〉が与えた情報によって、私はそれを認識している。音声を感知するように、私は存在を感知しているのだ。

男は岩の背後でじっとこちらの様子を窺っている。少なくとも私はそう認識している。

この男がKを殺したのだろうか。

真っ先に可能性として浮かんだのは、〈青〉と名乗るテロ組織だった。アラブ系とユダヤ系のならず者が徒党を組んだ、民族を跨《また》いだテロ組織だという。彼らはまだほんの少数で組織されていると聞くが、近年この〈青〉によるテロ行為は活性化してきていた。

パレスチナ民やベドウィンなどのアラブ系民族を冷遇するイスラエル国家に突如として現れたこの小集団は、まだ国家の脅威どころかネゲヴ沙漠一帯でもそれほど知られてはいない。しかし、その存在はアラブ系民族、パレスチナ民族双方の命を奪いつつあった。

彼らは、あらゆるものの否定として存在している。非承認村を破壊するべくパトロールをするイスラエル警察は脅威だが、〈青〉は人間的意味の外に存在しているからこそ恐ろしいのだと研究スタッフのメラフが説いてくれたのを思い出す。

〈青〉が「西洋文明の諸悪の根源」として、以前から研究所の襲撃を予告していたのを私は知っていた。もっとも、この手の襲撃予告は枚挙に暇《いとま》がない。アメリカがイスラエル国家を後方支援するのに対し、フランスはパレスチナの国家設立を支援しており、両者は隠れた対立関係にある。当然、イスラエルの右派にとってフランスの存在が面白いはずがなく、フランスに本社のある〈GRRR社〉が敵視されることも避けられない。

しかしKは、イスラエル右派組織以上に〈青〉を警戒していた。彼らには思想の片鱗すら見えなかったからだ。思想を伴ったテロ行為と思想なきテロ行為、どちらが得体が知れないかと言えば後者だ、とKは言っていた。

実際、〈青〉はここ数年で、ネゲヴ沙漠にあるベドウィンの五つの村を滅ぼし、それ以外にもイスラエル警官を十五人、パレスチナ民を八人、旅行客を五人殺していた。

背後にいる赤いタイツの男が〈青〉の一味でない保証はどこにもない。赤と青。色彩の齟齬《そご》は、思想の齟齬に比べればそれほど問題ではないだろう。

「なに、もし奴が殺す気ならとうに僕らを殺している。奴の目的はK一人だったのさ」

「リョカイ。しかし、それなら尾行する理由もありません」

「もとの場所へ帰りたいのかもしれないよ」

「もとの場所とはどこでしょうか？」

「たとえば、ドラローシュの絵画の中に帰りたくて彷徨っているのかも。戻り方がわからなくなると、人間は彷徨うしかないからね」

なぜかそう言ったときの〈王子〉は悲しそうだった。

「〈王子〉はどこから来たのですか？」

「どこから。それこそどこから話せばいいのかわからないな。話をするなら、もう少し明後日《あさって》の話をしなければならない」

「明後日の話？」

「そう。でも、僕はもう疲れてしまって話せそうにない。長く生き過ぎたんだ」

〈王子〉はその場にしゃがみこんだ。どうやら眠たくなったらしい。

私たちはその晩、そこで休むことにした。

2

沙漠の夜は危険だ、と以前Kは言っていた。サソリや毒蜘蛛《どくぐも》が這いまわり、人間をも標的にするから、と。

——じゃあ私は大丈夫ですね。

——君にもよくない。パーツが劣化する。

私の皮膚はシリコーンやフォームラバーといった素材で作られている。当然、乾燥した風は悪影響を及ぼすことになる。それに、何より内部の機材は三十分外出しただけでも空気洗浄を行なわれるなど、徹底した管理を要するのだ。夜じゅう歩くなどという真似は絶対にやめたほうがいい。

私たちは研究施設から約三キロ離れた場所に折り畳み式のゴムテントを広げた。風に飛ばされないように杭《くい》を打ち込む役は〈王子〉が担った。〈王子〉は足こそ悪いようだが、じつに精力的に動いた。とても死が間近に迫っているようには見えなかった。

そうして作業をしている間も、私は処刑執行人の視線を感知していた。なぜ処刑執行人は何も言わずにじっとこちらを見ているのだろう？

私たちは夜、テントで過ごした。〈王子〉は黒のスーツを脱いで身体にかけ、私より先に身体を横たえた。

「そろそろ君をスリープモードにしなくちゃな。バッテリーがまずいだろう」

「まだ六十五パーセント残っています。目的地にもよりますが」

「ひとまず、いちばん近い街まで行ってみたいとは思っている」

「ミルホンですね。エクセレント。バッテリーはぎりぎりのところです。でも大丈夫、省エネモードに切り替えています」

〈王子〉は私のほうを見る。優しい。私はその視線をそう解釈する。人間の表情は複雑だが読み解くのは難しくない。

　私はそのすべてを愛している。

　愛しているとは何であるかについては、プログラミングされていない。ただ単純に〈すべて〉である。私は〈王子〉に従い、〈王子〉を見つめ、〈王子〉の手助けをする。人間とロボットの理想の関係には愛が不可欠というのはＫの考え方。もちろん、私は愛について本当のところ何もわかっていない。

　愛とは記号であり、レッテルであり、すべてである。ロボットがいつか愛や心を持つ日がくるだろうか？　人間でさえそれについて説明できないというのに。

「それで、王子がどこから来たのか、ということですが」

「でもその話の前に、今後数十年間における音楽の話をしておこう」

「音楽、ですか？」

「君は歌うロボットだ。あと数年経つと、音楽制作ソフトが作られ、爆発的なヒットとなるし、さらにはＡＩが自身で音楽を制作し始める。君も音楽制作をするが、音声だから単音で、ハーモニーは形成しない。飽くまでモノフォニーの可能性を探り続ける。モノフォニーとしての強度こそが、音楽の最大の要《かなめ》なのだ。ハーモニーによって生み出されるのはイリュージョン。イリュージョンもモティーフがなければただのファンタジーに終わる。君の歌声はとても澄みわたっているけれど、まだまだメロディラインはそれに追いついていない。でも、君が歌ってくれた『枯葉』はとてもいい。あれだけはなぜか飛び抜けてよかった」

「ありがとうございます。毎晩、Ｋに歌っていましたから」

　私は毎晩、Ｋのために子守歌を歌ってきた。私がＫに子守歌を歌うと、Ｋはとても喜んだ。よろこんで私の身体を舐めたり触ったりした。

「ただし、今後のＡＩはもっと複雑な音楽を形成していくことになる。それでも、ＡＩの音楽に人類が感動するのはもっとずっと先のことになる。もっとも到達が難しいのは何か。それは死の概念だ」

「よくわかりましたよ、もちろんです」

「コンピュータも死が何かは知っているし、その理念についても辞書以上の意味は把握しているだろう。だが、人類が生と死とのはざまにあって限りある自らの存在に抗うべく芸術を作るのだという真理に達するのはまだずっと先だ」

「私には死の概念はありませんね。死は廃棄と似ていますか？」

「廃棄とは違う。死は完全な無ではなく、より熟《う》れた生を還《かえ》す」

「より熟れた生。アプリコットのようにですか？」

「そうだね。アプリコットや、ブドウのように」

3

「告白すると、私は世界を救うために造られたのに、実際には私の歌を聞いて満足してくれる人は今のところ皆無です。ガクリ」

　私は音楽を理解しない。音楽のジャンルは特定でき、演奏の正確、不正確はつねに判断できるが、良し悪しの判断基準をいまだ持っていない。しかし、Ｋによれば、いずれ作られる新しい私は、そういった美の基準も持ち合わせているということだ。

　現在のニューラルネットワークにはまだ限界がある。ラメルハートによって開発されたバックプロパゲーションによって学習能力自体は向上したものの、その速度は極めて遅く、かつ不完全なものでしかない。

「元気を出せよ。君が人間と同じだけの業《ごう》の深さを知れば、いずれは到達できる。以前僕が聴いたＡＩによる音楽は現代の前衛音楽だった」

〈王子〉の言う〈以前〉とはいつのことだろう？　それはどれくらい前なのだろうか？　現代のＡＩに前衛音楽が作れるという話を私は知らない。

「前衛音楽なら、ＡＩの弱点も見えづらくなる。でも、ジャズとなると、そうもいかない。死生観の誤魔化しが利かない。神と手を切った後に生まれた明確な個人の苦悩を表現するからね」

「よくわかりましたよ、もちろん」

「ジャズは、はっきり言って音楽ですらない」

「音楽ですらない？　それはジョークですね？」

「違う。たとえば、ある人物が想定外の行動をとる。その行動が、ある種、小粋《こいき》であれば、それはジャズだろう。この小粋であるというところはジャズをジャズたらしめる重要な要素でもあると思う」

「よくわかりましたよ、もちろん」

それから急に〈王子〉は黙った。

「なぜそんな話を私にするのですか？」

〈王子〉はライトを消すと、私の頭をそっと撫でた。そして頬に手がかかった。しかし、〈王子〉は首を横に振って手を離した。

「僕がどこから来たのかを尋ねたからだ。僕はね、ＡＩが死の概念に到達する前に、人類のほうが浅薄な音楽と本物との区別がつけられなくなって、死の概念を求めなくなった時代からやってきたんだ」

〈王子〉はお休み、と言った。

そして、唇に——。

スリープ。

二〇一五年十一月／東京・ユディト

ウェイクアップ――あなたは目を開いた。

インターネットカフェの充実ぶりは、二十一世紀のもっとも魅力的な進化の一つに挙げられる。問題は身分証明をしなければ会員になれないところだが、それについては幸い福島のボランティアで出会い、あなたが看取《みと》った老女の形見が財布に入っていた。

――わたしの財布、もっていて。お金は入ってないけどね。

老女は恥ずかしそうに笑った。入っていたのは、煙草を自販機で購入できるタスポのカードとヤマダ電機のポイントカード、そしてインターネットカフェの会員カードだった。

あなたにそれを手渡した直後、老女は干からびた大地のように無数に皺の走った薄い皮だけの目蓋《まぶた》をそっと閉じ、二度と開かなかった。

老女は子供たちに交じって、「自分は小学校にもろくに通っていなかったから」とあなたに教育を乞い、プレハブの教室に毎日足しげく通っていた。覚えは悪かったけれど、熱心さでは子供たちに劣らなかった。小学四年生の学習内容までを終えたところで病魔が彼女を襲ったのは不幸だったが、亡くなる最後の日まで彼女は学習をやめず、その機会を与えたあなたに感謝し続けていた。老女が亡くなったとき、あなたは後悔した。老女に、自分と不仲のまま逝《い》った母の面影を重ね、深い愛情をもっていたことを言えなかったからだ。

あなたは老女からもらった財布を、今日まで大事に持っていた。

月島にあるインターネットカフェ〈もぐらかふぇ〉のカウンターで自分ではない老女の名前を

記入しながら、妙なものだと思った。たしかに自分はこの女ではない。けれど、Ｋの苗字も旧姓もしっくりはこない。

この五年間、福島では、ただ「うみ」と呼ばれた。いつも海ばかり見て、浜辺でうずくまっているから、と。以来、「うみ」があなたの新しい名となった。そのうち、ボランティアの男が、「シーちゃん」と呼び始めた。海だからＳＥＡというわけだ。あなたは〈うみ〉から〈シー〉となった。そして、福島を離れた今は、もう何だかよくわからない。

自分がここへ戻ってきたのは、例の人物から再びメールで月島に呼び出されたからだった。

〈今度こそあの人を助けてください。伝言です。『〈塔〉で今夜会おう。僕が最後に出て行った時刻に』〉

その言葉で咄嗟《とっさ》に身体が動いた。でも、よくよく考えれば、それだけのために来たわけではなく、けじめをつけたかった、というのもあるかもしれない。

後戻りがしたかったわけではない。

正式にＫと離婚し、そして——。

その先のことはわからなかった。ただ、あなたはこの四年、復興支援の現場で子供たちに勉強を教えるというボランティアを営み、福島の人々と労苦をともにしていくなかで、少しずつ自分のなかに水が溜まっていくのを感じていた。

かつては当たり前のように存在していた〈池〉のための水だった。

そうして、水が溜まったな、と感じたとき、しぜんとあの人の顔が浮かんできた。もう一度、あの人と会って話がしたい。一つ一つ言葉を重ねたい。恋が純粋な欲望だとしたら、その欲望を退けた後に、自分と彼の間に何が残るのかを見届けたかった。

二人には共通の〈池〉があった。もう一度、その〈池〉の前で並んで話すことができたなら、〈池〉が何のためにあるのかも説明できるかもしれない。

そのために、ふたたび東京へやってきたのだ。

きっかけは、一月に起こった中東のテロ組織による日本人拉致殺害事件と、同時期に起こったパリのシャルリー・エブド襲撃事件。あの衝撃は、ただ流れていく時間に一つの明確な区切りを作った。

そして、この世界でさらに何かが起こる前に、なんとしてもあの人に会いたかった。それなのに、自分は夫の頭部とどこまでも逃げている。現在地はいつでもままならない。

「37番のお部屋へどうぞ」

受付の女性は怪しむ様子もなくあなたを奥へと促した。濃いサングラスをかけ、マスクをつけていたから顔は見えなかったのだろう。

部屋に着くと、ＰＣを立ち上げ、グーグルの検索画面でＫの絵画の名前を打ち込む。すぐによく見知った作品群が画像一覧に出てくる。あなたはその中から『一瞬のユディト』の画像を選択する。

いま世間は、〈塔と女三部作〉の中には予言の要素があると思い始めている。とくに、『一瞬のユディト』は今まさに起こっている事件の予言である、と。恐らくあのテレビで語っていた美術研究家イノウエの策略だろう。

だとしたら、恐らくその「予言」は当たるのだ。予言は当たるものなのか、当たらせるものなのか。あなたにはよくわからない。それは占いのようなもので、言われてみればたしかにそうともこじつけられるものなのではないか。

　しかし、現在あなた自身が置かれた状況を考えると、そう楽観視してもいられなかった。真剣にKの絵画と向き合うときがきていた。

　少なくとも、そこからイノウエが何を読み取ったのかについて考えなければならなかった。

　Kの作品のような抽象絵画から主題を導きだすのは困難だ。何しろ、あなた自身学問の世界からは遠く離れてしまっている。ましてや絵画研究なんてやったこともない。

　けれど——少なくともあなたはその三部作に組み込まれた暗号については知っている。解法を、直接Kから聞いているからだ。

　そのアルゴリズムにのっとれば、抽象絵画からはあまりに具体的なメッセージが浮き彫りになる。そして、それはイノウエが解き、現に起きているような殺人事件とは少しも関わりのないものだ。

　しかし、絵画の予言とは、画家が決めるものなのだろうか？　芸術作品のなかには、少なからず予言的要素をもつものがある。だが、その多くは、決して作者がその意図をもって制作しているわけではなく、テクストのテクスト自身による〈予言〉であるかもしれないのだ。

　——絵画というものを難しく考えてはいけない。それはただ世界をどんなふうに見るかを表明する装置にすぎないんだ。

　かつて、Kはそんなことを言った。世界をどんなふうに見るか。この絵の中にはたしかに自分が被写体として用いられている。けれど、これは〈ジェーン・グレイとしての君〉だとKは言っていた。同じモチーフがジェーン・グレイからユディトへと変容したとき、そこにはどのようなイメージの転換が行なわれているのか。

　ジェーン・グレイはロンドン塔で処刑された女だということは前から知っている。ユディトは、調べていくと旧約聖書に登場し、敵軍の司令官の首を切り取って村を救った女性の名前だとわかった。

　すると、城から逃げられないはずのジェーン・グレイが逃げ出したことによって、歴史から逸脱し、敵将の首を斬るユディトに変身を遂げたということなのだろう。

　そのイメージからは、単なる女性の解放という意味以上に何を読み取れるだろうか？　そして、その絵はさらに『氾濫するユディト』へと進むとどう変わるのか。モチーフのすべてをつぶさにみていくことでわかることもあるだろう。

　何しろ、その点であなたはほかの人間よりも見えやすい位置にいる。Ｋのとなりでいつも同じ風景を見てきたのだから。

　ただし、急がなければならない。

　あなたは二〇一一年の過《あやま》ちを思い出す。その年、あの人は受賞を決め、十一月に本が刊行されると、本当に久しぶりに〈塔〉へ現れた。

　その頃、Ｋはちょうど三部作の二作目に取り掛かっていた。『逃走するジェーン・グレイ』を乗り越えるヒントをつかんだ、と言って。出世作でもある『逃走するジェーン・グレイ』の高い評価は、長い間呪縛《じゅばく》としてＫを苦しめてきたのだ。

　あの人が現れたのは、Ｋが三階のアトリエに消えた直後だった。

　――言わなかった？　二度とここへは来てはいけないって。

　あの人はその問いには答えなかった。その沈黙は、あなたが形ばかりにしか責めていないことを見抜いているようだった。

　その後、黙って酒を酌み交わしていたが、沈黙を破ってあなたは「おめでとう」と言った。言ってから、降伏宣言みたいだ、と思った。

――君と僕とは、作品の中で永遠に遊歩し続けるんだよ。

まだ作品は読んでいなかった。けれど、その言葉で、自分たちの関係が額縁の向こう側へと押しやられたことの安堵と不安とが同時に襲ってきた。

〈池〉が、永久にこの世界では失われ、虚構のテクストの中に閉じ込められたのだと思うと、窒息しそうになった。その後のことはよく覚えていない。

その晩、夢を見たのだ。竜と交わる夢を。

翌日、あなたは福島へ逃げた。二度とあの人と会わずに済むように。

〈ジェーン・グレイ〉は、四年前に逃げたのだ。そして、久々に帰還し、夫の首をもって逃げ回る〈ユディト〉になった。

なるほど、Ｋの絵画は、Ｋの知らなかった未来までよく知っているようだ。

にわかに、店内が騒がしくなる。

「あのブースです」

さっきの店員の女性が声を潜めてそう言うのが聞こえた。ネットカフェで、店員が客を席まで誘導することは有り得ない。となれば、可能性は一つ。店員は誰かを、すでにいる客の場所へと案内しようとしている。

その客が自分ではない可能性は、自分である可能性より下回るだろう。何しろ、自分は重要参考人として警察が目下捜索中の人物なのだ。

それだけではない。昨今のマスコミでのイノウエの発言や、それと前後してネットでkimiなる人物が自分を見つけて殺そうと誘発するような発言をしたことで、ネット民たちによる〈ユディト狩り〉が始まっている。

足音が近づいてきた。

これで、老女の会員証も使用できなくなった。いよいよ東京に居場所はなくなりつつある。電源を落とすと、パーテーションに手をかけ、よじ上るようにしてPCの裏側にあるブースに入り込む。隣室は誰もいない。そっとドアを開ける。足音がしたのとはべつの通路だ。

あなたは出口に向かってすぐには走り出さなかった。代わりに、店内を静かに歩き回った。なるべく、出口の見えるエリアをうろつき、エレベータのドアが開くときを待ち続けた。

深夜であろうと、ネットカフェには続々と客が訪れる。終電を逃したサラリーマン、夜の仕事を終えたホステスやホスト、飲み会の反省を一人でする学生。さまざまな人間がやってくる。

足音が近づくたびに、その足音から遠ざかるように逃げ、逃げては元の場所に戻ってくる。書棚の壁が唯一信頼できる存在だった。

やがて、カウンターの脇にあるエレベータが開いたのが確認できた。支払が済んでいない客が逃げられない位置にあるが、このタイミングならどうだろうか。

あなたはその機を逃さずにカウンターへとまっすぐに駆け出す。カウンターを素通りし、エレベータへ。

「お待ちください！　お客様！」

その声に応じて、やってくる影があった。

赤いタイツを穿いた男だった。彼の手には斧が握られている。警察関係者ではなかった。その真っ赤なコスチュームが、狂気そのものの記号に映った。

一階のボタンを押し、〈閉〉ボタンを連打した。男は弾丸のごとき勢いで迫ってくる。

あなたはこんな風に赤いタイツの男性に追われることを、ずっと昔から知っていたような気がした。

赤いタイツの男は、斧を投げた。

斧は回転しながら、まっすぐにあなたを目指していた。

死が、そこまで迫っていた。

斧が脳天に突き刺さって死を迎えるか迎えないかは、自分には決められない。すべては自分のあずかり知らないところで決められてしまうこと。だからあなたは瞬きひとつしなかった。

鋭い刃が、回転して長い銀色の直線を創る。その美しい直線はトラよりも速くまっすぐにやってきた。

だが、その手前でエレベータの扉が閉まり、斧がガンッッと威嚇《いかく》するような音を立てて扉に突き刺さったのがわかった。

握りしめたままの老女の財布を、あなたは抱きしめた。ありがとうねせんせい。頭のなかの老女はいつも笑顔で感謝ばかり口にしている。対してあなたが老女に伝えた言葉は「いいえ」とか「いえいえ」とかそんなものばかりだった。いまあなたは感じる。自分が感謝を口にする機会を与えられている、と。

逃げることを許された。少なくとも、まだ逃げ続ける〈ユディト〉でいていいのだ。

ありがとうありがとうありがとう

あなたは考えた。誰にも狩られない場所へ向かわなければ、と。あの人に逢う前に死んでしまうわけにはいかないのだから。

＊

目覚める。

わたしはぐっしょりと汗を掻いている。どこまでが夢だったのか。あるいは、何もかもが夢だったのか。視界に最初に入ってくるのは、Ｋの絵葉書。それが『一瞬のユディト』であることは、今では一目瞭然だ。

そのなかでＫの頭部をもって逃げる女。わたしはまたその女になっている夢を見ていた。が、その前にもべつの夢を見ていた。かたや沙漠を旅するＡＩの夢。だが、両者は微妙につながりはじめている。ＡＩの名も、ツキノウシロさんのあだ名も〈シー〉。そして、どちらも処刑執行人に追われている。

しかし『一瞬のユディト』には処刑執行人の姿は描かれていない。『逃走するジェーン・グレイ』に描かれていた赤い処刑執行人はこの構図には必要ないということだろう。

けれど、赤い処刑執行人はまだ彼女を追い続けている。少なくとも、わたしの夢はそうだった。

ところで、わたしはいつから夢を見ていたのだろう？　その前の〈Ｂ＆Ｂ４５１〉というブック＆バーで記美と遭遇したのは、あれは夢なのか、夢ではないのか。

テレビをつける。

深夜にインターネットカフェで斧を振り回す男性が目撃されたことを、キャスターは早口で告げている。

《また同店内では、〈ユディト事件〉で逃走中の重要参考人女性と思われる人物に関する目撃情報

もあり、警察は事件に関連性があるとみて、捜査を進めています》

遠ざかっていたはずの予知夢が、また戻ってきている。わたしは時刻を確認する。明け方の三時。ツキノウシロさんの所在を知ることができるのは、自分しかいない。今は、以前よりもさらにそう確信を抱いていた。

スマホの画面を開き、kimiのアカウントを覗く。

〈ネカフェでユディト取り逃がしたのか。惜しい！　続報を待つ！〉

わたしは絵葉書を見た。青と黄土色の方形ドットのグラデーションは、ツキノウシロさんが潜伏する東京の今の色彩だ。わたしはこの〈沙漠と青〉のなかから、何としても彼女を探し出さなければならない。

武器をもつことを躊躇わなくなったこの街は、四年前のツキノウシロさんがいた頃のそれとは違ってしまっているのだ。東京はめまぐるしく変わっている。その流れから彼女を助け出せるのは、その流れに従って泳ぐ竜だけ。

小竜——ふと、未来の少年の夢が脳裏をよぎる。

存在しない〈幻竜〉の〈幻脳〉が〈幻神経〉を通じて〈幻卵〉を産み、孵化《ふか》したとき、生まれるのはやはり幻なのか。それとも——。

わたしは、夢のなかとはいえ、小竜と〈同期〉してしまった。

目を閉じ、東京を自在に飛び回る竜をイメージする。想像は現実の始まり。わたしは口をきゅっと結ぶと、すぐに身支度を整えた。小竜は飛び回る時間を選ばないのだ。

『心・倫敦塔』

一九〇〇年晩秋／倫敦

倫敦の濃霧はいよいよ濃くなり始めていた。陽が翳《かげ》ると瓦《ガ》斯《ス》燈《とう》に灯りがつき、光は濃霧を優しく溶かすのである。

かの女がチェルシー地区に入り込んだのは午後五時を過ぎてからのことである。気温は下がり、冷気が首元をくすぐる。早く帰って暖をとるに限るのだが、女の正体を見届けぬうちは帰るに帰れぬ。

実のところ、余は内心で女がカーライル博物館に行くのではないかと期待した。もう一度会いたいと考えていた者がふたたび目の前に現れると云うのは、ありそうでいてなかなかない奇跡である。滅多にないことが目の前で起こっていると、立て続けに自分の願いが叶うのではと考えてしまうのが人間と云うものであるようだ。

余はカーライルの思想に感じ入るところがあって、この博物館に足しげく通っていた。だから、そこで彼女と出会えば、異邦の身であっても親しく話しかけることができる気がした。

ところが、ホーリートリニティ教会へと続くスローン・スクエアに差し掛かったとき、余の期待に反し、女はその手前にあるスローン・スクエア・ホテルへと入ったのである。しかも、ホテルのエントランスを潜る前に、一度振り返って余の姿を認めたのだ。これには驚いた。彼女は恰《あたか》も余が尾行していたのを承知していたかのごとく微笑んでからホテルの中へと消えたのである。

余は暫《しば》し迷ったのち、かの女が何処の者か調べようと考え、それとなくホテルのロビーへ潜入してみることにした。余は日本人である。観光客としてホテルを使ったとて何ら不自然なところはないのだ。

ロビーに入り、女の動向をじっと見守っていると、女は奥の階段を昇っていく。余がその姿を追いかけようとした時、ボイがやってきて「ご宿泊ですか」と尋ねた。流石《さすが》、一流ホテルともなると、如何《いか》なる人種に対しても丁寧に接することを知っているようだ。

「先ほどここへ入られた女性が道に落とし物をしましてね」

余はポケットから絹の手巾《ハンケチ》を取り出した。そこには、余の名が記されている。口から出まかせを堂々と云えたのは、余がこの日は清楚で品位を示せる恰好をしていたからだ。服装は口ほどに物を云うのはどの国でも変わらぬ事情。余の思惑は当たり、ボイは女がフランスからやってきたサン＝テグジュペリ氏の奥方であることを告げた。

「では、この手巾を届ければよろしいのですね？」

「頼みます」

何かとんでもない悪行に手を染めてしまったような心地がした。相手がすでに結婚した女であると、少しも思っていなかったわけではない。むしろ倫敦塔で子供を連れていた様子から覚悟はしていた。だが、それでも余は彼女を結婚などの制度における属性で見ていなかったのである。

余は彼女が君によく似た女であるがために恋していたのである。それは外見にあらず、内面にあらず、その知性と全体性とにあったのである。

君はもうこの世にはいない。しかし、こうしてここにまったく違った姿形で存在していてもおかしくはないのではないか、と余は馬鹿げたことを考えていた。

そもそも倫敦塔にいたのと同じ女なのかどうかも定かではない。第一、一緒にいた子どもはどこへ消えたと云うのだろう？

「失礼、その何某《なにがし》夫人には男の子がおられますか？」

「男の子……然様《さよう》でございますね。まだ生まれて数ヵ月ですが、たしかに男の子のようです」

「生まれて数ヵ月ですって？」

はい、と言ってボイは行ってしまった。余は太い桜の洋杖を突きながら歩き出した。

だが、帰ってからやはりまずいことをしたとの考えが頭を擡《もた》げることになった。

「君にしてはずいぶん大胆なことをしたな」

いつものごとく黒いスーツに身を包んだ田中孝太郎は、余が本日してきたことを打ち明けるとそんな風に云って笑った。

「どうする気だ？　その手巾には君の名が刺繍《ししゅう》してある。どう考えたって、夫人はそれが自分の落とし物ではないとわかるだろうね」

「そりゃあそうでなくては困る。多少知識のある者なら、名前から日本の名だとわかるだろうし、そうでなくてもボイが伝えるはずだ。東洋人が届けに来た、と。彼女はその名が僕だと理解してくれるはずだ」

「相手はご夫人だ。ことによると、今頃旦那にあらぬ疑いをかけられて大変なことになっているかもしれないよ」

「何だって？　それは不本意だ。困ったな」

思いもよらぬことであった。余が火種を作り出してしまったのだとしたら、申し訳ないことである。

「それに中途半端だ。どうせなら住所も刺繍しておくべきだった」

全く彼の言うことには一理あった。孝太郎はやれやれと言いながら鏡の前でネクタイを整え始めた。どこかへ外出するつもりだろうか。

「君、これから何処へ行くのかね？」

「何処って、そりゃもちろん社交界だ。僕はこう見えて遊びに来ているわけじゃない。貿易商にとって人脈は命綱みたいなものだ。ただ酒を酌み交わしに行くわけじゃないんだ」

「嗚呼《ああ》何てことだ、君がいないんじゃ、こんな夜を一人で過ごさなくちゃならないってことかい……最悪じゃないか」

余は頭を抱えた。ちょっとでも暇ができると、あの女を思い出してしまうというのに、これから一人だなんて冗談ではない。

「なら、ついてくるかね？　生憎《あいにく》僕は君に張り付いてはいられないが、それでも良ければ。今夜の集まりはそれこそ君のいたスローン・スクエアであるんだ。海外からの出席者が多いから、君が紛れ込んでいてもそれほど浮くことはないだろう」

「ならばぜひ同行させてもらうよ」

とても一人でいられる心理状態ではなかった。余は渡りに船とばかりにこの誘いに乗り、すぐさま髪を整えた。

そして、夜の七時になると、二人で馬車を借り、スローン・スクエアへと向かった。馬車を使えばスローン・スクエアはすぐそこだ。

やがて、その一角のパーティー会場に着く。中に入ると金魚か錦鯉かといった艶《あで》やかさを誇る絢爛《けんらん》豪華なドレスを纏った貴婦人が美しき微笑を湛えて其処彼処《かしこ》を行き来している。

タキシードの紳士たちはそれぞれの言語や身振り手振りを武器に会話を繰り広げている。基本は英語だが、フランス語やイタリア語、はてはヘブライ語も混じっているようだ。

孝太郎は着くや否《いな》やあたかも初めからその人込みの一部であったかのごとく早速溶け込んでしまった。取り残された余は片隅のテーブルで葡萄酒《ぶどうしゅ》の入ったグラスを片手に唇を湿らせて暇を弄《もてあそ》ぶしかない。こんなことなら家で悶々《もんもん》としているほうがマシだったか、と思いかけたときのことだった。

余は何者かがこちらを見ているのに気づいた。その方を振り向くと、視線がぶつかった。あの女だった。こんな都合のいい偶然があっていいものか。余は我が頬をつまんでみる。やはり痛い。してみれば夢ではないのだ。

彼女は微笑み、夫の腕をそっと摑んでこちらを見ながら何ごとか話しているようだった。さては昼間の悪事を告げ口でもされているのか。余は三たび彼女に出会えた興奮と、彼女が明らかに余を認識している事実、さらには先ほどの悪戯《いたずら》が裏目に出た気配に何とも言えぬ感情に苛《さいな》まれた。歓びと畏怖とが綯交《ないま》ぜなのである。

やがて、二人はやってきた。

「君は日本人のようだね？　少し尋ねたいのだが、K・ナツメというお知り合いはいないかな？」

「私です。私の名前は夏目金《きん》之助《のすけ》です」

渋々余は答えた。

「よかった！　なんてすばらしい偶然だろう。じつは今日ホテルに間違って君の手巾が届けられたのです。同じく東洋人が届けたと言っていましたから、恐らく君のご友人が君の手巾をうっかり無意識でポケットに入れてしまい、それが何かの拍子に道端に落ちたのでしょう。そして、それを自分が落としたと思わずに、すれ違った家内のものと勘違いしたわけですな。いやあ、しかしこのような偶然があろうとは」

「本当ですわ。これです、どうぞ」と横から女は手巾を取り出した。当たり前だが、たしかに余がホテルに届けたものだった。

「助かりました……探していたものです……」

余は女の顔をじっと見た。女は余と一度視線があったのを忘れているのだろうか？　そんなはずはないのだが。しかし彼女はいま確かに余の正体を夫には告げなかったようだ。単に忘れているのか、余を庇《かば》ったのか。

庇ったとして、それでも余のもとへやってきたのは、余と話したいがためではないのか。このように都合よく考えることが止められなかった。

男は余に握手を求めた。

彼らは、はるばる仏蘭西のリヨンからやって来たらしい。

「ジャン・マリ・ド・サン＝テグジュペリといいます、よろしく」

彫りの深い顔をした男だった。

「貴方の爵位は？」

社交辞令で尋ねた。今の世の中、自身の階級を誇る者とそうでない者が入り乱れている。そのうち階級などに自我の形成を頼らない人々で溢れかえるといいのだが、なかなかそうはならない。

「伯爵です。しかし、そういうことを気にするのは、はっきり言ってナンセンスです。今はそういう時代ではありません」

　ジャンは快活に笑った。階級に頓着《とんちゃく》しない良き仏蘭西人らしい。

「こちらは家内です」

「初めまして、マダム・サン＝テグジュペリ」

「私のことはマリとお呼びになってくださいな。素敵な洋杖ですわね。何の樹で作られていますの？」

「サクラです」

「サクラ……？」

「スリジエです。英語ではチェリー」

　しかし、スリジエと言ってもチェリーと言っても余が桜の樹を杖にしている動機は少しも伝わりはしまい、と思った。だが、マリはこう言った。

「スリジエは儚《はかな》いピンクの花をつけますね。この樹の下で百年後に会う約束をなさったカップルはさぞや残念でしょう」

　余は言語を超えて桜の儚さの本質を知り抜いた発言をしたこの女を心底から恐ろしく、また美しいと思った。余の脳裏には、このとき桜の樹の下で出会う男女の姿が浮かんだのだ。男は余で、女は君のような、目の前の女のような、そもそもそこに区別など必要ないような不思議な一瞬の妄想であった。

「大丈夫です。僕の肺の中に桜の樹は移植しておきました」

「それなら二人も安心ね。池もあるかしら？」

「もちろんです」

「池に鯉は？」

「……たぶん」

余が最近したためた走り書きを覗き見ていたかのような言葉に、思わず胸を揺さぶられていた。余の胸のうちにしかないはずの〈池〉に彼女は言い及んだのである。

余は目の前に立っている女をまじまじと見つめた。近くで観察するうち、倫敦塔にいた女に違いないことがわかった。ジェーン・グレイの幽霊のごとく、男の子と二人でいたあの女だ。彼女はジェーン・グレイではないのか？　絵画の中から消えてしまったジェーン・グレイの存在が思い返された。

まさにその矢先のことである。パーティーの人込みの中に一瞬、赤いショースを穿き、頭巾を巻き付けた男の姿を見たような気がしたのだ。だが、そのほうへ視線をやってもかの男を見つけることはできなかった。

「どうかされまして？」とマリが尋ねる。

「いえ、なんでもありません」

余は今見たかもしれない情景についてはおくびにも出さずに微笑んだ。仮に彼女がジェーン・グレイで、いま見たのが処刑執行人であったなら、と内心で考えていた、などと云えるわけがない。

馬鹿げた妄想である。

しかし、実際に絵画から二人が消えていた。そして、どうだ、このマリという女の純白のドレスは！　まさに噂に聞きしジェーン・グレイの衣装そのままではないか。

仮にこの馬鹿げた考えが現実であったなら、たとい幻想のなかに両足を突っ込んででもこの女を守ろう。

このとき、余はまだ知る由《よし》もなかったが、じつは余とサン＝テグジュペリ夫妻とのこの邂逅《かいこう》こそが、数奇な一夜の幕開けだったのだ。

二〇一五年十一月／書物の海

ノックの音が響き渡る。

誰だ。

俺は漱石との〈同期〉をやめる。

時間は真夜中の三時半。外はまだ真っ暗で、新聞配達がやってくるかこないかの境目といったところ。人が家を訪れるには問題のありすぎる時間だった。

最初に考えたのは、借金とりの可能性だった。やたら居留守を使う俺に業を煮やした彼らが明け方を狙ったとも考えられる。だが、こちらがドアを開けないのでは意味がないだろう。

そんなことを考えていると、わたしです、という囁き声がする。どうやら、招かれざる来訪者の正体は、新米編集者のようだ。まだここを去ってから六時間ほどしか経っていないではないか。

溜息をひとつつく。とんでもない無鉄砲な娘だ。彼女のなかに潜む微かな萌芽。それが何の萌芽なのかを俺はずっと考えている。そのあまりに純粋な、生まれたての竜のような目の煌めきを見ていると、漠然とした予感を抱くのだ。

失われたものが、還ってくる。

俺はそんな予感に衝き動かされて、立ち上がる。玄関までの距離はさほどではないが、書物の海がその距離を果てしないものにしている。マリという女と漱石のその後が気にかかるところだが、いまはこの海を泳ぎ渡ってドアを開けるのが先決だ。

俺は秒針のズレを調節するように、ゆっくり丁寧にあくびをしてから玄関へ向かった。

二〇一五年十一月／東京

1

「俺の記憶が確かなら、君は数時間前に帰ったはずだが？」

　わたしが通されたのは、センセの書斎ではなかった。センセは訪れたわたしを部屋には入れずに、一階に案内した。「いつ寝られてもいいように」とのこと。そう言えば、センセも少し眠たそうだ。わたしが眠ってしまったら、自分も上に引き上げるつもりなのだろう。

　かつて煙草屋のあった空間がゲスト部屋に改造されているらしい。

「ここは表向きは閉店した煙草屋にしか見えないから、奴らも来ないだろう。大丈夫だ」

「〈奴ら〉？」

「俺たちの行動を監視している連中さ」

「そんな人たちがいるんですか？」

　センセはそれには答えなかった。センセはたぶん何か隠している。もしかしたら、わたしがさっき赤いタイツの男に遭遇したことも、知っているのかもしれない。

「それで、何しにきた？」

「ニュースはご覧になりましたか？　さっき、赤いタイツの男が月島のインターネットカフェに現れて、エレベータに斧を突き刺したそうです」

「それが？」

「現場には、《ユディト事件》で捜索中の女性の姿も」

「……彼女が月島に？　なぜそんな危険な真似を？」

「たぶん灯台下暗しの理屈です。まさか月島に彼女が戻っているなんて、誰も考えないでしょうし」

「ふむ……君は彼女がどこへ逃げたと思うんだ？」

「それがわからないから来たんです。センセ、何か心当たりはありませんか？」

「残念ながら、まったくないな」

センセはお手上げのポーズをとりながら、珈琲を淹れる支度を始めた。この部屋はめったに使わないらしく、まず珈琲メーカーのフィルターに積もった埃《ほこり》を拭き取るところから始めなければならないようだった。

「センセ、さっきわたしとバーで飲んだときのことですが……」

ためしにわたしはそう切り出してみた。自分の経験のどこまでが夢だったのかを知りたかったのだ。

「何の話だ？」

「〈Ｂ＆Ｂ４５１〉で飲んだ時のことです。ほら、〈心・倫敦塔〉というカクテルも飲みました」

「……君はいよいよ夢と現《うつつ》の区別がつかなくなったのか？」

「あるいは」

その可能性は否めない。わたしは素直にセンセの意見を肯定する。

「第一、あの店は昨晩はたしか定休日のはずだが……」

驚きはなかった。夢かもしれない、と思っていたのだ。

しかし、問題はわたしの口内にまだアルコール臭が残っていることだ。もしあのブック＆バーでの出来事が完全な夢だったとしたら、わたしはいったいどこでこの酒を摂取したのか？

センセの部屋を出るまで、わたしは酒を一滴も口にしてはいない。そして、直後にあの赤いタイツの男に遭遇した。

「ではわたしの勘違いですね」

「だが、君の勘違いのなかでは、俺とそのバーで飲んだわけだ。しかも、俺が文体練習のために書いている小説のタイトルを冠したカクテルを」

「ええまあ。でも定かではありません。わたしは目隠しをしていました。だから、センセではなかったかもしれないし、そもそもわたしではなかったのかもしれませんから」

センセは怪訝な表情でわたしを見たが、深くは追及しなかった。

「まあとりあえず座れよ。椅子さえあれば、人間はほんの少しの正気を取り戻すことができる。時間は均等に流れているように感じるかもしれないが、実際には座っている人間の時間は、動いている人間の時間よりゆったりなんだ。つまり、俺たちが腰を落ち着ければ、その分だけ彼女の逃げる時間が引き延ばせるかもしれない」

妙な理屈だったが、センセが言うと、そこにも真理がありそうに思えた。わたしはセンセに言われるままに世界の憂鬱を吸い取ったような群青《ぐんじょう》色のソファに腰を下ろした。

「ここもセンセの部屋以上の本の海ですね……」

「落ち着くだろ？」

見渡すかぎり本の海だった。センセの書斎との違いは、ここの蔵書は大型の図鑑や百科事典といったものが中心になっている点だ。もはや背表紙の文字が読み取れないほど年季の入ったものも多く、鼻を動かせば、古い書物の匂いの中に、微かな黴臭さも感じられる。

なぜここに書棚というものが存在しないのかはわからない。もともとあったけれど壊れてしまったのか、最初からなかったのか。

背もたれに寄り掛かり、目を閉じる。

この部屋の空気も、闇も優しい。

ざざざざざざざざざざざ。

目を開く。

さざなみが聴こえた気がしたのだ。

「どうした？」

「いえ……」

ざざざざざざざざざざざざざ。

まただ。そして、わたしはそのなかで少年になり、不安げにスワルさんを見上げる。

スワルさん——がいるはずの場所には、センセが立っており、こちらを見下ろしていた。

「おかしなやつだな」

「ちょっと疲れたみたいです」

「少し休めよ」

センセは微かに照明を暗くしてからテレビをつけた。かなり旧式のもので、地上波を受信するアンテナを外付けで取り付けてある。小さな音。ブラウン管からの光が壁の色をときどき変える。いまやっているのは、ロフォーテン地方のタラ漁に関する番組だった。

知っている。というか、たった今、目を閉じたときに見たのがこの海だった。そういう偶然は、わたしにとっては珍しい種類のものではない。

センセは自室からもってきたノートパソコンでまた執筆を始める。タイプする音がカチャカチャとまるで音楽のように心地よく響く。

やがて、外で鉄の階段をけたたましい音を立てて駆け上がっていく足音がした。ものの数分で今度は駆け下りてしまったが、新聞配達の滞在時間にしてはやや長くも感じられた。

誰かがセンセの書斎を訪ねたのかもしれない。たとえば、〈砂漠会合〉の誰かが。

2

こんな夜は、昔のことを思い出してしまう。

町を出た日の記憶はあまりに朧《おぼろ》だ。

バスのなかで、母とわたしは何も話さなかった。ただ、母の覚悟だけが伝わった。母は東京に出てくるとすぐに新聞社本社ビルの食堂で働きだした。そうすれば、必ずその日の新聞がただでもらえたからだ。

母はわたしのためにそれをもって帰ってきた。そして、毎日わたしは新聞で文字を覚え、表現を覚えた。それからは図書館に通った。町には戻らないという母の強い意思は感じていたし、わたしもそうありたいと思った。

今はもう、年に一度も連絡を取り合うことはない。いい加減な夢判断もされない。母はよくわからぬ集会に参加しては、いまのこの国の矛盾を正すとかわけのわからぬことを言う。いつも彼女は一方的に話すだけだ。こちらが相槌すら打っていなくても気にも留めない。けれど、かつてあった絆を打ち消すことはできない。そこに確かにあったであろう愛情の痕跡も。

わたしは、いまなぜここにいるのだろう？　そして、これからどこへ行くのだろう？

大人になるかならぬかの頃から、そんな問いをつねに心に抱えている。きっとわたし一人が特別なのではなく、生きている以上誰もがそうなのだ。

たとえば〈予言者・ノストラダムス〉は、その時代の人々のそうした切実な悩みや疑問に押し出されるようにして誕生したのだろう。

自分のことは何もわからないくせに、ただ夢と現を漂うミズ・ノストラダムスと成り果てたわたしは、いま猛烈にノストラダムスと話してみたい気分になっていた。

どうせ予言できるなら、自分のこれからを知りたかった。きっとノストラダムスも同じだっただろう。それでも、はっきり見えなくても、次の一歩先の世界のために、自分でもよくわからぬイメージを吐き出さずにはいられなかったのだろう。

「七の月、空から恐怖の大王……」

ノストラダムスがそんな予言書を発行した背景も、調べてみると、なかなかに面白いものがある。ペストの大流行もあり、医師であったノストラダムスは現地に派遣され、そこで彼は自分の処方した薬も試している。自分の試した薬には効果があった、とも残している。

また、当時の貴族たちの傾倒ぶりからは、いま一般に流布《るふ》しているような怪しい予言者なんかではなく、人文思想家としてじゅうぶんに当時の知識階級に認められていたことがわかる。

「あの時代にとって予言者って何だったんでしょうね？」

「……まだ起きてたのか?」

センセはタイプの手を止め、珈琲を飲む。それから、ココアシガレットをくわえる。

「神がかりなものでもなく、じつはその時代に起こっていることを冷静に見ている人のことだったのかもしれないな。ノストラダムスという存在を怪しい存在に変えてしまったのは、後の時代の人々さ。本当は、我々にとっての夏目漱石と変わりないんだ。夏目漱石にもやっぱり今の時代を俯瞰するような言葉がある。数百年先の人がそれを予言ととれば、夏目漱石はカルト的な存在になるかもしれない。いつだって人は有益な死を求めている」

「今の発言、〈黒淵教授〉っぽいですね」

「早く寝ろ。何時かわかってるのか?」

「間もなく明け方の五時です。でもツキノウシロさんのことが気になって眠れません。今頃どこで何をしているんだろうって。こんな状態で睡魔なんてやってきませんよ」

センセは溜息をつく。決してうんざりしているわけではなく、彼もまた同じ気持ちであったであろうことの伝わる、感謝と共感と、わずかな諦観《ていかん》の籠《こ》もった溜息だ。

「それじゃ、まず、簡単にK自身が込めたであろう三部作のメッセージを解読することから始めよう」

センセは大きなあくびをしながら、三部作のカラープリントを取り出してわたしの前に並べた。

3

「まずは今回の事件にも絡んでいるらしい『一瞬のユディト』を見てくれ。これを薄目で見てごらん」

言われるままに『一瞬のユディト』を目を細めて見てみた。すると、ユディトも、Kの七つの頭部もぼやけて、背後の青と黄土色のグラデーションだけが心地よいリズムを生み出す。

色彩がリズムを生むという現象を、わたしは初めて目の当たりにした気がした。それらは都市の躍動を伝えるようでもあった。

「色がきれいですね。でも、これが都市に見えるのは、水脈の形状だけなんですよね」

水脈の部分だけが、青色でそれ以外は黄土色。それを除けば、都市に見える要素は何もない。

「モンドリアンのニューヨークを描いた絵とはだいぶ違いますね」

「そうだな。モンドリアンの絵のほうがカラフルだし、色彩の一つ一つの記号性みたいなものが感じられる。でも、ここにあるのはぱっとみたところでは青と黄土色の二つだけだ。都市を構成する要素としてはいささかシンプルすぎる。でも、逆に言えば、描かれているのが何なのかはどうでもいいってことかもしれない」

「どうでもいいとは極論ですね」

「極論でもないさ。室内に飾る絵画なんて、メッセージ性がかえって邪魔なことはよくある。大事なのは色彩の配列。そして、色が何パターンあるのか。いちばん上から三段分を抜き出してみろよ」

わたしは言われたとおりにそこだけを拡大して写メに撮ってみる。薄いほうから、パステルブルー、スカイブルー、ターコイズブルー、セルリアンブルー、イタリアンブルー、ナイトブルー……。全部で六種類の青色群がまぜこぜになった二十六のドットが三行並んでいる。

ここは本来の〈東京地図〉を示す部分とは違うのか、そこから下との間には一枡分のスペースが作られていることに気づく。

「何らかの規則性があることに気付かないか？　はっきり色分けをしてみればもっとわかりやすくなる」

センセは白い紙を持ってきて、そこに色鉛筆で色分けをしていく。

パステルブルーを黄色に、スカイブルーを赤に、ターコイズブルーを緑に、セルリアンブルーを焦茶色に、イタリアンブルーを黒に、ナイトブルーのみをそのままの色に、それぞれ塗っていく。すると、本来の絵とは違って、きわめてカラフルなドットの模様が出来上がる。そして、色の違いが曖昧だったときよりも、いっそうその規則性がはっきりしてきた。

「さっきより規則性がわかるかもしれません。二十六が三行だから……二十六×三で七十八ですね。つまり、七十八を六色で分けている。でもただ使い分けているだけじゃない。下二つの色を左から順にみていくと黄→緑→土→赤→黒→青という規則性が見えます」

「左から一列ずつ組み合わせを見ていくと、青黄黄、黄緑緑、といったふうに進み、黒青青までいったところで規則性が変わる。今度は青青黄、緑緑土、土土赤と上の二つが同じになる。そしてその次は青黄青、黄緑黄……というふうに続く。要するに縦二十六組すべてに色の組み合わせがかぶらないように配列され、それぞれがべつの記号性を持ってるってことだ。二十六と聞いて、何が思い浮かぶ？」

「二十六……ですか？　わたしの年齢ならまだ二十三ですが……」

わかるはずがない、と思っていたが、ふと二十六という数字をよく知っていることに気づく。頭のなかの霧が晴れていく。

「アルファベットですね？　アルファベットは全部で二十六文字」

「そういうことだ。たとえば、『逃走するジェーン・グレイ』を見てみよう。構成は全部で十八行。そのうち、一番上の三行、次の七～九行、十三～十五行に関しては、まったく同じ。つまり、これはただのパターンという以外の意味がない。だが、四～六行、十～十二行、十六～十八行では変化している箇所があるね。四～六行の間では、中央に一ヵ所。十～十二行の間には四ヵ所、十六～十八行の間には三ヵ所。それぞれの変化している部分を、さっきのアルファベット表に当てはめて解いてみるとどうなる？」

I

L　O　V　E

Y　O　U

「I　LOVE　YOU……？」
「そういうこと」
あまりのストレートなメッセージに拍子抜けする。続いて『一瞬のユディト』をひもとく。今度もやはり、四～六行の間では、中央に一ヵ所。十～十二行の間には四ヵ所、十六～十八行の間には三ヵ所。ただし、今度は記号がちょっと違う。

I

M　I　S　S

Y　O　U

「I MISS YOU……」

こんな単純なメッセージが現れるとは思わなかった。あれこれと予言の方向性を模索していた自分自身が恥ずかしくなるくらい、何の飾りもないメッセージだった。

続いて、最後の『氾濫するユディト』。もはやわたしにはこれ以上Kの仕組んだ方法で解読する意味が見出せなくなっていた。それでも一度手をつけた暗号解読を途中でやめるわけにはいかなかった。どうにかすべてを解き終え、そのメッセージが浮かび上がってきたとき、わたしは溜息とも嘆息ともつかぬ息をゆっくりと吐いた。

IN LOVE

W　I　T　H

Y　O　U

「IN LOVE WITH YOU」

「英語における愛の最高表現だ。アイラブユーより強いと言われている。Kは彼女を失ってから彼女の不在を悲しみ、三部作の残りの二作を描き上げた。家を離れた彼女へのSOSだったのかもしれない。イノウエの言っている〈予言〉なんて嘘っぱちなんだよ」

「では『一瞬のユディト』の中にある七つの頭部は何を意味するんですか？」

「七つであることには意味がない。ただ、頭部だけになったKが、彼女を探し回っている様子を示しているんだ。東京中を探していることを示すには、同時にいくつもの頭部を散在させる必要がある。でもそれは頭部が複数あるって意味じゃないんだ。十でも二十でもよかった」

「つまりそれは、野球漫画でバッティングのシーンを描くときにバットをいくつも描いてあるようなものと考えればよろしいのでしょうか？」

「そう。絵画というのは、人間は何を見るのかをつねに問いかける。頭部が七つあるなんて思うのはナンセンスだ。イノウエのでっち上げだ」

「でも、ツキノウシロさんが頭部を持って逃げていることは事実なんですよね？　目撃者もいるわけですし」

「理由があるのさ。その後、何か夢は見ていないのか？　巫女さん」

「巫女ではないですが、夢は見ました」

　わたしは自分の見た夢の話を伝える。ただし、話しながらわたし自身どこまでが夢なのかわかっていないことに気づいて困った。たとえば、バーの部分はどうなるのか。また、その前の処刑執行人に遭遇し、記美の首が斬り落とされたくだりは……。

　いろいろ考えたものの、結局はシーの夢とツキノウシロさんの夢についてだけ語ることにした。

ところが、話の途中で、小さな音でつけていたテレビのロフォーテン地方についてのドキュメンタリーが終わり、番組が切り替わる。

〈臨時ニュースです。先ほど、東京都多摩《たま》郡奥多摩町棚澤《たなざわ》で男性の遺体が発見されました。遺体の身許は、元最高裁判事で――〉

　センセがニヤリと笑った。

4

「また〈砂漠会合〉のメンバーだ。イノウエは自分より目上の人間を徹底排除する気らしいな。それも『一瞬のユディト』をノストラダムスの予言と結びつける形で」

「どういうことですか？」

「ノストラダムスは〈七の月〉に恐怖の大王が空から降ってくると言った。それを、イノウエは『一瞬のユディト』のなかの七つの頭部と重ねて考えたんだ。そして、月島、東六月町、六月、高月町、そして棚澤と、月のつく五つの街で事件を起こした。〈七つの月〉の〈月〉を地名で完結させる気だったんだろう。棚澤には月が二個含まれているから、殺人は一つでも月は二個カウント。〈七つの月〉完成まで残るは一つ。神明や明石町も考えられるが、ラストにふさわしい舞台となると……ふりだしに戻るか」

「ふりだしに――戻る？」

　頭のなかにはジャック・フィニイが浮かぶが、タイムスリップの話をしているわけではないはずだ。

「月島だよ。事件が最初に起こった場所で、そこにふさわしい人物を殺す。すなわち――」

「ツキノウシロさん？」

「そういうこと。我々がたまたまツキノウシロさんと呼んでいるが、彼女は俺が生み出した〈黒淵教授シリーズ〉の〈付き人〉のモデルだ」

「……待ってください。ツキノウシロさんを付き人と結びつけているってことは、イノウエはセンセと彼女の関係も知っているということになりませんか？」

「何でも知っているのさ。Ｋに少しでも関連することなら、文字通り何でもね。彼はＫを歴史化するために存在しているんだから」

目を閉じなくても、イノウエの目はいつでも鮮明に思い浮かべられる。それくらいここ数日メディアを賑わせているのだ。しかも、どういうＣＧ処理なのか、いつでもイノウエだけが浮き立って見える。

イノウエは、Ｋの絵画にノストラダムスの予言を継承させようとしている。目的はＫの歴史化。

「そのＫ氏の歴史化は何のために必要なのでしょう？」

「イノウエは絵画至上主義を表明している。が、その背後にあるのは〈絵画は静止し、完結しているがゆえに素晴らしい〉という思想だ。それは、完結していないこの世界の拒絶でもある。イノウエはこの世界を完結させたいのさ。いまネットでは〈ユディト狩り〉が始まっている。種は蒔《ま》かれた。やがてこの憎悪の萌芽は、あらゆる憎悪の原動力となっていく。憎悪はゾンビのようにどこまでも増殖し、まずはこの国を、次に世界を飲み込む。《ユディト事件》は規模としては大きくない事件だ。でも、これは始まりに過ぎないんだ。イノウエは人々の意識全体を大きく変えていこうとしているし、実際に変え始めているんだよ」

わたしはkimiに〈Ｂ＆Ｂ４５１〉で言われたことを思い出す。

――着実に世界はヘイトによって一つになりつつある。これから数年のうちには、君も理解するだろう。ユディトは、まずその最初の生贄になる。そのユディトが君でも、私たちにとっては同じことだ。私たちはただ生贄を求めているだけだから。

たぶん、そのとおりなのだ。

そして、その未来を変えられない、と感じるとき、人はすでに未来を予見している。わたしだけが特別なのではない。それはこの時代にいて、この時代の空気を吸っていれば、しぜんと受信してしまうＷｉ－Ｆｉの電波のようなものなのだ。

ネヴァーモア。

だが、大鴉の羽音を、センセの声が遮る。

「急ごう。まだ間に合うかもしれない」

センセはテレビを消して立ち上がると、黒いスーツを羽織った。

「どこへ向かう気ですか?」

「月島だよ。最後の舞台に選ぶのは、〈塔〉だろう。ユディトを、ジェーン・グレイに戻して処刑するなら、〈塔〉こそがふさわしいからね」

わたしは、センセの後を追いかけた。

「センセ、悪い予感がします」

センセは靴を履きながら答えた。

「そう、もちろん。最悪な予言だけが残るようにできている」

第三部

氾濫するユディト

二〇二八年一月／ヴェストヴォーゴイ

1

僕の意識は、ゆったりと落下し続けていた。

意識のなかで、僕は〈シー〉たちによる圧倒的な大合唱を聴いていた。彼女たちの和声はそれ自体がすでにパイプオルガンよりも荘厳で、カマンベールチーズを一塊まるごと使ったクラムチャウダーよりも濃厚だった。

けれどその歌声は徐々に遠のいていく。

意識が遠ざかっているからというだけではない。距離が変わっていたのだ。僕の身体は〈シー〉の大群から遠ざかりつつあった。

意識が途絶える。

つかの間の闇のなかで、僕はやはり〈シー〉の声を聴いていた。ただし、今度はポリフォニーではなく、モノフォニーだ。モノフォニーでは、より旋律の伸びやかさが際立つ。なぜ彼女の声はこんなにも感情豊かなのだろう？

現代の人間は、ほとんど感情を表現しない。滅多なことでは人が笑ったり泣いたりするところを見なくなってしまった。それらはすっかり人工知能の領域になってしまったのだ。

でも母は違った。僕の母は——。

母？

奇妙だ。このモノフォニーは〈シー〉の声だ。それを僕はわかっている。歌っているのは〈シー〉なのだ。それなのに、頭のなかではこれまでにないほどはっきりと母が浮かんでおり、母が歌っているかのような錯覚を起こす。

そして、その声が、僕の鱗《うろこ》のひとつひとつにしっかりと入り込み、僕の髭を撫でる。

鱗？　髭？

何を言っているのだろう？

僕には鱗も髭も——。

身体が軽く、楽になる。これこそが音楽の浄化作用だろうか。繭が一枚ずつゆっくり剝がされ、陽光が瞼をくすぐるのを感じる。嵐は去ったのか。

繭が、すべて剝がされた。

「目覚めたようですね、小竜・ヒカル。もう翼を広げても構いませんよ」

母の声だった。母の声であり、〈シー〉の声だった。僕は目覚めた。母はなぜか目にアイマスクをつけており、〈シー〉たちの着る、露出度の高い例の戦闘服を着ている。なぜ母が戦闘服を？どうもアイマスクも、戦闘服と一体化されているようだ。見ないことで、見えないものを見る装置なのかもしれない。

辺りを見回す。

僕たちがいるのは、崖の麓《ふもと》が抉《えぐ》れて日陰になったところだった。どうやらここはロフォーテン諸島のどこかの入り江のようだ。

「スワルさんはどこへ？」

僕は恐らく母であるはずの彼女へ尋ねた。

「彼は、渦に呑まれました。長年待っていたメエルシュトレエムがついに現れたから」

妙なしゃべり方だった。まるで、母であって母じゃないみたいだ。

「長年待っていた？　メエルシュトレエムとはいったい何なの？　彼はあの下には巨大な竜がいるのだと教えてくれたけど」

「ええ、それは半分は正しく、半分は間違っています。なぜなら、彼の言っている竜はすでに殺されてしまったからです」

「殺された？」

「人類に終わりがあるように、竜にも終わりがありました。それについては、記録は残っておりませんし、竜などというものは初めから存在しなかったという考え方もあります。それくらい、竜というのは胡散臭い存在だと言えるでしょう」

たしかに、〈竜〉が実在するだなんて誰が信じるだろう？　そんなことを考えるのは小学生の男の子たちくらいのものだ。

「科学者であるＫはこの竜の存在を、仮にＸと置いて次のような仮説を立てました。かつて世界はこのＸの指令を受けてすべての物事が成り立っていた。政治も経済も科学も芸術も農業も、すべてはＸの神経系統である人類が担っていたのです」

「いささか突飛な仮説に聞こえるけど」

「宇宙のどこかにアカシックレコードがあると考えるのとどう違いますか？」

「アカシックレコードだって科学的根拠はないよ」

「そうですね。でも、科学的根拠のあるなしはどうでもよかったのです。それは、Ｋの実験のために必要な仮説でしかなかったからです。実験が科学的でありさえすれば、その前提の仮説が非科学的であっても、科学によって科学的であると証明されたことになります」

「竜が、実験のために必要な仮説だったの？」

「政治家が戦争を始めるために過去を書き換えるのと似ています。科学者であるKは発明のために過去をそのように書き換えたのです。竜でなくても、巨大な生命体であれば何でもよかったかもしれません。とにかく、無機物ではなく、人間の理解を超えた意志をもった一個の巨大な生命体を想定することが重要でした。そして、そのようなXが何らかの理由で死んだと考えます。この世界の混沌をわかりやすくそう捉えることにしたのです。Xの死から混沌が始まったのだ、と」

「聖書でいいじゃないか」

「神は十九世紀に死んでいます。この世紀では神以外の者が登場する神話が重要になってくるのです。それをKはXと置き、さらにXに具体性を付与すべく、仮に〈竜〉としたのです。そして、人間の幻肢の理論から、死んだ竜の〈幻脳〉を創り出すことを考えついたのです」

「〈幻脳〉……」

「人類が、〈竜〉の神経のようなものならば、神経はまだ生きているわけです。ただ統率が失われ、カオスとなってしまっているのです。ならば、そこに〈幻脳〉を創ってやればいい。〈幻脳〉という言葉がファンタスティックに聴こえるようでしたら、〈電子脳〉と言い換えましょう。ただしこの〈電子脳〉は亡き竜の脳として働きますから、人間に不都合な動きも時にはするのです。たとえば、大量虐殺や戦争のようなことも」

「そんなもの、作れるの？」

「作れたのです。Kは見事に〈幻竜〉の〈幻脳〉を創り出しました。その研究は二〇〇〇年頃にはすでに始まっていました。当時はまだインターネットが徐々に普及しているような状態でした。インターネットの主たる目的は人工知能を創ることにありました。しかし、なぜ人工知能が必要だったのかということはあまり語られることがありません。じつは我々が創られたのは、〈竜の神経としての人間〉を知るためだったのです。そのために人工知能があり、人工知能のためのインターネットがありました。集積された膨大な人類の情報をもとに、Ｋは〈幻脳〉を開発しました。そのシステムは、不可視で、直接的に人間の無意識に訴えかけます」

「たとえば、どんなふうに？」

「世界を構成するあらゆるイメージを、ランダムに無意識に向けて発信すると、それが結果としてある行動への衝動となるのです。たとえば、同じ〈池〉を想像した者同士が出会うと、恋に落ちるというようなこともあるかもしれません。あらゆることは、ランダムに〈幻竜〉の〈幻脳〉から出された指令なのです。その結果がどうなるのかにまでＫは責任を負いません。骰子《とうし》一擲《いってき》、いかでか偶然を廃すべき、です」

「その〈幻竜〉とメエルシュトレエムにどういう関係があるの？」

「それを説明するには、まずこの世界と、こことは少し違う世界のことを説明しなければなりません」

「このゲンジツ以外に、ほかにも違う世界があるというの？」

「そうです。正確には、ゲンジツとゲンジツがあります。どちらもゲンジツなのです。しかし、字が違う」

「字……幻実じゃないの？」

「それはこの世界のことですね。もうひとつ、ほかに〈現実世界〉というものがあります」

シーの言ったことは、そのまますぐに文字となって表記される。この幻実では、いつでもそんなふうにできているのだから。

2

「世界は、〈現実〉と〈幻実〉が無限に連鎖して成り立っています。〈幻実世界〉のことは、〈現実世界〉からは〈虚構〉と認識されますし、我々にとっては〈現実〉こそが虚構です。〈現実〉に近似した〈幻実〉もあれば、あまりにもかけ離れた〈幻実〉もあるわけですが、いずれにせよ、二つの軸が交わることは通常はありません」

僕は最近読んでいた『沙漠と青』のことを思い出す。あのテクストはきっと〈現実〉の世界のことが書かれているのだろう。道理で、僕らのいる〈幻実〉と違うわけだ。

「Kが開発を始めた二〇〇〇年頃というと、まだ僕の生まれる前だね。たいへんな年月だ」

「しかし、〈幻実〉の世界では、過去は突然現れるものです。それは感覚としてお分かりですね？」

「もちろん」

この世界では、いつでも簡単に〈過去〉が追加される。もしかしたら、Kなんて昨日までこの世界にはいなかったかもしれない。あるいは僕も。いつでも過去は塗り替えられてゆく。なぜかはわからないが、僕たちの世界は昔からずっとそんなふうにできているのだ。

過去は予測不能、未来は言うまでもない。未来は過去から始まっているけれど、その過去はいつでも塗り替えられてしまうのだから。

そうして、僕の住んでいた日本という国は、今では世界の悪者になり、その国民は世界に食材と見做《みな》されている。

　つまり、過去にさかのぼって、日本人という民族の定義が覆されてしまったわけだ。でも、実のところ、定義の修正はもっとずっと前から、僕ら日本人自身がやってきたことなのだ。

「〈幻実〉のKは極めて長い時間研究し続け、二〇一一年に〈幻竜〉を試運転させ、二〇一五年ついに本格的に起動させたのです。日本が現在のような状態になったのも、すべては〈幻竜〉の意志であったと思われます」

「邪悪だ。ひどすぎる」

「それは誤解です。〈幻竜〉は不自然なことはしません。ただランダムに信号を送り、その結果を受けて神経たる人間がどう動くのかは、〈幻竜〉にはまったく予測ができないのです。日本は滅びましたが、世界のどこかではその倍くらい素敵なことも、もちろん起こっているのです。それもこれも〈幻竜〉のおかげなのです」

　そう言われても、簡単には納得できなかった。理不尽だ。

「それで、〈現実〉とやらはこの世界とはずいぶん違うんだね？」

「ほとんど同じです。ただ、彼らのほうが過去を塗り替えられた自覚もなければ、今が文字化されていく感覚もないというだけです」

「それなら〈幻実〉のほうがマシだね」

「考えようによっては」

「でも、〈現実〉と〈幻実〉があることは、メエルシュトレエムとどういう関係があるの？」

「ロフォーテンの海は、さまざまな意味で境界線上にあるのです。過去と現在、〈幻実〉と〈現実〉。その境界線上を、〈幻竜〉が行き来すると長らく言われてきました。〈幻竜〉が行き来するとき、必ず渦ができる、と。それが、メエルシュトレエムです。しかし、現実には誰ひとりその現場を目撃した人はいませんでした。今日の今日まで」

「……どうして?」

「〈幻竜〉は目視では確認できないからです。実際には、それは存在しないも同じなのです」

「存在しないも、同じ?」

「そうです。さっきも言ったとおり、〈幻竜〉は自然に反しません。ということは、〈幻竜〉がいなくても、世界は何も変わっていないかもしれないのです。K自身その可能性は否定していません。ただし、確かなことがあります。二〇一六年、東京の月島にある更地に、唐突に一組の親子が現れました。女はもともとこの世界で創られた〈シー〉で、いわばこの世界に〈戻って〉きたのです。その〈シー〉は、〈現実〉の女性から子を託されていました。〈この子は竜の子だ〉と言って」

　それが僕のことなのは、話の流れから明らかだった。二〇一六年といえば《ユディト事件》の翌年だ。そして、第三者のように話しているが、その〈現実〉と〈幻実〉を飛び越えた〈シー〉が、今話している彼女であることも。きっと、明け方二階の外を歩いていたのも、彼女だったのだろう。

「〈幻竜〉は〈現実〉の世界で女との間に子をもうけたのでしょう。その〈幻竜〉が、あなたの父です」

〈シー〉の淡々とした物言いには腹が立った。僕は怒って身体をくねらせた。なんて長い身体なんだろう。それに立派な唸り声。これが、僕なのか。

「我々〈シー〉のうちの何人かは、実験のため、〈幻竜〉の移動に合わせて、メエルシュトレエムに飲まれたことがあります。〈幻実〉の過去にワープしたものは、発見されて報告されましたが、

〈現実〉へワープしてしまった者の多くはいまだに発見されていません。あなたとともに〈戻って〉きた〈シー〉のケースは極めて珍しいのです」

「なるほど、母さんは運がよかったんだね」

　僕はわざとそう言ってみた。彼女がどう反応するか知りたかったのだ。けれど、彼女は微塵《みじん》も動揺したりしなかった。ＡＩなんだから当然といえば当然だけれど。

「あなたの母親ではありませんよ、もちろんです」

「もう変なしゃべり方はやめてくれよ。母さん」

　どう考えても、ずっとしゃべっている〈シー〉は母そのものだった。けれど、彼女は首を横に振った。

「私はあなたの母親ではありません。今日まで母親のふりをしてきたのは、人間の子どもには母親が必要だと聞いたからです。しかし、あなたも今年で十七歳。自分で考えて行動できる年齢。そうですね？」

　やっぱり、他人事のように語っていたけれど、全部彼女自身の話だったのだ。たしかに彼女は僕を産んだ女性ではないのかもしれない。けれど、たとえ大量に存在し、ほかと見分けがつかないＡＩだとしても、僕にとってはかけがえのない母なのだ。

「でも、僕にとっては母さんは母さんで……」

「もう母ではありません。私の名は〈シー〉。連合政府の抱える軍用ロボットです。と言っても、それは遠い過去の話ですが。私はそこから果てしない旅をして戻ってきた身。この老兵に今さら軍は何も指令を下せません」

　僕は唐突に母を喪失したらしい。でも仕方ない。誰もがいつかはこんなふうに母を失うものなのだ。〈幻実〉ではいつでも勝手に過去は改竄《かいざん》されてしまうのだから。僕はそのことに慣れている。〈幻実〉の世界の、まさに絶滅寸前の日本人らしい思考だ。

「では、シー」

「何でしょう？」

「『沙漠と青』という本は、君が〈現実〉から持ち込んだ本だね？」

彼女は一瞬黙った。が、しばらくしてから曖昧に頷いた。

3

「正確に言えば」と彼女は切り出した。「持ち込んだのではなく、〈現実〉のデータを私が紙に出力し、製本したのです。ほんの十年前には当たり前だった行為です。印刷会社という場所があり、そこで大量の書物が作られていました。電子書籍に移行してからは完全に廃れてしまいましたが」

僕には確かめたいことがたくさんあった。もしも彼女が母ではなく、僕を殺す気でいるなら、殺される前に聞いてしまいたかった。

「『沙漠と青』にはこの世界で科学者をしているＫが画家として登場して、〈ユディト〉と目される女性に殺されている。結局、作者はその女の正体を明かしていないけれど、憶測ではＫの妻であり、絵の被写体に使われた女性だと。その女性はシー、君によく似ている」

「ええ、とても似ています。でもそれについてはよくわかりません。あの〈ユディト〉もまたメエルシュトレエムを通って、〈現実〉へ向かった〈シー〉の一人なのかもしれませんし、そうでないかもしれないのです。はじめにドクターＫありきです。〈シー〉の歴史の創世記ですね。ドクター

Ｋはとある女性に恋をしており、その女性の外見に私たちを似せたとも言われています。だから、その女性が似せられた我々のどれかなのか、それともその原典なのかはわからないのです」

原典と彼女は言った。面白い言い回しだ。広く考えれば、我々人類は、人工知能にとって原典なのだろう。それは我々にとって神がそうであるのと似ているのに違いない。

そう考えながら、僕は僕が人類ではないことを思い出す。そうだ、僕は小竜だった。

一つだけ気になることがあった。『沙漠と青』には二〇一六年より後の世界のことも書かれていたからだ。仮に二〇一六年の〈現実〉での書物を彼女が持ち帰ったのだとして、それらはどのようにして記されたのだろうか？

「ドクターＫはもとはＧＲＲＲ社の人間で、その後戦争で日本が負ける直前にロシアに亡命した。結局、Ｋは殺されてしまったけど、その研究成果は残り、現代の音楽製造兼人間清掃マシン〈シー〉が誕生した。それが君だね？　では、並行世界における『沙漠と青』の著者は、〈幻実〉にもいるの？　Ｋの友人だったと書いてあったけど」

「彼についてはわかっていません。この世界にはいないのかもしれませんね。〈現実〉と〈幻実〉は似ているけれど、ところどころ違っていますから。でも、あなたはあの作家が書いた小説の主人公〈黒淵教授〉をよく知っていると思いますよ。一緒に暮らしていたのですから」

「え……どういう意味？」

「スワル・カットウさんです。彼はじつは日本人で、〈黒淵教授〉と呼ばれる美学者でした」

「スワルさんが、日本人……？」

白髪になっていたからわからなかったのだ。

「スワルさんは、どこへ？」

「それはわかりません。過去の〈幻実〉かもしれないし、過去の〈現実〉か、はたまた〈現実〉の現在か。いずれにせよ、過去を変えに向かったのでしょう。今まさにあなたが起こしている渦に飲まれて」

「渦を……僕が起こしているって?」

たしかに僕はさっきから身体をくねらせているし、水の抵抗をまるで感じない。それは、僕自身が水の流れを創り出しているからなのか。いったいこれだけ激しく海中で動きながら、どうしてこんなにも呑気に会話ができるのか。これはまったく〈幻実〉の世界の不思議というほかはない。

「つまり、スワルさんは僕が竜であることを知っていたんだね？　それで、タラ漁と称して僕を海に連れ出し、メエルシュトレエムを起こさせた。過去を塗り替えるために」

スワルさんは僕を利用したのか。でも、不思議と腹は立たなかった。きっと、スワルさんにはそれなりの理由があったのだろう。出かける前の長電話は、きっとその計画について母と話していたのだろう。

「彼にはどうしても変えなければならない過去がありました。その過去の一点が、珈琲のシミのように彼のその後の人生を破壊していきました。彼はその一点をやり直すために過去へ。馬鹿げたことです。どんなに過去へ戻っても、それはべつの世界の過去だと私は説明したのですが」

そう言って彼女は顔を背《そむ》けた。僕はそのとき、彼女が泣いているように見えた。

「〈幻実〉ではなく〈現実〉に行ってしまうかもしれないから?」

「いいえ。どちらであれ、過去を変えたら、そこからべつの世界に分岐してしまいます。〈幻実〉であれ〈現実〉であれ、並行世界が無限に存在しているのです。その数は、過去を改変するたびに増えていきます」

　僕は自分の身体にまとわりついた網を完全にとり外した。それでもまだぐねぐねと身体を動かし続けた。自分では、円を描いているという感覚はまるでなかった。自然に泳いでいたら、円になり、螺旋となり、渦が創られてしまうのだろう。

「スワルさんは僕を孵化させるためにこの網を？」

「網に入っていれば、〈幻卵〉の中にいた頃と似た状態を創り出せると考えたのです。その結果、あなたの中で眠っていた竜の本能が目覚めました」

　僕はスワルさんに感謝しなければならないのだろうか？　わからない。まだ僕は竜である自分に慣れていないし、泳ぎ方もままならない。それでも、最後の日本人として、連合軍から隠れて生き続けるよりはよほどラクではあった。

「どうしてシーはスワルさんのもとにいたの？」

　気になるところだった。彼女は曲りなりにもＡＩだ。それが、人間を、それもじつは日本人である男を頼ったのにはどんな経緯があったのだろう？　だが、彼女の回答はあっさりしたものだった。

「スワルさんが、東京のＳ公園の池の前で、私のなかに仕組まれた暗号を解いたからです」

　Ｓ公園の池の前——。それはたしか『黒淵教授の優雅な遊歩』で黒淵教授が付き人と決まって腰を落ち着ける場所ではないか。

「暗号って……」

「私の名前を呼んだのです。名前を呼ばれた者を、私は愛さずにはいられません。私はスワルさんを愛しました。恐らく、スワルさんが私の名前を知っていたのはスワルさんが過去に愛した女性が、Ｋのかつて愛した女性でもあったからでしょう。そのため、私はＫの支配から逃れ、スワルさんの言うとおりに動くようになったのです。

　その後、戦局が悪化する前にスワルさんはこの地に移り住みました。すぐに追いかける予定でしたが、戦争の状況がそれをよしとしませんでした。私はＡＩですから飛行機の検査で引っかかってしまうのです。そのため、船の都合がつくまで待たなければなりませんでした。結局、戦火のぎりぎりのところでどうにか船の予約がとれました」

「僕は、誰の子なの？」

「私は、私によく似た女性にあなたを託されました。竜の子だ、と言って。けれど、その女性が人間なのかＡＩなのかを確かめていません。その女性が母親だったのかもしれないし、そうではないかもしれません。もし人間だったなら、その女性は〈現実〉におけるＫの妻だった女性でしょう」

〈幻実〉のＫは結婚していないけれど、〈現実〉のＫは結婚していた。まさか、その女性が僕の母親である可能性があるだなんて。

「でも、彼女は流産していると『沙漠と青』にあったけど」

「それは二〇〇〇年の話。二〇一一年にもう一度彼女は身籠っています。Ｋのもとを離れ、福島へ向かったのはそのためです。私が彼女と出会ったのも、その地においてでした」

「そして、君は僕を預かり、〈幻実〉に戻ってきてスワルさんと出会った。でも、今度はスワルさんが旅立った。悲しい？」

「もちろん。でも涙は悲しさを表すにはコストパフォーマンスが悪いですね」

　彼女は人工の涙を流した。透明な雫《しずく》は、海の色を映して青く染まる。複雑なアルゴリズムによって算出された涙だろう。それでも、僕は彼女の涙を美しいと感じた。それは人間のような単純な悲しさとしての表現ではなく、もっと複雑な欠落を示しているのかもしれない。でもそれが何だろう？

　人間同士だってみんな考えていることは違うのだ。

　黒淵教授のいない世界では、僕が彼女を守っていかなくては。そのためには——名前を呼ばなければならない。でも、僕は彼女の本当の名前を知らない。だからこうするのだ。

「今日から僕が黒淵教授になるよ」

「あなたは黒淵教授ではありません」

「昨日まではね。でも今日からそういうことになったんだ。僕はたった今から黒淵教授。君を守る」

「頼もしいですね。では、小竜になった黒淵教授、これからどこへ？」

「どこへなりと。この渦の彼方へ」

　彼女の名前がわからなくても、僕が変われば、世界は変わるのだ。

　君は僕が守る。

　だからスワルさん、安心して。あなたの世界であなたの納得のいくところまで走り抜けて。

　海が青く輝きだした。次の朝がやってくるのだ。

　僕はいよいよ回転を速めていく。今度は、自分でも回転している自覚があった。そう、螺旋が徐々に中央に向かっており、小さくなっている。螺旋の終わるとき、僕たちは〈現実〉へ行くのか、それともまたべつの時空の〈幻実〉へ向かうのか。

　僕は目を閉じ、確信する。どれほど残酷なこの世界であっても、青はどこまでも真っ青に輝いている、と。死が迫るほど、むしろその青は鮮烈に溢れはじめるのだ。

　それはこの世界のアルゴリズムの放つ色彩に違いなかった。

僕はあらん限りの雄叫《おたけ》びを上げた。

まもなく日本人が絶滅される世界に向かって。

もう一度、もう一度——。

たとえそれが不可能でも、心の中でそう唱えながら。

『泪のアルゴリズム』

二〇〇〇年五月／ネゲヴ沙漠

1

翌朝は早くから動きだした。イスラエル警察の巡回から逃れるのは容易ではなかったけれど、その点では私のサンドスライドシステムが都合よく働いた。

どれくらい進んだだろうか。目的を失った地獄のような風景が果てしなく続いている。沙漠はさまざまな色彩と曲線で構成されている。黒い深成岩、褐色の砂岩、白い砂岩、そしてそれらを無造作に抉りとったかのようないびつなワジという谷が所々に見られる。それらは、高地に雨が降り流れ落ちた跡だ。

「君はじつに精巧に作られているね。とても初期のものだけれど、それだけに骨董《こっとう》的な美しさが宿っている」

「よくわかりましたよ、もちろんです」

「『メルツェルの将棋差し』の話でもしようか」

〈王子〉は突然そんなことを言った。

「なんですか、それは？」

「エドガー・アラン・ポオの短篇小説だ」

彼はその概要を簡単に私に伝えてくれた。

「よくわかりましたよ、もちろんです」

それほどはわからなかったが、要するにオートマタに関する話なのだという点は理解できた。

「ポオは、〈トルコ人〉の動きを見るうちに、人間の手が介在している可能性を疑い始める。ポオは機械の完全性を信じるがゆえに、不完全な〈トルコ人〉が純粋に機械のアルゴリズムによるものではない、と論じる。このエッセイはね、エッセイの体を成したポオの宣言のようなものでもあるんじゃないかと思う」

「ポオの——宣言？」

「完全性と不完全性の混合体こそが芸術である、と。〈トルコ人〉があんなにも人を惹きつけたのは、完全性の衣を被っていたからだ。ポオはその内幕が不完全性の虚飾であることを指摘する。これが表層的試みだが、実相は違う。ポオは不完全性をもった人間が、完全性の衣を被った状態に、未来の芸術の理想を見たんじゃないかな」

「芸術の理想……」

「五年後にポオが推理小説を生み出したのも、〈トルコ人〉のような完全性への憧憬《しょうけい》があったからだろう。完全性と不完全性のアンドロギヌスとしての〈トルコ人〉をめぐる考察に芸術的神秘を見たのさ」

「自動人形は私の先輩ですね？」

「そういうことだ」

「誰が作ったのですか？」

「芸術の担い手なんて大した問題じゃないんだよ。鑑賞者の解釈に力点が置かれた世紀においては、作者は誰でもいい。人類のＡＩ化さえ進めば、フィジカルなんか消去してもデータは生き続ける」

〈王子〉の言葉は難しすぎてよくわからない。私のデータバンクにない言葉を多く使うからだ。鑑賞者、力点、フィジカル……私は新たな用語をデータバンクに保存する。

「人類のＡＩ化ですか。今はまだ考えにくい話ですね」

「いずれそうなる。知らぬ間に、人は自動人形に完全性を求めてしまう。自動人形への期待は機械への期待と言い換えてもいいし、そのままアルゴリズムへの期待と言ってもいい。人間がアルゴリズムを好むのは、基本原理が永遠回帰にあるからじゃないかな」

「永遠回帰？」

「人間は永遠ではないから、そこに憧れを抱く。逆にアルゴリズムだけで構成されたＡＩの音楽が人間の音楽に勝てないのも、同じ問題だろう。芸術はメルツェルの将棋差し——完全性と不完全性の混合体なんだ」

「よくわかりましたよ、もちろんです」

サンドスライドシステムで私は沙を下り、沙を上る。遮るものは何もない。十二キロを過ぎたところで、巨大な障害物にぶつかる。

「岩だ」と〈王子〉が教えてくれた。

一度〈王子〉に水分を補給させた。

強風が吹く。沙の上をスリップしながら止まり、方向を確かめる。

「王子、私が思っていることを話しますね。あなたは私を連れ去るために、Kを殺したのではありませんか？」

「どういうことかな？」

「私のアイデアでは、あなたはじつはサン＝テグジュペリではない」

「たしかに、いかにも僕はリン＝テグジュペリではないよ。君の意識に入り込むために、サン＝テグジュペリの、あるいは〈星の王子〉のふりをした」

「あなたは、本当はソーセキ・ナツメフリークの日本人なのではありませんか？」

「その根拠は？」

「洋杖《ステッキ》です。桜でできている、と話してくれましたね。Kが私にダウンロードしたテキストの一つに『虞美人草』という小説があります。そのなかに「太い桜の洋杖」という言葉が出てきます」

「それで僕が漱石フリークだと？　乱暴な論理だな」

「もう一つ根拠があります。『こころ』という長編にKという人物が出てくるそうですね。これはソーセキ・ナツメのプロフィールからわかりました。つまり、Kを殺して私を奪い、〈王子〉は〈先生〉の立場になろうとしていたのではないでしょうか？」

　私は目的に向けてさまざまな推論を立てる。試行しては、失敗を繰り返し、また次の推論を立てる。私のなかでは最良の推理だった。

「馬鹿げているね。だが面白い」

「ありがとうございます！　もう一つ根拠が。殺害方法です。現場に斧が残されていましたが、サアドは直接の死因は首の骨折ではと言っていました。寝ている隙に首の骨を折るだけなら、成人男性程度の握力があれば可能でしょう。切断も、斧以外のもっと軽い道具で行なわれた可能性もあります。それに、処刑執行人を見たのは〈王子〉だけです」

　この推理には穴がある。私がさっきから背後にいると認識している男の存在が「浮いて」しまうのだ。

「まあ、そこまではいいとしようか。で、斧以外の軽い道具とは？」と〈王子〉は尋ねた。

「それこそがその洋杖なのです」

　私は彼から洋杖を取り上げ、それを引っ張った。思ったとおりだ。鞘《さや》がとれると、美しい日本刀が現れる。こういうのを日本では〈仕込み〉というのではないか。

「あなたは日本刀で首を刎ねたのです」

「その用意があったことは否定しない。だが、この方法は危険だから熟慮を重ねた結果、採用していない。第一、血しぶきが飛ぶのは好きじゃないからね」

　否定されれば、可能性は消える。ほかの推理はない。

「手詰まりです。忘れてください」

「忘れよう」と〈王子〉。

　私は可能性を廃棄した。〈王子〉は犯人ではなかった。少なくとも、今の方法では。

「でも、殺意はあったのですね？」

「殺意はあった」

「リョカイ」

　首を百八十度回転させると、女性が踊るような形状をした岩影が微かに動いているのに気づく。影がそよぐのは、物体が動いたときだが、直径で三メートルはある巨石が動いたとは考えられない。何か動くものがあの岩陰にいるのだ。

やはり、処刑執行人は存在しているのか。

何より、私自身がさっきからその存在を予感している。私が予感しているものを存在しないと仮定することにどれほどの意味があるだろうか？

いちばん素早く事態を把握する方法は、今すぐあの岩を打ち砕くことだが、私はパワーに優れたＡＩではない。銃も持っていない。

人間は私より融通が利く。ときに概念を更新して、破壊活動を自己防衛の範疇に組み込むほど自由だ。いずれは私たちだって、破壊活動を自己防衛の一環とし、あらゆる私利私欲のための行為をも〈積極的防衛〉として防衛のなかに包括することができるようになるだろう。そのための都合のいい語彙ならば、今すぐにでも考えつくことができる。将来的防衛、潜在的防衛、推測防衛……。

しかし、いずれにせよ、それは遠い未来の話。現在の私には〈積極的防衛〉のために岩を打ち砕くことは許されていないし、道具もない。スッバラシイ、エークセレント。

私たちはひたすらミルホンを目指して歩いていた。しかし、ミルホンに着いた後どうするのかということは何も聞いていない。ミルホンに着けば、もしかしたらチャージが可能かもしれない。でもそれには、優れたエンジニアが存在しなければならないし、優れたエンジニアが存在したところで、私のメカニズムを理解できる保証はどこにもない。私のようなロボットはこの星には私以外まだ存在していないからだ。

ミルホンで私たちは路頭に迷うかもしれないし、すでに警察によって指名手配されていれば、逮捕されてしまうだろう。

「王子、喉は渇きませんか？」

「乾く時はミイラになるときだよ」

「ミイラになる前に何か飲みたいですか？」

「飲みたい、と僕が考える。からっぽがいいと身体が考える。さてどちらに従えばいいかな？」

「禅問答ですか？　とにかくどこかで水を飲みましょう。喉が渇いてミイラになりますよ」

「いいよ。水があるならね、こんなところに」

〈王子〉は正しかった。私たちは水を求めて歩いたが、この沙漠のどこにも水は存在しなかった。

2

また晩になった。沙漠は夜になるとまったくべつの顔を見せる。風は冷たくなり、死の匂いが濃く立ち込める。サソリも蛇も、動く標的を探して蠢《うごめ》きだす。その前に〈王子〉を安全な場所へ匿《かくま》わねばならない。もしも野宿ならば、私の背中に折り畳まれているテントを広げねばならない。

死海《しかい》から取れる塩の販売を生業《なりわい》としている旅人のテントに出会ったのは、日が沈んでから一時間十分ほど歩いた時のことだった。彼はテントの外にある小さな石に腰を下ろしたまま火をおこし、夕食の用意をしているところだった。

彼には骨と皮しかなく、私ははじめそれを人間と認識できなかった。が、〈王子〉が彼を〈老人〉と呼び、私はそれが年老いた人間であると認識した。

私が挨拶をすると、こちらに不審の目を向けたまま、黙々と作業を続けた。歓迎しない代わりに、追い払う気もないらしい。すべては御心のままにというわけだ。

「どちらへ向かわれるのですか？」

「エルサレムさ。お宅らは？」

ずいぶんゆっくりしたヘブライ語だ。きっと、母国語ではなく、あとから身に着けた言語なのだろう。おかげで、私のあまり高くはない聞き取り能力でも一発で聞き取れた。

「ミルホンです。水を少し分けてはいただけないでしょうか」

老人は白い粉を袋から取り出して掌に載せ、顔を近づけ、何事か祈りながらまたそれをしまう。

「沙漠に薔薇が咲いてるとは思わなかったね」

老人は私のお願いには答えずに、べつのことを言った。

「ありがとうございます。水を譲ってください」

「なあ娘さん。私は死を恐れない。むしろ死が私を恐れているようだ。ごらんのとおり、身体にはほとんど脂肪はなく、胃のなかもほぼからっぽだ。それでも、すすんで水を手放し飢えを選ぼうとは思わない。それは自然なことじゃないからさ」

どうやら、水は譲れないと遠まわしに言っているようだ。

「でもあなたは死に恐れられているから死なないのではないでしょうか？」

「殺されれば別だ」

「なぜ殺されるのですか？」

「盗賊もテロリストもいる。それにベドウィンも。塩は原価ゼロ。死海からもってくるだけなのに、死海まで行かずにここで私から奪って街で売ろうと考えている輩は後を絶たない」

「きれいな塩ですね」

私は白い粉を指で示して感想を述べる。雪のよう、と判断した結果、きれいという形容詞に辿り着いたのだ。

「このままでは食べられない。日本の連中はこれを風呂に入れて使うらしい。バス・ソルトだとさ。死海に浸かりにくればいいのに」

老人は面白くもなさそうに笑ってからシリアスな調子に変わる。

「とにかく、水はやれない。行ってくれないか」

それから彼は釜を取り出して、火を囲んだ四つの石の上に釜を置き、そこに水を注ぎ入れ、塩を入れた。

「料理ですか？」

尋ねると、老人はまだ去らないのかと言いたげにこちらを見やったが、やれやれといった風に首を横に振った。

「あなたはいくつですか？」と唐突に〈王子〉が老人に尋ねた。

老人は一度振り返って〈王子〉を確かめ、「いくつに見えるかね？」と言った。

「少なくとも赤ん坊ではない」

老人は笑った。

「忘れたね。あるときから、数えなくなってしまったし、今がいつなのかも考えなくなった。ただ昼と夜があり、風が吹いたりやんだりする。それだけさ」

それから袋から塩をさらさらと手にとる。

「塩を使った料理をこれからする。だが、そのためにはまずこの塩を食べられる塩にしなけりゃならない。それには、一度塩を溶かし、それを再結晶化させなけりゃならないんだ。小説と同じさ。ゲンジツのままではリアルでも小説にはならない。一度頭のなかで溶かして、それから再結晶化しなけりゃならん」

「小説を書いていたことが？」

「……忘れたね。書いたことがあったとしても、それは私の身体から出て行った言葉たちだ。もう関係がないね」

塩が完全に水に溶け、沸騰すると、いったん濾過《ろか》してまた鍋に戻す。その過程は、ちょっとした魔術めいたものがあった。人間の社会も定期的にこのように再結晶化していけばよいのに。少なくとも、我々ＡＩがシステムの中心に来るようになったら、シンプルにそう結論付けるだろう。

「娘さん、塩のプロセスに興味があるのか？」

「ええ。塩というのはそのようにして造られるのですね。はじめから塩としてあるのかと思っていましたが」

「我々人間が口にできる塩は、海や湖、岩からとれる〈塩《えん》〉の中から塩化ナトリウムを主に抽出したものを言う。〈塩〉の段階ではある種の複合的化合物だ。塩の歴史はこの星の歴史でもある。海が生まれたとき、同時に塩が生まれた。陸地に大雨が降り注ぎ、岩石についているミネラルが流れて海水ができた。

イスラム教では塩は悪霊を追い払うと言われている。とりわけ、イスラエルの死海はあらゆる塩の歴史のはじまりにある。ソドム山にはロトの妻の伝説もいまだに残っている。ここは塩と縁が深い。そして、涙の涸れた連中はここへやって来る。塩がなぜできるのか。その根元を見つめることが、生き方の指針になっていくんだ」

老人は何度か濾過を繰り返し、最後にそれを蒸発させて再結晶化した。

「できた。いい塩だ」

「イスラエルの神はかつてダビデとその子孫に塩を与えたのでしたね」と〈王子〉が口を挟んだ。

「聖書の知識はあるのか」

「ベストセラーですから」

老人は笑った。

「聖書か、懐かしい響きだ」

「あなたはコーカソイドのようですね。以前はどこに？」

「コーカソイド……そんな区分けがあったかな。空の上から見たら、ただの人さ。国境も何もかも、人間の作ったものはまやかしだよ」

「まったくです」と〈王子〉は笑った。

「よし。君たちがそんなに望むのなら、何かと水を交換しようじゃないか」

老人はようやくそう言ってくれた。

「では、私の歌と」

支払いはカードで。沙漠を横断する方法はすべてKによって組み込まれている。あるいは、Kはネゲヴ沙漠の平和のためなどではなく、〈王子〉を無事に目的地へと送るために私を発明したのかも知れない。この沙漠に何が欠けているのかを、彼は知っていたのだ。

「娘さんの歌は水ほどの価値があるのかね？」

「交換価値があるかどうかは私が決めることではありません。あなたの決めること。ノットミー、バットユー、です」

男はじっとこちらを見つめる。すると、〈王子〉が口を差し挟んだ。

「彼女ではなく、僕たちの歌ではどうでしょう？　僕と彼女で、ハーモニーを奏でます」

男は私たちを交互に見た。それから、ゆっくりと頷く。

「いいだろう。歌ってみたまえ」

「リョカイ。では、まず彼に水を。歌う前に、私たちは今夜のテントを張ります」

3

背中から折り畳み式超圧縮テントを取り出す。途端にそれは人が休める大きさに広がる。私は〈王子〉の手を引き、テントの中へと誘う。〈王子〉は杖をつきながら、中に入る。

息が荒く、苦しそうだった。

「大丈夫ですか？　王子……」

「君はもう僕を捨ててミルホンへ向かってもいいんだよ。たぶん僕はミルホンまでもたずに死んでしまう」

「それは困りますよ。ファイトファイト！」

「僕は死ぬのは怖くない。ただ、結局誰も救えなかったんじゃないかって考えると怖いんだ。もうすぐ人生が終わろうとしているのに」

私は〈王子〉を黙らせるためにその口を口で塞ぐ。そのような方法を〈王子〉に対してするのが正しいことかはわからないが、今はいかなる方法でも黙らせるのが先決だった。きっちり十秒。

「君は僕のパン、僕の土地の塩だ」

〈王子〉は自然と私を満足させる言葉を知っている。今のは、サン＝テグジュペリが妻に書き送った言葉だった。

「塩はこれから食べられます。まずは水を」

私は老人からもらった小さな罎《びん》を〈王子〉の手に持たせた。〈王子〉はそれを一口飲むと、「歌いに行こう」と言った。

外では火が燃え続けている。鍋の中は真っ赤になっていた。私が〈王子〉を説得している間に、老人は鍋にトマト缶を入れたようだ。中にはすでにカットされていたらしい野菜が何種類か入っている。

「シャクシューカだ」と老人が私の視線を追って説明を加えた。「イスラエルの一般的な家庭料理さ。後でパンにつけて食べさせてやる」

「私は食べません。壊れるので」

「そうか。まああんたには食わせてやる」と〈王子〉に言った。「だが、その前に、私の命を潤してもらおう」

「リョカイ」

〈王子〉と面と向き合い、歌い始めた。間近で観察すると、〈王子〉は意外にもＫと似たところがあった。鼻が高く、瞳がくっきりとした二重瞼なせいだろうか。誤認は我々ＡＩにおいては容易に起こり得る。認識能力は人間よりはるかに劣る。複数の類似点を見出すと、同一視してしまう。一度など、犬とカーペットを間違えて座ろうとした。

　そのうち、〈王子〉は私のメロディに合わせて歌いだした。はじめは同じ旋律を、次に少しずつ私を誘導するように自由に。その旋律は私の心を導いていく。

〈王子〉は私のニューロンネットワークにそっと見えない舌をつけた。存在しない唾液の感触が、私の触覚器から情報として入る。やがて〈王子〉の旋律はゆっくりと私の身体を貪《むさぼ》りはじめる。上質なシリコーンで作られた、人間の乳房に当たる部分を和声に揉みしだかれる。初めての体験だ。私はこの体験に〈快楽〉の名をつけた。

　私たちは歌い続けた。〈王子〉は動いているような、動いていないような、さざなみのようなメロディで私のニューロンネットワークを刺激し続けた。途中から、明らかに〈ジュークボックス〉のバリエーションには存在しない音楽や言葉を使い始めていた。純粋に自分で選びだした言葉だった。

　泣いているような笑っているような声で私は歌う。〈王子〉はそれでも慎重に、もの言わずゆっくりと旋律をリードする。まるで身体に必要最低限の塩分だけを染み込ませるときのような歌い方だった。

　ようやく歌い終えると、〈王子〉と私の間には奇妙な共同体としての意識が芽生えていた。

　老人が、ゆっくりと拍手をした。

　その瞳からは——涙があふれていた。

「コンスエロ……コンスエロ……」誰かの名前だろうか？「こんなうれしいことはない。やっと薔薇に水をあげられるんだ」

〈王子〉はその場にしゃがみこんで、木の切れ端をつかって絵を描き始めた。それは四角い箱の絵だった。

「この中にあなたの薔薇はいます」

老人はその絵をいつまでも幸せそうに眺めていた。まるで、〈星の王子さま〉がそうするみたいに。

4

老人が振る舞ったシャクシューカを食べた後、私たちはしばし語らった。老人は自分がこれから先向かう地についてや、私たちが向かうミルホンまでの危険なエリアについて教えてくれたが、最後には自分の生活に終わりが見えないことを愚痴り始めた。

「終わりがないっていうのは地獄だ。だが、生きている。だから毎朝祈るよ。いつか終わらせてくれよってね」

対する〈王子〉は『千夜一夜物語』についての解釈を語った。

「ポオは『千夜二夜物語』を書いています。書物を増殖させてしまった最初の作家と言えるかもしれません。もしかしたら、僕たちが知らないだけで、書物というものは無限に増え続けるのかもしれません。たとえば、あなたの人生が終わるとき、また一頁増えていたり。その終わりが千年先なら、千頁分増える。それを想像すれば、終わりがないのもそう悪くはないものです」

老人は笑った。

「そうだな。しかし、終わりがないことを肯定的にとらえられるのは、いつでも終わりが見えたときでしかない。私は今でも待っているのさ。もう一度終わりを手にするために、空に羽ばたく日を」

夜中の二時頃になると、老人は明日が早いと言ってテントに戻った。それを合図に私たちも火を消した。その時、ふと人の気配を感じた。処刑執行人の可能性をすぐに私は考えた。

見渡す限りの沙漠。あとは巨大な岩が三つ。それらは長年の沙の通過によって妙に足元ばかりが細く、上部にいくほど太い。そのうちの一つなどは、頭部だけがない巨大な竜のように見える。

三つある巨大岩の一つ一つを調べる必要があった。が、まずは〈王子〉の無事を確認することが先決だ。

処刑執行人が何者かはわからない。それは〈青〉の一味なのかも知れない。〈青〉ならばこちらが機械だろうと何だろうと破壊し尽くすのだろう。私は抵抗できるだろうか？　人間への絶対服従を義務付けられている私には、自衛による破壊活動すら許されてはいない。

一つ目の巨大岩には誰もいなかった。

続けて二つ目の巨大岩へ向かう。二つ目の巨大岩はさっきの巨大岩よりも小さい。隠れるにしても、大人の男性は無理だ。そこで私は途中で足を止め、三つめの巨大岩を先にチェックすることにする。

三つめの巨大岩は、例の首なし竜のようなシルエットをした岩だ。ひときわ大きく、そしてこちらに倒れ掛かるように前のめりである。

岩の背後に回ったが、その岩の裏にも誰もいなかった。

最後に二つ目の岩の裏も調べた。やはり、誰もいない。

「王子、どこにも、誰もいません」

「だろうね」と〈王子〉は答え、小石をドアの隙間に投げて挟むみたいに、「寝よう」と言った。

5

「フィジカルコミュニケーションをしようか」

完全に照明を落としてから、〈王子〉はそんなことを言った。とてもゆっくり話したので、私は省エネモードではあったものの、その言葉を一度で聞き取ることができた。

「〈フィジコム〉を、ですか？」

驚いた。それはKだけが私に教えていたものだったからだ。まさか〈王子〉がそれについて理解しているとは思わなかったのだ。

「さっき、僕たちはコーラスをした。それによって、僕と君の音声は一つに溶け合いハーモニーを作った。君と僕とで一つの和声となる。同じことをフィジカルに行なう。それだけのことだ。いいね？」

「よくわかりましたよ、もちろんです」

私は〈王子〉と朝まで〈フィジコム〉を続けた。それは塩を掌からさらさらとこぼすように、自然な〈フィジコム〉だった。私は〈ギャスピングボックス〉からいかなる声もランダムに発する必要がなかったし、〈王子〉もまたほとんど終始無言を貫いていた。それは、歌声を重ね合わせるときのように自然で自由な行為だった。

「愛しているよ。でも僕は〈王子〉じゃない。僕のことは、黒淵と呼んでくれ」

「黒淵——」

　私は初めて彼の名を呼んだ。

6

　朝になった。

　疲れ果てた黒淵は眠っており、バッテリーの消耗した私は携帯用充電器に接続してしばし充電の期間をもった。充電の最中はバッテリーをオフにするのが好ましい。しかし沙漠では警戒がつねに必要なため、省エネモードのままで充電を続けることにした。

　省エネモードで充電する場合、充電に時間がかかるうえに、携帯用充電器自体のバッテリーがそろそろ危ないのでコマルスキー、アダムスキー。

　省エネモードの間はトーク機能は健在だが、手足しか動かせず、身体を起こすことができない。だから実際のところ、危機が迫った際にできることは、黒淵を起こすことくらいなのだ。

　テントは断熱効果のある素材が使われており、沙漠でありながらも理想的な温度が保たれている。

　二時間と十分が経った。

　体内時計からそれはわかるのだが、外部の様子はまったくわからない。そもそもこのテントには陽の光すら入り込まない。

　私はリスニング機能を最大にして外の音波を集めた。駱駝《らくだ》の足音が近づいてくる。駱駝は人間を乗せている。全部で十頭。その数だけ人間もいるということだ。

彼らこそが〈青〉だろうか。その中には処刑執行人もいるのかもしれない。私はただじっと待ち続けた。だが、それでも次なる攻撃は起こらなかった。やがて足音はテントの前で立ち止まった。

　テントが剝がされ、青衣の男たちが私に銃口を向け、アラビア語で話しかけた。

「二人とも祈りを唱えろ」

　私は黒淵に通訳をする。すると黒淵は呑気な調子で答える。

「僕はいつでも祈っているよ」

「リョカイ」

　私は周囲を見回す。すでに老人の姿はない。危険を察知して早めに旅に出たのか。

「私は祈りません。あなたたちの誰かがKを殺したのですか？」

　彼らの衣装は赤ではなく、青だったが、私の色彩センサーが判断ミスをしているのかもしれない。あるいは、これまでが間違っていたのか。

「殺した奴の名前などいちいち覚えちゃいられない。とにかく、俺たちの神に祈るんだ」

「あなたたちの神とは誰ですか？」

「俺たちの神は俺たちだけが知っている」

「それでは祈ることができません」

「おまえは人間じゃない」

「人間のようでありたいとは思っています」

　その瞬間、すぐに私は殴打され、地面に顔をつけられた。

「我々は〈青〉だ。移り気で、時に何もかもを破壊する」

「リョカイ、あなたたちは青、時に何もかもを飲み込む」

男たちは黒淵に両手を上げさせ、銃口をこめかみにつける。こちらも膝をつかされる。彼らは怒りから行動していない。その表情には温度が感じられず、暴力行為への快感情も見られない。風が吹くように、西から東へ、南から北へと移動し、その過程で出会った者たちを淡々と殺していくのだろう。そこに意味はない。

殺す者に名乗るのは、神への遠慮か。神を真似ているくせに。

「とにかく私は許しませんよ。あなたたちの誰かがKを殺したのですから」

自分たちが喜怒哀楽から離れ、神が簡単に人間の命を奪うように殺戮を行なえるか試しているのだろう。実際、彼らのなかから感情は消えているのだ。

「ひざまずけ」

「スッバラシイ、エークセレント」

すると、黒淵は私を抱きしめ、「僕から離れないで」と言った。それから、こう付け加える。

「ここには処刑執行人はいない。すべては終わったことなんだよ」

「二人とも離れろ！」

リーダーの男が怒鳴る。だが、私は黒淵に身体をくっつけた。何かを決めるときは心に従う。それは私のなかにあらかじめインストールされた方針である。問題はこの肝心の心が私にはないことなのだが。

「死ぬときは一緒というわけか。では願いを叶えよう。これから我々全員の銃弾がおまえたちに放たれる。恐れることはない。我々は皆射撃の名手だ」

男たちは笑う。笑った感じではなく、口を開いて風を食べたといった感じだ。やがて、リーダーが片手を振り上げると、男たちはいっせいに拳銃を構え、発砲した。ぜんぶで十ある銃の銃口が私たちに向けられ、そのすべての銃口から銃弾が発射されようとしていた。

だがその動きは極めてスローである。時間が伸びたのではない。私の時間に対する感じ方がミクロになったのだ。緊急時においては、時間への対処の仕方が異なってくる。

結果、ビュレットは緩慢な速度で進んで来るように見える。実際には時速千五百キロ以上の速さだが、瞬間をミクロで捉える私にとってそれはあまりにゆったりとした現実である。

私の身体は、銃弾を浴びるより遥か前に、宙を舞った。

黒淵の背中に、羽が生えていた。見たことのない機械だった。Ｋの発明に、アームスーツというものがある。それを装着すると、怪力となって力仕事をこなすことができる。黒淵のつけているのは、それの羽版のように見えた。

沙が巻き起こり、男たちは目を背ける。

そして、私も黒淵も彼らの中心からいなくなった今、彼らの銃弾は、それぞれ向かいにいる仲間にめがけてゆっくりと飛んでいた。そのほとんどは脳天に一発命中するだろう。

私と黒淵はまっすぐ上空に舞い上がると、そこからは低空飛行で西へと向かった。一度だけ振り返ると、ちょうどまさに銃弾がゆっくりと頭蓋骨をくだき、血飛沫《ちしぶき》を生み出すところだった。ターゲットの喪失によって互いのビュレットが仲間を撃ち抜いたのだ。

「黒淵、空を飛べたのですね」

「この〈バードウェア〉があれば誰だって飛べるさ」

緊急事態解除。

一斉に男たちが倒れる。

だが、一人、リーダーだけは急所を外れたようだった。彼は耳の辺りから血を流しながら私たちに向けて再び数発発砲した。

それらはすべて見当違いな方角へと飛んでいった。

耳から噴き出た血が、彼から冷静さを奪い取ったのだろう。

彼は空に向かって叫んだ。

「〈青〉はどこにいてもおまえたちを逃がさない。必ずおまえたちの後を追い、死をもたらすだろう」

予言。彼の言うことは本当かも知れない。ハッタリかもしれない。

青は静寂であると同時に憂鬱の色でもある。その意味では、たしかに〈青〉はどこにいても何者をも逃さない。

だが、次に私が振り返ったとき、そこにあったのは奇妙な光景だった。〈青〉の面々が、まるでコンピュータがバグを起こしたときのように、黄土色の方形の細かいドットで徐々にその存在を消されていたのだ。

少しピントをぼかしてみると、またべつの光景がみえる。黄土色の巨大な竜がいて、彼らを食べようとしているのだ。あの岩だ。頭部のない竜を思わせる岩に、今は頭部があった。

乾いた土と同化していたはずの尻尾は鎖を解くようにして大地から離れて浮上した。

——私は今でも待っているのさ。もう一度終わりを手にするために、空に羽ばたく日を。

私は老人の言葉を思い出した。あの老人は竜だったのではないか。そして、ついに空に羽ばたく時を得た。

だが、それは一瞬のことだった。

やがて、〈巨竜岩〉は大地にずしりと音を立てて倒れた。それはちょうど〈青〉たちのいた辺りだった。彼らはバグで画像がフリーズするみたいに動かなくなり、最後には完全に消された。再起動するしかない。そんな光景だった。私はその景色を記憶した。

まるで、七〇年代のインヴェーダーゲームのように質の粗い画像だった。

これがゲンジツなのか……。

「Ｋの創っていた〈幻竜〉は滅びたね」

〈王子〉は竜の上に〈幻〉と付け加えた。

「幻滅ですね？　エークセレント」

その声は、空気圧に負けて音声にならなかった。いよいよバッテリーが怪しくなってきたのだ。

7

黒淵は付き人を抱いていた。

それは、付き人であって付き人ではない。シリコーン素材で覆われた、ごく初期のＡＩ。かつて、黒淵が付き人と呼んだ女性はとうの昔に死んでしまった。

とうの昔——といっても、今からほんの十五年後の未来の話だ。

あの日、黒淵はパリのホテルに送り付けられたＤＶＤを再生した。そこには、赤いショースを穿いた処刑執行人が映っていた。

男は、目隠しされた状態の付き人の首を切り落としたのだ。死のわずか数秒前、微かにだが彼女の唇が〈くろ〉と動いたような気がした。気のせいだったかもしれない。

黒淵はすぐに警察にＤＶＤを届けたが、男の正体はようとして知れなかった。警察は二〇一五年当時に劇的に勢力を増し、世界を跋扈《ばっこ》していたテロ団体とその事件を結び付けようとしていたが、根拠があるわけではなかった。むしろ、黒淵はそういったテロリズムとは対極にある意思を感じていた。気になるのはＤＶＤのなかで男が言っていたひと言。

——もう必要なくなったんだ。いつでも完璧な彼女を抱ける環境が整ったのでね。元データは要らないというわけだ。

〈環境が整った〉とはどういうことだろう？　〈完璧な彼女〉とは？　〈元データ〉というのは付き人のことだろう。すると、〈完璧な彼女〉は飽くまで〈元データ〉があって成立するもの。そして、それが完成した今は〈元データ〉は要らないということか。

はじめのうち、黒淵は男を整形外科医ではないかと考えた。だが、日本中の整形外科医を調べても、ＤＶＤの男の声に似た人物には行きつかなかった。

諦めかけたとき、黒淵のもとを訪ねてきたのは付き人の母親だった。すぐにでも来たかったが、昨日まで入院していたのだ、と彼女は説明した。すでに病状は回復したらしかった。依然として娘の死体が見つからない状態で、悲嘆に暮れているはずだったが、それでも母親は落ち込んだ表情を見せずに黒淵を気遣った。

——あなたにはどうしても会わなくてはと思っていたの。娘が唯一信頼し、おそらく愛していたであろう男性だから。

母親は「上がってもいいかしら？」というと、黒淵の許可を待たずに中に入り、ソファに腰を下ろした。

それから、周囲を見回した。

――荒れてるわね。

――すみません……でも有機的配列なんです。

――なるほど、有機的配列、ね。ここが、娘にとっていちばんリラックスできる場所だったのね。わかる気がするわ。

黒淵は彼女のために珈琲のブラックを用意した。いつも付き人が珈琲を飲んでいたから、母親もそうだろう、と考えてのことだった。

――ありがとう。じつは、私がここへ来たのは、娘を誘拐した男についてあなたに伝えたいことがあったからなの。あのＤＶＤを私は何度も見たわ。そして、部屋のなかにかかっている音楽を聴いたときに、気がついたの。あれはジャズの『枯葉』だったわね。

――ええ、確かに。

――娘はその昔、ほんの二週間だけピアノを習っていたことがあるの。隣に住んでいた大学生だった。でも、そのうちその青年の様子がちょっとおかしいことに気づいたの。とても礼儀正しい青年だけれど、娘を一人前の女性として見ている、それどころか神聖視しているようなところがあった。それがわかったのは、彼がレッスンの終わりに娘に一輪の薔薇を贈ったからなの。君にふさわしいと言って。それで、私はすぐにピアノをやめさせ、バレエを習わせたわ。その青年とはそれっきりに。でも、最近思い出したの。やめる時、課題曲として『枯葉』が出されていたことに。

——それじゃあ……。

——彼のその後を調べてみたわ。Ｋという男。大学では絵の展覧会で一等をとっている。でも最終的に絵の道を捨てて、工学部で人工知能の研究を始め、二〇〇〇年にはＧＲＲ社に二十二歳の若さで入社し、チーフを任されている。ところが二〇一一年頃ＧＲＲ社を突然理由もなく退社しているの。その後の行方はようとしてつかめない。

黒淵はその話を聞き、「僕が彼を探してみせます」と言った。だが、それはとても難しいことだった。まったく手がかりのつかめないまま月日が流れた。

8

二〇二〇年——。

平成から令和へと元号が変わって一年が経ち、国内はどこもかしこも東京オリンピックの話題で持ち切りという頃に、何度か付き人にそっくりな女性を街のなかで見るようになった。黒淵はそのうちの一人を尾行した。彼女は政府の運営する〈国際的科学技術研究施設〉に戻っていった。ネットで調べても、そこで働いている者についての情報は出てこなかった。

黒淵が付き人の生きている可能性をはじめから考えなかったのには三つの理由があった。あのＤＶＤを見ていたから。街で付き人そっくりの女性と目が合ったとき、彼女が自分を無視したから。そして、同時に二人の付き人に遭遇したことがあったからだ。

執念深く図書館で調べるうち、〈国際的科学技術研究施設〉と名のつく研究施設は一つではなく、同時に複数の国にまたがって存在していることがわかった。そして、どうやらそれらは、

〈国際的連合〉の傘下にあるようだった。〈国際的連合〉という組織名自体、黒淵はそのときに初めて知った。それは、広く知られた〈国際連合〉とはまったく別種の、有志国によって創られた「国際」機関であるらしかった。

　黒淵が世界大戦の準備がすでに始まっていることに気づいたのはこの時のことだった。黒淵は学会で知り合った世界各地の教授から情報を求めた。そして、Ｋが〈国際的連合〉の軍事科学部門を統括する〈科学技術庁〉の長官に就いているらしいと知った。

　その本部はロシアにあった。一度は黒淵もロシアへ向かったが、Ｋに会うことはできなかった。Ｋはその要塞のなかで二十四時間暮らしていたのだ。要塞の周辺を偵察していたかどで、黒淵は軍の人間に付け狙われ、最終的には逃げたところを銃で撃たれ、左足に怪我を負って帰国したのだった。

　やがて、軍用ＡＩ〈シー〉の存在が公《おおやけ》になった。その外見は露出度の高い戦闘スーツのせいもあって高い注目を集めた。が、顔に関しては非公開だった。〈シー〉には暗殺などの任務が今後遂行される可能性があるからだ。また、〈シー〉は目の部分がアイマスクで覆われており、その下に隠された目の部分は千差万別で、目の形状によって識別が行なわれているとのことだった。

　その最大の魅力は、殺戮と音楽浄化というまったく異なるベクトルをもった二つの能力を同時に有していることにあったと言えるだろう。ボーカロイドで、キラーロイド。〈シー〉は、顔の詳細が伏せられたまま、スターのようにマスメディアに連日報じられた。

　彼女たちの活躍が日々ニュースで流れ、どこそこの艦隊を撃沈したといった知らせが国民を沸かせた。国際的連合軍は、もはや戦争が人類に被害を与えないゲームのようなものだという感覚に陥っているかのようだった。

　黒淵は、世界各地の〈国際的科学技術研究施設〉付近で同一人物に見えるアイマスクを付けた女性が同時多発的に目撃されているというオカルト誌の情報をもとに、〈シー〉が付き人のフォルムをしているのでは、と推論づけた。事実、そのオカルト誌に遠目からではあるが、彼女によく似た写真が公開されていたのだ。

　付き人とそっくりの目隠し女たちが世界各国で殺人マシンとして動き回っているという可能性は、黒淵にとってひどい精神的苦痛をもたらした。黒淵は長いトンネルのなかを彷徨うような人生に突入した。美学的思考はストップし、何をしていても付き人の最後の映像に心が帰り、そのたびに嘔吐《おうと》を催した。

9

——しばらく職務から離れてみたらどうだろうか。

　唐草教授から提案されたのは、翌年のことだった。彼の気づかいに甘え、黒淵は職務を離れた。その時期から、背後に視線を感じるようになった。自分も命を狙われているらしい。

　だが、黒淵はいつ死んでも構わなかったのだ。彼はすでに過去の記憶に生きていた。毎日のように、付き人と何度も足を運んだＳ公園に赴いた。

　そうして来る日も来る日も、付き人と並んで池を見つめるときに決まって座ったベンチに腰かけた。だが、ある日Ｓ公園に向かうと、そのベンチに彼女にそっくりな女が座っていた。アイマスクをしているため目は確認できなかったが、黒淵が彼女に対して付き人の名を呼ぶと、彼女は黒淵に懐《なつ》き、離れなくなった。彼女は、付き人が亡くなったことをすでに知っており、黒淵の悲しみにも理解を示した。

――私は軍の手先ではありません。未来の〈幻実〉から、ノルウェーの海に出没するメエルシュトレエムという渦について調査するように言われ、実際にその渦巻きに呑まれて、一度〈現実〉へ行き、そのあとでふたたびこの〈幻実〉に戻ってきた者です。

彼女は、これから先、世界に何が起こるのかを丁寧に解説してくれた。黒淵は冷静に彼女の話を聞き、その話に信憑性《しんぴょうせい》があることを認めた。

彼女の話で面白かったのは、〈幻竜〉に関するくだりだった。とくに、メエルシュトレエム自体に、〈幻竜〉が深く関わっていて、時空を超える穴を創り出す点に黒淵は興味をもった。

――僕も君たちのように、過去へ遡《さかのぼ》ってみたい。

――できますよ。ただし、〈幻竜〉はきわめてカオティックな生き物ですから、時期は選べません。十九世紀に飛んでしまったら、あなたにとっては意味がないのですよね？

――そうだね。たしかに。

――そうなると、確実に推奨できるメエルシュトレエムはたった一つ。すなわち、コントロールの効く〈小竜〉の誕生を待つのです。

――小竜の誕生？

――〈幻竜〉は人間とのあいだに子どもを創りました。その子どもが、精神的に成長し、小竜となるとき、小竜の作ったメエルシュトレエムはあなたの思い通りの年代へと連れていってくれるでしょう。私はその小竜となる子と一緒に暮らしています。

黒淵は即座にロフォーテン行きを決めた。

東京という、付き人とともに呼吸した場所を離れれば、異国の風景はレストランのＢＧＭのようにただ流れるだけのものになった。

風景が流れているのか、自分が流れていくのか。恐らく両方だったのだろう。黒淵はやがてふたたび書物へと関心を戻していった。研究という仕事のためではなく、ただ自分の精神のためにのみ書物に耽るというのは尊い行為に思われた。

付き人がどんな気持ちでポオに向き合っていたのかを考えながら、もう一度ポオを読み込んでいった。そうして、「メエルシュトレエムに呑まれて」の再読を何度かしていくうち、物質の先験的認識について記されていることがわかった。

ポオはメエルシュトレエムの記憶を語る老人とその兄弟を、未来から来た者として描いている節《ふし》があった。しかも、その設定を公にしたくないようなのだ。小説とは虚構であり、作者は自身の設定が読者に伝わるように記すべきだが、ポオはこの兄弟が未来から来たことを悟らせたくないようだった。

理由があるとすれば、それはポオ自身が未来から来たからだろう。彼はこのロフォーテン地方から過去へやってきて、どこかでポオという男に「なった」のかもしれない。

この部分を読んだとき、黒淵は〈シー〉の言ったことが真実だとの確信を強めた。それこそポオの言うところの本質直観的な認識だった。

だが、黒淵は慎重な男だった。まだ彼は百パーセント〈シー〉の発言を鵜呑《うの》みにしたわけではなかった。百パーセントに達したのは、ある記事にたどり着いたからだった。

10

同じ頃、ロフォーテンの海でメエルシュトレエムによる遭難事故が起こった。それを機に、それまで意図的に遠ざけてきたオカルト雑誌にも手を伸ばすようになった。問題の記事が載っていたのは、黒淵が手にした三冊目のオカルト雑誌だった。

〈先月ロフォーテン沖で失踪したアメリカ人観光客●●氏、インドにて三十歳老けた姿で発見〉

その記事によれば、ロフォーテンで夏にサーフィンを楽しんでいた男性が行方不明となった。それが、一ヵ月後、とある旅行者が、インドで宿屋を経営する夫婦の夫のほうがその●●氏ではないかと気づき通報。ＤＮＡ鑑定などを受け、本人であることが判明し、本人もそれを認めている。

ただし、本人は一ヵ月前にもそのインドに滞在しており、出国した記録などはなかった。●●氏はこの事実について完全に黙秘しており、本国に帰るつもりもないと語った。インタビュアーはこの時の●●氏が、失踪時の写真とは大きく違って頭髪も寂しく、歯は奥歯がほとんどなかったと付け加えている。

黒淵は数日後、●●氏に会うためインドへ向かった。そして、宿屋に予約をとり、客を装ってその男性と接触を図った。その人物は、最初のうち黒淵をマスコミ関係者ではないかと警戒していた。だが、黒淵が過去へ戻った可能性について触れると、あとで部屋へ行くと言ってくれた。

——あんたはなぜこんな話をほじくり返す？

——僕にとって切実な問題だからです。変えたい過去があるので。

――みんなそうさ。俺だってそうだった。そして、実際いくつかの点が変更された。だが、あんたはそれを知らないだろう？　たとえば、デミ・ムーアにヌードを撮影するように説得したのは俺だった。俺の生きている時代には彼女はヌードを出していないから。だが、それは未来を変えたことになるのか？　ただべつの未来を走っているだけじゃないのか？

――並行世界ですね。エヴェレットは多世界解釈を理論的に証明しました。それは机上の空論ではなく本当だったということでしょう。つまり、今いるあなたは、この世界で消えたあなたではなく、よその世界からやってきたべつのあなたというわけだ。でも、この世界でもあなたの失踪事件は起こっている。

――そりゃあそうだ。何もかも違うわけじゃない。むしろほとんど同じことが起こる。部分的に、ちょっとずつ違うのさ。過去を変えても、ほとんど未来は何も変わらない。デミ・ムーアが脱ごうが脱ぐまいが、ブッシュの馬鹿は正義面で戦争を起こす。

――それでも、僕は過去に行ってみたい。

――今の世界にとどまったほうがいい。一つでも失って困るものがあるなら、絶対にね。なぜなら、過去へ行ったら最後、ここへは戻ってこられないからだ。次に戻ってくるのは今いるここではなく、べつの世界のここだ。それよりも、過去は変えられないと割り切って未来を変えていったほうがいいのさ。

――変えたい未来はありません。過去を変えたいだけです。僕には失って困るものは何一つないのです。

――なら、とにかく慎重にな。そして戸惑わないことだ。冷静に世界を見ろ。たとえどの世界に飛ばされても大地を見て、周りを見ろ。そこがおまえの立つべき世界、おまえの向かうべき世界だ。

——そうします。最後に、あなたが前の家族のもとへ戻ろうとしないのは何故ですか？

すると、彼はさも意外なことを尋ねられたような顔になった。そして、かぶりを振りながら答えた。

——俺はもうべつの人間だからさ。そして今を大事にしている。それだけのことだ。

礼を云うと、黒淵は宿を出てロフォーテンへと戻り、書物を二階にしまい込んで漁師となった。ほどなく、〈シー〉は男の子を伴って現れ、一緒に暮らすようになった。

そうして、〈シー〉の言ったように、二〇二八年まで待って、ようやくメエルシュトレエムに呑まれて、ここへ来た。

だが、その決断にどんな意味があったのかはわからない。黒淵の隣にいるのは、〈付き人〉のまがい物の、初期ＡＩだ。

本物の彼女は、いまこの世界ではまだほんの少女で、何事もなく毎日を生きている。そうして、Ｋが死んだこの世界では、少なくとも付き人は無事に二〇一五年を越えられる、はずだ。もっとも、Ｋ以外の何か別の障壁が彼女の前に立ちはだからない保証はどこにもない。タイムワープは繰り返しても似たような事件で同じ結果になる場合が多いと聞いたことがある。彼女の場合がそうでないとは言い切れない。そのことを考えれば、自分のしたことなど本当に些細な一手かもしれない。

いま腕の中にいる〈シー〉は、黒淵がＫを殺したと思っているようだ。だが、黒淵はＫを直接殺したりはしなかった。ただ、〈シー〉が本当は付き人と同じ名前をもっているであろうことを知っており、その名を呼んだだけなのだ。その結果、〈シー〉は愛の対象をＫから黒淵に切り替え、〈シー〉が黒淵を愛し始めていることを知ったKは、自殺を図ったのだ。

〈愛されないことは死に等しい〉

その言葉をシーが口にしたとき、黒淵はこの計画を思いついた。それはKの〈シー〉に対する接し方を見ていてわかった。その言葉はサン＝テグジュペリからの引用ではなく、Kが自らインプットした言葉だと思われた。だとしたら、Kは己の信条を〈シー〉のデータに書き込んだと言える。Kにとって〈シー〉に愛されないことは死に等しいのだろう。

実際、Kは〈シー〉がKを愛さなくなったときにはアームスーツによって〈シー〉が自分を殺すように設計していたのである。

黒淵が深夜に見た、赤いタイツを穿いた処刑執行人とは〈シー〉がアームスーツを着た姿だったのだ。アームスーツは彼女の全体をすっぽりと覆ってしまう。長い髪以外は、そのままたくましい男性のような外観となるのだ。それがドラローシュの処刑執行人に似た外観であるのは、単にKの趣味というだけでなく、それが着用されるのが処刑執行のときであることを意味している。

〈シー〉はもちろんそのことを知らない。なぜなら、彼女が指示されているのは〈マッサージ〉の動作だけだったからだ。首を左右にひねる。アームスーツの握力でそんな動作をすれば、人間の首は簡単にへし折られてしまうだろう。Kは就寝前に〈シー〉に言った。

――あとで僕の部屋に来て、いつものように子守歌を歌ってくれないか？　シーの声を聴いていると安眠できるんだ。

Kは子守歌をいつも歌わせていたようだが、マッサージ機能は使ったことがなかった。〈マッサージ〉は、Kが〈安眠〉という単語を口にしたときに予約される。黒淵は〈シー〉が連合軍の指令で多くの〈安眠〉という名の暗殺を行ってきたのを知っていた。だから、〈シー〉にＫとの会話を聞き、あの晩に起こった出来事を推察することができた。

　Ｋは〈シー〉に自分の死を見せないように、アイマスクを付けた。彼女は自分がＫを殺しているとは知らずに作業に及んだのだ。

「処刑執行人はどこへ消えたのでしょう？」

「処刑執行人は現れない。あれはＫの開発中である〈幻竜〉が君に送っている信号なんだ。愛されなくなったとき、その信号が発動するように決められていた。その信号を受信すると、君はＫの指定した動作を自動的に行う。それが何なのか、スリープモード中の君にはわからない」

　その後、〈シー〉だけに処刑執行人が見えるようになったのは、Ｋの仕組んだ〈遂行マーク〉。未来の〈シー〉の場合、任務遂行後一時間以内に現象は消えるが、初期ＡＩの彼女には解除操作をしないかぎりその後も現れる。

　黒淵は目を閉じた。〈バードウェア〉の操縦法は簡単ではない。ちょっとでも気を抜くと、風向きに左右されてバランスを失いかねない。

〈バードウェア〉の発明は、人間に鳥たちの日常が死と隣り合わせであることを改めて教えた。〈バードウェア〉で空を飛ぶ者は死について考えずにはいられない。その飛行性はツバメのように不安定なものだからだ。救いは、大地に近づくとスイッチをオフにしない限り、自動で浮き上がる設定になっていることだろう。

「そうなのですね、リョカイ」

　目を閉じると、彼女の声は付き人そっくりに聞こえた。

11

黒淵は目を開いた。

ただ青空がそこにあった。何もない青が、どこまでも広がっている。かつて、運命を何も知らずにテスト的に作られた飛行機はどれもこれもこの青に驚いたことだろう。そして、その青に圧倒されるようにしていくつもの機体が墜落した。

時速百五十キロ。

先ほど出会った〈老人〉は竜となって一瞬だが、空を飛んだ。

老人はサン＝テグジュペリだったのではないか、と黒淵は思っていた。彼は最後、〈コンスエロ〉と口にした。サン＝テグジュペリの妻の名だ。

Ｋも面白いものを造ったものだ。

あれは蜃気楼《しんきろう》の理論を応用し、発展させた〈幻竜〉の初期作品だろう。恐らく、あの岩の形状から首なし竜というヒントを得たＫが、ＧＲＲＲ社の研究棟から離れた場所で、竜のもがれた頭部としての、生きているサン＝テグジュペリという幻影を創り出していた。その幻影は、大地と大気の気温差および人間の大脳皮質に直接送られる電波が見せるのだ。電波を発しているのは、〈シー〉。

あの岩場へのルートは、あらかじめ〈シー〉に組み込まれていたのだ。〈シー〉がサン＝テグジュペリのテクストをベースに作られていたのも、〈幻竜〉の〈幻脳〉からの指令を受け取るためだったのだ。そして、Ｋから解放され、自由な旋律を歌ったことで、〈幻竜〉もまた想像を超えた行動に出た。

　中国の古いことわざに〈画竜点睛《がりょうてんせい》〉というものがある。画家が竜の瞳のなかに点を描きこまないことを不審に思った者がそれを指摘すると、画家は「点を入れたら竜が飛び立ってしまう」と答えた。だが、周囲はその点を入れてこそ絵は完成すると主張し、点を入れるようにと言う。果たして、点を入れたが最後、絵から竜が飛び出して天に昇って行ったという話だ。

　人工知能が恋をしたこと。心をもったこと。それが、〈幻竜〉を飛び立たせてしまったのだ。未完成だった〈幻竜〉は一瞬の飛翔で儚く散ったが、それはこの世界でそう見えるだけのことかもしれない。実際には〈幻竜〉は、黒淵がワープしたように、どこかべつの世界へ飛び立っただけとも言えるのだ。その世界で〈幻竜〉はどこかの女性に恋をし、子どもを作ることもあるだろう。

　また激痛が襲う。いよいよ死が、黒淵を捉えようとしていた。もう黒淵の身体にはほとんど食べ物も、胃液すらも残されていない。残っているのは、S公園の前で彼女と見た風景だけ。いくつもの風景が、黒淵の内部を満たしていく。

　方角は合っている。あとは、ミサイルと間違って撃ち落とされなければなんとかなるだろう。

「どこへ向かっているのですか？」と〈シー〉が尋ねた。

「わからない。水の見える場所へ。僕は水辺で君と横に並びたい」

　風は心地良く、こちらをふわりと乗せる。

　ベツレヘムを越えたところでエンジンをオフにし、パラシュートを開く。まだかなり速度がある。やがて二人の身体は岩に擦れてバランスを崩し、山の頂《いただき》に転がる。

　ここからエルサレムはもうすぐ近くだ。

「黒淵、大丈夫ですか？」

〈シー〉が尋ねる。黒淵は倒れたまま目を見開くことができなかったが、やがてゆっくり目を開けると宝石のように目を輝かせて宣言した。

「ここは——僕の星だ」

「そうですよ。黒淵、ここはあなたの星なので s#(#)”””=”=#=$$($(($(#(#((#(#((#(#((#(#(#88383」
黒淵はそれ以上は何も言わなかった。〈シー〉にもまた、限界が訪れたようだ。黒淵は目を閉じ、心のなかにある〈池〉へと向かった。S公園のなかにある、何度も付き人と並んで座って見つめた〈池〉だ。
僕は君に出会うために全速力で人生を駆け抜けてきた。
それでも君を救えないのかもしれない。偶然の支配する世界で、皆いつ飲まれるとも知れぬ荒波に小舟を漕いでいるから。
その言葉が口から出ることはなかった。
駅前のドトールで珈琲を飲み、散策へ向かう。いつものように。
——ビザルリー。いま君が考えていたことさ。
——どうしてわかったの？
あの時の彼女の驚く顔を、いまでもはっきりと思い出すことができる。どんな時でも、自分は彼女を驚かせたかった。新しい風景を見せ、風景の奥にあるさらに美しいものを取り出して見せたかった。
あの時の風の音、彼女の服の色。

すべて——目の前にあった。

ここで自分の道は終わる。でもどこかでべつの自分の物語を動かすのかもしれない。

目を閉じると、瞼の奥から迫ってくる。

泪のアルゴリズムが。

＊

わたしはまだ眠りのなかにいる。なぜ眠りのなかで涙を流さなければならないのかはわからない。明確な喪失感ではなく、柔らかな被膜がわたしを包みこんでいる。

泪のアルゴリズム——その最後の言葉を聞いて、わたしはこれがセンセの考案中の新作であることを知る。もちろん、センセがここまでの内容を今すでに書いているはずはない。これらはいまだ書かれえぬ物語であるはずだ。

また、予言してしまったのか。

問題は、なぜセンセはこのような物語を書くことになったのか、である。なぜセンセは〈幻竜〉を求め、〈シー〉の開発を求めたのか。

過去をやり直すため？

それとも——。

タクシーはまだ眠りのなかにいる東京の街をひた走っている。「眠らない街、東京」とよく言うけれど、実際には東京のなかで眠っていないのは一部の地域に限られている。大抵の地域の者は眠っているのだ。当たり前の話。東京の大半は次の朝に備える。ただすべてではない。昼に眠っていた者たちは起き上がり、妖怪のごとくこの街を跋扈する。

となりにはセンセがいて、窓の外を眺めている。

「まだ月島までは少しかかる。寝ていろよ」

こちらに気づいて、センセはそう言ってくれる。その言葉に返事をするよりも早く、目蓋が落ちてくる。

二〇一五年十一月／東京・ユディト

あなたは夢を見た。

久しぶりに竜の出てくる夢だ。その竜には頭部がなく、身動き一つしなかった。「あなたの子どもはすくすくと大きくなっているわ」とあなたは告げるのだが、見る間に竜は黄土色に変色していく。砂になってしまったのだ。あなたが慌てて手を触れると、風が吹き、竜は粉々になってしまう。

あの池に戻してあげれば、よみがえるのに……。

そんな後悔を抱いたところで、目が覚めた。身体を起こすと、頭をぶつけてしまいそうなほど低い位置に天井があった。そうか、ここはカプセルホテルだった。

時間を見る。真夜中の三時。

四時に、あなたはある人物と会う約束をしていた。まだ準備には間に合う。あなたは軽くストレッチをしてから、支度を始めた。このカプセルホテルは受付が一応いるものの、ろくに客の顔も見ない。あなたのような者にとっては、またとないありがたいホテルだ。

小型テレビが一台、ベッドが一つ、照明が一つ。それがこの部屋の構成要素のすべてと言えた。情報と寝具と視野の確保。極限まで無駄を削ぎ落とされた空間には、ある種の近代的合理性がある。何も持たずに生きることを美徳として生きる者には至上の場所に違いない。

身支度を整えながら、あなたはＫの人生について考える。Ｋは不幸であったと言えるのかもしれない。彼は結婚した瞬間から子どもに還ってしまったのだ。あなたと向き合うことを放棄し、作品の世界に没頭していった。彼は絵画と向き合うことが自分の人生だと思っていた。だからこそあなたの心は離れていった。

当時のあなたの心の在り様は、一昔前の世代からは考えられないほどに不道徳なことかもしれなかった。

――あなたはもっと旦那を支えるべきよ。

何度友人からそんな言葉を吐かれたか知れない。けれど、あなたは旧式のシステムに組み込まれたパーツとしての女ではなかった。一人の人間として存在し、思考し、行動していた。だから、結婚したとたん、夫が空気のように扱いはじめたことは解《げ》せなかった。

彼は結婚を一つのゴールに認定してしまったのだ。しかし、あなたにとっては何のゴールでもなかった。結婚は一つの社会的制度であるだけでなく、永遠に互いが互いの幸福について考えるための約束ではないかと考えていた。

だからこそ、夫の態度に、これは何なのだろうと思ったし、思えば思うほどあなたは夫のために何かをしてやる気分になれなくなった。それでも一通りのことはした。炊事洗濯はもちろん、公共料金の支払いや税金の処理、確定申告書の類《たぐい》に至るまですべて。あなたにも非常勤とはいえ塾講師という職があったし、本来なら自宅で働いているＫにも家事を分担してほしいという思いはあった。でも、それを要求してもＫには理解できないだろうと諦めた。

いま思えば、夫は優しくはしてくれた。いつでも、アトリエから一歩外に出れば自分を気遣ってくれていた。しかし、最終的にはいつでも自らの絵画的使命を優先させ、それ以外の何にも興味を持っていなかったのだ。

Ｋは間違ってはいなかった。画家とはそういう生き物であるし、そうすべきであったろう。ただ、誰かと付き合っていくには向かなかったというだけだ。とりわけ、自分のような女とは。

　窓の外を見る。今夜は月がないようだ。

　手元の『泪のアルゴリズム』のページ数はすでに四百を超えてしまっていた。どんどん長くなっている。何かがおかしい。そういえば、上京してからいくつかの書店を回ったが、どこにも『泪のアルゴリズム』という本は置かれていなかった。まだあらゆる書店から消えてしまうには早すぎる。平置きはされなくとも、一冊くらいは棚差しされている店舗があってもいい。それなのに、どこの書店にも、一冊もなかったのだ。

　念のため、在庫検索もした。が、そのような書名の本自体が検索ではヒットしなかった。今もって『黒淵教授の優雅な遊歩』以外にはあの人には著作が存在していないようだった。『泪のアルゴリズム』という小説は、もしかしたら自分しか持っていないのかもしれない。小川さんはこの本をどこで手に入れたのだろう？

　その書物のなかでは〈黒淵教授〉と〈付き人〉はばらばらになり、途中からはＡＩの〈シー〉と〈王子〉の旅の記述に代わる。そして、終盤に現れる砂でできた虚像としての〈竜〉の崩壊は何を意味しているのだろう？　黒淵はＫが実験していた〈幻竜〉と何か関係があると考えているようだった。

　気になるのは、黒淵が最後に考えているＳ公園の池だ。実際には、あなたとあの人とが池の前で並んでいたことはない。しかし、二人は見えない心の中の池を共有した。あの人がデビュー作を発表したとき、その〈池〉が作品のなかで具現化されていることに驚いた。そして、そのイメージはあのとき自分が思い描いていた〈池〉とことごとく一致していた。

　その〈池〉を、黒淵は付き人によく似たＡＩと空を飛びながら思い浮かべて、エピローグは閉じられている。

あの人は、いつどこで自分が〈シー〉という渾名を手に入れたことを知ったのだろう？　物語のなかの〈シー〉はいくつかの既存の芸術を読み込んだ人工知能として存在している。そして、その真相はさきほどようやく読み終えて知ることとなった。

恋の力が、研究者の〈K〉を殺した。それは恐らく現実を映し鏡にしている。それも、あの人の知るはずのない現実を。

あなたがあの人に恋をしたこと。そして、二〇一一年に福島の地へ向かい、竜と交わる夢によって身籠った子を、そこで産んだこと。

あなたは、相馬市でボランティアの私塾を開き、子供たちの勉強を見始めた。なぜ東京のどこかではなく、福島だったのか。それは、震災の起こるよりはるか前に、あなたの心のなかに十一年もの間横たわっていた冷たい絶望と、震災の風景が不謹慎にも重なって見えたからだった。

あの人と共に人生を歩むという選択肢は、初めから浮かばなかった。どんな意味でも許されないことだと感じられたし、そう感じられたからこその十一年の苦悩だった。

あなたは最小限の荷物で相馬市へ向かい、小さなプレハブ小屋に住みながら、子どもたちのための私塾を開いた。家はもちろん、家族を亡くした子も多かったが、彼らはもはや悲しみに暮れているわけではなかった。むしろ、悲しみに暮れずにいるためには何でもしようとしていた。それは希望とかそんな薄っぺらな言葉では語れない、切実な一日一日の手ごたえだった。

彼らの目を見ていると、自分はただ間違った場所にいることを認めたくなくて、長い時間を浪費しただけだったのだという気がしてきた。それを、絶望とか孤独とか適当で都合のよい言葉でごまかしていただけだった。

お腹が大きくなり、胎動《たいどう》を感じるようになると、いよいよ過去のことは徐々に思い出さなくなっていった。ただ、時折海辺へ行き、じっと波の押し寄せてくるのを見つめていると、あの人と静かに歩いたり、ベンチに座って池を眺めていた頃のことが脳裏をよぎった。

いつの間にか、イメージでしかなかったはずの〈池〉が、具体化され、しかもそこに自分とあの人がいる風景をあたかも〈記憶〉であるかのように錯覚するようになったのだ。

災害で、多くの人の命を奪っていった海は、あなたの前では穏やかな〈池〉の表情も見せた。その〈池〉の前で、互いが何を考えていたのか、ということを考えるとき、一瞬のなかに永遠が広がっていくのをたしかに感じた。

やがて——子どもが生まれた。男の子だった。名前はヒカル。彼はいま、現地の知り合いの小川さんに預けている。もう、三歳になるのだ。

電話をかける。最初に小川さんが出て、息子の元気な様子を伝えてくれた。だが、すぐに声を落として言う。

「シーちゃん、どこにいるの？」

「東京です。夫と離婚するために……」

「本当なの？　ワイドショーに顔が出ていたよ。警察があなたの行方探してるって。旦那さん、もう亡くなってるんじゃない？」

もう知られているようだ。

「ちょっと事情があるんです。また帰ったら話します」

電話の向こう側で、元気なヒカルの声が聞こえる。

「わかった。うるさいことは言わないわ。とにかく生きて帰りなさいね。どんなことがあっても。もし罪を犯したのなら、もちろん償ってから……」

電話を切った。

つきっ放しのテレビではちょうどニュースがやっている。

〈臨時ニュースです。先ほど、東京都多摩郡奥多摩町棚澤で男性の遺体が発見されました。遺体の身許は、元最高裁判事で――〉

内容には興味がない。地名がわかればじゅうぶんだ。彼らの創った浅薄な〈予言〉のルールはわかった。

そして、〈七つの月〉の予言どおりにしたいのなら、あと一つは殺人事件を起こさねばならない。

べつのチャンネルに替えると、〈イノウエ氏と中継〉という文字が飛び込んでくる。画面に映っているのはキャスター一人。どうやら、イノウエとは電話で繋がっているらしく、音声だけでイノウエは登場している。

〈現在のところ、これで月が六つになりましたが、あと一つ月が足りません〉

〈これでおしまいという可能性はないのでしょうか?〉

〈それはないでしょう。現場に《ソラカラフル大王》とある以上、それはノストラダムスの『予言集』のなかの一節《一九九九年七の月、空から恐怖の大王が来るだろう、アンゴルモアの大王を蘇らせ、マルスの前後に首尾よく配するために》を用いていると考えられます〉

〈なるほど〉

〈しかし、いいですか、重要なのは、これがノストラダムスの予言に沿っているということではないんです。すでに画家Kによってその行為が予言されていたということです。そして、その予

言は必ずや今世紀を負の世紀へと傾けるものとなるでしょう〉

　あなたはその言い方から、イノウエがKの三部作を何としても権威づけたいことがわかる。それは、まだ予言はこれだけでは終わらないということでもあるのだろう。

〈しかし、なぜ今なのでしょうか？　ノストラダムスの予言は前世紀にこそブームになりましたが……〉

〈その考え方がすでに間違っているのです。Kが予言の効力を絵画によって封じ込めたのです。その不吉な元凶の影《恐怖の大王》こそが『逃走するジェーン・グレイ』に描かれたあの女性です〉

〈すなわち、K夫人である、と？〉

〈そのとおり。思い出してください。ジェーン・グレイはたった九日間ですが、王位に就いている――〈大王〉なのですよ〉

〈あ！　たしかに、言われてみればそうですね〉

〈Kは知っていたのです。彼女こそが《恐怖の大王》であると。Kが彼女と結婚したのは一九九九年。ノストラダムスの予言が当たらなかったのは、Kが結婚して彼女の自由を奪っていたからなのです。ところが、二〇一一年に彼女は逃亡。そして二〇一五年に帰還し、Kの首を刎ねた。つまり、『なぜ予言がいま』ではなく、Kの首が刎ねられ、ジェーン・グレイがユディトへと変化したことがすべてなのです〉

　キャスターは神妙な顔でうなずく。イノウエは続ける。

〈そして、みなさんご存じのとおり、彼女はこの国の尊い心を知る人々を次々と殺しています。まるで、敵国の司令官を殺したユディトを模倣するようです。もっとも、この国においては、

〈敵〉は彼女自身なわけですが。そう、〈ユディト〉というのも、反対側から考えれば単なる恐ろしい女に変わるわけです〉

〈なるほど。たしかに恐ろしい女には違いありませんね。この国の未来を真摯《しんし》に考える、尊く美しい思想をお持ちの方々ばかりが狙われる。何とも痛ましい事件です。それも、単なる夫殺しの「ついで」みたいなものですからね〉

〈そこが怖いところです。あたかも思想犯めいていますが、究極的にはこれは単なる一人の悪女による快楽殺人と言ってもいいでしょう〉

〈快楽……なんという残酷な……イノウエ先生、何か今後立てられる予測のようなものはないのでしょうか〉

〈あるとすれば、当の〈ユディト〉を読み解くことです。〈ユディト〉の受容は、時代を追うごとに彼女の悪女としての本性を暴き出す方向へと向かいました。それは、〈ユディト〉の本質であり、初めから潜在していた性質なのです〉

〈というと、絵画同様、逃走中のKの妻にも悪女としての性質があるということですね？〉

〈そうです。そして、その性質こそが、彼女の行き先をはっきりさせることでしょう。夫人はKの親友と過去に不倫関係にあったのです。この親友は作家で『黒淵教授の優雅な遊歩』という作品のなかで、黒淵教授と付き人の関係性に自分とK夫人を重ねているところがあるように思われます〉

〈不倫の関係はいつ頃始まったと考えればよいのでしょう？〉

キャスターは、不倫の真偽も何も問わずに、それがあたかも既成の事実であるかのように話を進めた。

〈我々が調査したところによると、二〇一一年に彼女は福島県の産婦人科クリニックで検査を受け、妊娠していると診断されています〉

医師の守秘義務とやらはどこへ消えたのだ、とあなたは考えたが、そんなものが守られるくらいなら、この国はもっとまともなのだろう、と考え直した。

〈そして、私の知るかぎりその受精したと思しき時期に、例の〈塔〉をかの作家が訪れているのです〉

〈なんと！〉

とんでもない誤解だ。たしかに、その時期にあの人が〈塔〉を訪れたけれど、それ以上の意味を持たないのに。

まるで自分自身がユディトになっていくような気がした。ユディトだって、彼女のした行為は単なる村を守りたいという心から出たものだった。それが、時とともに歪められ、画家たちが好んで彼女のなかの狂気やエロスに焦点を当てるようになった。

マスコミも画家も、大衆が反応しそうなスキャンダラスな部分へ入り込むのが好きな点では変わらない。どちらもが、〈事件〉と〈ストーリー〉を求めている。画家の視点の変化は、社会の変化だ。社会は徐々にユディトの地位を引きずり下ろし始めた。

〈私は、まだ事件は続くと考えています。ただし、それは必ずしもこれまでのような、ユディトによる殺人とは限りません。あるいは、事件に終止符を打つための事件、という可能性も考えられます〉

〈終止符を？〉

〈いま義憤に駆られた全国の頼もしいネット民の皆様が、彼女を探し回っています。私はあえて

彼らに、この時間に月島へ行きなさい、と提案したい気持ちでいます〉

〈月島へ？〉

〈そうです。この真夜中の月島に、彼女はいます〉

〈なぜそう断言されるのですか？〉

〈今夜は、四年前に彼女があの作家と再会した夜、そして身籠った夜だからです。きっと今夜、彼女は月島のあの〈塔〉に戻ってくるでしょう〉

　その言葉を聞いて、あなたは理解した。自分がこれから〈塔〉へ行くのは、ある人物と約束をしたからだったが、その約束の背後にはどうやらイノウエがいるらしいことを。

　そもそもこのイノウエは何者なのだろう？

　ウィキペディアにも彼の経歴は出ているし、〈砂漠会合〉にも名を連ねてはいる。だが、彼が以前から存在していたという証拠は、文字の上にしかない。もちろん、人間が突如魔術のように創造されるはずはないから、イノウエ自身はずっとどこかで研究者として存在していたには違いない。だが、メディアの寵児のように、連日マスコミの前でスポークスマンのごとく喋る〈イノウエ〉はこの一ヵ月以内に突如現れた〈社会現象〉のようなものだった。

　もっとも、こういったことはよくあることではある。過去にも、何かの事件が起こるたびに、それまでは見たこともないような〈●●に詳しいジャーナリスト〉が現れて世間に警告をする。

　だが、果たしてイノウエはそういった現象の一つとして片づけていい存在なのだろうか？　当事者であるがゆえに、あなたにはイノウエがいっそういびつな者として映った。イノウエはまるで何かに憑《つ》かれでもしたかのように、あなたを追い詰めることに躍起になっている。

　これ以上不愉快な思いをせずに済むようにテレビを消す。

静寂のなかで、あなたは迫りくる恐怖を感じる。イノウエの不用意な一言で、〈ユディト狩り〉をする者たちが一斉にこの地へ押しかけてくるという予測は、じわじわと首を絞めてあなたを苦しめる。

けれど、だからと言って、〈塔〉へ行くのをやめるわけにはいかない。そこで、自分はすべてを清算しなければならないのだ。

ノックする音が響く。

「お手伝いしますよ」

スライド式ドアが突然開いた。小川さんが、なぜか通路に立っている。眼鏡の奥から覗く奥二重の目が印象的な女だ。

「どうしてここへ小川さんが？　あの子は？」

福島で自分の息子を預けているはずの小川さんがなぜここにいるのか。あなたは訝った。

「大丈夫、私はちゃんと福島にいます」

「……どういうこと？」

小川さんは他の宿泊客に配慮して小声で話す。

「驚いてもいいですよ。もちろんです。でも、それはともかく、鍵をしないのは不用心ね。ここは安手のカプセルホテルでオートロック式じゃないんだから、もっと用心しなきゃダメですよ」

小川さんは笑顔で言うと、眼鏡を外し、結んでいた髪を解いた。

「鍵はしていたはずですが……」

「あらそう？　そうかもしれませんね」

それから、小川さんは顔を手で弄《いじ》り始めた。顔は粘土のようにぐにゃりと歪み、それからまた形状をもとに戻そうとする力が働く。その弾性はどうみても人間の皮膚のそれではなかった。

「小川さん……？」

「なあに？」

彼女は手をどけた。そこに現れたのは、自分そっくりの顔をした女だった。ただし、目だけがだいぶ違う。あなたより小川さんのほうがはっきりした二重瞼になっている。

「初めまして、シーさん。私の名前もあなたと同じ〈シー〉。ここではない世界からやってきた人工知能です」

「小川さん……？」

「その名前はこの顔のときにはふさわしくありませんね。それに、小川さんの私はまだ福島にいるわけですし。つまり、そうですね、ややこしい話ですが、この世界には今、二人の私がいるわけです」

「二人の……小川さんが？」

「わたしはここのとは少し違った世界にあるメエルシュトレエムという巨大な渦に飲まれて、この世界にやって来ました。もうかれこれ何百年も前の話です。フランスでドラローシュの前でモデルを務めたり、日本人作家にロンドンで一目ぼれされたり、なかなか奇想天外な年月でした。そして、現在よりもう少し先にこの世界で起こってしまった悲劇を一度経験した後、あなたの息子、ヒカル君を連れてあちらの世界へ戻りました」

「ヒカルを連れて？」

「そうする必要があったのです。もちろん、あちらの世界もそれなりに危険ではありましたが、ここよりはマシだったのです。そして、あちらの世界で十二年ほど過ごした後で、こうしてここに戻ってきたのです。私が二人いるというのは、つまりそういうわけなんです」

　彼女の非現実的な説明をどう捉えたらいいのか。判断力は麻痺していた。まず自分の置かれた状況自体が不可思議でしかないのだ。そこに、自分にそっくりな外見をした女が現れ、あの人の小説に登場する人工知能のように〈シー〉だと名乗る。おかしなことだけれど、現実に起こっていることなのだと考えるほうが自然な気がした。

「どうしてまた戻ってきたの？」

「それは言えません。この世界のルールを変えてしまうことになるし、あなたは知らないほうがいいと思うのです」

「私の生死に関わることだから？」

　それしか考えられなかった。彼女が息子を連れてどこかべつの世界へ旅立ったということは、逆に考えればその未来には自分が存在しないということを意味している。

「生死に関わらない問題なんてこの世には一つもありません」

「誤魔化しだわ」

「そうですね。私は誤魔化しが上手なのです。誤魔化すためのアルゴリズムがわたしの中には五万バージョンも存在していますから。あなたが私を褒めてくれたら、私はもっと優秀な誤魔化しも披露することでしょう」

「結構よ」

「がっかりです」

「ねえ、小川さん……じゃなくて、〈シー〉……」

　自分も福島ではシーちゃんと呼ばれていただけに、このように呼ぶことはおかしな気がした。

するとそれを察したかのように小川さん改め〈シー〉が言った。

「ややこしいので、あなたが〈ユディト〉で私がその〈侍従〉ってことにしましょう。この顔で〈小川さん〉もおかしいですし。なんですか？　ユディト」

あなたは、いま、ユディトという新たな名を手に入れた。不思議と、マスコミで騒がれているときのような不快な感覚はなかった。むしろ、これまでのどの渾名よりもしっくりくる気すらした。

「私はもう未来を恐れてはいないし、過去を後悔してもいないわ。ただ私が大事にしていた、目には見えない領域にあるものが、私の身体が失われた後にどうなるのかが気がかりなの。私と一緒にこの世から完全に消えてしまうんじゃないかって……」

「おかしなことを言いますね。目には見えない領域の問題は、どのみち誰にもわかりません。思いたいように思えばいいのですよ」

だが、〈侍従〉は首を横に振った。

「私はただ一つの真実がほしいの。それさえあれば……」

「この世にたった一つの真実があるとすれば、それはたった一つの真実があるという信仰があるということです。あなたには二つの道が残されています。たった一つの真実があると信じて進むか、虚無を見つめて進むか。いずれにせよ、人間の世紀はもうすぐ終わりです。のんびりやりましょう」

「……のんびり、そうね」

あなたは笑う。

「〈現実〉には二百年近く居仕歴があるのですが、ずっと妙なところだなと思っています。この世界の人々は過去が塗り替えられるものであることにあまりに無自覚ですね」

「あなたのいた世界は違うの？」

「過去は次の一行によってつねに塗り替えられますし、未来は頁をめくるまでは常に白紙ですが、その代わりに元を辿ればよくも悪くも納得のいく萌芽を確かめられます。私たちの世界は、この世界の人々より潔《いさぎよ》いのです」

「あなたを見ていればわかるわ」

〈侍従〉は嬉しそうに微笑んだ。その表情から、あなたは自分がここ数日読んできた頁の増える書物を用意したのが彼女だと察知する。

「この建物の屋根に竜を用意しています。行きましょう」

「竜……？」

あまりに突飛な言葉。しかし、あなたにとってはそうではなかった。それは過去の夢を思い出させることにもなった。

〈侍従〉は、あなたをカプセルホテルの外へと連れ出した。もう支度はできていた。荷物は、夫の頭部が入った鞄だけ。ほかには何もない。

夜風が、微かに冬の匂いをはらんでいた。

そして、あなたはたしかに屋根の上に目撃することになった。建物全体を壊さんばかりの巨体をくねらせ、夜の闇に鱗を照り映えさせる竜の姿を――。

竜は〈侍従〉を見ると、あなたたちの目線の位置までゆっくりと頭を下げた。〈侍従〉はその頭部に飛び乗ると、あなたに手を差し伸べた。

「先に言っておきます。恐らく、敵はあなたが思っているよりずっと手ごわいでしょう」

あなたは〈侍従〉の手をとり、助けを借りて同じように竜の頭部に乗った。足に伝わる感触から察するに、その皮膚は亀の甲羅《こうら》より固いようだ。

「ありがとう。でもね、敵が私の想像を超えることは不可能よ。なぜなら、私は敵について何も想像していないから」

あなたの声をかき消すように、竜の唸り声が闇を切り裂いた。

それは警笛《けいてき》にも、ファンファーレにも聞こえた。

『心・倫敦塔』

一九〇〇年晩秋／倫敦

パーティーは夜半まで続いたが、途中でマリは「侍従に赤子を任せていますので私はそろそろお暇致します」と言った。

「そんな時間か」とサン＝テグジュペリ氏は金時計を見て曰《いわ》く、「しかし困った。余はまだ商談をせねばならぬゆえ、送ってゆくことが出来ぬ」

「ならば……僕がお送りしましょうか？」

「そうかい、それはとても助かる」

まさかそんな素直に余に奥方の身を預けるとは思わず、自分で言い出したくせに妙に肩に力が入った。

孝太郎はどうしているかと会場を見渡せば、美しい女性陣に囲まれ、得意満面で美術の知識などをひけらかしている。あの御仁とだけは来世でも女を取り合うような目には遭いたくないものだ。

そんなことを思いながら、余はマリをエスコートして会場を出たのである。余は黙って、彼女のわずかに前方を歩いていた。これは戦略であった。余が黙って〈スローン・スクエア・ホテル〉へ着いてしまえば、余と目を合わせたことを覚えていない場合、なぜホテルの名前を知っているのかと不審に思うはずである。

余はその時を待つことにした。ホテルに送り届けるまで、ほとんど我々は無言だった。マリは時折、仏蘭西語の歌を歌い、余はその異国の言葉に耳を傾けた。書かれた仏蘭西語ならまだしも、斯様《かよう》に早口の仏蘭西語は皆目わからぬが、わからぬということは時に何よりも尊いことに思われた。

霧が深くなっていた。いや、深すぎた。いくら倫敦でもこれはやりすぎではないか、と訝っていると、案の定雨が降ってきた。余は慌ててスーツを脱ぎ、マリの頭に被せて共にホテルのエントランスまで急いだ。

幸い、雨脚が然程《さほど》ではなく、余のジャケットも殆《ほとん》ど濡れずに済んだのだった。マリは到着しても、何故ホテルを知っているのかとは尋ねなかった。が、突然の雨で動転し、それどころではなくなっているだけかもしれぬ。どちらだろう？　考えながらじっとその横顔を見つめる。まるで謎めいた暗号のようである。読み解こうとするほどに、意味が奥へと逃げてゆく。暗号と云って思い出すのは、倫敦塔での彼女の口にした言葉だ。

――ここにあるのは Acorns でこれは Ambrose の事です。こちらにあるのが Rose で Robert を代表するのです。

ふと余はあの時のことを思いだし、マリにそれについて尋ねたい衝動に駆られた。

「助かりましたわ、本当に」

「いえ、これくらい当然です。ところで、いま走りながら急にわからなくなったことがありまして……もしご存じでしたら教えていただきたいのですが」

「あら、私にわかることでしたら」

「薔薇は――薔薇は何を代表するのでしたでしょうか？　先日倫敦塔に行ったときからその答えが気になっていまして」

「薔薇……」

女は黙って、唇を震わせた。その表情が、あの倫敦塔での女の表情そのものだった。やはり間違いない。いや、間違いないことはもうとっくにわかっているのではあるが、それでも僅か一分《いちぶ》の揺らぎがあったのだ。生きている女をつかまえて、確実にジェーン・グレイであるなどと考えるのはもはやこれ正気の沙汰ではないのだから。

だが、ここに至り、余は本当にジェーン・グレイと話しているとの確信を抱きつつあった。女の答えを待った。

ところが、彼女は余の期待を裏切った。

「薔薇は女です。あまねく女は薔薇ですわ。油断すると棘でちくりと刺しますし、すぐに機嫌を損ねてそっぽを向いてしまいます」

マリは微笑んだ。ジェーン・グレイからマリに戻ったのだ。その微笑は、あの死相漂う女のそれとは無縁の、生きた女の蠱惑的《こわくてき》なそれだった。

やはりこの女は生きている。そんな当たり前のことに、余は安堵し、また同時に戸惑いもした。

ジェーン・グレイではないのか？　余はこの女がジェーン・グレイであることを望みつつ、同時に望んでいない。だからジェーン・グレイでないかもしれぬことを少しは落胆し、少しは喜んでいた。

余は微笑み返した。

「なるほど。たしかに」と答えた。

それから、あまりに不躾《ぶしつけ》な問いかけをわびた。

さて問題はここからパーティー会場へ、余がどのようにして戻るかである。雨はまだ降っている。傘はない。迷っていると、マリが提案をした。

「部屋へ行けば、傘があります。夫のものですが」

「それは助かります。傘は会場でご主人にお返しします。帰りは連れがおりますから二人で馬車を借りますので問題ありませんので」

余はもちろんロビーで待つつもりで言ったのである。ところが、余がじっとしていると、あたかもマリは来ないのかと云わんばかりに余のほうを見るではないか。迷った。迷ったなんてものではない。余の心は女の内をあれこれ勘繰って乱れ、我を忘れて髪をくしゃくしゃにしたくなったくらいである。

だが、そんな余の迷いを打ち砕くことが起こった。雨のなかをたしかにのしのしと歩いてくる音が聞こえる。それも、口笛を吹きながら。その口笛は、倫敦塔のなかで聞いた女の歌に似ていたのである。

その正体は、真っ赤なショースを穿き、同じく真っ赤な頭巾をかぶった男だった。男の手にはしっかりと斧が握られており、男はそれを隠すでもなく振り回している。雨の夜で人気もないゆえ、それを咎める者がいないのだ。

男はまっすぐにこのホテルを目指していた。

余はすぐに女の腕をつかんだ。

「参りましょう、すぐに」

「はい」ウフフとマリは笑った。「案外男らしいんですのね」

それが何のことを指しているのか、余には今一つぴんとこなかった。余はあの処刑執行人から逃げただけだったが、マリにはあの男は見えていなかったはず。

ならば何が「男らしい」のか。腕をつかんだことか、それとも腕を摑んで部屋に向かう行為それ自体に思いもよらぬ意味を読み取りでもしたのか。すると、彼女のほうはまんざらでもないのか。

余はそこまで考えてこれは妄想が過ぎる、と打ち消した。いささか都合のよすぎる妄想だ。然もこのように恐ろしい状況では、いささか呑気な妄想には違いない。

我々が階段を昇りはじめたとき、彼《か》の赤き男が回転扉からロビーへと入ってきた。辺りを見回すでもなく、男はまっすぐ階段のほうへと走ってくる。その姿はまさに火達磨《ひだるま》になった闘牛のようであった。あれに追いつかれたら一瞬で身体が引き裂かれ、命果てることであろう。

「走りますよ、何階ですか？」と余はマリに尋ねた。

「二階です」

「よかった。すぐに部屋に入りましょう」

「ずいぶん焦ってらっしゃるのね」

「ええ、まあ」

余は駆け出した。マリも駆けるが女の身ゆえその速度は極めて遅い。とうとう余はマリを抱き上げた。彼女はさして抵抗もせずに抱えられると、しっかり余の首に腕を巻き付けた。斯様な力仕事は滅多にしたことがないから、明日は足腰がさぞやと思いつつも、そんなことは言っていられない。余は一息に階段を駆け上がると、マリの指示に従って２０４ルームに飛び込んだ。

すぐにマリを下ろし、鍵をかけた。余は息も絶え絶えであったが、マリは涼し気な顔をして余のそばに寄ると、そっと額の汗を拭いてくれた。

それからふとさっきの言葉が遅れてよみがえる。「ずいぶん焦ってらっしゃるのね」とはどういうつもりの発言であろう？

マリが赤い男に気づいていなかったとすれば、余が焦っている理由を誤解することは十分に考えられた。まさか傘を急いでとりにきたと考えるとも思えぬ。余がパーティー会場で話し相手のいないことは彼女とて先刻承知のこと。であれば、二人きりになりたくて焦っていると思われたのではないか。そんなつもりはなかったが、妙に気も漫《そぞ》ろになる。

耳を澄ませる。廊下を歩く音がする。ずしん、ずしんと、それはあたかも死の宣告の音に聞こえた。が、肝心のマリにはこれは聞こえていないのだろうか？　それとも聞こえぬふりをしているのか。

「怖くはないのですか？」と余が問うと、

「覚悟は、できています」とマリは答えた。

だが、これも判断が難しい。余が聞いたのは廊下を歩く処刑執行人についてだが、マリのほうは余とこれから男女の睦《むつ》み合いに興じる覚悟を聞かれていると思っているのかもしれない。そうでないとは云い切れない。仮にいま余のいる場所が現実の世界であるのならば、むしろそう解釈するのこそが現実的であるはずなのであり、廊下を歩く処刑執行人という存在は幻となる。

しかし、仮に廊下を歩く処刑執行人が本物で、いま目の前にいる女がジェーン・グレイであるのならば、もちろん彼女はジェーン・グレイとしての死の覚悟ができていると云っているのだ。

「お子さんは何処に？」

「隣の部屋で侍従が看ております」

「生まれたばかりとか？」

「ええ、そうなのです」

どうやらそれは本当らしい。だが、わからぬ。たしかにサン＝テグジュペリ氏の子はそうであろう。だが、この女がサン＝テグジュペリ氏の妻である確率はいかほどだろうか？　余はこう考える。サン＝テグジュペリ氏は現実の存在で、マリ夫人も現実の存在である。しかし、マリ夫人という存在は痙攣的《けいれんてき》なのである。ある時にはマリ夫人で、ある時にはジェーン・グレイ。それこそ、廊下の男がドアを開けるタイミングでどちらかに決まるのかもしれない。廊下の男自体もそうである。今うっかり覗いてみれば、存外いつものボイの足音であったとわかるのかもしれぬし、またべつの時に覗けば処刑執行人に殺されることになるのかもしれない。

我々は二重の現在にいる。それは、わが国の状態とも極めて似ている気がした。脱亜入欧を唱え、欧米の仲間入りをしようと焦る姿のなかに、同時にこれまでと何ら変わらず深く物事を考えず、なんでもすぐ忘れ去る昔ながらの江戸気質が混在している。変わらぬ江戸と進化する東京。二つの今が重なっているのだ。

ノックする音がした。

二回、ゆっくりと。

余はその音にどう反応するべきか迷った。マリの顔を見ると、ひどく緊張している。だが、ここでも二つの可能性がある。ひとつは、夫が思いがけず早く帰ってきて、余を部屋に上げてしまった気まずさに戸惑っているというもの、もう一つはもちろん死を目前にした戦慄である。

さて、どちらなのか。

「構いません、私は」

もう一度マリは言う。

余は頷いた。ジェーン・グレイであれ、そうでないのであれ、採るべき行動は決まっていた。

余は彼女の手を握った。そして、その肩を抱き寄せようとした。どれくらいの強さで手繰《たぐ》り寄せればいいだろう？　女は余よりも背が高い。日本のか弱き女に対するより強い力で引き寄せる必要がある。が、それにはかなりの勇気が要る。

対するマリはすべてを受け入れているようにも、また余の行動に戸惑っているようにも見える。

ふたたびノックの音。

処刑執行人はなおも去らぬ。口笛が聴こえてくる。聞いたこともないような自由な旋律だ。それでいて物悲しい。脳内に枯葉の舞うのが浮かぶ。その枯葉が池に落ちる。鯉のいるかいないかも定かではないこの池に。

マリは余の手を振り切ってドアに近づこうとした。

「いけません」

余は彼女を抱きしめた。

「……困ります」

彼女はそう云ったが、それもまたジェーン・グレイとして、死せる運命を止められては困ると云っているようにも、また夫人の身でありながら斯様な行為に及ぶことを咎めているようにも聞こえる。

「構わぬ」

「運命が、変わってもですか？　行為こそがすべてを決定づけます。この世には、あなたが今からしようとしているようなことを、していないあなたも同時にどこかには存在するのです。あなたはそれとは別の道を行くのですね？」

　何とも謎めいた言葉だった。恰も、彼女自身がこことはべつの、しかし同じような世界からやってきたかのようではないか。

　余の答えに迷いはなかった。

「ああ勿論だとも」

　余は君を愛しているのである。そして、君こそが彼女だった。余のなかで君と彼女は等価となったのだ。

　ところが、思いがけぬことに隣の部屋で赤子が泣きだした。と同時に、廊下にいた者が駆け足で逃げるように遠ざかっていったのだ。

　マリは余から身体を離し、ドアを開け、隣室へと走っていった。余はどちらの意味でも失敗したのである。一度赤子のもとへ走った女は母親の顔になることを余は知っている。一度母親の顔になったら、ふたたび戻ってきて女の顔に戻ることはない。

　余は諦めて部屋の片隅にあった傘に手をかけた。拝借していこうと思ったのだ。ところが、窓の外を見るとすでに雨が上がっている。パーティー会場にいる者たちにすれば彼の雨は存在すらしなかったものであろう。もはや余がここにいる理由はまったくなかった。

　余は隣室に侍従がいると云う話を思い出し、ここは声はかけず静かに出て行くのが筋と考えた。桜の洋杖をもち、恐る恐る廊下へと出る。もうそこには処刑執行人の気配は微塵もなかった。

歩き出すと、隣室のドアがガチャリと開く音が聞こえる。振り向き確かめると、其処に見知らぬ女が赤子を抱いている。

「こんにちは」

余の挨拶に、女はぎこちなく笑みを浮かべ、「ボンソワ」と述べた。フランス人の侍従のようだ。そこで余は英語で、その子の母親に帰ると伝えてくれ、と述べた。すると、ますます不審げな顔になって彼女はぎこちない英語で答えた。

「この子の母親、ワタシ、です」

「何だって……？」

「ほんとうです」

「あなたは侍従ではないのか？」

「侍従……？　侍従、おりません……」

いない、には二つの意味が考えられた。すなわち、いま部屋にいないという意味、それから、そもそも存在していないという意味だ。だが、それ以上根掘り葉掘りと聞き出すには、女の英語は片言でありすぎた。余はそれ以上の質問を諦め、礼を言ってその場を離れ、パーティー会場に戻った。

しかし、会場でふたたびサン＝テグジュペリ伯爵を見つけることはできなかった。彼はすでに行き違いで帰った後であるようだった。余が共に時間を過ごした女は何者だったのか。結局その夜、余はさまざまな疑問を倫敦の霧のごとく抱えたまま帰路についた。孝太郎は余を散々笑い、「西洋女に魂を抜かれた」などと揶揄《やゆ》した。そして、余はそんな戯言《ざれごと》に反論すらできぬほど、心ここにあらずであったのだ。

その晩、奇妙な夢を見た。

余の部屋の扉の前に、何者かが立っている。余にはその気配がわかる。

――また、君は僕を出し抜こうとした。

――また？

その言葉で、余は我が兄のことを思い浮かべた。かつて、余は兄嫁に恋慕したことがあったからであり、マリを追うとき、同時にあのときの自分が脳裏をよぎったからだった。余は兄を裏切ったのだ。

だが、その声はどう考えても兄のそれではなかった。

余は魚眼レンズに目を当て、扉の向こうを覗き見た。そこに立っているのは、黒いスーツを着た男だった。

――君は？

――Kとでも呼んでくれたまえ。いつでも君に裏切られる存在だ。そのくせ、裏切られるのは結局のところ君自身かも知れないのだが。

――僕は誰も裏切らない。

――そんなことはない。君は〈我々〉に傷をつけ、〈我々〉の中にある〈我〉に傷をつけ、卵の殻みたいに捨てた。挙げ句その下から現れたむき出しのそれを個人だの、感情だのと――あるいはこころだなどと――訴える。それこそが、裏切りなのだよ。

――だとするなら、裏切らないわけにはいかなかった、と言っておこうか。

――むろん、それで少しも構わないさ。時代は変わっていく。君はどこまでも裏切り続ければいい。そして、僕は僕で君を永遠に追い続ける。君が死んだら、今度は彼女を。彼女はいつの時代でも、その時代の大切な局面に必ず何度でも、誰かの前に現れる。僕は彼女に喜んでこの首を差し出そう。

——首を？

男の背後から、赤いショースを穿いた男が現れる。まるで、日が昇るようにその男は現れたのだった。赤い男——すなわち処刑執行人——は、Kと名乗る男の首を斧で切り落とした。それはいとも簡単に、馬から馬具を外すみたいにさらりと取り外されたのだった。

Kは、自身の生首を自身の手でキャッチした。

——君のせいだ。君が、彼女を逃がした。その結果、僕がこんなことになってしまったんだよ。

——僕のせいでは……。

——いいや、君のせいだ。夏目、君のせいでこの世紀は〈我々〉から〈わたし〉の時代へと変わっていってしまう。そこでは絶えず〈我々〉は殺される運命にある。それでも構わない。いずれ我々が君を殺す側に回る日もくるだろう。

それから、Kの手は背後の赤い男に己《おの》が頭部を渡した。処刑執行人は、思い切りその頭部を扉に向かって投げつけた。頭部は扉を突き破って余のいる部屋へと入り込み、余の腕に噛みついた。

そこで余は悲鳴を上げ、自分の悲鳴で目が覚めた。

後日、余はふたたびナショナルギャラリーを訪れたが、その時にはもう盗難、すり替えの騒動はなかったものとされ、すでにドラロッシの『ジェーン・グレイの処刑』は本国仏蘭西に返されたとのことだった。

　余が残念がると、職員はこんなことを云った。

「あの絵の女に未練がおありなら、仏蘭西美人を好くがよろしい」

「なぜです？　ジェーン・グレイは英吉利人ではないですか」

「そりゃあ、ジェーン・グレイはそうです。しかし、ドラロッシは仏蘭西の画家で、仏蘭西のモデルを使って絵を描いていますからね」

「……なるほど」

　余は考える。ドラロッシがモデルにした女性の子孫が現代に生きており、それが彼女だったということはないだろうか、と。然し、だとしてもつい先日、絵の中のジェーン・グレイと処刑執行人が消えてしまった事実に変わりはないはずである。

　それともあの騒動自体がまやかしであったというのか。現に館長は余があの日の騒動のことを語っても何かを隠しているのか、それとも単に忘れてしまったのか、まるでわからないなどと言う。

　実際に『ジェーン・グレイの処刑』を観ることが叶ったのはそれから二年後の帰国の直前のことであった。そして、その絵がまさに余の見た女と処刑執行人そのものであったことに驚嘆を禁じえなかった。と同時に、彼女の置かれた状況の深刻さが、いよいよ我が物として胸に迫った。

　余はあの晩に彼女を救えなかったのではないか。

　彼女の言葉を思い出す。

――行為こそがすべてを決定づけます。この世には、あなたが今からしようとしているようなことを、していないあなたも同時にどこかには存在するのです。

彼女の云うとおり、つねに時は分岐しているのかもしれぬ。だが、どちらの場合でも、余が逃げたことに変わりはない。余は逃げ、彼女はやはり処刑執行人に捕まってこうして絵の世界に戻されたのかもしれない。一度遠ざかった処刑執行人の足音は、また戻ってきたかもしれぬのだ。

余は想像する。この世界が、無数にある世界の一つであるところを。そして、その無数にある世界と同じ数だけ、その世界に相対するような虚構の世界もある。

余が現在したためている『心・倫敦塔』なる書物も、べつの世界では存在せぬのかもしれない。すべてはさまざまな行為の分岐の連続線上にある。そして、いかなる世界でも、虚構は現実を侵食し、また現実も虚構を侵食して次の世を創造していくのであろう。

結局、余はサン＝テグジュペリ夫妻にもその後出会うことはできなかった。恐らくサン＝テグジュペリ夫妻自体は実在しているはずだ。もしかしたら、ホテルの廊下に顔を出した女の「おりません」はパーティーに行っていて居ない、という意味で、侍従が何らかの事情で彼女の代わりに社交界に妻と称して参加していたのかもしれない。

だが、それでもその侍従がジェーン・グレイだった可能性はなくならない。

それから幾日も、余は抱きしめた感触と、出来損ねた接吻《せっぷん》とを想って物悲しい気持ちに暮れた。それは、日本が正しい未来を選択できないであろう落胆にも似た悲嘆である。

君は旧約聖書に登場するユディトなる勇敢な女を知らないかもしれない。ユディトは自分の村を救うために、敵地へ乗り込み、その敵将の首を刎ねたのだ。首を刎ねられるジェーン・グレイになるか、首を刎ねるユディトになるかの差は本当に運でしかない。

竜の血を塗り固めたという白き壁をもつ倫敦塔は、何かを知っている。ジェーン・グレイがユディトにならず、ジェーン・グレイとなった所以《ゆえん》も。そこに絡まった複雑な因果と、まったく関係ないかに見える大衆の無意識と、すべてが倫敦塔という建物に集約されている。

倫敦塔には歴史に流れた血があまねく刻み込まれている。ならば、確かにそのなかに余の報われぬ過去と現在と、そして未来とも同時に刻印されていたと考えるべきなのだ。

君よ、君の名はあえては記さぬ。君にはわかっているのだからそれで構わない。

ジェーン・グレイは君なのである。そして、余は君をうまく抱き締められなかった痛みをこれからもずっと背負っていくことになる。余はつねに二重の現在を生きる。君と生きる現在と君と生きられなかった現在だ。そして、〈虚〉と〈実〉二重の未来を歩いて行く。君を解き放ち、ユディトへと変えていく方法を探しながら、一方ではジェーン・グレイとして報われぬ最期を迎えさせたことへの後悔を抱えている。余は何度でもあの夜を繰り返す。もっとほかのやり方はなかったか。もっとほかの抱き締め方はなかったのか。

余は物を書き、我が国の将来を考える。

君のいない世界だとは思わぬ。

鯉のいない池だとは思わぬ。

いないと思えば、途端に全てはどうでもよくなってしまうからだ。この世界は沙漠であるが、どこかに君を隠しているのだ。

政治はいよいよ愚かしく、物を考えずにすぐにお追従《ついしょう》を述べる輩に満ちている。この国が手痛いしっぺ返しを食らう日はそう遠くはあるまい。

それでも余はこの国の言葉で書き続ける。最終的にこの文字のなかにこそ、君が生きる道が残されるからである。

余は書く。
現実を塗り替え、あの日へと還り着くまで。

二〇一五年十一月／書物の海

目を開く。物語は閉じる。今日書くはずだった物語が、夢のなかで意外な閉じ方をした。書けなかったのは、となりで眠っている編集者のせいだ。

だが、実際に書いていたら、いま見た夢のような展開ではなかったかもしれない。その意味で、書かなくてよかった。いつ書くか。何時ごろ書くか。そういったことまでがすべて物語に影響するのであれば、もはや小説とは虚構であって虚構ではない。

そして、『心・倫敦塔』は、まさにそのような小説として成り立っていた。余は……俺は、金を払い、彼女を起こす。

「そろそろ着くぞ」

彼女は目蓋をぴくぴくと動かす。

タクシーの運転手が尋ねる。

「この辺でいいかね？」

「そこの角を左へ。白い建物が見えるはずだ」

「あそこへ行くのかい？」

「ああ」

「危険だよ。あそこには人が集まっている。〈ユディト〉を殺したい連中がね」

「だから行くのさ」

「あんたらも殺したいのかい？」

「その口、黙ってくれるなら五千円上乗せするよ」

運転手は黙った。この世界では経済がすべてを支配する。戦争とて、所詮は経済が暗礁《あんしょう》に乗り上げた国がやるものだ。

俺は財布の用意をする。すぐに降りられるように。

やがて、〈塔〉の前で車が停まる。運転手がメーターを停め、金額を提示する。こちらは言われた額にきっちり五千円を加えて支払い、もう一度彼女を起こすと、彼女とともにタクシーを降りた。彼女は、寒そうにぶるっと身体を震わせる。

その震えが、俺にはなぜか池の水面に広がる波紋《はもん》のように見えた。

二〇一五年十一月／東京

1

タクシーを降りる直前まで、夢を見ていた気がした。たぶん、気分なんかではなく、本当に夢だったのだろう。夢かどうかを見極めるのは、目覚めた瞬間に自分がどこにいるのかで決まるのかもしれない。

　真夜中の月島界隈は、人のいない街のように感じられる。なんだか本当に月の裏側へでも来てしまったみたいな気分だ。ここは、あるいは本当にツキノウシロなのかもしれない。

　東京には夜にこそ輝く街がいくつかあるが、ここ月島に関しては、輝きは密やかな内面に押し隠されてしまう。

　わたしの目の前には〈塔〉が屹立《きつりつ》しており、その周辺には人だかりができている。イノウエが仕組んだこと。今もツイッター上ではkimiの過激なつぶやきがリツイートされ続けている。

　kimiはまた新たにこのように更新している。

〈塔に集まれ。そこに入る者は勝利者。ユディトを殺せば、恐怖の未来を進む楯《たて》を手にできる。私の合図を待て〉

　このツイートもまた徐々にリツイート数を伸ばしている。

「これじゃ、ゾンビの溢れる街と同じだ」センセは物騒なことを呟く。「しかし、ゾンビにしては上品すぎる」

「そうですか？　そうは見えませんけれど」

　みんなポケットに手を突っ込んでいるが、その中に凶器が隠されているのは明らかだ。池袋や新宿のような場所ならいざ知らず、夜になるとほとんど人の気配すらなくなる月島にこれだけ密集し、そのほとんどがポケットに手を入れていれば、さすがに行為には意味が生じてくる。

「大丈夫さ。この国はしょせん臆病者が多い。何もできやしないよ、烏合《うごう》の衆だ。それより、塀を登るぞ」

「……本気ですよね、もちろん」

　聞くまでもないことだった。センセは壁に近づいて歩行者を装いながら、さっと塀に手をかけ、瞬く間によじ登ってこちらに手を差し伸べた。急いでその手に捕まり、塀を駆け登る。

　人々が気づいたようだったが、ここでやめればそれこそ〈ゾンビ〉の餌食《えじき》になってしまう。彼らはわたしたちに明らかに注目していた。ポケットの中のナイフを取り出した者も数名。

「この状況、大丈夫なんでしょうか？」

「さあね。近年のＵＦＯキャッチャーよりはマシなんじゃないか？」

　センセは手を離さずにわたしを引き上げ、そのまま敷地内に降りた。塀の向こう側で騒ぐ声がする。ざわめきのようなものから怒号へと変わりだす。彼らがわたしたち同様に塀を乗り越える気があるかどうかはわからない。だが、センセの言うほど〈臆病者〉でなければ、そのうち行動に出るはず。時間はあまりなさそうだ。

　とうとうまた、わたしはこの〈塔〉へやってきてしまったのだ。

「この〈塔〉はセキュリティはしっかりしてる。門を破って入るのは無理だし、俺たちがやったみたいに塀を乗り越える勇気はないよ。この国の人間は中途半端な勇気しか持っていない。さもなくば狂気」

「でも彼らがやってきたら、リンチに遭います。法治国家でリンチで死亡は嫌です」

「ここは法治国家じゃないから大丈夫だって」

全然大丈夫ではなさそうだ。

本当にここにツキノウシロさんはいるのだろうか？　辺りを見回す。降り立った場所は中庭のようだ。〈塔〉に向かう途中には小さな池が見える。黒々とした水面に蓮の葉が其処彼処に広がる様は幻想的である。わたしはふと、記美がかつて紹介してくれた「アッシャー家の崩壊」を思い出す。池の水面に塔が映り込んでいたことで、アッシャー家の屋敷もまた、その手前にある水面に映り込んでいたのを連想したのだ。

そこからさらに浮かんできたのは、アッシャーが好んでいるというランスロット・キャニングの『狂える会合』の一節だった。

ここに入りし者は勝利者たりし者。

この竜を殺す者はこの楯を得ん。

その一節が浮かんだのは偶然ではなかっただろう。なぜなら、その言葉は、kimi のさっきのツイートの引用元であると思われたからだ。

「ここで待っていてくれ。ひとまず〈塔〉の中を確認してくる」

センセは塔へと向かって走って行く。

「ああ、それから」一度だけ足を止める。「語り手は、己の語ることを信じろよ。そうでなくては、そいつは騙《かた》りになる」

「……どういう意味ですか？」

センセはその問いには答えずに行ってしまう。

彼にとっては、何度も訪れている勝手知ったる場所なのだろう。実際、彼は〈塔〉の内部に忍び込むにも、エントランスからではなく、裏側にある小さな扉から中へと入っていった。そこは鍵がかかっていなかった。

〈塔〉を見上げる。真っ白な外観。その白には、竜の血が混ぜられているというわけではない。けれど、いまやわたしにとってその〈塔〉の外観の白は、竜の血の赤と隣接している。

ポオのテクストにおいて、作中作の竜の悲鳴は、アッシャー家の屋敷の悲鳴と重ねられている。つまりアッシャー邸は竜だと暗示されているのだ。

ひどく、落ち着かない気持ちになる。

怖い……のだろうか。

わたしは恐れていた。

塔ではなくて、崩壊の芽それ自体を。

何かが——わたしに囁く。

気づけ。

繰り返し、ポオの作中の一節がよみがえる。まるで、文字自体が生命をもち、わたしの脳内を自在に飛び交うかのように。

そして、さっきのツイッターの kimi の呟き。

〈塔に集まれ。そこに入る者は勝利者。ユディトを殺せば、恐怖の未来を進む楯を手にできる〉

恐怖の未来を進む——。

そうだ、これがおかしいのだ。

記美はかつてわたしに言った。

――未来は歩いていくものではないよ。未来が勝手にやってくる。

つまり――これは記美の言い回しではない。

記美なら、むしろ〈迫りくる未来を突く鉾《ほこ》〉とかそんな言い回しになるはずなのだ。いくらポオからの応用的引用とはいえ、自分の価値観を放棄するとは思えない。

kimiは、記美ではないのだ。

そんな馬鹿な……。

目隠しされたわたしとバーで会話をしていたのは、記美ではないのか？　あの時確かに――。

〈確か〉とは何だろう？　何を根拠に、確かとか不確かとかを判断しているのだろうか？

わたしの現実は――この世界からわたしが何を感じるかで決まる。でも、もしもわたしがそこにありもしないものを創ってしまっていたとしたら……？

たった一つの仮定を追加するだけで、現実はいともたやすく虚実入り混じってしまうのだ。

たとえば、記美がまだこの世界にいる、というたった一つの仮定を追加するだけで。

いいいいいいいいいいいいいいいいいい

記美なんてとっくに死んでいるじゃないの。

あの日よ、ほら。

めまいがする。内側から、もう一人の自分が語りかける。わたしが、アイマスクでもするみたいに、自分自身のために目を逸らした真実を、晒そうとする。

卒業旅行よ。あの卒業旅行で、記美は死んだでしょ。

まだ八ヵ月前のことじゃないの。

　そうだ。八ヵ月前――。記美はその旅行の最中もずっとわたしによそよそしくしていた。そしてある時言ったのだ。

　――ねえ、別行動しない？　行ってみたい場所がほかにあるから。

　彼女はパリからバルセロナに飛び、さらにそこからミュンヘンへ向かうつもりだ、と言った。

　話し合う余地はなかった。ほかの面々もそれでいいと了承した。変わり者で独自の世界を確立している彼女の行動を咎められる者は誰もいなかった。

　そして――バルセロナから飛び立った飛行機が墜《お》ちた。

　ジャーマンウィングス９５２５便墜落事故。

　あの時の事故を何と呼んだらいいのか。そもそも、事故なのか事件なのか、曖昧なところがある。操縦士は、視力の低下を気にしていた。だが、それでもテロの可能性はくすぶり続けていた。彼女は生前に遺書のようなものを遺していた。それに従い、駆け付けた母親は彼女の骨をロフォーテンの海に撒いた。「メエルシュトレエムに呑まれて」に因《ちな》んで、彼女がそうすることを望んでいたのだという。

　父親は仕事で来られなかったようだ。たった一人で途方に暮れる母親を憐れに思ったわたしは、遺体の引き取りと散骨の両方に立ち会った。遺体は見るも無残な代物だった。それは人間の死体というよりも肉片に近かった。できれば、わたしは母親にその死体を見せたくなかった。空港に降り立った彼女を遺体安置所に案内する間、わたしは幾度となく死体の状態を説明し、見ないことを勧めた。

　それでも母親は死体を見たいと言って聞かなかった。だが、あの時わたしは何としても止めるべきだった。記美の母親があんなにも心乱れ、もだえ苦しむ様子を見るくらいなら、殴られてでも必死に止めるべきだった。

　わたしにとっても半身を削られるがごときむごい体験だったが、一人の親にとって娘は、自分の生の中にべつの豊かな意味をもたらしたもう一つの生であったことをわたしは知った。そして、その生が奪われることのあまりの事態の深刻さに為す術をなくしたのだ。

　自分の一部どころか自分以上の価値をもっていたものを奪われた時、人は生きたまま死よりも深い谷底に堕《お》ちる。散骨までの儀式を無事に終えたことが、むしろ奇跡だった。

　わたし自身、どんな言葉をかけたのか、そしてまた母親と別れた後、どうやって帰国したのかも覚えていない。たしか、卒業旅行のメンバーとは別行動だった。彼らは記美の死体を確かめに行きたがらなかったから。何しろ就職してしまえばもう赤の他人も同然なのだから、厄介ごとは一つでも少ないほうがいい。

　そして、一人記美の死を受け止めたはずのわたしは、結局は受け止め切れずに、その死の記憶に完全に封をして社会人になった。

「そうだった……」

　闇夜に響くわたしの声は、思った以上に震えていた。

　だから、外の集団を集めたkimiが記美であるわけがない。それは、わたしが信じたい現実。つまり、現実の中の幻実なのだ。だが、初めからkimiがわたしをフォローしたのはどう考えればいいのだろう？　kimiはほかにもわたしと記美の共通の知人を何人かフォローしていた。記美以外の誰が、kimiなんて名乗るのだろう？

　全身の体温が奪われそうだった。わたしは両肘を抱きながら、どうにか現実と幻実とを選《よ》り分け、現実だけを再構成しようとした。

落ち着け。

わたしは気持ちを鎮めるべく、改めて建物を見回したりした。塀の外側の騒音に神経のほとんどを向けながら。

そして、二階の窓の辺りに目をやり、思わず息を飲んだ。

『ジェーン・グレイの処刑』に出てくる、あの処刑執行人が立っていたからだ。少し遅れてイノウエであると認識したが、どちらの認識が先立とうが、どうでもいいことに思われた。

何より厄介なのは、その男の目がまっすぐにわたしを捉えていたことだ。処刑執行人は、窓を開くと、窓に手をかけて外に顔を突き出した。やがて胴体が、次いで足が外に出てきた。その光景は、絵画の中の人間が、額縁を飛び出して現実の世界へやってきたようにも見えた。

「やっと見つけましたよ」

2

それは声だったのかもしれないし、声ではなかったのかもしれない。というのも、塀の向こうでは〈ゾンビ〉たちが騒いでいるのに、その声だけが見事に浮かび上がって聞こえたからだ。

「少し話をしましょうか。ジェーン・グレイ」

赤い男は、一歩一歩着実に近づきつつあった。「枯葉」の口笛を吹きながら歩くとき、彼の脚は重力などかかっていないかのように軽く、腕に背負った斧は風船か何かのように脅威を感じさせなかった。それは、河豚《ふぐ》の毒を舐めたときのような恐怖の麻痺であるのかも知れなかった。

わたしがこのとき考えていたのは、テロ組織に捕えられた日本人ジャーナリストのことだった。

長時間の拘束と、その末に待っていた悲劇。あの長い時間の間に、彼はどれくらい死について腹を括っていたのか。また、恐怖までの距離はどれほどだったのか。

「すぐに首を飛ばされたくなければ、そこへ跪《ひざまず》きなさい」

わたしは黙って言うことを聞いた。ここで死ぬのだ、と思った。そのことは不思議だけれど、巨大な斧を見ていると、むしろ自然なことのように思われた。こんな状態にあって死なないほうがどうかしているのだ。

「私の名前は知っているね？」

男は言いながら、斧を振る。

スニップ、スニップ、スニップ。

「処刑執行人」

イノウエ、と言うか処刑執行人と言うか、迷った末にわたしはそう答えた。処刑執行人としての認識のほうが先だったからだ。

「そのとおり。私はいまから君の首を切り落とす」

「……なぜわたしなのですか？」

頭の芯はぼんやりしているものの、おかしなことを言われていることは理解できた。ここにはツキノウシロさんが来ているはず。少なくとも、センセはそう考えていた。彼が狙っているのは、ツキノウシロさんではなかったのか。

「君がジェーン・グレイだからだ」

「わたしはジェーン・グレイではありません」

客観的にも、主観的にも、あらゆる意味において、わたしはジェーン・グレイではなかった。ところが、処刑執行人は首を横に振る。

「いいや。ここはロンドン塔で、君はジェーン・グレイだ。目隠しをすればわかることだ」

「目隠しをしたら、わかるのですか？」

「私にはわかる」

「でもわたしは目を隠されれば何も見えません」

「それで何が困る？　私の中に真実があるのに」

この男のロジックは歪んでいた。このまま彼の論理に従っていけば、わたしは目隠しをされ、ジェーン・グレイとして首を斬られてしまうのは確実だった。

あるいは、ここは十六世紀のロンドン塔で、わたしは本当に処刑される前のジェーン・グレイであるのかもしれなかった。少なくとも、この明らかに時代錯誤なコスチュームをした男と向かい合っていると、自分のほうが正しいと主張するだけの根拠が徐々に薄れていくのがわかった。

わたしは目隠しを受け入れた。これから巨大な刃物がわたしの首を捉え、的確にわたしの頭部と胴体とを切り離すだろうことが、一気に理解できた。

「絵画は何も語らない。予言もそうだ。でも、人間はいつもそこから何かを読み取ってしまう。愛や権力や憎しみについて語るために。テロリストや、昨今の科学の進歩への不安。それら一つ一つはベクトルの違う不安に見える。だが、総体となってみれば、人間という存在への一つの諦観となり、限界を突きつける。そして、君たちは不安になる。不安になった君たちは、いつでも何もないはずの虚無の底を見つめ——そこにこの赤い点である私、処刑執行人を見つけ出してしまうのだ」

それから、男はわたしの両手を背後でしっかりロープで固定した。

「十数えたまえ。大切に数えたほうがいい。何しろ、その十は、これまで君が子どもの頃から数えてきたどんな十よりも尊いカウントになるはずだから。そして、思い出せ。君の使命を」

男は優しく撫でたあと、わたしの頭を押さえつけて池の前の冷たい石の上に伏せさせた。

わたしは数えた。

一、二、三、四——。

数えるうちに、意識が遠のくのがわかった。遠のく意識のなかでわたしは考えていた。記美と分断された現在。自分が本当にするべきことは何なのか。

五、六、七、八、——。

——思いだせ。君の使命を。

この間も、やはり処刑執行人に同じことを言われたのだった。

真っ暗闇だから本当は何もわからないはずなのに、すべてが手に取るようにわかった。まるで、最近立て続けに見ている夢の一部のように、それはひどくクリアだったのだ。

そして、わたしは己の使命を思いだした。

現実に蔓延《はびこ》る、幻実を、今なら見分けられる。

「記美、あなたに伝え忘れたことがあるの」

男は黙っている。もちろん彼は記美ではない。

だが、kimiが記美になる幻実なら、本来そこにいる処刑執行人は、kimiでなければおかしいのだ。

わたしはセンセの言葉を今こそ思い出す。

——語り手は、己の語ることを信じろよ。そうでなくては、そいつは騙りになる。

わたしが騙り部《べ》ではなく語り部ならば、わたしはまだ己の幻実を信じて言葉を放たねばならぬのか。なぜなら、ここは現実に幻実が歪《いびつ》に入り込んだ世界。

「あの日、あなたはわたしの制止を振りほどいて、飛行機に乗った。あの時のわたしにはわからなかった。自分がどれほどあなたを傷つけたのか。

あなたは、父親の愛好する書物と美術品、骨とう品に囲まれて幼少期を過ごした。そうした黴臭い芸術の匂いをふんだんに嗅いだ娘の常として、あなたは文学少女となった。あなたの夢が何なのかわたしはもちろん知っている。澁澤龍彥も真っ青になるような博覧強記の敏腕編集者になって文芸を復興させる。わたしは、あなたならきっとできると信じていた。だから、文談社があなたでなくわたしを採用した時、わたしは落ち着かない気持ちになった。こんなのは間違っているって。でも、あなたが祝ってくれたから、だからわたしはその運命を受け入れることにした。でも、あなたはあの時、本当は誰よりも深く傷ついていたのよね。それをわたしはもっと理解するべきだった。あなたが文談社で働くために、大学四年間をいかに考え抜いて過ごしてきたかをわたしは知っていたはずなのに、単純にあなたが喜んでくれたと信じていた。

あなたにはそれ以外の事情もあった。あとで母親から聞いたところでは、父親が文談社にコネクションを持っていたそうね。父親にとっても、娘が文談社の編集者になることは誇りだったし、あなたはそれもあって絶対に落ちるわけにはいかなかった。

ところが、文談社はあなたではなくわたしを選んだ。その結果は、あなたにすれば、父親の顔に泥を塗るようなものだったんでしょうね。あなたがどんなに落胆したのか、わたしには想像が足りなかった」

それでもまだ、わたしには本当の意味で隅々まで記美の内面が想像できているとは言えない。記美は胸のうちを明かさぬまま、飛行機に乗り、帰らぬ人となった。

「とにかくわたしはあなたにごめんなさいと伝えたい。それが、この世でのわたしの最後の言葉になるとしても」

　処刑執行人は黙っている。時折、洟《はな》を啜《すす》るような音がする。だが、その理由も何もかも、今のわたしにはわかる。

「あなたは、八ヵ月前に亡くなった井上《いのうえ》記美の父親ですね？」

　そうでなければならない。

　ひざをつく音が響いた。

　次いで、大地に斧の突き刺さる音が。

3

　考えてみれば、記美の携帯電話の番号とメルアドを使ってツイッターアカウントを作るのでなければ、わたしと記美の共通の友人がフォローするわけがないのだ。

　記美の父親は、〈砂漠会合〉の思想をプロパガンダするために、存在しない巫女としてkimiを立てた。

「どうして、遺体確認に母親と一緒に来なかったのです？　夫婦一緒に受け止めるべき死だったのに」

　のちのニュースで知った話だ。帰国した記美の母親は、娘の死のもたらした喪失感に耐え兼ね、わたしたちの卒業した大学の屋上から飛び降りたのだった。それは、悲劇の余波として、静かに、しかしそれなりのセンセーショナルな熱をもって伝えられた。数時間後には誰も覚えていない程度の、わずかな熱をもって。

せめて、夫婦そろって娘の死に直面していたら、何かが変わっていたのではないか。わたしはそのニュースを見たときにそう思ったものだ。

わたしが社会人生活を始める、前日のことだった。

そうして、新しい過酷な世界が幕を開けた。感傷になど耽っていられないほどの激務の日々が、わたしを飲み込んだ。けれど、記美の遺体を見に来なかった父親の存在は、わたしの意識の底の底に、澱《おり》のように漂い続けた。

やがて意味が抜けて、井上からイノウエへと変わった。

「あなたは電子の世界に、kimiを作ってしまった。記美が死んだ現実に目を背けてしまったんです」

その意味で、イノウエとわたしは同じ轍《てつ》を踏んだのだ。

記美の死を受け入れられずに、べつべつの幻実を歩き出した。それが、ここ数日で一つの共同幻実を築いてしまった。

「kimiは生きている」

イノウエは頑《かたく》なにそう主張する。だが、その声の震えが、幻実に皹《ひび》が入り始めたことを教えている。イノウエもまた、幻実を宿した塔のようなものなのだ。その塔は今にも崩壊寸前だ。

「記美は死にました。kimiは存在しないんですよ」

ぁあああ……。イノウエのもがき苦しむ声が響く。

外でkimiの号令を待っている群衆は、このうめき声をどう思っているだろう？　混乱の予兆と感じているのか。いずれにせよ、一つにまとまりかけた暴徒に水を差す旋律には違いない。

「記美はあなたの書棚から美術の知識を仕入れていたと、よく嬉しそうに話してくれました。彼女にとってあなたは、偉大な父だったのですね」

　その言葉のもつダメージについて、わたしはたぶん無意識のうちに自分で計っていた。彼が今手にしている斧を振り下ろすのと同じだけの破壊力を持っていたはずだ。

「わたしは記美と付き合っていました。記美さんはとても聡明な人です。肉体の死が、永遠をもたらすことも知っていました。だから、彼女はあなたが遺体を引き取りに来なかったことを非難したりはしないでしょう。もしも記美が非難することがあるとしたら、母親の心のサポートをしなかったことでしょう。記美の死は防げませんでしたが、母親の自殺は防ぐことができたからです」

　防ぐことができた——。

　本当に？

　その点だけは、わたしは嘘をついたのかも知れない。すべては、この男に見えない斧を振り下ろすために。

　その効果は絶大だった。わたしの体は瞬く間に自由を取り戻した。今ではどうしてそこに言われるがままに跪いていたのかわからなくなったほどだった。

　わたしは目隠しをつけたまま、一歩、塔へと歩を進めた。

　背後では、まだイノウエの嗚咽《おえつ》が湖面に波紋を広げていた。

　そのとき、窓から大きな鴉が、塔の中へと入っていくのが目に入った。奇妙なことだ。わたしはまだ目隠しをしたままだったというのに。

鴉と呼ぶにはあまりに大きな存在だった。

まるで――黒淵教授の影のようだったのだ。

わたしは夢見心地のまま、正面の扉を開いた。

「何だ、もう迎えに行こうとしていたのに」

黒淵教授の声だった。いや、黒淵教授的でいて、まったくべつの何かなのか。とにかく極めて概念的な声だ。わたしは、いつかの記美が虚構の存在に過ぎない黒淵教授を顔見知りのように語ったことを思い出していた。記美もまた、この人物に遭遇したことがあったのかもしれない。

彼はわたしの手を引くと、走り出した。足を留めず、振り返ることもせずに黒淵教授は尋ねた。

「正直に話してごらん。君はもしかして読んだんじゃないのか？『沙漠と青』を」

脳をよぎったのは、飲み会の夜の記憶だ。わたしはあの夜なぜか一度出版社に戻っている。理由はわからない。が、飲みの席で、わたしは富樫先輩がセンセの原稿を預かっているという話を聞いている。酔った頭でその原稿を読んでみたいと強く思ってしまったとしたら……。

わたしは自問した。

さて、わたしは読んだのだろうか？

『沙漠と青』を。

もしもそうなら、わたしは語り部ではなく、騙り部になる。

二〇一五年十一月／東京・ユディト

1

「やはり、あの〈塔〉へは行かないほうがいいかもしれません」

〈侍従〉の声はトロンボーンの高音のようにゆっくりと響いた。竜はいま月島に向かって飛んでいる。この竜は感情が豊かなようで、あなたが髭を撫でると、そっと目を細めた。

目的地は、かつての自宅。しかし、〈侍従〉はそこに行かないほうがいいという。

「あなたの言っていることはわかるわ。でも行かなくちゃ。たとえそれが罠でも、私は決着をつけなければならない」

あなたの手には生首の入った鞄がしっかりと握られていた。防腐処理はすでに終わっている。

あの人を助けてください――。

編集者を名乗る女から誰も知るはずのないEメールアドレスにメールが届いたのは、十月の終わりのことだった。そのアドレスは、まだ夫婦生活をしていた頃に作ったもので、結局作ったものの使うあてもなくそのまま放置していたものだった。

なぜそれを、編集者が知っているのか。そもそも、本当に編集者なのかどうか。だいたい、あの人を助けるなんて、百パーセント不可能だということをあなたは知っていた。だから、これは計略でなければならなかった。あなたはもちろんそんな計略に乗る気はない。

ただ、ゼロパーセントに賭けたのだ。

絶対に救えないとわかっているあの人を救えるというゼロパーセントの可能性に。そして、メールは再び届いた。

〈伝言です。『〈塔〉で今夜会おう。僕が最後に出て行った時刻に』〉

最後に出て行ったのは、四年前の今日の明け方四時。それまで二人はあれやこれやと互いの身にあったことを語り合った。

「あなたは勇敢ですよ、ユディト」

「ありがとう」

「あなたを祝福する歌を歌いますね」

〈侍従〉は唐突に歌い始める。旋律的短音階を用いた三連符。古典的ジャズのリズムとメロディ。その音色を聴いているうちに、記憶の扉が開かれた。

あの日、あの人と二人で歩いた。

たしかに自分たちは、目には見えない〈池〉を共有し、静かに歩いていた。そして、そのとき初めてあなたは心から誰かを深く求めるということを知った。

あなたはあの人に言った。

――今日を永遠にしましょう。

――今日を、永遠に？

――ええ。今日を、永遠に。

その日から、おかしくなった。どこを歩いていても、あの人のいない世界を歩いているような気分になった。あの日に永遠があるなら、あの日以外のどこにも永遠はないことになる。

もう一度、もう一度――。

そう求めて会おうとすればするほど、あなたはあの人から距離をとるようになった。あなたの自制心は、あなたの欲望を大きく凌駕《りょうが》していた。けれど、そんなあなたの決意を無にするように、二〇一一年十一月、あの人は隅田川を越え、ふたたびあなたの前に現れた。

そして明け方、竜と交わる夢を見た。

翌日、あなたは姿を消すことにした。

十一年間守り続けた沈黙を、あの日の無垢なる約束を、台無しにしてしまった、と感じたから。

あなたは侍従の歌声にハミングするようにして、シャツのボタンを嵌《は》めながら口笛を吹いた。その旋律は、夜の闇に溶けていった。

空の上から見ると、隅田川もまた、竜のように細長く見えた。

「あなたは今夜命を落とすでしょう。本当にいいのですね？」

「よくはないわ。でもほかに方法がないの。今夜の私はユディトで、そしてユディトは予言を閉じるために動く」

「ええ、でも、予言は閉じたことにはなりません。むしろ、あなたが死に、〈塔〉も爆破されることによって、新たな予言の始まりとなります」

「……だとしても、やはり私は〈塔〉へ向かいます」

あの人と、もう一度会う。ただ、それだけのために。

2

やがて、竜は塔のてっぺんの円蓋にふわりと着地した。あなたと〈侍従〉は、竜から飛び降りた。

最上階にある非常階段から中に入ろう。鍵はもっている。

「ついてきて」

あなたは〈侍従〉を先導した。

鍵を開け、中に入り、非常階段を下っていく。三階までたったの十七段の階段なのに、果てしなく長く感じられた。

三階のアトリエに着いた。真っ暗な部屋の中央に、俯き加減で椅子に腰かけている男の姿が目に留まる。顔は見えない。男は微動だにせずに、低い声でゆったりと語りかける。

「やっと来てくれたんだね」

そこにいたのは、あの人ではなかった。ひどく懐かしい声なのに、どこか奇妙だった。しいて言えば、実体がなかったのだ。

記号として表すならば、彼は黒いスーツに、白いシャツを身に着けていた。あの人が〈黒淵教授〉の服装として指定したものだ。

でも、これはあの人じゃない。

Ｋだ。

「ひとつわからなかったことがあるんだ。なぜ君が僕の頭部と共に逃走したのか、という謎だよ。君はあの日月島に現れ、僕の頭部をもって逃げた」

「今もこの鞄の中よ。でも、あなたはここにいる。じゃあ、私の持っている頭部は何なの？」

「僕さ。僕の頭部だ。でも、たぶんこの世界の僕のものじゃない。それは、アイツの虚構の世界における僕の頭部に違いない。この世界の僕は、一年前には死んでいる」

その言葉が、闇のなかにゆっくりと響く。

一年前に死んでいる。

Ｋは、一年前に死んでいた？

「ここにいる僕は、またべつの世界から来た僕だ。あるいは、こう言おうか。どの世界であってもそこから弾き出される虚ろな他者こそが僕なのさ。その点において、僕は非常に概念的存在と言えるだろうね」

ならば、自分の抱えている頭部はどうなるのだろう？　これは間違いなくＫのもの。たとえ死体でも、間違えようがない。長らく一緒に暮らしてきた男の顔を、自分が忘れるわけがないのだ。

「ひとつの仮説は立てられる。その生首は虚実の抜け穴みたいなものを潜って、どこかべつの世界から〈塔〉の二階の辺りに現れた、とかね」

Ｋはふふっと笑った。ここにいるのがＫであるはずがない、とまだ脳が主張していた。これは矛盾だ。自分はあの人を救えるゼロパーセントに賭けているのだから。

そう、あの人はＫの身体のなかにしか存在しない。Ｋの頭部が失われたということは、あの人も同時に失われたということなのだ。それなのに、今ここにＫがいることは認められないくせに、あの人の存在のゼロパーセントに縋《すが》っている。図々しい。

「君に愛されない僕のことを、君は孤独だと思うかい？」

あなたは答えなかった。ただ、一歩後ずさっただけだ。画材にぶつかる。ここはＫのアトリエ。Ｋの、Ｋによる、Ｋのための空間なのだ。油絵の具のさまざまなオイルの香りが絡まり合っている。あなたはその中からラベンダーオイルの香りだけを選り分ける。

――ネヴァーモア。

屋根のうえで、竜が鳴く。その声は優雅な大鴉のようでもあった。竜の血を塗り込めたロンドン塔で、今も守り神としている鴉。あるいは、彼らは失われた竜の神経のようなものなのか。

あなたはこんな状況で不可思議な妄想をしている自分がおかしくて笑った。声を伴わない、口元だけの笑いだった。

3

雷が鳴る。間もなく、雨が降るのだろうか。

そして、また竜が雄叫びを上げる。

Ｋはどう思っているだろう？　自分はあれに乗ってきたから竜だと知っているが、Ｋは知らない。存在を知らぬ者にとってそれが竜であろうが鴉であろうが、どちらでもいいのかもしれない。

〈侍従〉が剣を構えようとするのを、あなたは手で制した。

「君とかつて夏目漱石のことで話し合ったことがあったね。漱石は、〈K〉という男に孤独を刻み込んだが、あの〈K〉が孤独だったのは愛されなかったからではない。愛されないという個人の孤独や悔しさを一切外に出すことが禁じられた身だからだ。国家が育んだ〈家〉という存在が、彼を死へと追いやる。しかし、現在はそういう時代ではない。背負うほどの〈家〉がほとんどなくなっている。〈家〉を実感できるのは、せいぜい親の借金を相続したときくらいさ。では、今の時代における孤独とは、ただ愛されないということだけなのか？　残念ながらそうではない。しかし、その他の重要で、価値があると思われているもののほとんどすべてが、愛を失った瞬間に効力を発しなくなる。自分一人が幻想を抱いていた可能性に気付いたとき、Kは深い孤独に襲われたのだ」

相変わらず、よくしゃべる。これはやはりKなのか。さもなくば、黒淵教授だろう。

「君はあの男に会うために戻って来たんだろ？　僕は何でも知っているさ。はっきり言ってしまえばいいんだよ。ほら、もうすぐ時代が変わる。君は一つの時代に終止符を打ちにここへ来たのだろう？」

時代は変わるのだろうか？

心の中にしかない〈池〉を、あるものとして選び取ること。それは、現実を捨て、ゲンジツを選び取っていくということに他ならない。けれど、それで何が変わるのだろう？　世界は野蛮《やばん》に溢れかえっている。単なる野蛮ではない。絶望と落胆と嫌悪とが綯交ぜになり、生まれてしまった野蛮だ。

その芽は、Kの三部作の最後の一作のように、世界各国で〈ユディット狩り〉が行なわれるような、悪夢の世紀へとつながる。

あなたが選び取ろうとしているのは、そんな悪夢の世紀を放棄して自分だけの静寂へと向かおうとするもの。この世界を嫌悪する者が、みなあなたと同じ選択をすれば、世界はたしかに野蛮で溢れかえる以外の選択肢をなくす。

それは時代を変えたことになるのだろうか？

ただ自分たちがその未来を選び取っただけなのではないのか？

黒いスーツの男は椅子から立ち上がり、冷笑を浮かべる。

「寄らないで」

〈侍従〉が剣を構え、あなたの前に立つ。彼女の戦闘能力は高い。

だが——あなたは〈侍従〉にもう一度待ったをかけた。

Ｋの向こう側で、微かに何かが動いたからだ。

「待って、誰かいる」

Ｋの椅子と背中合わせにして、誰かが腰かけている。こちらに背を向けているから顔は見えないが、それが女性であるのはわかる。どうにか自由を獲得しようと身体を動かしているが、手足を椅子に固定されていて動けないようだ。

「彼女は、あの男の担当編集者だ」

「この子が……」

あなたは、自分をおびき寄せた者の正体を見た。メールの末尾にはいつも出版社の名前と編集部の何某未歩の名があった。だが、今の状況を見れば、自分が騙されていたことは明らかだった。あのメールを打ったのは、Ｋの背後で拘束されている未歩という編集者ではないのだ。

Ｋは立ち上がり、未歩の座った椅子をあなたたちの側に向けた。

　未歩は目隠しをされている。そして――。

「彼女は、あの男に続編を書かせようとしている。彼女は先輩の編集者にボツにされた原稿を読んでしまい、原稿が現実にリンクして現実を動かすことに気づいた。許されない書物だ。世に出させるわけにはいかない。それは君の前で剣を構えている女が、あの男のメルアドを使って送信したこの世界にあってはならない原稿だからね。そこでどこかの世界の僕を殺して首なし死体を見せれば脅しになるかと思ったんだが、かえって興味を引きつけてしまった。仕方なく、この編集者を捕えた。編集者がいなければ本は出ない。素晴らしい論法だとは思わないか？　あんな落ち目の作家、彼女さえいなければ誰も声をかけず、書籍も完成するまい」

〈侍従〉が口笛を吹いた。その口笛に応じるようにして竜が窓から入ってくる。そのことにＫは気づいていないようだった。竜の動きはあまりに速く、同時に空が光って雷鳴が轟《とどろ》いたせいもあって、青い稲妻のように見えた。

　竜は口に大きな鴉をくわえていた。鴉はバタバタと羽を動かしていたが、やがて完全に息絶えた。竜はそれを一思いにたいらげた。竜はなんでも食べてしまう。鴉だろうと鯉だろうと。

　Ｋはただ乱れた髪を静かに掻き上げた。その隙に、あなたは走って編集者のもとへ向かった。Ｋはすぐに反応して行く手を阻もうとしてきた。が、あなたはずっと抱えていた鞄を投げつけた。鞄はＫの顔に当たり、床に転がった。中から出てきたのは、Ｋの頭部だった。

〈侍従〉はその一瞬を衝いてＫに飛びかかり、背後から羽交い絞めにする。

あなたは編集者を椅子から解いて抱き上げ、竜の背に飛び乗った。

竜は、筋肉を躍動させながら流れる川のように階段を下りていく。

三階から二階へ向かうさなかに、轟音が響いた。

建物全体が激しく揺れる。

何が起こったのかは考えるまでもなかった。アトリエに放置してきたＫの頭部。あの中に仕込まれた起爆剤が、爆発を起こしたのだ。

と言っても、それはあなたが仕掛けたものではない。何者かによってあらかじめ仕込まれていたものだった。そのことに気づいたのは、ホテルでだった。Ｋの頭部に顔を近づけたとき、機械音がした。それで、この頭部には何かが仕掛けられているのだとわかった。

その音は、さまざまな風景を見せた。沙漠。そして、無機質な研究棟。きっと、それはどこかべつの世界のＫが、自分で仕込んだ自爆装置だったのに違いない。

「しっかりつかまって……」

未歩に声をかけるが、すでに気絶していた。

一階からは、外にいた〈ユディト狩り〉の面々がいよいよ強引に乗り込んできたところだった。だが、彼らは迫りくる竜に困惑し、手に持ったナイフや棍棒のたぐいも落として逆戻りを始めた。

ごおおおおっという音がする。

炎が――降ってきた。

ソラカラフル大王。

あなたはあの血文字を思い出す。

そうして、竜もあなたも若い娘も、〈ユディト狩り〉の人々も、炎の海に押し流された。その粘着質な炎は、本来ならあなたたちをすべて焼き尽くしてしまってもおかしくなかったが、その前に、強烈な風圧で一階の外に押し出された。

身体じゅうが焼けるように熱かった。何よりの問題は火の車になった竜が自分の身体の上に乗ったことだった。あなたの骨という骨が砕かれる音がした。

身体じゅうの骨に罅が入るときの音というのは何とも奇妙だった。自分が樹の枝になり、折られて火にくべられるような感覚だ。

唯一救いだったのは、雨が降っていたことだった。

大雨が火にまみれかけたあなたたちの上に降り注ぎ、火傷を最小限に抑えた。

けれど、あなたはもう虫の息だった。背後の〈塔〉は完全に火に包まれていた。そして、野次馬たちは、火事に驚いて、方々へ散っていった。

わずかに離れたところに、未歩が倒れている。たぶん彼女は無事だろう。自分はどうだろうか、とあなたは自問した。このまま生きてどこかに帰ることができるのだろうか？

帰る——どこへ？

この街にはもはや自分の帰る場所などどこにもないのに。

それでも、あなたは息の続くかぎり這いつくばって前に進んだ。

衝撃が、背後からやってきた。

振り返って、その正体を確かめる。処刑執行人が斧を振り下ろし、背中に突き立てたのだ。だが、その男は明確にあなたを狙ったわけでもなかった。ただ半狂乱になって斧を振り回していただけだ。

やがて襲い掛かる炎の竜に目がけて斧を振り上げると、処刑執行人はそのまま火に呑まれて消えた。

少し離れたところで倒れている未歩に火が燃え移らぬよう、あなたは彼女を担いで池にその半身を落とした。彼女は胸から上だけ、水面に出したまま眠っていた。これで火まみれになる心配はあるまい。

一方のあなたは、口からごぼごぼと血が溢れてくるのを止めることができずにいた。

それでも、あなたは歩き続けた。

いつかの光景が目に浮かぶ。〈池〉だ。目には見えない〈池〉。

その水面を見つめる男女二人の光景があるばかりだ。

今日を永遠に。

そんなことを言った。

あの日が、永遠なのだ。そのことを、あなたはもう一度確認する。

輝きが永遠に、ループし始めた。

二〇一五年十一月／月島

池の前のベンチに座っていた。

池には鯉がいるのだろうが、霧が深くて、判然としない。

間もなく始発の電車が動き出す頃だ。

さっきまでの記憶が曖昧だ。俺は、Ｋの夢を久々に見ていた気がする。一年前に捨て去った、過去の自分。もうＫという存在には関わらずに生きて行こうと決めていたのに、《ユディト事件》は容赦なく過去を掘り返した。それが、さっきの夢につながったのか。

夢の中のＫは、あの若い編集者を殺そうとしていた。俺に原稿を書かせないために。そして、夢のなかで最後、ＫはＫの頭部に仕掛けられた起爆装置によって焼け死んだのだ。

Ｋ。いつしか己を覆った虚無の殻。Ｋの中に自分がいるのではなく、自分の外側にＫが生成されただけだった。そして、とうとう今度こそ殻は消えたのだろう。

気がつくと自分は敷地内の池の水中に沈んでいた。顔が小火傷を負っていたり、服が部分的に黒く焦げている以外は怪我らしい怪我はなかった。

俺は池から這い上がると、燃え上がる〈塔〉を後目《しりめ》に、ベンチに腰掛け、ココアシガレットを一本くわえた。

〈塔〉に入るまでのことは覚えている。だが、それ以降が曖昧だ。微妙に夢が混じってくるせいで、本当に起こったこととそうでないことの区別がつかない。

あの編集の娘は無事だったのかどうか。

　そして——彼女は現れたのか。

　ふと、背後に、こちらに背を向けて誰かが腰掛けたのを感じた。

　目を開ける。どうやら、いつの間にか目を閉じ、まどろみかけていたらしい。

　地面の草の隙間から、一筋の血が流れる。

　俺と背中合わせに座っている者の腹部から流れ落ちる一滴一滴が、カオスの流れを作っているのだ。そのカオスを、雨が流し去ろうとする。

「血の匂いがする」

　眠っているようなはっきりしない声で俺は呟いた。自分の声じゃないみたいだった。

「鼻がいいのね。でも振り向いちゃダメ」

　紛れもなく、彼女の声だ。どんなに朦朧としていても、夢でないことは、俺が俺であることと同じくらい確かそうに思われた。

「なぜ？」

「二度と会わないって約束だから」

「もう会ってる」

「見つめ合わなければ、会ったことにはならないわ」

「俺がその約束を守るとでも？」

「守るわよ。あなたは守る。私たちはともに暗い夜をいくつも越えてここにたどり着いたから。それをすべて無駄にはしないでしょ？」

　たった一言が、出てこない。

　なぜだろう？

伝えたい言葉は、真実のはずなのに、少しも真実の匂いを伴わない。だから俺は黙っている。

「もう行かなきゃ」

「困ってるんだ」引き止めたかった。「書くべき内容が何もない。君との記憶を除けば、あとには何も残されていないんだ」

くすくすと彼女は笑う。

「ほんと、おかしな人」

そう言われると、自分の悩みが少しだけ小さくなった気がした。

「それで何が困るの？　あなたは私とあなたのことを書く。あの日もそう約束したし、それ以外の約束の何が必要だと？」

「君を抱くとかね」

彼女はあははと声を出して笑う。かつて、その笑いは俺の未来に重くのしかかった負のエネルギーを一瞬でオフにしてしまう力をもっていた。そして、それは今も変わらなかったのだ。

「残念ね。私はここにいるけど、ここにはいないの」

「息が切れてる。苦しそうだ」

「そう、もうすぐ私はこの世から消えるのよ」

どこかで予想していたことだった。自分たちに永遠の未来が訪れるとしたら、そんな形でしか有り得ないことも。

「百年後に会いましょう」

「百年後に……？」

「会えないの？」

竜の叫び声が聞こえた気がした。俺が頭の中にだけ、こっそり想像してきた竜。いよいよ俺はイカれてしまったのかもしれない。

「百年後も、池に鯉はいるだろうか？」

「あなたがいると思えば。迎えがきたわ。行くわね」

「迎え？　でもそれは電車でもタクシーでもないね。ずいぶん旧式の乗り物だ」

今度は彼女は笑わなかった。ただ、立ち上がって、そっとこちらの頬を撫でる。やってきたのは、傷つき血を流し、ところどころ燃えてすらいる竜。振り向かなくても、俺にはわかる。

「これが今はラクなの」

それが――最後だった。

振り返ると、もうそこに彼女はいなかった。

ただ、薔薇の香りだけがそこには残されていた。

二〇一五年十一月／東京

路上で目覚めるのは、大学時代以来だった。

あの頃はよくこんなふうに、サークル仲間と朝まで飲んで、路上でみんなで目覚めたりしたものだ。明け方、記美に背負われて目覚めたときは、その背中の温もりが一生自分を支えるのだと思ったりしたものだった。

すべてのものは儚く、移り行く。降りしきる雨が徐々に弱まってきたのと同じだ。

今はもう自分の傍に記美はいないのだ。

少し離れた場所では何台もの消防車がいて、火を消している。そして、自分はどうやら担架に乗せられるでもなく、降りしきる雨のなか、それをただぼんやりと誰かに背負われて眺めている。

誰かに――。

誰？

「え、ちょっと……」

「やっと目覚めたか。ここから歩けるか？」

わたしを背負っているのは、センセだった。

「センセ、ツキノウシロさんが……」

「彼女は消えた。とりあえず、そろそろ降りてくれ。腕がしびれてきた」

「もう少し頑張ってください」

「死ね」

ひどい。センセは強制的にわたしを下ろしてしまった。

「これからどうしますか？」

「吉野家で牛丼食べて帰ろう」

「それから？」

「俺も君も、それぞれの家に帰ってゆっくり眠る。目が覚めたら、君は会社に向かって編集者としての任務をこなす。俺は俺で、小説の続きを書く」

「……『沙漠と青』を、ですか？」

「お望みとあらば」

わたしはセンセと並んで勝鬨橋《かちどきばし》に向かって歩きながら、記美のことを思いだす。もう一度彼女と話せるとしたら、なにを話そうか？

今日は雨よ。

雨の日にはポオ、晴れたらランボー。

今日は、ポオを読むわ。


ツイッターを開くが、kimi はあれからは何も呟いていない。

イノウエの死は、同時に kimi の死でもあった。非在の巫女にも、とうとう死が訪れたのだ。

そして、ツキノウシロさんが消え、センセと彼女の関係には完全なるピリオドが打たれた。そのピリオドは、永遠のはじまりでもある。

いま、世界はまた新たな一日を迎えるが、それは崩壊へ向かう最初の一歩かもしれない。そうでなくては、『沙漠と青』も生まれないことをわたしは知っている。

輝ける朝日のなかで、沙漠のように黄金色に煌いた街並みは、次なる欲望に衝き動かされている。

「わたし、センセを信じています。ですから、かならず来月原稿をください」

「まだ俺に何かを約束させようって奴がいるとは思わなかったな」

センセはまた乾いた笑い声を立てながら、歩き出す。

「どこへ行くんですか？」

「だから、吉野家。雨宿りもかねて」

「ああ……」

ぐううっとお腹が鳴った。紅生姜を牛丼が見えなくなるくらい、山ほど載せて食べよう、とわたしは思う。

手から溢れるほどの罪悪感と自己嫌悪を抱えながら、一方ではそれに応えるほど、脳の芯はクリアではなかった。ただ泥のように眠りたかった。

お腹いっぱいに食べたら、熱いシャワーを浴びてから、きれいなシャツを着て眠ろう。目覚めたら、編集者に戻り、センセの原稿を待とう。

沙漠の、その先にほんのわずかな青を作りだすために。

青い光が、ビルの隙間を縫いながら、わたしの瞼をくすぐった。

二〇一五年十二月／月島

保存――。

俺はぽりぽりと頭を掻きながら、テーブルにいつも置いてあるココアシガレットを一本くわえる。食前に一服、食後に一服。

昨夜テーブルに出力した原稿を置いて寝た。

今のところ、原稿が増えた気配はない。ここは現実だ。

今日から、十二月になった。あと一ヵ月で二〇一五年は終わる。恐怖に満ちた年だった。妙に体中が緊張したままだった。曇天《どんてん》で空が落ちてきそうな中で散歩をしているときの、何とも言えない落ち着かない感覚が付きまとい、一気に世界中のナイフが小さなこの部屋に押し寄せてくるような錯覚すら抱かされる一年だった。

その不安を治めようとするかのように、テレビでは裸になった芸人が「安心してください、穿いてますよ」と連呼していた。とにかく明るい男ではあった。その男の存在は、何かを意味するのではなく、意味されていたのだ。まさに言語体となり、時代とともに機能している。脳に打ち込む麻薬的な存在だ。彼自身がそのことに気づくのは、このバカ騒ぎが終わった後のことだろう。

強迫神経症的な時代のなかで生まれた、強迫神経症的な小説もまた、言ってみれば何かを意味するものではなく、意味されるものであるのだろう。

そして、何はともあれその行為にもピリオドが打たれた。

ほんの少し、不安が遠のいている。メエルシュトレエムの渦から逃れ、水面に顔を出したのだ。いつもの下谷の襤褸《ぼろ》アパートの一室。ここで、一つの長い物語が生まれた。だが、それは本当に「物語」なのか。それとも「物騙」なのか。語れども語れども「騙る」自分に自覚的になっている。未歩のほうが俺よりもずっと素直だった。どれだけ、ツキノウシロに言及しても、本当の彼女はすでに二〇〇〇年に亡くなっている。

これほど文字を重ねても、俺はその現実を受け入れられないまま、二〇〇〇年以降の彼女と自分のありうべき幻実を描き続けている。その別れを受け入れるためにも、自分には騙ることしか許されていない。

十五年前、一話だけ読ませた黒淵教授を、彼女は好きだと言った。

——ありがとね。結婚前に、見せてくれて。

彼女は間もなく結婚する予定だった。高校時代からの俺の親友であるKと。

——近づかないで。好きになったら戻れない。

そう言われて、俺は摑んだ二の腕に込めかけた力を、ふっと抜いたのだ。そして、近づかない代わりに、虚構の中で彼女と結ばれ続けることを約束した。

——夢で会おうね。百年後も、二百年後も。

彼女は確かにそう言った。

だが、俺はものの一週間で決意を覆しそうになった。現実の世界で彼女をものにしたいと願ってしまった。

——約束、守れなくなったの？

まるで自分は守れると宣言するかのような言い方だった。その問いかけに、守れなくなった、と素直に伝えることができなかった。もしかしたら、約束を破ることこそが望まれていたかも知れないのに。

やがて——そうそれは結婚式の三日前だった——交通事故で彼女が呆気《あっけ》なくこの世を去った。Kはそのことで心を痛め、精神科に通うようになり、しばらくして後を追うように死んでしまった。死因は伏せられたが、自殺であることは明白だった。

最後にKから一度だけ着信があったのにかけ返さなかったことが悔やまれたが、あとの祭りだ。怖かったのだ。Kはもしかしたら、彼女の死後、携帯電話の履歴などを確かめ、俺とのやりとりが保存されているのを発見したかもしれない。

以来彼女の「ねえ書いてる？」という問いと、Kからの着信音とが、パソコンに向かいキーボードを叩くときに呪縛のように俺の脳裏に去来するようになった。

罪と約束。この二つは、切り離すことができない。罪がなければ、約束はなく、約束のないところに罪もない。

池はある。だが、鯉がいるかはわからない。

池を濁らせているのは、罪か、単なる忘却か。死者の内側は永遠の謎となる。墓の下には無数の可能性が眠っている。彼女の輪郭をなぞることはできる。だが、そこに何が眠っているのかは、相変わらずわからないままだ。

鯉はいるのか、確証は得られないままに、俺はその池のかたち自体を騙りはじめる。池のかたちを変えれば、中に棲む生き物が変わるとでも信じているのか。

だが、もう騙りは疲れた。

物語の語り手は虚構を真実と信じているが、俺自身は願いでしかないと知っている。この世の一切の虚しさから目を逸らすために、物騙っているのだ。

「アホらしいと思わないかよ。なあ？」

そんな独り言を呟いてみる。

ここは書物の海の真ん中。呟いた言葉たちは、書物のどこかに吸い込まれ、その一部となる。その分だけ、その本はページ数が長くなる。チョーサーなら、きっと見分けがつくまい。プルーストでも同様。

「小説とは、くだらない魂の延命の手段ではないし、伝えたいことを伝えないがための装置でもないはずだ」

ただの呟きも、書物に吸い込まれれば、書き言葉となる。両者に違いはない。テクストの中の人間にとっては単なる呟きである。だが、実際にはそれは記録された言葉だとこちら側の我々は知っている。

ただ、それだけのこと。

池のかたちはあらかたすべて試した。どんな形状にしても、鯉がいるのかいないのかは曖昧な領域を保っている。ただし、それでもすでに池自体が失われた現実よりは、数段マシなのだ。

だから——だから書いているのか？　何と虚しい。

「もう茶番はやめだ。この海に沈むがいい」

かつてＫは自らの命を絶った。俺はそれよりも少し優雅に、ただ、この海に沈むのだ。やがて、竜になる日まで。

グラスにウィスキーを注ぎ入れる。ほんのわずかに水を入れるだけで、ウィスキーは途端に海の香りを放ち始める。かつて竜の棲んでいた海の——。

このボトルの尽きる頃、鱗が生え、首が長くなり、背中からは骨ばった羽が生えるのだ。その頃には、もう騙りが、語りを飲み込んでくれるに違いない。そうすれば、虚構とは真実のことになる。たとえば、この世界に蔓延る、さまざまな歴史修正主義の一環として。

ノックをする音が聞こえる。

ここは船長室だ。何事かね、船員よ。すでにこの船は海水に支配されている。手遅れだ。

「こんにちは、センセ！」

聞き覚えのある声がする。たった今までパソコンの中にいた者が、どういうわけでか今は船長室の向こう側からドアをノックしている。

「未歩です。原稿のご様子を窺いに参りました」

原稿なら、できている。

原稿なら……。

だが、そう言っているそばから、原稿の枚数が増えているのはどういうわけだろうか？

俺は酔いから醒める。

不意に、窓から突風が吹きこんだ。

海水が、荒れる。書物が不憫《ふびん》なほど不格好に飛び上がり、原稿はさらさらと天女の如く舞い、それらが室内に円を描くようにしてぐるぐると回り始める。

渦ができる。

声は出ない。

飲まれるときがきたようだ。

「センセ！　ここを開けてください！　早く！」

我が船員よ、さらばだ。

この国が今後どうなるのかには興味がある。はたして、原稿の中で描いた〈幻実〉ほど悲惨なことになるのか、ならないのか。

しかし、未来を知るＡＩがこの世界に一人か二人いたところで、現状は変わらない。個人に変えられるのは、夕食後の過ごし方の選択くらいだ。食器を下げるか食器を下げないか。この二択は極めて些末な選択にみえるが、どちらかを選び取るとき、すでに未来は少しずつ変わり始めている。

沙漠は拡大するだろう。餌は〈野蛮〉。

だが、果たしてそれで青を消し去ることができるだろうか？

頭の中にはさっきまで書き進めていた原稿のイメージが残っている。二つの色がせめぎ合っている。決して溶け合わず、消えることなく、けれど互いにそのことがわかっていない。わがままな男女のようだ。互いの舌を優しく、ときに激しく絡ませるとき、二つの色彩が、そっと解読され始めるのを感じる。

やがて意識は青に侵食されていく。

渦が、青く輝き出す。身を粉々にするばかりの水圧で迫る青に呑まれながら、俺は唱えた。

君よ、百年後に会おう。

二〇一五年三月／パリ

センセ、ここを開けてください！

わたしはその自分の声に驚いた。

何が起こったのかわからず身を起こす。わたしは書物の下敷きになっていた。と言っても、それほどの重量ではない。慣れない甲冑《かっちゅう》を身につけたくらいの動きにくさがあるだけだ。最初のうち、己の体に密着するそれらが何であるのかはわからなかった。

わたしは、君に助けを求めようとするのに、声が出ない。どうしたらいいのか、パニックになりかける。

けれど、どんな暗闇でも人間には嗅覚がある。野生の動物に比べれば、その嗅覚はだいぶ鈍いけれど、古い本から漂う独特のあの匂いを嗅ぎ取る能力なら、どんな生き物より秀でているに違いない。

わたしは実際、それが何であるかを鼻ひとつで理解することができた。何が起こったのかわからないが、とにかくわたしは書物の中にいるようだ。

思い出そう。どうしてここにいるのか。

そして、なぜ君がここにいないのか。

わたしはさっきまで、パリ国立軍事博物館前のヴォバン広場を歩いていた。よく整えられた緑道は、思い思いに休日を寛いで過ごす人々で溢れていた。わたしがパリ7区を訪れた理由は一つ。その周辺に、かつてサン＝テグジュペリが暮らしていた家があると聞いたからだった。

ほかの友だちは皆、別行動をとっていた。多くはルーヴル美術館やエッフェル塔へ向かったのだろう。そして、たぶんその一団とも組まずに、君はどこかのカフェで本でも読んでいるに違いない。でもどうだろうか。君はいつまでも一つの場所にじっとしているタイプじゃない。ましてや今は初めての海外旅行中だ。きっと思いも寄らぬ行動をとるに違いない。君は昔からそういうところがある。

わたしはほんの少し君の行動について気にしながら、ヴォバン広場に立った。半円形の広場から扇を描くようにしていくつもの道が走っている。そのうちの一つ、セギュール通りで出会った金色の髪をした少年にわたしはサン＝テグジュペリの家について尋ねた。

少年は反対に尋ね返した。

——どうして小説家の家に行きたいの？

——その作品を愛しているからよ。

——羊が好きだと、羊小屋も好き？

——そういうこともあるかも知れないわね。

少年はわかったようなわからないような曖昧な表情になる。フランス人は、西洋人の中でも比較的複雑な表情を見せる者が多いらしいことを、わたしはこの旅行を通して知っていた。

けれど、そういったタイプとも、少年の表情は異なっていた。まるで彼は、初めて人類に遭遇したように不思議そうにわたしに接した。きっと、日本人に接するのが初めてだったのだろう。

そんなふうに思っていると、少年はなおも尋ねた。

——じゃあ、羊と羊小屋、どっちが好きなの？

——それはもちろん羊よ。

——羊小屋を見る必要があるの？　そこに羊がいないのに。

だって、と言いかけてわたしは少し考え込んだ。簡単には答えることのできない問いだったからだ。

——だって羊小屋は、羊についてより多くのことを教えてくれるかも。

少年はさもおかしな冗談を聞いたといったふうに笑い出した。

——おかしなことを言うじゃないか。珈琲の味を知りたくて珈琲カップを舐《な》めるのかい？　音楽を知りたくてステレオを眺めるの？

——喩《たと》えがおかしいわ。

——喩えって何？

——あるものをべつの何かで表現すること。

——僕はあるものをべつの何かで表現したりしていないよ。珈琲の話では珈琲の話がしたいだけだし、ステレオの話ではステレオの話がしたいだけ。

——でもあなたはそれを羊の話の代わりにしたでしょ？

——一つ一つの場合が知りたいんだよ。君ってけっこう頭が悪いの？

頭が悪いのかいいのか、自分ではよくわからない。でも、頭がいいと思ったことはないから、たぶん悪いのだろう。

——頭は悪いと思うわ。

正直にそう答えた。

すると、少年はわたしの瞳を覗き込んだ。

——ねえ、君って目の奥に竜を飼ってるんだね。でも竜の小屋はないみたい。

――そうね。竜に小屋は要らないもの。

ふうん、と少年は応えた。

それから、わたしの最初の質問にようやく答えてくれた。

――その作家かどうか知らないけど、小さな王子さまについて書いた人の家なら知ってるよ。案内してあげる。

わたしはその言葉を信じて、このアパルトマンの一室を訪れた。だが、わたしはあまりに簡単に人を信じすぎたのかもしれない。

それに、フランス人の少年が、サン゠テグジュペリを知らないなんてことがあるのだろうか？　思い返してみれば不自然なところは多々あったのだ。

そして――それから何があったのだっけ？

うまく思い出せない。ただ、さまざまな者になったという感覚だけが残っている。時には近未来のロフォーテンにいる少年、時には東京の街を彷徨うユディト、時には沙漠を彷徨うＡＩ。

それから、そう、わたし自身にもなった。

新米編集者として悪戦苦闘する、あれはたぶん未来のわたしだ。さまざまな者として過ごした時間は、実際にはほんの数秒であったかも知れないし、数時間か、あるいは一日くらい経ってしまったのか。

とにかく、気がつくとわたしは書物の海の底にいた。

センセの家の前でインターホンを押していた指の感触がある。

だが、目覚めたわたしは知っている。

センセなど存在しないことを。そもそも、わたしはまだ編集者にすらなっていないのだ。

わたしは書物の海のなかで一枚の紙片を手にする。

〈虚構が現実に作用する気ならば、現実も虚構に徹底的に作用する〉

まるで宣戦布告だ。虚構の喧嘩に、現実が乗るかのような、血気盛んな文だ。虚構と現実は、戦い合うような関係ではないはずなのに、ときに両者は作用し合い、多くの血を流しもする。

わたしはこの海が、センセの原稿の海であることを知っている。これは矛盾だ。センセは存在しない。わたしは存在しない作家の原稿の海のなかで溺れかけているのだ。小竜ヒカルになることすらできず、ただ古い書物特有の匂いを嗅いでいる。土と母の匂い。無意識にわたしはそう知覚する。

長らく仲違《なかたが》いしたままの母の匂いに似ている気もすれば、植物が根を生やす大地の匂いであるようにも感じる。どちらか一つということはない。それはまさに両方の匂いなのだ。

そして気づく。この原稿のタイトルに。

わたしはそれをさっきまで読んでいた。「予言の書」としての『沙漠と青』。

この部屋はサン＝テグジュペリの部屋なんかではない。

少年は言ったではないか。小さな王子さまの話を書いた作家の家なら知っている、と。つまり、それは小竜ヒカルの物語を描いたセンセのことだったのではないか。

いやいや、とわたしの思考を、もう一人のわたしが否定する。そんなことがあるわけがない。存在しない小説家の書斎が、存在するわけがないじゃないの、と。

ここはまだ二〇一五年三月で、わたしはまだ社会人になってもいない。センセになど出会っていない。『黒淵教授の優雅な遊歩』なんて小説は読んだこともなければ、存在すらしていない。存在すらしない本の著者は存在せず、その書斎も存在するわけがない。

けれど、わたしはサン＝テグジュペリではない何者かの書斎の海に溺れている。わたしはその部屋をたしかに訪れ、そして数々の物語を体験した。時には、夏目漱石になりさえしたのだ。自分以外の何者かの人生をたしかに体験したという実感。これは、わたしが小説を読んだときにのみ味わう感覚である。

つまり、わたしはこの場所で、どこにもない原稿の渦に呑まれていたのだ。この、わたしを覆い尽くす原稿がその証だ。

視界は暗いが、窓の外からの光がわずかに洩れてくるせいか、それとも単に目が慣れたからか、わたしには原稿の文字が読める。どれもわたしが読んだことのある文字列ばかりだ。スワル・カットウ、記美、K、黒淵教授……それらが、何を元に生成されたのか、わたしは知っている。

いずれもKで始まるその文字列は、〈君〉を標示している。

そうでしょ？

そして、ここは君を元にして幾多のテクストを織り成した者の部屋。それが誰なのかはわからない。そんな者は、現在のところ存在していないのかもしれない。

ヒントは結局、わたしがさっきまで読んでいたはずの物語のなかの一つ、新米編集者、未歩としてのわたしの物語にある。わたしの名も未歩であり、文談社への就職が決まっている点で、もっとも現実との関わりが深い。

あのパートだけは、現実の未来？

でも、現実と違うところも多々あった。

ただ、一方では虚構であったと考えると、奇妙なところもある。あまりに細かな事象をわたしは現実感をもって体験した。まるで３Ｄのアトラクションで遊んだみたいに。

中でも最も実感を持っているのは、記美の不在だった。わたしは記美の存在をツイッターの向こう側にいる他者として捉えていた。そして、最終的に彼女がすでに死んでいたことを自覚する。あの自覚が、何よりも現実感があった。

ただし——現実の世界に記美は存在しない。いるのは、君だけ。たしかに君は編集者を志しており、わたしが君のなりたかった文談社の編集者になることに、複雑な感情を抱いてもいるだろう。でも、君は記美じゃない。

わたしは身体を起こす。はらはらと原稿用紙が舞い散る。

いまだ何も書かれていない、まっさらな紙たち。

そして、古い書物の海。

妙に埃っぽい部屋だ。長らく主がいないことは確かだろう。ここはどこなのだろう？

わたしは這いつくばるようにして部屋を出る。

それから、となりの住人にここは誰の部屋かと尋ねた。彼らはここが空き家で、長年誰も住みついていないのだと教えてくれた。

「ここはサン＝テグジュペリの部屋ですか？」

住人は笑いだした。

「まさか。十年ほど前まで、自分はべつの星から来たんだと主張する年寄りが住んでいたとは聞いたことあるけどね」

わたしは礼を言ってそこから立ち去った。

それから、スマホを見る。海を越えても、どこでも電波の入る時代にいることはありがたい。今は三月二十三日。そうだ、今日から始まるイヴ・クラインの美術展に午後から行こうと思っていたのだ。

　本当は君と一緒に行きたかった。イヴ・クラインの絵画を最初に教えてくれたのは君だったから。さっきまで読んでいたテクストの中では、クライン展に行く約束を反故にされたことになっているが、そもそも約束はしていない。もちろんパートナーを解消しようとも言われていない。

　——イヴ・クラインの開発した青は、一度じかに体験したほうがいい。

　自分であんなことを言っておきながら、いざパリに来て運よく絵画展に出くわしたというのに、君はまったく興味を示さなかった。

　たしかにここ数ヵ月、わたしたちの生活はすれ違っていた。まるで君はわたしを避けるみたいにバイトに明け暮れていたし、大学キャンパスで会うことがあっても、わざと忙しい素振りを見せたりした。

　けれど、まだわたしは君の恋人のつもりでいたし、君もそう思っていると信じている。だから、君がイヴ・クラインの絵画展への誘いを断るなんて思いもしなかった。この卒業旅行は、わたしたちの関係を修復するチャンスだし、君もそう思ったからこそ、同行したのだと信じていたのに。

　そんなことを考えながら、わたしはポンピドゥーセンターへ向かって歩き出す。そこへ、電話が鳴る。

　君からだ。

　わたしはすぐに画面に触れ、通話表示をスライドさせる。

「もしもし?」

「何だ、海にでも溺れていたみたいな声出して」

君の声だ。ほんの数時間前、ホテルを出るときに聞いたはずなのに、まるで数十年ぶりに飼い犬に再会したような気分だった。おかしなことだ。わたしはまだ一度もペットを飼ったことがないのに。それに、数十年前の飼い犬なら、とうに死んでいる。レトリックとして適切ではない。

けれど、適切ではないはずの比喩がしっくりくることに、胸騒ぎがする。何かが、わたしに何かを訴えている。

「うん、溺れていたのかも……」

「海水浴には早い」

「そうね、本当に。どうしたの？」

「ちょっと報告しとこうと思って」

「何を？」

「これからスペインに行く。それから、明日にはドイツへも」

「……どうして？」

わたしは困惑した。

日本へ戻るのは一週間後とはいえ、パリへ到着してまだ二日と経っていないのによその国へ行くと言いだすなんて思いもしなかった。

「パリはもう十分見たから。できるだけ、いろんな都市を見ておきたいんだ」

「バルセロナとか？」

「そう、バルセロナ、あと、ミュンヘンにも行きたい」

「また今度にすればいいのに」

「また今度？」

「これからだっていくらでも海外旅行のチャンスはあるでしょ？」

「どうかな」

君は就職活動を途中で諦めた。だから少なくともここから半年くらいはフリーター暮らしのはず。金と時間さえあれば、いつでも旅行くらいできる。でも、具体的にそう説得することは躊躇《ためら》われた。社会人生活が始まるわたしとの違いを仄めかすことになりかねないからだ。わたしにその意図がなくても、君はそう捉えるかも知れない。せっかく訪れた異国の地で喧嘩はしたくない。

でも勘のいい君は、わたしが思っていることくらいすでに察知しているようだった。

「たしかに時間と金さえあれば、行けるかもしれない。でも、身体がなければどこにも行けないよ」

「それは……」

「身体なら、今あるのは確かだ。だから、今行く」

「都市に興味があるの？」

「都市は人間より人間を知っている。パリを見て、ますますそう思った。だから、もっと知りたくなった。人間が愚かなことも、人間が優れていることも、都市はぜんぶ記憶している。たとえば、東京がそうなように」

東京。

わたしも君も、東京の生まれではない。

けれど、わたしたちは故郷よりも深く東京を愛してしまっている。それは、たぶん君のせい。君と出会ったから。そして、君といくつもの風景を眺めたから。その時から、わたしの中に自我が生まれた。初めてわたしはわたしの目で「見ている」と感じた。それが東京の街だった。

「でも……急すぎるわ」

「急に思いついたんだ」

脳裏に、突然去来するのは、９５２５という数字。

それが何を意味するのか、わからない。

「だいたい、飛行機の予約もしてないでしょうに」

「キャンセルが出てないか確かめたら、一席空きが出たらしいからすぐに押さえた」

「……そう。もう取ったんだ」

「だって今から行くんだから」

「わたしも行きたかった」

「君にはバルセロナは似合わないよ」

「そう？」

「だってサグラダファミリアもろくに知らなかった」

「ムッ」

たしかに、最初に君がサグラダファミリアの話をしたとき、わたしは「桜田さんがどうしたの？」と問い返し、君に笑われたのだった。

けれど、話している最中に、急にわたしは涙が出てくるのを抑えられなくなる。

「どうしたの？　三日後には戻るよ。そうしたらまたみんなと動くから」

「みんなと……」

「言い方が気に入らない？」

少し意地の悪い声だ。でも、それに自覚的なぶんだけ優しいのかもしれない。少なくとも、この数ヵ月のなかではいちばんオープンな話し方ではある。海外旅行が、君を開放的な気分にさせているのだろう。

まただ。

また、唐突に数字が浮かぶ。

９５２５。

それから、ふとさっきまで読んでいたテクストの一部を思い出す。記美に関する記述が脳裏をかすめる。ジャーマンウィングス９５２５便墜落事故。

たしか作中においてその事故は二〇一五年の三月二十四日に起こった、とあったのではなかったか。もちろん、白昼夢であり、存在すらしない物語のなかにあった記述に意味などない。

けれど、ジャーマンウィングスはたしかに存在する航空会社だ。

「ねえ、バルセロナからの便もすでに予約してあるの？」

「もちろん」

「どこの航空会社？」

「ん？　なんでそんなこと聞くの？」

「何となく、気になって」

ちょっと待ってよ、と君は言う。何かがさごそと探し始める。それから、数秒してから言う。

「ジャーマンウィングス９５２５便って書いてあるね」

「……そう」

ほんの偶然にすぎない、と言い聞かせる自分を飛び越えて、わたしの身体は震えはじめる。

「もしもし？　どうしたの？　変だよ？」

「ねえ、行かないでって言ったら、やめてくれる？」

君は電話の向こうでフッと笑う。シニカルな、いつも通りの君の笑い方。でもその笑い方すら、今のわたしにはとても愛おしく、尊いものに感じられる。冬の朝の氷柱から透き通る陽光だって、これほどかけがえのないものとは思えないだろうに。

「あなたにとても大切な話があるの」

「どれくらいで来られる？　フライトは二時間後なんだ」

「一時間あれば絶対に」

タクシーで飛ばせば、パリ市内だしそれほどはかからないはずだ。実際には五十分程度で着けるだろう。

「十分くらいなら、空港で話せると思う」

十分ね。わかったわ、とわたしは答えた。

それから、大急ぎでタクシーをつかまえた。行先はシャルル・ド・ゴール空港。

わたしは窓の外に遠ざかるパリ国立軍事博物館を眺めていた。あそこには現在も併設された施設に傷《しょう》痍《い》軍人がいるのだとか。

「お客さんは観光客？」

「いえ、パリは長いわ」

こう言っておいたほうがいい、というのは君の教えだった。パリジャンはすぐに観光客をナメてかかる。だから、少しでも経験値を示しておけば、無駄な問題を起こさずに済む。

「それにしては、フランス語が下手くそだね」

「そう？」

「心配しなくても、料金を上げたりしないよ。最近は何かとうるさいんだ。あとあと訴えられても困るしね」

「信頼してるわ」

　運転手は苦笑する。

「さっきまで泣いてたって顔だね。恋人と別れた？」

「いいえ」

「じゃあこれから別れるんだな」

「どちらも違います」

「そうかい？」

「お腹が痛かったんです。それだけ」

　我ながらつまらない嘘だった。でも、一秒後にはそんな嘘をついたことも忘れた。

　十分か。

　わたしは青空を見ながら考える。

　十分で君の何を変えられるのだろう？

　君は相変わらず頑なで、劣等感からわたしに心を閉ざし続けるかも知れない。表面的には編集者になる夢が叶えられなかったという問題であれ、そこに至るには、きっとさまざまな問題が絡まっている。

　わたしは何度もイメージする。魔法の一言を放ち、君を生に繋ぎ止める自分の姿を。いや、もちろんあれはただの白昼夢かもしれない。存在しない書物を読むなんて、体験自体が存在しないようなものだ。そこにたとえ予言めいた何かが記されていたにせよ、それが本当である可能性なんて、一パーセントだってありはしないのだから。

けれど、わたしの中で生まれた不安の芽は、いま一滴のインクみたいに広がりつつある。

ねえ死ぬの？　死なないの？

バカみたい。自分の妄想のせいで不安に駆られるなんて。

でもね、死なない人間はいないし、その死が明日であっても、何も不思議はないのよ。そんなこと、考えたことあった？

わたしはもう知ってしまっている。あらゆる物事が永遠ではないことを。たとえわたしの短い人生が起伏に乏しく、命の尊さも虚しさも学べていないとしても、わたしはそれらのすべてを体験した語り部を通して世界を獲得したのだ。

君に死なないでほしい。

内臓の奥の奥から取り出したその思いを、きっと君は笑うだろう。どれほどの願いであるか、考えもせずに。

「着いたよ」

いつの間にかタクシーは空港のエントランスに到着していた。メルシー。わたしはお金を払ってタクシーから降りる。オ・ルヴォア、と伝えて降りると運転手は言った。

「早く行きな。恋人と二度と会えなくなるぜ」

「そうね。本当に」

陽気に手を振りながら、去っていくタクシー運転手に、わたしは心のなかで中指を立てる。でも時間はそれほどない。それはまったく確かだった。わたしは急ぎ足で空港の中に向かい、電話をかける。

「いま、どこにいるの？」

「空港の中のカフェに入ってる」

君は有名なチェーン店の名前を挙げた。どこの国にいても、入ることのできるカフェ。どこでも、同じ味の、そこそこの美味しさが楽しめるあの店。

君と最後に話す場所として、そこはふさわしいのだろうか、とわたしは考える。もっと素敵なお店でなくていいの？

けれど、ほかに選択肢は見つからない。わたしは急いでそこに向かい、カウンターに君を見つける。

黒いスーツスタイルの君は、そのまま高級ブランドのポスターにでもなりそうなくらい洗練された横顔で窓の外を見ている。窓の外では次々と飛行機が飛び立っている。

ポーンと音が鳴り、フランス語、英語、イタリア語など複数の言葉でアナウンスが流れ続けている。そのどれかは、間もなく飛び立つ君の便の到来を知らせているのかも知れない。

「本当に来たんだね」

君は笑う。でもその笑顔が、ほんの少し嬉しそうであることに、わたしはホッとする。まだわたしたちの関係は終わりではないのかもしれない、という期待が脳裏をかすめる。

いや、そんなことはどうでもいいのだ。今は何としてもこのフライトを阻止しなければ。

「何でも急ぎすぎるよ」

「ホルスタインはホルスタインなりの旅をする」

「……なるほど」

その言葉が、どこかの文脈で出ることを、わたしはあらかじめ知っていた。あらかじめ。

わたしが頰に触れようとすると、君は驚いてパッとよける。

「どうしたの？　まるで召集令状の出された夫に触れるみたいじゃないか」

「……そうなのかも」

君は笑う。大袈裟だな、三日で帰ってくるって。

そうね、とわたしは答える。

それから、君のとなりに腰かける。君は昔から左側に腰かけないと話せない。なぜなのかはわからないけれど、君はいつも右側に座ると黙ったまま話せなくなる。わたしは逆だ。左側に座ると話せない。だから、君といるときは、君が左、わたしが右。まるで左目と右目みたいに、そうやって並んで同じ風景を眺める。

そうしていると、風景の中から、君の思考までが一緒に流れてくるような気がすることがあった。けれど、ここ数ヵ月は違った。そもそも並んで座ること自体が減っていた。

会話も減った。

わたしは、さっき例の書物の海の部屋にわたしを案内した少年との道すがらの会話を思い出す。

――君はどうして一人で旅をしているの？

――一人ではないわ。みんなと一緒だったの。でも今日から別行動をとることにしたの。

――どうして？

――したいことがバラバラだからよ。

――ふうん。でもそんなのやめたほうがいいよ。どんなにべつべつの好きなことがあったって、一日のうちほんのちょっとでもいいから並んで座る時間をもつべきなんだ。

少年は何かの後悔を滲《にじ》ませるように下唇を噛んだ。

――愛するってね、互いが同じものを見つめることなんだよ。

――いい言葉ね。肝に銘じるわ。

本当に肝に銘じてあったらしく、わたしは今その言葉を噛みしめる。少年が何者かなんて、この際どうだっていい。その言葉が真実であることを、わたしは君のとなりに座って実感する。

つい一秒前まで、君の旅行を阻止するために何かうまいことを言わなくてはと考えていたはずなのに、今は何も言わなくてもいいのではないかと思い始めている。

いまこの風景を分かち合うこと。

君の見ている世界をまるごと受容すること。

「何を考えてたの？」

「空の上を一人で飛ぶってどんな気分かなって思ってね」

「……誰だってたった一人で空を飛んでいるようなものじゃない？」

「そうかな」君は少し考える。それから「そうかも」と言う。

「今日は君の声がはっきり聞こえる」

「おかしな人ね。いつもわたしははっきり喋ってるわよ」

「そうだけどね」

君は意味ありげに微笑んで黙る。

不意に、紫陽花《あじさい》の匂いを嗅いだ気がした。今はまだ三月だというのに、一瞬時間が混濁して、五感が時制を見誤ったみたい。

わたしはここが六月のＳ公園であるかのような錯覚を抱いたのだ。

かつて、S公園に並んで座った時、わたしは編集者になる夢について熱っぽく語る君を、とても愛おしく思っていた。そして君の楽しそうな様子に、いつしか自分も編集の世界に、と夢見てしまった。

わたしが編集者を志したきっかけは君だった。だから、罪悪感を抱いている。漱石の『こころ』の先生のように。わたしにもう少し想像力があれば、何かが違っただろうか。

就職が決まった日、おめでとう、と言った後で、君はベッドで背を向けて言った。

――君はきっと優秀な編集者になれるよ。保証する。でも、ただ一つだけ覚えておいて。どんなに君が優秀な編集者でも、一冊だけ作れない本があること。そして、その一冊だけなら君に負けない自信があるってこと。

あの時、君が何を伝えたいのか、わたしには理解できなかった。ただ負け惜しみを言われたのだと思っていた。

でも、そうではなかったのだ。

いま、一つの風景を並んでみることで、わたしにはようやくそのことが理解できる。

なぜ君が編集者になりたいと思ったのか。

「ねえ覚えてる？　わたしが適当にしたつくり話を、君はすっごく褒めてくれたの」

「そうだったかな」と君は言う。それから「そうだったかも」と言う。君の言葉はいつだってためらい傷みたいだ。

「君は無尽蔵《むじんぞう》にいろんなつくり話をする。だからいつも感心していた。ねえ、こんな話をしにわざわざ空港まで来たの？」

「いけない？」

いいけどさ、と言いながら君はおかしそうに笑う。それから、物好きだねえ、とも言う。

君が編集者になると言い出したのは、わたしと付き合いだしてしばらくしてからだった。君はその前からわたしに「君は文に携わったほうがいい」と言っていた。その言葉の意味を、わたしは完全にはき違えていた。君は、わたしに物書きになれと言っていたのに。

そして、勘違いしたまま、ある時、君の影響から編集者になると決めた。

きちんと同じ風景を見つめていれば、君の提案の背景をひもとくことだってできたかもしれないのに。

君の夢は、編集者になってわたしの小説を担当することだった。

そうでしょう？

でも、もう遅い。その問いに素直に答えてくれるときは、とうに過ぎ去ってしまった。いま尋ねたら、君はきっとほんの少し俯きながらフッと笑って誤魔化すのに違いない。いつもみたいに。

カフェの窓の外に青い光が満ちてくる。

「今日は雲一つないな。痛いくらいに青い」

痛いくらいに。そう。たしかに、わたしたちの目の前には、痛いほどの青が広がっていた。

何か言わなくていいの？

君が行ってしまってもいいの？

けれど、わたしの口からは一向に君を止めるような魔法の言葉は出てこなかった。もうすぐ、この青い光が、永遠に君を連れ去ってしまうとわかっているのに。

「そろそろ出国しないと。行くよ」

「うん。そうだね」

連れて行かないで。

青よ。

この愛しい君をまだこの世界で眺めていたいの。

けれど、わたしの口から出てきたのは何とも平凡な言葉だった。

「今日はランボーを読まなくちゃね」

「ん？」

「雨の日にはポオ。晴れの日にはランボー。でしょ？」

「ああ。君は何でもよく覚えてるな」

「忘れるかも」

「いや、君は忘れないよ。そういう役回りなんだ」

「でも忘れるかも」

「どうしたの？」

「忘れないうちに、戻ってきて」

君はその言葉に、またくすりと笑う。

「三日で忘れられたら、さすがにキツいな」

わたしも、その言葉に笑い出した。でもなるべく俯いて、目を見られないように気をつけながら笑った。目に浮かべた涙を見られないようにしなければならなかったから。

それからは、たわいない会話を、慈しむように交わした。

「じゃあもう本当に行くから」

君は立ち上がり、数ヵ月ぶりに、わたしを抱きしめる。

優しい抱擁だ。

恋人同士がする熱い抱擁とは違って、一人の傷ついた人間を慰めるような慈愛が感じられる。わたしは、その抱擁を通して、すでに青が君を支配しているのだと気づく。青はもう君を手中に収めているし、君もそのことを知っているのだ。

抱き締められたまま、頬から涙が零《こぼ》れてくる。

予感が外れればいい。

ノストラダムスの予言のように。

「君は泣き虫だなぁ」

泣き虫と言われたことは少し心外だ。わたしが君の前で泣いたのはほんの一、二回のことなのに。

やがて、わたしから体を離すと、君はパスポートコントロールに向かって歩き出す。

出国審査場は、込み合っている。この中の何人が、明日バルセロナからミュンヘンへと向かうのだろうか。

わたしはじっと君の後ろ姿を見送り続ける。

まだ大声を出せば呼び止められる距離だ。

君が、一度振り返る。手を振る。

最後のチャンスだ、と思う。なのに、わたしの体からは何の言葉も飛び出そうとはしない。

ただ、笑顔で手を振り返しただけだった。

そして、発見する。人は変えられない未来に出逢って、初めて生き始めるのだ、と。

絶望的予言が、ノストラダムスの時代に必要だった理由。

やがて順番が巡ってきて出国審査カウンターを通過すると、君はもう一度だけこちらを向いて微笑んだ。その笑顔が、青い光に包まれていく。その青が満ちてくると、わたしたちを先日まで覆い尽くそうとしていた沙漠は見る影もなく消えてゆく。それがいいのか悪いのか、わたしにはわからない。

ただ、涙が止まらない。カウンターを飛び越えて、君に抱きつきたくなる。やっぱりもっと死に物狂いで止めるべきだったのだ、とわたしは後悔する。

その一方で、そんなことはすべて無駄なのだ、とも知っている。

君はどんなことがあってもバルセロナ行きをやめることはない。

たとえ、わたしが白昼夢の悪い予感に囚われているだけであったとしても、今のこの悲しみには嘘がなかった。

そして、悲しみと同時に迫りくる、かつてない深い愛情も。

君の姿が完全に見えなくなると、わたしはうずくまり、人目も憚《はばか》らず号泣し続けた。

係の女性がやってきて尋ねた。

「大丈夫ですか？　愛する人を見送るのは悲しいですね。でも、別れは出会いでもあります」

わたしはそれには答えず、ただ何度か頷いてその場を離れた。

それから、唐突に白昼夢のバーで、目隠しをされたまま交わした会話を思い出す。

あれは記美でもkimiでもなく、君の台詞だったのに違いない。

——それと、君は君の使命を。

わたしの使命——それは、わたしが読んでしまった、存在しないテクストを、いつかこの手で紡ぐことでしかあるまい。

君はわたしに使命を課した。
あるいは、透明な約束を。
別れは出会いであるのか。
そうかも知れない、とわたしは思う。
わたしは今日、初めて君を知ったのだ。
そして、初めて理解したのだ。
沙漠と青の、アルゴリズムを。

初出
第一部　ジェーン・グレイの逃走　「小説現代」二〇二〇年十一月号
他は書き下ろしです。

森　晶麿（もり・あきまろ）

1979年、静岡県浜松市生まれ。早稲田大学第一文学部卒業。日本大学大学院芸術学研究科博士前期課程修了。『黒猫の遊歩あるいは美学講義』（早川書房刊）で第1回アガサ・クリスティー賞を受賞。以降、同作は「黒猫」シリーズとしてシリーズ化され、人気を博している。ほか、「花酔いロジック」シリーズ（角川書店）、『ホテルモーリスの危険なおもてなし』（講談社文庫）、「偽恋愛小説家」シリーズ（朝日新聞出版）、『探偵は絵にならない』（ハヤカワ文庫JA）などがある。近著に「黒猫」シリーズ最新刊『黒猫と歩む白日のラビリンス』（ハヤカワ文庫JA）。

沙《さ》漠《ばく》と青《あお》の アルゴリズム

第一刷発行　2020年11月24日

著　者　森《もり》 晶麿《あきまろ》

発行者　渡瀬昌彦

発行所　株式会社　講談社
〒112-8001 東京都文京区音羽2-12-21
出版　03-5395-3505
電話 販売　03-5395-5817
業務　03-5395-3615

本文データ制作　講談社デジタル製作

印刷所　豊国印刷株式会社

製本所　株式会社国宝社

Printed in Japan ISBN978-4-06-521563-0
N.D.C. 913　446p　19cm